현대시로 읽는 식인食人의 정치학

현대시로 읽는 식인食人의 정치학

김순아

새미

머리말

　비평의 영역을 기웃거린지, 만 4년. 여전히 출발지점에 서 있는 느낌
이다. 한 걸음 옮겨 딛기 위해, 그동안 머물렀던 자리를 되돌아본다. 잡
지나 학회에 이미 발표했던 글들로, 맥락에 따라 제목과 일부 내용이
수정된 글이 몇 편 있다. 우둔하고 가난한 나의 언어들이 날카롭고도
아름답게 빛 발하는 시의 의미를 제대로 읽고 해석하고 있는지, 확신은
없다. 미세한 주름 속에 무수한 색채와 다양한 향기를 품은 시의 무늬
를 내 빈곤한 언어로 해석하고 분석한다는 것은 어쩌면 불가능에 가까
운 일일지도 모른다.

　다만 글을 정리하면서 내가 지나온 시간의 결은 만져진다. 쓰는 순간
에는 분명치 않았던 나의 비평적 욕망을 확인하게 된 것도 같다. 글 쓰
는 자라면 누구나 그러하듯, 이 글은 문학이 제기하는 문제들에 대한
응답 속에서 이루어졌다. 특히 2000년대 이후 한국문학을 달구었던 무
중력의 언어들. 포스트모던, 탈중심, 탈주체와 관련된 시의 주체와 언
어, 그 언어의 불꽃이 만들어내는 질문들 속에서 공동—체의 윤리와 시
적 정치성에 집중하여 읽었다.

제1부는 2000년대부터 최근에 이르기까지 우리가 경험했던 현실의 재난과 이 세계와 불화할 수밖에 없는 시인들의 감정에 주목하여 타자성, 공동성을 키워드로 읽은 글들이다. 제2부는 인간의 결을 좀 더 가까이서 느껴보려고 쓴 글들인데, 우연히, 아니 어쩌면 자연스럽게, 육체의 언어로 감각의 형질 변화를 말(해야)하는 여성 시인들의 작품에 눈길이 머물게 되었다. 여성과 인간, 약자와 강자, 보편과 특수 사이에서 길항하는 약한 육체가 어디로 향하며 무엇을 말하고 있는지 가늠해보는 계기가 되었다. 제3부는 공동—체가 굴러 가는 역사와 지역, 그 혁명적 사건에 대해 생각하며 쓴 글들이다.

결국 인간의 관계는 먹기—먹힘의 관계가 아닐까, 하는 생각을 하게 된다. 자신과 '다른 것(他者)'을 먹음으로써 그것을 자기화하거나, 거꾸로 먹힘으로써 절멸의 위기에 처하는 인(人)—간(間). 그 먹기—먹힘의 대상이 육체만이 아니라 정신과 감정—욕망을 포함하는 것이라면, 그런 한 개인을 단체와 지역, 국가의 의미로 확장해볼 수 있다면, 인류의 역사는 먹기—먹힘의 장에서 일어나는 이질적 사건의 반복을 통해 변화해온 것에 지나지 않는다는 생각도 든다.

사랑의 윤리에 대해 다시 생각한다. 사랑과 자유가 결코 다른 것이 아님을, 모두가 궁극적으로 바라는 것은 사랑할 자유일 것임을 생각한다. 그러면서 질문한다. 사랑의 자유는 어디서 찾을 수 있을까. 서로가 서로의 안을 감싸는 바깥. 나라는 관념을 내려 놓아야 들릴 듯 말듯 그 안의 소리를 들려주는 너라는 '바깥'. 아니, 안과 밖이라는 관념조차 내려놓아야만 열리는, 시인들이 열어 보이는 그 무(無)의 지대야말로 사랑의 가능성을 발견할 공간이 아닐까 싶다.

　다른 목소리가 자유롭게 흘러나오는, 그래서 결코 평화로울 수 없는…. 이 글을 쓰는 동안에도 자꾸만 잠음이 끼어든다. 글을 마무리해야 할 때가 된 것 같다. 잠시, 이 이후에 더 읽어야 할 시를, 가야 할 또 다른 장소를 떠올린다. 난독과 오독, 읽기와 쓰기 사이에서, 얼굴이 화끈 달아오르는 동시에 아찔한 현기증이 인다.

2021년 7월, 김순아 씀

목차

제1부 / 재난의 지대에서

세계의 소음을 뚫고 들려오는 시인들의 목소리
......나는 마음의 주파수를 맞추고 귀를 기울인다

빈 자리에서 울리는

― 코로나 19시대의 문학

낯선 손님

"나흘째 되는 날부터 쥐들이 떼를 지어 거리에 나와 죽었다. […] 갑자기 병이 급속도로 퍼져 나가기 시작했다. 사망자의 수가 다시 30명으로 늘어난 날, 리유는 전보 공문을 받았다. 전보에는 페스트 사태를 선포하고 도시를 폐쇄하라고 적혀 있었다. 그때부터 페스트는 우리들 전체의 문제가 되었다."(알베르 카뮈, 『페스트』에서) 우리는 어쩔 수 없이 이 소설의 주인공이 막 대면한 주검/죽음과 최근 우리가 맞닥뜨린 죽음의 징후를 몽타주하게 된다. 마스크로 코와 입을 가리지 않고는 거리를 활보할 수 없는 시대, 캄캄한 침묵 속에서 검고 하얗게 얼굴을 가린 사람들을 만나면, 살아있다는 것이 금방 낯설어진다. 사람들의 태도는 14세기의 그때처럼 상반된 형태로 드러난다. 어떤 이는 하나님 앞에 진정한 회개와 반성을 하도록 촉구하는가하면, 또 어떤 이는 페스트와 맞서 싸우며 환자를 치료하는 데 전력을 다한다. 한편에서는 정치적 정쟁이 지속되고, 또 다른 한편에서는 시위하듯 마스크를 벗어 던지고 자유로

이 활보한다.

14세기의 오랑시를 떠올리는 것이 아니라, 오랑시를 빼닮은 현실의 한복판에 서 있는 느낌. 이 느낌을 어떤 말로 표현할 수 있을까. 어느 날 문득 우리 삶 속으로 침투해온 손님. 이 바이러스가 던지는 메시지는 단지 바이러스의 문제에 한정되지 않는다. 바이러스 앞에서 더 극심해지고 있는 혐오들. 자신의 장소에서 더 이상 머물러 있을 수 없어 쫓겨 온, 그래서 자신의 장소가 아니었던 곳으로 침투해오는 손님은 나의 바깥, 외부인이나 외국인, 소수자의 의미와 겹쳐진다. 그(것)들은 새로운 정착과 이탈의 가능성을 찾아, 생사의 경계를 넘어 우리의 문을 두드린다. 이 순간 우리는 본능적으로 경계하게 된다. 받아들여도 될까. 혹시 그(것)들이 나의 영토를 오염시키거나 파괴시키지 않을까. 동시에 환대라는 감정도 섞여 든다. 받아들여야지 않을까. 이 물음에서 좀 더 근본적인 질문들이 우리 앞에 펼쳐진다. 이 낯선 방문자, 타자란 과연 무엇인가.

내 안의 바이러스

나의 바깥에 있는, 나와 삶의 규칙이 완전히 다른 존재. 타자와 마주칠 때 우리는 낯섦을 느낄 수밖에 없다. 너무나 달라서 알 수 없고 그래서 낯선 그/녀와 대면하는 순간 우리는 직감한다. 둘 사이에 놓인 간극을, 그 큰 차이를. 그 낯섦이 나로 하여금 스스로를 반추하게 한다. 물론 이때 반추된 나는 과거의 모습이다. 타자와 마주치는 시제가 현재라면, 반추하는 순간 떠오르는 나는 과거일 수밖에 없다. 이 경우 우리는 갈림길에 서게 된다. 과거로 되돌아갈 것인가, 타자와 마주침을 지속할 것인가. 전자를 결정한다면 우리는 변하지 않겠지만, 후자를 결정한다면 많은 변화를 겪게 될 것이다. 이 변화와 생성이 곧 삶의 원리이자 문학의 원리라면, 타자의 문제는 곧 나의 문제가 된다. 나는 어떤 모습을 하고 있는가. 내가 알고 있다고 말하는 인간은 어떤 모습이며, 그 안에 살고 있다고 믿어지는 정신이나 의식은 무엇인가.

이 물음과 마주하려면, 저 케케묵은 주체의 문제를 다시 생각해볼 수밖에 도리가 없다. 주지하듯, 주체의 문제는 '나'라는 동일자의 인식과 관계한다. 근대 이래, 주체 '나'는 이성적 주체로서의 남성으로 인식돼 왔다. 이성을 기원으로 하는 남성 주체는 나와 너 사이에 분할선을 그음으로써 자기 바깥의 것들을 배제, 추방해 왔다. 이 이원론적 사유에서 나와 너 사이와 차이는 고려되지 않는다. 차이는 언제나 차별화되고, 차이의 대상은 처벌의 대상이 되었다. 이로 인해 대상인 너/타자는 두려움을 안은 채 자발적으로 동일자적 주체의 지배질서에 스며들어가게 된다. 여기서 구축된 총체적 동일성의 논리, 즉 보편적, 합리성의 논리는 자본, 국가, 문명의 논리와 연결된다. 이 안에 작동하는 수직적이고 위계서열적 힘(권력)은 개별자의 차이를 전체 안으로 수렴함으로써 소수자의 목소리를 거세하는 폭력을 행사한다. 90년대 이후 부각된 탈중심, 또는 포스트모던 담론은 이 폭력에 대응하는 거부의 표현이었다.

문학장에서 그것은 남성 중심의 동일성을 기원으로 삼아 구축된 자본, 문명, 국가의 폭력성을 거부하고, 모두가 평등했던 어떤 원초적 지점을 향해가는 방향으로 표출되기도 했다. 한때 우리 시의 거대한 대륙을 이루었던 여성주의 시나 생태시의 흐름이 그 한 사례라 할 수 있다. 그러나 따지고 보면, 순수하고 결백한 자연은 어디에도 없다. 자연은 과학기술에 의해 끊임없이 변형돼 왔고, 21세기에 이르러 치명적으로 훼손되었다. 의식과 함께하는 우리의 몸 역시도 마찬가지다. 몸은 인공물로 뒤섞여 있고, 의식은 자본의 매체에 지배받는다.

이러한 문화적 환경 속에서, 침묵을 통해 대상을 좀 더 깊이 있게 느끼는 행위, 또는 어떤 사람을 섬세하게 감촉하는 느낌·감각은 사라지고 있다. 자본주의 매체는 우리의 신체가 실제로 경험하는 감각, 촉감, 느낌을 증발시키고, 의식된 것들, 즉 규정되고 평가되고 판단된 것들만 그 안에 남겨둔다. 이러한 현상은 대체로 집단화되어 우리 사회 내에서 획일화되고 있다. 우리는 매체 너머, 보이는 것 너머의 것들은 보지 않으며, 보려고 하지도 않는다. 그것은 우리에게 무엇을 보거나 생각할 여지를 주지도 않는다. 우리의 감정은 억눌리며, 그 반응은 즉각적이다. 그것은 혐오의 형태로 표출된다. 이 현상은 오프라인으로 옮겨놓아도 마찬가지다. 집단의 논리에 익숙한 우리는 개별자의 차이, 서로 다른 것, 타자에 대한 감수성을 고려하지 않는다. 우리는 아직 동일자적 논리에 갇혀 있다. 이 논리에서 나는 항상 옳고, 너는 언제나 그르다. 그것이 온갖 갈등의 원인임은 말할 필요도 없다.

여전히, 우리는 한국인으로서 외국인이나 난민을 바라보고, 정상적 이성애자로서 성적 소수자를 바라본다. 남성중심주의 사회구성원으로서 여성을 바라보고, 건강한 개체로서 바이러스에 걸린 이들을 바라본다. 이 시각에서 외국인, 난민, 성적 소수자, 여성, 확진자는 언제나 타자이고, 그녀들의 상처는 계속적으로 반복된다. 그렇다면 다시 한 번 질문해보자. 과연 나란 무엇이고 우리란 무엇인가. 한국인이란 무엇이며, 정상적 이성애자, 건강한 주체란 또 누구인가. 따지고 보면, 우리 자신이 동일자적 지배 권력에 오염된 존재 아닌가. 혹시 나 자신이 주변을 오염시키는 바이러스는 아니었던가. 타자의 존재가 던지는 물음은 사실 이것인지도 모른다. 이렇게 오염된 세계에서 우리가 어떻게 연대할 것인가.

사람人의 결文, 시의 윤리

그것은 일차적으로 우리 안에 의식, 무의식적으로 스며든 자본, 또는 자기 동일성에 기초한 수직적 권력 구도를 해체할 때에만 가능할 것이다. 앞서도 언급했지만, 동일성을 기원으로 한 자본, 국가의 논리는 개체의 삶을 고정된 회로 속으로 포획하고 억압해왔고, 지금도 지속되고 있다. 자산을 증식하고 독점하는 자본의 경제적 지배는 공권력이라는 이름으로 권력을 독점한 국가의 율법과 맞물려 있다. 국가는 부르디외가 지적했듯이, 각 장에 자원을 배분하는 역할을 수행함으로써 권력을 행사한다. 자본과 연루된 국가기관은 소수자—타자들에게 우호적이지 않다. 그것은 '가능한 한 최소의 통치'가 아닌 '가능한 한 최소의 민주주의'라는 형태로 나타난다. 우리는 이 사실을 수차례 경험했다. 정치권력의 독점을 말하는 과거의 독재정치뿐 아니라, 자본의 독점을 외치는 지금—여기 자본권력에 이르기까지.

문학과 권력 사이의 해묵은 갈등은 어쩌면 아무것도 아닌지 모른다. 물론 그 자체가 아무런 문제가 되지 않았다는 것이 아니다. 오히려 그 반대다. 그러나 이제 권력이 두려워하는 문학은 사라졌다. 문학 자체가 사라졌다는 것이 아니라, 문학은 권력의 대립항이 될 수 없다. 폭압적 권력에 대한 저항은 저 오래된 '순수냐 참여냐' 묻는 질문과 똑같이 인식의 체계를 공유하고 있는 적대적 공범과 같다. 참여라는 이름으로 표출되었던 저항시, 즉 7~80년대의 저항시는 대개 외부에 대한 부정을 통해 스스로의 동일성을 회복하려는 자기 보존의 원리 위에서 구성되었다. 그 저항은 주체/타자 사이에 분할선을 긋고 스스로를 순수한 것으로 보존하려는 권력적 동일성의 상징물에 불과하다.

이제 우리가 물어야 하는 문학적 문제는 다른 데 있다. 어떻게 아직도 문학이 문학일 수 있는가, 하는 물음이다. 문학이 변화와 생성의 원리에 기초해 있다면, 그것이 나와 너, 또는 세계와의 마주침의 문제와도 닿아 있다면, 우선은 나에서 너에게로 향해가는 타자의 윤리에서 찾을 수밖에 없다. 타자의 윤리는 타자를 전적으로 따르는 윤리가 아니다. 타자의 의견을 무조건 따르는 것은 굴종일 뿐 윤리란 말을 쓸 수 없다. 타자의 윤리는 타자를 내 삶의 짝으로 인정하는 것. 타자도 파괴하지 않고 자신도 파괴하지 않는, 거꾸로 타자도 긍정하고 자신도 긍정하는 것이다. 이 윤리가 인권의 감수성과도 닿아 있다면, 글쓰기의 윤리 역시 이 감수성을 살리는 일과 관계된다.

그 점에서 타자성의 윤리를 새롭게 제시한 주디스 버틀러의 논의는 타당해 보인다. 버틀러에 의하면, 우리는 늘 자신으로부터 타자가 되어 가고 있다. 10년 전의 나는 지금의 나와 다르다. 조금 전의 나 역시 지금의 나에게서 너－타자이며, 이때 너－타자는 나와 다른 것으로 대체할 수 없다. 너인 나는 시시각각 변해가는 시간 속에서 언제나 타자가 되어가고 있기에, 과거로 되돌아갈 수 없다. 이것은 인간의 근본적인 한계다. 이 한계를 인식할 때 자신의 판단 내용도 불완전하다는 것을 인정하게 된다. 이 순간, 타자에 대한 나의 판단도 유보할 수밖에 없다.(주디스 버틀러, 『윤리적 폭력 비판』, 인간사랑, 2013). 나에게서부터도 '너－타자'가 되어가는 내가 나와 완전히 다른 너를 어떻게 함부로 판단하고 규정할 수 있겠는가.

이 순간에도 세계 곳곳에서는 질병에 감염되는 사람들이 생겨나고 있다. 자신의 의지와 상관없이, 자신의 공간에서 쫓겨나 폐쇄된 병동 안으로 걸어들어 가야하는 사람들. 자신의 고유한 이름을 잃고, XX번 환자로 불리는 그/녀들은 서서히 현실적 삶의 두께와 부피를 잃은 채, 비가시적인 존재로 변해가고 있다. 그 가운데는 끝내 가족 곁으로 돌아오지 못하고 생을 마감하는 경우도 많다. 이러한 환자들, 현실의 좌표 어딘가에 실재하지만 보이지 않게 존재하는 이들이 어찌 환자라는 이름뿐일까. 자신의 거처를 잃고 자기 몫을 잃고 유령처럼 살아가는 사람들, 자신의 영토에서 쫓겨나 떠도는 사람들은 도처에 있다. 이제 우리가 물어야 할 근본적 물음은 '무엇을 할 것인가'가 아니라, '나는 무엇을 할 수 없는가' 하는 물음일지도 모른다.

시인은, 세계의 어둠을 목격하고 그것을 읽어내는 동시대인으로서의 시인이란 그래서 언제나 자기 한계와 고통을 느낄 수밖에 없을지도 모른다. 그 고통, 자기 한계를 고백하는 언어가 그 자체로 시가 되는지도…. 동일자를 기원으로 한 상징적 언어들은 대상을 규정함으로써 그 의미를 한정한다. 이 언어로 무장한 사람들은 나무를 중심으로 가지를 그리고 잎을 그린다. 그 그림(허상)을 통해 삶의 조화와 질서를 말하고, 전체론적 통합과 안정을 말한다. 그러나 과연 그런가. 삶은 언제나 불안정하고, 그것은 가장 쉽게 파괴될 수 있고, 가장 거칠게 요동치는 줄기와 가지에서 발견할 수 있다. 약한 바람에도 흔들리는, 흔들려서 부서지는 줄기와 가지. 그(것)들이 놓인 위치, 그 낭떠러지와 같은 절벽에 설 때 나는 비로소 너, 타자와 마주할 수 있을 것이다. 시가 발생하는 지점 역시 그 사이, 쉽게 동일화될 수 없는, 그 틈새 아닌가. 존재의 근본적 누수이자, 절망이기에 섣불리 봉합하거나 꿰맬 수 없는….

빈 지대에서 울리는

시는 굳건한 나무처럼 너무도 단단해 보이는 세계의 균열을 감지하고 그 틈을 비집고 나오는 목소리에 귀 기울이는 데서 탄생한다. 그 찢김이 실존의 감각을 깨워내고 상처와 아픔을 엮은 삶의 노래를 만든다.

흔들리면서 부서지고, 찢겨 나가면서 스치는 줄기와 가지처럼, 시작詩作/始作이란 그러한 어떤 죽음의 얼굴을 목격하고 기억하며 그것을 기록하는 하나의 과정인지도…. 그 과정이 변화와 갱신을 열망하는 삶의 윤리와 통한다면, 부서진 타자의 얼굴, 그 아픔을 내 삶이 걸어 가야할 고통의 윤리학으로 삼아야 실천의 영역이 열릴지도 모른다. 흔들려서 부서지기에, 또 한 번 처음으로 돌아가는 저 텅 빈, 문학은 그 지대에서 죽음이 건네는 삶의 물음을 통해 언제나 힘을 발휘해왔다고 말해도 무방할 것이다.

저기 또 하나의 틈이 열린다. 지금 막 한 환자가 비운 병상. 저기에 사람이 있었다. 더 이상 아무것도 없는 게 아니라, 여전히 아픈 환자가 '더' 있다. 아파트 주민의 폭언과 폭력에 의해 극단적 선택을 한 경비원, 과중한 업무에 시달리는 택배기사들, 성적 폭력을 당하는 여성들, 외국인 노동자들…. 무수히 다른 이름으로 변용될 수 있는, 비어 있어도 결코 비어있을 수 없는 저 빈 지대, 그 비어 있음 주위를 떠도는 언어들. 우리는 아직 카뮈가 묘사한 오랑시에서 한 발도 나아가지 않았다. 어찌 할 것인가. 나는 저 빈 자리에서 울리는 소리에 귀 기울이며 반문할 수밖에 없다. 지금 들리는 것은 무엇입니까. 저 고통의 음성은 누구의 것입니까.

쇠락의 징후, 재앙의 언어들

쇠락의 징후

쇠락과 쇄락. 전혀 다른 의미의 두 단어를 연달아 발음해볼 때가 있다. 코로나19라는 공포의 질병이 전 세계를 휩쓸고 있는 요즘 특히 그렇다. 페스트가 창궐했던 14세기 초 유럽의 상황이 연상된다. 쉼(표)없이, 두 단어를 소리 내어 발음해본다. 상쾌하고 깨끗한 기운의 쇄락이 그 힘을 잃어 약해진 상태의 쇠락과 교차하면서 의미 경계가 불분명해진다. 하나의 의미망에 고정되지 않는 단어들은 서로 부딪치면서 또 다른 단어를 불러들인다. 번성한 세력이 힘을 잃은 상태의 몰락, 깊은 수렁의 나락으로 굴러 떨어지는 전락, 쌓았던 것들이 한꺼번에 무너지는 붕괴…. 그 끝에서 이런 질문이 불쑥 떠오른다. 쇄락의 기운은 얼마나 먼가. 늘 무엇인가 끝났다, 고 말해왔던 세기말. 이후 수십 년간 일어났던 크고 작은 변화들. 그리하여 도달한 21세기는 이전과 어떻게 다른가. 거대 이데올로기의 몰락과 동시에 삶에 획기적 변화를 가져오리라 예측했던 탈근대담론들. 그 이후. 지금 우리가 그 '이후'의 '이후'에 서 있다면, 우리는 얼마나 변화했는가.

안타깝게도 새로운 미래는 꿈만 같아 보인다. 오히려 쇠락의 징후가 더 뚜렷해지고 있다는 느낌. 2000년대 이후만 돌아봐도 그렇다. 2003년 대구지하철 참사, 2014년 세월호 사건, 그 외에도 일일이 거론할 수 없을 만큼 일어났던 참사들. 이토록 오래 참사가 끊이지 않았던 시대가 또 있었던가. 여전히 진행 중인 코로나 팬데믹. 자고 일어나면 도래해 있는 무수한 부음들. 더 섬뜩한 것은 우리가 이 참사에 익숙해졌다는 사실이다. 변화의 결정적 계기가 새로운 탄생에 있다면, 새 생명이 태어나야만 하고, 그것이 지속되어야 하건만, 타인의 죽음에 익숙해진 우리는 자신의 죽음조차 각성하지 못한다. 조잘거리는 아이들의 말소리는 어느 저녁에 들었던가. 새삼 묻지 않을 수 없다. 이 모든 재난의 중심에 '인人－간間'이 놓여 있다면, 인－간이란 과연 무엇인가. 이 재난의 시대에 나는 어디에 있(었)으며, 무엇을 말 할 수 있는가. 되돌아본다. 지난 20년 간 시인들이 써 왔던 그 필사必死/筆寫적인 시들.

파산된 신화와 사라지는 아이들

1990년대 말 황지우는 "이 무대에서 더 이상 상연될 만한 비극은 없다"(「살찐 소파에 대한 일기」)고 말한 적 있다. 공유된 역사적 기억과 정치적 이념이 낡은 기호로 폐기되면서, 이른 바 초국가적 자본주의 시대가 열린 것이다. 생生의 체험을 압도하는 디지털 시대, 이제 '나'에서 타자로 옮겨가며 변형되고 낯설어지는 거리의 간격은 사라졌다. 타자와 낯섦, 비극의 숭고한 파토스는 상실되고, 세계의 신비한 아우라가 파괴되면서 모든 정보는 투명하게 노출된다. 이 투명세계에 남은 것은 텅 빈 시간과 권태. 모든 개체는 하나의 회로 속으로 스며든다. 자본이라는 그 보이지 않는 회로. 이 흐름에 편승하지 못한 자가 머물러야 할 곳은 죽음의 영토뿐이다. 2000년대 시인들이 인식하는 재난의 지대는 바로 여기. 하나만이 허락된 지금—이곳. 다른 것이 뿌리내리거나 자생할 수 없다는 사실보다 더 큰 재난이 또 있을까. 모든 것이 하나를 향해 움직여갈 때, 새로움은 없다. 생명도….

시인들은 찾아간다. 영상이 재현해내지 못하는 내면의 지대를. 그리고 거기서 발견한다. 이 폭압적 지배시스템에 의해 사라져가는 인간을, 자기 주권을 잃어버린 사람들을, 생명이 탄생할 수 없는 조건을, 그리하여 죽음의 터널로 걸어 들어갈 수밖에 없는 재앙의 풍경을. 2000년대 초기에 발표된 진은영의 다음 시는 지금—여기에 도래한 재난의 전조로 읽힌다.

> 자본주의/ 형형색색의 어둠 혹은/ 바다 밑으로 뚫린/ 백만 킬로의 컴컴한 터널/—여길 어떻게 혼자 걸어서 지나가?
> —「일곱 개의 단어로 된 사전」(『일곱 개의 단어로 된 사전』)에서

> 노란 기린이 지하도 밑으로 내려간다/ 부랑자의 잠든 그림자를 한 입 뜯어먹으러/ 시계의 분침과 시침 사이에는/ 침묵의 알이 끼어 있다// 네 시의 기차가 오기 전에/ 쓰레기들이 은빛 레일 밖으로 치워진다.
> —「새벽 세 시」(『일곱 개의 단어로 된 사전』)에서

위 시들에서 "터널", "지하도"는 이념의 비극성이 낡은 기호로 폐기된 지점에서 청년들이 걸어 들어가야만 했던 자본(권력)의 터널이다. "단어", "사전"에서 보듯이, 이 지대를 관통하는 힘은 이성·합리성의 기율로 구축된 통제와 억압의 시스템이다. 90년대 이전까지 살아 움직

이던 이념적 정치권력이 "어둠"이라는 단색으로 주체를 억압해왔다면, 이후를 장악한 자본의 망령은 그 외피에 "형형색색의" 어둠을 채색하여, "백만 킬로"라는 인지 불가능한 거리의 형태로 포획해오기 시작한다. 자신을 포획해오는 적(敵)의 위치가 불확실하고 형태가 불분명할 때, 주체의 공포는 극명해진다. 하나의 표적을 향해 어깨를 나란히 했던 이념의 동지들은 방향 감각을 잃고 "서로 쏘"(「70년대 産」)는 적으로 전환된다. 앞이 보이지 않은 이 컴컴한 터널은 현실적 좌표를 가질 수 없는 지하도의 다른 이름이며, "그림자"는 사람으로서의 정체성을 부여받지 못한 비인(非人)에 해당된다. 이때 이 터널은 학교나 도서관의 의미와도 겹쳐진다. 청년들에게 이 터널은 취업의 관문을 통과하기 위해 선택해야 하는 공간이다. 그 안에서 뜯어 먹힐 위험에 놓인 그림자는 (학점)경쟁을 해야만 하는 청년들의 불안한 그림자. 그들은 새벽 네 시에 지나가는 기차를 타야만 된다. 그렇지 않으면 "부랑자", "쓰레기"로 취급되어 자본의 은빛 레일 밖으로 치워진다. 시계의 분침과 시침 사이에 끼어 있는 알은 이 기차를 타기 위해 서로 경쟁하며 침묵할 수밖에 없는 청년들의 알(몸)과 같다. 노란기린이 그림자가 되는 시간의 간극은 어둡고 긴 터널의 이미지와 맞물려 막막하고 아득한 공간 속에서 시간과 싸워야 하는 청년들의 절망을 보여준다.

이원의 시에서 그 절망은 자신의 몸으로 낳은 아이를 자신의 손으로 죽이는 끔찍한 장면으로 떠오른다.

> 아기는 새빨개진 얼굴로 젖을 빨아댄다[…] 아기는 제가 알몸으로 빠져나온 자궁으로 돌아가려 한다. 적막하고 환한 물속의 집으로 돌아가려 한다. 입가로 젖이 흘러넘친다. 비린내가 담쟁이덩굴처럼 아기의 얼굴을 뒤덮는다. 비린내는 오들오들 떤다 여자는 오른손으

로 아기의 연한 머리통을 감싼다 매장의 시간에 익사한 여자의 손
안에서 아기의 머리통이 녹는다 순식간에 상한다. 검어진다. 아기는
필사적으로 젖을 빤다
　　－「자궁으로 돌아가려한다」(『세상에서 가장 가벼운 오토바이』)

　물속의 집으로 은유된 양수는 생명체의 기원을 상징한다. 아기는 이
어미의 몸으로부터 빠져나온 시인의 분신이다. 이 둘의 관계를 말할 때
전제되어야 할 것은 분열이다. 그런데 여기서 아기는 "제가 알몸으로
빠져나온 자궁으로 돌아가려 한다". 그것은"순식간에 상한다"와 관련
되는데, 원인은 아이의 머리통을 만지는 여자의 손이 "매장의 시간"에
익사해 있다는 사실에 있다. 그런데 시인은 왜 매장에 익사한 여자를
말하는 걸까. 여성에 대한 인식은 과거에 비해 많이 달라졌지 않은가.
하나 실상은 그렇지 않다. 겉보기엔 여성의 지위가 한껏 올라간 것 같
아도 사실은 책임감과 의무감만 엄청나게 커졌다. 여성에게 요구되는
항목은 잔뜩 늘어났고, 어떤 극한 상황 속에서도 가족을 사수하라는 가
족이데올로기는 지금도 여전히 남아 있다. 어미의 젖에 눌려 비린내로
변이되는 아기는 이 현실에서 죽음을 경험하는 시인의 모습이다. 젖에
눌려 시각을 상실한 아기는 극도의 공포 속에서 필사적으로 젖을 빤다.
그 행위는 (인용문 바깥에서)"켜켜로 쌓여 있던 여자들의 울음과 시간"
을 끌어올리는 동시에, 아기가 어머니에 의해 빨려지는 장면으로 이어
진다. 그리하여 시는 결국 쭈글쭈글한 가죽으로 남은 여자와 그 가죽에
랩처럼 달라붙어 죽은 아이만을 남기고 종결된다. 여자와 아이의 죽음.
이 죽음의 연쇄는 단지 아이를 돌보고 보살피는 사회적 관계망의 파괴
만을 말하는 것이 아니다. 아이가 살 수 없는 세계이기에, 어미가 제 아
이의 목숨을 거둔다는 것은 이곳이 더는 손 쓸 수 없는 상태에 이르렀

다는 것. 그러니 시인은 풍길 수밖에 없다. 비린내. 삶이 아니라, 죽음의 (상한)비린내로 세상을 향해 구조 요청을 하고 있는 것이다.

그러나 참혹하게도 그 요청에 응할 사람은 보이지 않는다. 김언은 이 참혹이 무한(참)이 증식하고 증폭되는 현장을 발견해낸다.

> 자고 일어나니까 가족들이 모두 죽어 있었다./ […]/ 오늘 아침의 이 시체들 말고도 허다하게 널린 것이/ 죽음인데 죽음의 목격이고 참상인데/ 다들 밝은 표정이다. 심지어 웃고 있는 것 같다/ […]/ 오늘 아침의 이 시체들을/ 파리한 낯빛이 되어 혼자 보고 있다
> ─김언, 「가족」(≪문학들≫, 2019년 가을호)

시체는 현실의 지도 위에 존재하지 않는 자, 자신을 증명하는 (언어) 기호를 잃어버린 자이다. 시인이 이 시체들을 「가족」으로 호명할 때, 그것은 죽음이 만연한 이 시대의 현실을 가리키는 것으로 보인다. 자본이 지배하는 사회에서 시체, 죽은 자는 속히 추방된다. 인간의 윤리는 죽은 자의 의미를 되새기고 그것을 충분한 슬픔으로 연소하는 과정을 필요로 하지만, 자본은 시체를 속히 처리하고 일터로 돌아갈 것을 요구한다. 이 시스템에 기초한 국가는 법의 이름을 동원하여 죽은 자에게 요구되는 작은 권리조차 박탈한다. 산 자와 죽은 자는 각기 자신의 자리로 돌아가라고 명령하는 것이다. 그런데 시인은 주권을 박탈당한 시체들을 가족이라고 명명한다. 이는 국가의 호명 시스템에서 빠져나가려는 불온의 징표로써, 잠과 연결된다. 잠에서 깬 자아에게 가족이 시체로 다가오는 순간, 자아의 의식은 섬뜩함 속으로 던져진다. 그것은 가족의 죽음이 곧 나의 죽음이라는 교묘한 치환에서 발생하는 섬뜩함이다. 나의 깨어남은 현실로 회귀하는 것이 아니라, 죽음을 각성하지

못한 자의 환상 속으로 진입하는 사건이 되는 것이다. 흥미로운 것은 이 속에서 발견한 시체—가족들이 "다들 밝은 표정"을 하고, 심지어 웃고 있다는 점이다. "널린 것이/ 죽음"인데, 이 죽음을 감각할 수 없는 것. 어떤 죽음도 사건이 될 수 없다는 것. 어쩌면 이것이야말로 진짜 죽음일지 모른다. 시체의 웃음은 곧 '나'의 웃음이며, 그 웃음이 터져 나오는 순간 나는 자신의 낯선 표정을 보게 된다. 세계와 나는 동시에 얼어붙는다. 파리한 낯빛은 자신의 죽음을 깨닫게 되는 순간, 굳어지는 자아의 얼굴. 그것은 세계에 만연한 죽음을 되비추는 시체—자아의 얼굴이자, 국가의 언어로 거두어갈 수 없는 주검의 빛이다. 이를 통해 시인은 저항한다. 죽음을 망각하는 것이 아니라, 주검들과 함께 거주하면서 죽음을 추방하는 이 세계에 초혼의 형식으로 맞서는 것이다.

첨단의 현실과 재앙의 언어들

죽음은 지금도 진행 중이지만, 우리는 감각하기 어렵다. 컴퓨터 기계—시스템에 접속하여 살아가는 사이보그들에게 현실의 고통은 감지되지 않는다. 사회적 관계망의 기입이 거부되고, 모든 기억과 시간이 휘발되는 가상공간에서 중요한 것은 (인간)원본보다 이미지. 자본의 관념을 실어 나르는 매체는 끊임없이 속삭인다. 네 생각을, 네 일상을, 네 몸을 전시하라고. 생득적인 몸/성(性)은 개조·변형해야 한다고. 이 요구에 따를 때 우리 모두는 기술—자본의 시스템에 의해 관리되는 실험도구로 전락하고 만다.

김행숙의 다음 시에서는 실험도구로 전락한 인간의 모습이 등장한다.

나는 실험실에서 태어났다. 박사님은 굿모닝, 내게 또 오늘 하루

를 기념하며 뽀뽀를 해주죠. 오늘은 18세기 초, 내일은 21세기 말이
래요.// 나의 사랑은 자살을 선언한 사이보그, 그의 숭고한 정신을
사모하기 위해 나는 실험실에서 태어났다. 흰쥐들은 나날이 무섭게
살이 찌는데요// […] // 나는 아직 작은 가슴이지만은요 쿵 하는 소
리는 땅에서 하늘까지
　　　　　　　－김행숙 「프랑켄슈타인의 신부」(『이별의 능력』)

　여기서 '나'는 우리가 알고 있는 그 '나'가 아니다. 실험실에서 태어나
흰쥐와 함께 살아가는 나는 "18세기 초와 21세기 말"라는 시간의 서사
에서 탈구된 채 텅 빈 공백을 배회하는 어떤 흔적이다. 이때 "실험실"은
기술－자본에 토대한 인공자궁과 같다. 여기서 태어난 흰쥐－나는 인
간을 위해 개조되거나 변형되는 실험도구. 최근에 떠오른 인간복제나
유전자 기술의 문제를 연상하게 한다. 유전자 편집 실험은 더 이상 상
상으로 머물러 있지 않다. 특정 유전자를 편집한 수정란을 자궁에 착상
시킴으로써 원하는 아기를 출산하게 하는 실험은 국가(영국)에서 이미
승인되었다. 여성의 불임과 같은 문제를 해결하는 데 긍정적으로 작용
할 수 있지만, 그 실험대에 놓인 여성－아이는 그 자체로 하나의 상품
이 될 수 있다. 시인은 이 재난의 상황을 실험이란 말로 알리고 있다. 인
공자궁 안에서 탄생한 존재들은 현실의 다양한 고통을 감각할 수 없다.
역사와 계급, 성차와 같은 사회적 기억은 기입되지 않는다. 따라서 현
실적 좌표는 가질 수 없고, 메리 셸리의 소설 『프랑켄슈타인』에 등장하
는 괴물－사이보그처럼 변해간다. "나날이 무섭게 살이 찌는"과 같이
과장되고 기이하게 그려지는 신체는 더 이상 감각을 통어하는 주체로
서의 '나'가 존재하지 않음을 드러낸다. 시인은 이 공포를 살의 무게와
연결하여 표현한다. "쿵". 이것은 살이 찐 몸이 땅에 떨어지면서 울리는
소리다. 땅에서 하늘까지 울리는 이 소리의 울림은 현실의 무게로부터

벗어나는 하나의 사건이 된다. 새로운 감각을 발명하는 방법이기도 하다. 흩어지면서 분산되는 소리는 한 곳에 갇혀 있지 않는다. 쿵, 떨어지면서 부서지고 무수한 작은 가슴 안으로 스며든다. 이렇게 자신을 파열하여 우리의 심장(가슴)을 울리는 이 시는 주권을 잃은 미래의 시(또는 타자)가 우리에게 타전하는 호소이며 징후라 하겠다.

그러나 동일성의 지평에 고착된 사람들의 귀에 그 소리는 잘 들리지 않는다. 함민복의 「검은 개」는 현실적 가치를 지속적으로 내면화한 인간의 잔인함을 그려 보인다.

> 이웃집에 덩치 큰 검은 개가/ 어디서 왔다/ […]/ 도시에서 아래 위층 항의에/ 성대 절개수술을 받아서 그렇다고/ 개를 소개하던 이웃집 아줌마가/ 그 렇 지/ 개를 보며 소리 나지 않게 입을 놀린다/ 수술을 단행하면서라도 함께하자고 했 / 그 사랑의 시간은 어찌 기울었는가/ 눈이 마주치자/ 화도 침묵으로 삭여온 검은 개가/ 새로 터득한 언어 / 쇠사슬소리/ 몇 구절을 내민다
> — 함민복, 「검은 개」(《문학과 사람》, 2018년 가을호)

덩치 큰 개는 정상과 비정상을 가르고 이질적인 것을 타자화하는 인간(Man)/ 이성/ 합리성의 문명 체제 내에서 비정상성을 체현한 비인(非人)을 표상한다. 이웃집 아줌마에게 개는 자신과 함께 살아가는 반려동물이다. 그러나 현실의 맥락과 다수의 보편적 가치체계를 따르는 아줌마는 자기 반려자의 성대를 제거한다. 개의 말소리를 듣지 않는다. 과연 반려(伴侶)일까. 동물은 인간의 '언어'를 사용할 수 없다. 인간 역시 그러하다. 오로지 인간의 언어로만 말하기 때문에, 동물의 언어를 알아들을 수 없다. 이 소통 불가능성은 동물과 인간 사이에만 한정되지 않는다. 서로 다른 언어를 사용하는 인간 사이를 생각해보면…. 도시의

"아래 위층에" 갇혀 있었던 개는 자신의 언어로 의사를 타전하였을 터이다. 그러나 그 소리를 듣지 않으려는 사람들에게는 "짖"어대는 소음에 불과하다. 그리하여 개는 자유를 앗긴다. 죽음에 이른다. "화도 침묵으로 삭여"야 하는, 자기감정을, 분노를 표현할 수 없는 존재를 어찌 살아있는 존재라 할 수 있으랴. 이웃집 아줌마에게 개는 어떤 존재였을까. 자신의 외로움과 안온함을 위해 이용되는 하나의 도구는 아니었을까. 맹목적 충성만을 요구하고 있었던 건 아닐까. 그래서 시인은 묻는다. "그 사랑의 시간은 어찌 기울었는가". 목소리의 거세. 개에게 닥친 이 재앙은 곧 인간의 재앙과 다르지 않다. 자유를 앗기고, 노예처럼 굴종하며 살아야 하는 검은 개의 이 "새로 터득한 언어/ 쇠사슬 소리/ 몇 구절"을 우리는 어떻게 받아 적을 수 있을까.

정진경은 다음 시에서 현실의 좌표 어딘가에 실재하지만, 어디에도 없는 자들을 불러들인다.

> 공중파 뉴스 헤드라인 13번 환자의 부고장이 뜬다// 사람이름이 사라진 지하철 통로에 앉아 이간질을 하는 13번 환자, 누군가의 기침소리에 얼굴을 피하는 건너편 의자는 터널이다. 어두운 터널안 사람의 움직임은 고요하고, 바이러스 공포만 와자지껄 소란스럽다// 이름을 잃어버린 환자에게 세상은/ 이유 없이 몰매를 때리는 거대한 채찍// 통성명을 한 적이 없는 14번 환자와 15번 환자가 부고장에 나란히 친구로 기록된다 세상을 감염시키는 바이러스 종으로 분류 된다.
> —정진경, 「바이러스명, 13번 환자」(『사이버페미니스트』)

시에서 고유한 이름은 숫자로 호명된다. 이 현상은 "공중파 뉴스"라는 언론 매체를 통해 보편화된다. 뉴스에 뜬 번호는 숫자로 통계되거나 계산되는 권력적 언어(logos)의 억압성을 환기한다. 시인은 "환자"라는 어휘를 반복함으로써 "지하"라는 어두운 세계로 우리의 시선을 이끌어 간다. 그러나 저 상황이 이 땅 어느 곳에서도 발견된다는 가능성을 생각하면, 지하나 환자라는 명칭은 곧바로 흐릿해진다. 그곳은 병원, 관공서, 은행 등 그 어디든 될 수 있고, 이렇게 곳곳에 편재할 때 그 명칭은 오히려 현실감을 휘발시키는 기능을 한다. 그리하여 "통성명을 한적이 없는" 여러 환자들의 이름들이 나란히 지나갈 수 있는 것이다. 시인이 두려워하는 것은 바로 이 지대에서 움직이지 않는 사람들의 무표정이다. 아무도 움직이지 않는 이 폐허의 공간은 죽은 (환)자들의 공간이고, 현실로부터 추방된 공간이기에 실물성을 띨 수 없고, 따라서 사람들의 눈에 보이지 않는다. 이 공포가 이름 잃은 환자들을 때리게 하며, 사람들 사이의 심리적 분열을 일으키게 한다. "메르스" 바이러스는 바로 이 재앙을 예감한 데서 상정된 것으로 보인다. 우리 사이의 분열과 배제의 시스템에 대한 거부를 메르스라는 바이러스를 통해 보여주는 것이다. 세상을 감염시키는 메르스는 일상 속에 만연한 질병과 죽음의 흔적을 끌어안고, 그 망각에 저항하는 제의이다. 제가끔 특별한 경험과 특수한 감수성을 가진 그 한 사람들을 향한. 한 사람이 사라지면 몰락하고 마는 그 특별한 한 세계를 들여다보며, 시인은 사라지고 망각되어가는 사람들의 이름을 부른다. 바이러스에 감염된 몸으로. 차마 볼 수 없는 죽음의 지대를 응시함으로써, 망각을 거부하고 죽음의 흔적을 각인하려 한다. 그것은 한 세계를 서둘러 파괴하려는 모든 시도와 공모에 저항하는 것과 다르지 않다. 2020년 봄에서 여름까지, 우리의 상황은 어떤가. 코로나19라는 바이러스에 감염되어 떠나간 사람들. 번호로 불리다 떠나간 사람들의 심장은 어떤 빛깔일까. 시와 같은 상황에서 일어나는 우리들 사이의 심리적 분열과 침묵에 담긴 세상의 재앙을 다시 한 번 되돌아보게 된다.

절벽에서 느끼는 인칭의 무게

2000년대의 시에서 재난은 이렇게 시체와 유령, 질병 등의 이름으로 우리 앞에 도착해 있다. 그 이름은 자신을 벼랑 끝에 세우지 않고서는 발견할 수 없는 것. 그 아슬아슬한 끝에, 그 바깥에 서느라 시인들은 두 다리가 후들거리고 의식의 퓨즈가 끊어지는 아찔한 죽음을 수차례 경험하였을 터이다. 그러나 어쩌면 그 간극, 그 낙차야말로 타자와 낯섦, 쇄락의 생(命)기를 감각할 유일한 방법일지도 모른다. 타인 또는 타자가 없으면 나 자신을 볼 수 없는 인(人)−간(間). 인간의 언어−문자로는 도무지 설명할 수 없는 그 '안(내면)'의 지대. 어둠과 같은 그 절벽에 자신을 세우는 두려움과 고통의 첨점으로 자신의 육신과 내면을 온전히 내어 보이는 시인들의 시. 이 재난의 시대에 그들이 던지는 뜨거운 호소와 열망의 언어들 속에서 우리는 또 어떤 희망과 조우할 것인가.

유희경의 시에서 내려앉는 인칭의 무게를 생각하며 글을 마무리한다.

> 어떤 인칭이 나타날 때 그 순간을 어둠이라고 말할 수 있다면 그 어둠을 모래에 비유할 수 있다면 어떤 인칭은 눈빛부터 얼굴 손 무릎의 순서로 작은 것이 무너져 내리는 소리를 내며 드러나 내 앞에 서는 것인데 나는 순서 따위 신경 쓰지 않고 사실은 제멋대로 손 발 무릎과 같이 헐벗은 것들을 먼저 보고 생각하게 되는 것이다 인칭이 성별과 이름을 갖게 될 때에 나는 또 어둠이 어떻게 얼마나 밀려났는지를 계산해보며 그들이 내는 소리를 그 인칭의 무게로 생각한다 당신이 드러나고 있다 나는 당신을 듣는다 얼마나 가까이 다가왔는지
> ─유희경, 「우리에게 잠시 신이었던」
> (『우리에게 잠시 신이었던』)에서

시선의 몰락과 시의 촉각성

감각의 지대, 몸

'술은 입술로 들고 사랑은 눈으로 든다'고 말한 것은 영국의 한 시인이었던가. 그는 눈-시각이 타자를 사랑하는 중요한 감각이라고 생각한 걸까. 그렇다면 눈을 뜨고 보는 순간, 동반되는 심미적 가치평가, 그/녀의 계급장과 신분의 표지는 어떻게 생각해야 하나. 사랑의 감각은 그/녀와 관계하는 입술의 감각 아닌가. 나의 바깥, 타자에 대한 감각은 단순히 보는(視) 차원으로는 가능하지 않다. 보고(視), 듣고(聽), 맡고(嗅), 맛보고(味), 만지는(觸) 데까지 나아가야 한다.

촉각은 타자화된 자기 몸을 자각할 때도 중요한 기능을 한다. 가령, 감관에 다른 것이 닿는 '순간'을 말할 때 그렇다. 내 감관에 다른 무엇이 스치거나 스며드는 순간, 나의 견고한 의식은 준동(蠢動)하게 되고 세계는 내게서 저만치 물러나게 된다. 이때 느끼는 어떤 불안이나 고통은 육체를 가진 내가 오롯이 홀로 겪어야 하는 운명이자 하나의 사건이 된다. 이 사건이 세계로부터 소외된 자신을 경험하게 하고, 지금-여기의 현실을 새롭게 인식하게도 한다. 그런 의미에서 촉각은 자아와 타자가 맞닿는 경계의 감각이자, 세계에 묻혀 있는 몸을 깨우는 근원 감각이라 할 수 있다.

2000년대는 이러한 몸 감각을 '담/닮'은 시들이 다양하게 등장한다. 물론 몸 감각이 2000년대 시의 전유물이란 뜻은 아니다. 주지하듯, 1990년대부터 시단은 합리적 이성, 거대담론의 서사, 자본주의, 가부장제 권력에 의해 은폐되어온 몸, 감각(감성), 일상, 여성, 타자의 복원을 외치기 시작했다. 특히 촉각은 근대 시각에 저항할 가장 효과적인 도구였기에, 다수 시인들은 여성 고유의 육체나 섹슈얼리티의 이미지를 펼쳐 보임으로써 기존 질서를 넘어서고자 했다. 그러나 2000년대의 몸은 더 이상 복원이나 합일을 말하지 않는다. 자기 정체성의 징표인 몸을 버리고 오히려 멀리 달아난다. 달아나면서 다른 것에 스며들고, 스며들어선 뒤섞인다. 그 과정에서 몸의 촉각성은 시각에 여타의 다른 감각이 결합, 전이되는 방식으로 두터워진다. 이러한 2000년대 몸의 낯선 감각을 따라 지난 10년간 변모해 온 우리 시의 풍경과 그 가능성을 탐색해 보는 일은 매우 흥미롭다.

만짐과 스침, 닿음을 향한 도정

우선 1996년에 문단에 데뷔한 김선우 시부터 보자. 여성의 고유한 몸을 통해 '보이는 감각'인 시각을 붕괴시키고 촉각적 살의 닿음을 드러내 보이는 그녀의 시는 여성 욕망과 모성적 책임이라는, 여성을 오랫동안 괴롭혀온 남성의 허구 논리와 결별하고 그 대립을 넘어서려 했던 1990년대적 일면을 살필 수 있다.

생리통의 밤이면/ 지글지글 방바닥에 살 붙이고 싶더라/(중략)//

앞가슴으론 말랑말랑한 거북알 하나쯤/ 더 안을 만하게 둥글어져/
파도의 젖을 빨다가 내 젖을 물리다가// (중략)/ 비릿해진 살이 먼저
포구로 간다/ (중략)/ 처녀 하나 뜨거워져 파도와 여물게 살 좀 섞어
도// 흉 되지 않으려니 싶어지더라
　　　－「포구의 방」(『내 혀가 입 속에 갇혀 있길 거부한다면』)에서

　위 시의 방은 파도와 '살' 좀 섞어도 흉 되지 않는 공간이다. 외부의
시선이 차단된 지극히 사적 공간으로서의 '방'. 그 안에서 살을 섞는 파
도와 나는 각기 생명의 근원으로서의 모성(물), 여성(처녀)을 상징한다.
이 둘이 서로 젖을 물리고 빠는 행위는 촉각적 살의 경험과 동시에 여
성 동성애적 면모를 강하게 환기한다. 이렇듯 도발적인 몸 안에는 남성
· 이성애 중심의 질서를 전복하려는 발칙한 상상이 깔려 있다. 여성을
어머니/창녀로 이분화해온 재현관습이 그러하듯이, 이성애 중심의 남
녀 관계에서 동성/여성은 자신을 정의할 어떤 힘도 갖지 못한다. 때문
에 윗세대 (여성)시는 히스테릭하고 우울증적인 몸을 내세워 억눌린 여
성 욕망과 분노를 표출해왔지만, 김선우는 거기에 자신을 위치시키지
않는다. "파도의 젖을 빨다가 내 젖을 물"리는 몸의 에로틱한 활기와 자
유로움은 가부장의 금기뿐 아니라 윗세대 시의 몸을 넘어선다. 욕망이
자유롭게 표현되는 장소에서 '나'는 행위의 주체인 동시에 타자이며,
능동적인 동시에 수동적이다. 이런 이중 경험이 교차할 때, 모성/여성
의 경계도 무너진다. 「포구의 방」은 이 둘을 포괄하는 하나의 큰 몸(자
궁)과 같다. 이러한 상상은 여성인 시인에게 그리 낯설지 않다. 자신의
(임신과 출산이 가능한)몸이 곧 체험의 현장이며, '비릿해진 살', 즉 후
각을 덧씌운 촉각은 자기 '안'의 여/모성을 자각하는 계기로 작용한다.
　2000년대 시의 한 축은 촉각을 토대로 새로운 관계를 꿈꾸지만, 여
성성을 부각하지 않는다. 시의 촉각은 감각적인 것, 특히 촉각적인 것

에 익숙해진 시대 현실과 관련하여 새로운 문제의식을 함축하고 있는 것처럼 보인다. 근대적 시각을 거부하고 새로운 관계를 모색하기 위해 사용된 촉각이 자본의 매체에 포섭되어 더 자극적이고 강렬한 이미지를 생산, 소비하게 하는 시대. 표면적 촉각이 강요되는 사회에서 진정한 관계는 불가능하며, 이러한 조건은 '몸'을 둘러싼 감각의 전면적 수정을 요청한다. 2000년대 초에 등장한 김행숙은 근거리 감각인 촉각에서 비껴난다. 가령, "너를 볼 수 없을 때까지 가까이. 파도를 덮는 파도처럼/ 부서지는 곳에서. 가까운 곳에서 우리는 무슨 사이입니까?"(「포옹」,『타인의 의미』)라고 시인이 말할 때 「포옹」은 거리가 전제된다. 주체가 다가설 수 없는 먼 거리가 아니라, 보이는 연인의 얼굴이 아니라, 보이지 않는 무한성에 깃드는 것. 그래서 시의 자아는 늘 서정적 자아를 버리고 달아난다. 위험하고 아슬아슬한 낭떠러지, 거기에 자신을 위치시키고 알 수 없는 타자들 속으로 뛰어든다. 뛰어들어 뒤섞이고, 다른 무엇에로 흘러간다.

진은영의 다음 시는 이러한 몸의 새로운 동선을 그려낸다. 주체와 타자의 자리가 바뀌고 감각이 전이되며 새로운 층위의 감각이 펼쳐진다.

> 내 손가락, 내 몸에서 가장 멀리 뻗어 나와 있다. 나무를 봐, 몸통에서 가장 멀리 있는 가지처럼, 나는 건드린다, 고요한 밤의 숨결, 흘러가는 물소리를, 불타는 다른 나무의 뜨거움을.// 모두 다른 것을 가리킨다. 방향을 틀어 제 몸에 대는 것은 가지가 아니다. 가장 멀리 있는 가지는 가장 여리다.
> ─「긴 손가락의 시」(『일곱 개의 단어로 된 사전』)에서

이 시에 제시되는 손가락은 합리적이고 이성적인 머리와 다르고, 이성과 상반되는 것으로서의 몸(통)과도 다르다. 몸에서 멀리 뻗어 나와

있고 모두 다른 것을 가리키는 손가락은 기존 여성주의 시와 거리가 멀다. 고요한 밤의 숨결, 흘러가는 물소리, 다른 나무의 뜨거움을 "건드"리는 나는 실재가 아닌 환상의 영역에 있다. 그러나 "시를 쓴다"에 주목해 볼 때, 나는 곧 시인 자신으로 환치된다. 이렇게 결정 불가능한 나는 현실과 비현실, 의식과 무의식의 경계에 선 존재로서, 세계 안에 낯선 풍경을 펼쳐 보인다. 현실의 저편, 자기 '안'의 세계. 그 안에서 나와 나 아닌 내가 뒤엉키고, 나무와 몸, 가지와 손가락의 의미는 중첩되며 모든 분별은 사라진다. 몸이 자기 정체성을 드러내는 장소이고, 언어 역시도 자기 존재성을 드러내는 도구라면, 이 몸의 언어가 뒤엉킴으로써 새로운 풍경을 만들어 낸다. 그 과정에서 감각의 결합과 전이는 얼마든지 가능해진다. 일테면, '밤의 숨결과 흘러가는 물소리'인 청각이 '불타는 다른 나무의 뜨거움'이라는 촉각과 결합되면서 복합감각의 층위를 형성하고 이 감각이 "건드리"는 나의 감각으로 전이되는 것이다.

그런데 간과하지 말아야 할 것은 이 감각이 단순히 표면적인 촉각을 의미하지 않는다는 점이다. "고요한 밤의 숨결"을 건드리는 순간과 "흘러가는 물소리"를 건드리는 순간, "불타는 다른 나무의 뜨거움"을 건드리는 순간이 결집된 촉각은 두께를 가진 감각이 된다. 이 감각의 주체 역시 하나의 주체가 아니다. 손가락과 가지는 각기 독립적이다. 개별적인 둘이 뻗어 나오고, 가리키고, 부러지고, 쓰는 행위의 움직임을 통해 혼융될 때, '나'는 최종 하나의 주체로 환원되지 않는다. 시의 끝에 보이는 "잎들"은 '손가락=가지=나'가 피워낸 결과물이자, 시인이 쓰려는 시(詩)로서, 새로운 주체의 탄생과 동시에 모종의 연대를 암시한다. 이렇게 움직이는 주체는 매 순간 새로운 감각, 새로운 관계를 맺어가는 변화 과정 중의 주체로서, 이 시대의 시가 나아갈 방향, 더 나아가 자아와 세계의 관계 방식에 대한 성찰의 문제를 동시에 제기한다.

김경주의 다음 시는 소외된 존재의 외로움을 다층적 감각을 통해 펼쳐 보인다.

> 외로운 날엔 살을 만진다// 내 몸의 내륙을 다 돌아다녀본 음악이
> 피부 속에 아직 살고 있는지 궁금한 것이다// 열두 살이 되는 밤부터
> 라디오 속에 푸른 모닥불을 피운다 아주 사소한 바람에도 음악들은
> 꺼질 듯 흔들리지만 눅눅한 불빛을 흘리고 있는 낮은 스탠드 아래서
> 나는 지금 지구의 반대편으로 날아가고 있는 메아리 하나를 생각한다
> ─김경주, 「내 워크맨 속 갠지스」
> (『나는 이 세상에 없는 계절이다』)

위 시에서 개별 감각은 다른 감각으로 교환되며, 교환된 감각은 또다른 감각으로 전이되어 새로운 감각의 층위를 형성한다. 가령, 1연에서 '살'을 만지는 촉각은 2연에서 '내 몸' 속의 음악인 청각으로 교환되고, 이것은 3연에 이르러 '푸른 모닥불'이라는 시각으로 전이된다. 이때 시각은 단순히 하나의 감각으로 고정되지 않는다. "모닥불"이 가진 따스함의 자질에 "푸른"이라는 색채가 덧씌워지면서 촉감이 시각화되고, 이 감각은 다시 청각적 음악과 융합된다. 말하자면, 촉각을 시각화한 푸른 모닥불은 라디오의 음악이라는 청각과 교집합을 이루며 '모닥불=음악'으로 그 의미가 확산되는 것이다. 이렇게 확산된 감각은 현실에서 볼 수 없는 새로운 감각의 층위를 형성하면서 낯선 감성을 발현시킨다. 시인의 경험이 알 수 없는 형태로 녹아있는 자기 안의 감각. 이 감성을 발현하는 중요한 감각은 살의 촉각성이다. 메를로-퐁티에 의하면 촉각은 살에 새겨져 가장 오래 기억되는 감각이자, 무의식 감각이며, 오감을 포함한 통합감각이다. 시인은 이 감각을 '살을 만'지는 행위를 통해 깨워낸다. 살을 만짐으로써 무의식이 깨어나고, 이성적 주체의 견

고한 의식은 부서지게 된다.

이 균열 지점에서 시적 주체는 현실의 시간성을 뛰어넘어 어떤 시점의 한 지점으로 도약한다. 라디오의 음악이 시인의 몸속으로 흘러들기 시작했던 "열두 살이 되는 밤". 갠지스 강처럼 "몸의 내륙을" 돌아다니다가 시인 '안'으로 흘러들었던 음악의 세계. 그 지대로 돌아가는 나는 선조적 시간을 거슬러 과거로 가는 존재이고, 현실에 없는 존재이기에, 현실을 지배하는 언어 논리로 발화(發話)할 수 없다. 문장은 꺼질 듯 흔들리는 푸른 모닥불처럼 흔들리면서 음악이 되고, 몸이 되어 따스하게 발화(發火)된다. 이렇게 흔들리는 음악, 혹은 몸을 만지는 행위는 자기를 확인하거나 보존하려는 자기애적 행위가 아니다. 태어나는 순간 해체되는 음악은 눈에 띄지도 손에 잡히지도 않는다. 흩어지면서 타자 '안'에 스며들고 흔적을 남기고는 사라진다. 어쩌면 시인은 그런 음악의 흔적을 매만지면서 소통 가능성을 모색하고 있는지도 모른다. 음악이 자기 몸을 파열하여 시인 안에 스며들었듯이, 스며든 음악을 시인이 매만지는 순간 되살아나듯이. 자기를 지우고 타자 안에 스며들 때 진정한 만남이 가능하지 않을까. 그렇게 내 삶에 들어왔다가 사라진 어떤 타인도 내가 기억하는 한, '너', '당신', '그대'라는 이름으로 새롭게 되살아나지 않을까. 기억하는 한, 관계는 어떻게든 지속되지 않을까, 그렇게 묻고 있는 것인지도.

긁음과 찢음, 욕망을 분출하는 모험

한편 2000년대의 어떤 시들은 그로테스크하게 일그러진 몸 풍경 속으로 우리를 초대한다. 찢기고 긁혀서 흐물흐물해진 몸, 그 안에서 꿈틀거리며 흘러나오는 좀비나 벌레 같은 것들. 자기 안에 있었으나 미처 알지 못했던, 이 '것들'을 아버지로 대변되는 상징계의 잔류물, 혹은 자본의 욕망을 욕망하느라 미처 발견하지 못한 자신의 또 다른 모습이라고 해도 무방할 것이다. 이 '안'의 것들을 세계 밖으로 끌어내려면, 몸의 각질을 뚫어내는 작업이 선행돼야 한다. 조말선의 다음 시는 이러한 분열과 해체를 모든 감각 기관들을 와해시키는 방식으로 보여준다.

> 그날 아침, 무성한 아버지의 아를 떼어내 심었다 가랑이가 찢어진 겨드랑이가 찢어진 그날 아침, 단호한 아버지의 버를 떼어내 심었다 심장이 쪼개진 간격이 벌어진 그날 아침, 새 아버지를 경작하였다 새 침대를 마련하였다 새 관습을 주입하였다 (중략) 똑같은 관습을 발육할 아버지 아버지의 아버지는 아버지가 아니에요 뿌리 없는 아버지 내가 경작한 아버지
> —조말선, 「이식移植」(『둥근 발작』, 2006)에서

이 시에서 찢어지고 쪼개진 몸은 아버지의 몸, 더 정확히 말하면 '아버지'라는 언어이다. 왜 하필 아버지, 왜 하필 그 언어인가에 대해서는 새삼 말하지 않아도 될 것이다. 아버지로 대변되는 상징체계적·가부장적 언어의 폭력에 대해서는 이미 수차례 회자돼 왔기에. 다만 우리가 주목해 볼 것은 아버지라는 언어를 해체하는 방식이다. 시인은 외부 세계를 감각하는 가랑이와 겨드랑이, 그리고 뜨겁게 펄떡이는 심장마저 쪼개버린다. 모든 감각기관이 해체되어 제 기능을 못하게 될 때, 세계를 식별하는 몸은 완전히 무너진다. 이러한 지각 불능의 몸은 들뢰즈의 '기관 없는 신체'를 떠올리게 한다. 아무 것도, 그 무엇도 식별하지 못하는 이 몸에 시인은 새로운 관습을 주입함으로써 전대 시인들이 대항해 왔던 아버지의 권력을 무화시키고 새로운 의미질서를 구축하려고 한다.

시인이 주입하려는 관습은 '우리'의 관습이 아니다. 보편적 다수, 떼

거리의 법이 아니라, 타자를 짓밟고 배척하고 소유하려하는 가부장/자본의 법이 아니라, 내 존재와 행위를 스스로 결정하는 개별자의 법, 그런 관습을 시인은 만들려 한다. 이 법은 상징적 아버지를 불구화하는 것만으로는 부족하다. 모든 아들이 새로운 아버지를 꿈꾸지만, 아버지가 되어서는 '똑같은 관습'을 기계적으로 수행하듯이, 새롭게 세워진 법 역시도 보편적 다수의 것이 되면, 소수에겐 폭력적인 것이 되고 만다. 따라서 단지 불구가 아니라, 아버지라는 상징체계, 관습의 뿌리를 뽑아버리고 새로운 체계를 만들 수 있는 유연한 지점이 요청된다. "뿌리 없는" 지점은 바로 이 지점을 가리킨다. 그런 의미에서 조말선의 이 시는 모든 감각기관들을 해체하고 분열을 극대화함으로써 아버지들의 질서를 넘어서려는 지점에 놓여 있다 하겠다.

황병승은 이러한 해체를 더욱 가중시키면서 나와 타자를 가르는 경계를 뚫어낸다.

> 고다르, 그 즈음의 독서,/ 욕조에 누워 책을 읽고 있으면 온가족이 들락거렸다. 엄마 아빠 형 누나 동생 이모부 고모부 땟국물이 흐르는 내 목욕탕 내 공중목욕탕 거리의 경찰관 외판사원 관료들 시인 화가 미치기 일보 직전의 연인들 어린이 가정주부 영화광 살인자 공원의 노인, 할 것 없이 모두 다 들락거렸고 뒤죽박죽 얽히고설키는 비극 속에서 물이 끊기고 하수구가 막혔다 내 공중목욕탕의 사라진 목욕문화 더러워 더러워서 더러운 채로 지냈다// 그리고 근질거리는 여름이 왔다// 창작, 긁어대기 시작한다
> ─황병승, 「첨에 관한 아홉소ihopeso씨(氏)의 에세이」
> (『트랙과 들판의 별』)

이 시에 등장하는 목욕탕은 '독서'로 상징되는 사유의 공간적 은유이

다. 그러니까 시인이 감각하는 몸은 실재가 아니라 추상인 셈이다. 추상을 감각화할 때, 자아는 경험된 감각 즉 내적 감각을 가지고 올 수밖에 없다. 내적 감각을 통해 발화되는 언어는 자아와 세계의 간극을 만들어내며, 시선(시각)이 붕괴된 어지러운 풍경을 연출해 낸다. 사적 공간으로서의 목욕탕은 여기서 '내 목욕탕'인 동시에 '공중목욕탕'으로 제시되며, 공중목욕탕은 개인의 욕망과 타자의 욕망, 관음적 시선과 노출의 욕망이 뒤엉키는 무질서한 공간으로 의미화된다. 이 공간을 채우는 존재들은 경찰관, 외판사원, 관료들, 시인, 화가, 광인, 어린이, 가정주부, 살인자, 공원의 노인 등 익명의 타자들이다. 이들이 두서없이 등장했다 사라지는 욕조는 모든 것이 뒤죽박죽 뒤엉킨, 순수성이 사라진 이 시대를 반영한다. 시인은 하수구가 막혀 더러워진 욕조에서 벗어나기를 열망하는 대신 그 안에 더러워진 자신의 몸을 담근다. 더러운 몸은 깨끗함과 정결함을 강조하는 현실 논리를 균열시키는 동인으로 작용한다.

그 균열 지점에서 끓어오르는 열기가 몸을 "근질거리"게 하고, 시를 창작하게 한다. "창작, 긁어대기 시작한다"는 살의 감각, 즉 촉각적 몸이 반응한 결과이다. 이 몸이 반응하여 긁어대는 시는 그러므로 논리적인 언어로 전개되지 않는다. '쥬멤므, 라는 발음을 알지?'에서처럼 언어는 의미가 아니라, 몸에서 떨어지는 살비듬처럼 풀풀 흩날린다. 몸과 몸, 주체와 타자가 두서없이 등장했다 사라지는 욕조처럼, 문장과 문장, 연과 연의 인과 관계는 해체되고, 언어의 연쇄만으로 파편화된 질주가 시작된다. 하수구 표면 같은 텍스트 위로 질주하는 기호들이 충돌하면서 발화되는 순간 하수구 안의 언어가 쏟아져 나온다. 시를 북북 긁으면서 벌이는 한바탕 난장. 이것은 세계의 법칙과 자본의 가치에 동의할 수 없는 자의 우울한 반항의 포즈이다. 그러나 이러한 포즈의 과격함은 현실을 탈각하는 방식으로 지배논리에 포섭될 우려가 있다.

그런 의미에서 김근의 다음 시는 주목된다.

> 아지랑이 아지랑이 방안의 모든 모서리들이 일그러지고 문득, 할
> 미는 물기 없는 제 가랭이가 가렵다 스멀스멀 가랭이 사이로 기어나
> 오는 하얀 벌레들 벌레들이 방안을 가득 채운다 약을 먹고 내가 버
> 러지를 낳았나 버러지가 나비가 되나 흐흐흐흐 이도 없는 입으로 할
> 미가 한 번 웃자 일제히 구겨지는 천 개 주름살/중략/ 할미는 제 가
> 랭이 열고 아주 들어가 버린다 들어가서 나오지 않는다
> ─김근, 「죽은 나무」(『구름극장에서 만나요』)에서

이 시에서 '가랭이', '입'은 모두 유기체라는 몸의 일부, 그리고 '둥근'
형태를 띠고 있다는 점에서 공통성을 가진다. 이 '둥근' 형상들을 거대한
허(虛)·공(空), 즉 우주적 큰 몸의 부분 개체라고 할 수도 있을 것이다.
현실과 환상, 삶과 죽음의 질서가 동시에 작동하는 큰 몸의 일부인 화자
는 장자의 나비처럼 봄기운을 타고 이쪽저쪽의 경계를 넘나든다. 상징질
서로 환원될 수 없는, 이 미결정의 지대에서 화자가 저쪽을 경험하는 방
식은 아지랑이와의 접촉을 통해서다. 말하자면, 아지랑이와 같은 봄 공
기와의 접촉을 통해 의식의 퓨즈는 반쯤 끊어지고, 세계의 저편에 자리
한 죽음을 경험하게 되는 것이다. 이때 경험하는 감각은 육체의 감각이
아니라, 심미적 환각으로 수렴된다. 다시 말해 저 세계에 대한 열망이 의
식의 환각을 낳고, 이 환각 속에서 자아는 죽음을 경험하게 되는 것이다.

환각 속에서 자아는 흐흐흐 이도 없이 웃는 할미가 되고, 자기 가랭
이 사이에서 벌레들이 기어 나오는 것을 경험한다. 이때 벌레들은 죽은
몸에서 기어 나오는 벌레로서, 시인이 한번쯤 접했을 죽은 나무의 이미
지와 중첩된다. 죽은 나무와 동일화되는 환각 속에서 가려움을 감각하
는 자아는 논리 정연한 말을 의지대로 발화할 수 없다. '가렵고', '흐흐

흐흐 웃고', '구겨'지며 만들어진 '천 개 주름살' 역시도 어떤 인과관계가 아니라, 그저 몸의 반응에 의해 만들어진 것이다. 이 우연한 반응이 언어의 충돌을 만들어내면서 환각의 미(美)에 내장된 어둠/무의 공간을 지속적으로 불러낸다. 하얀 벌레들이 나온 제 가랑이를 열고 들어가 나오지 않는 할미는 이 세계와 아득히 멀어져 죽음의 세계로 향하며, 그 거리만큼 시인의 실존을 끌어당긴다. 그 끝에 눈을 떠 대면하게 되는「죽은 나무」는 현실의 불모성을 생생한 질감으로 감각하게 한다. 환각 속에서 죽음을 경험하는 김근의 시는 불모화된 현실 경험을 본질로 삼는 (탈)근대 현실에 대응하는 시의 새로운 모험이라 할 수 있겠다.

몸의 주름에서 빠져나오며

2000년대 시단을 관통하는 몸은 움직이면서 자신의 흔적을 지운다. 자아를 지우고 다른 몸속으로 분열해가는 몸은 혼종적, 다중적 시공간을 부유하면서 고유한 '나'를 회복할 수 있다는 믿음이 허상임을 말하고, 어쩌면 그것이 개체의 차원을 넘어 다중 공동체의 조건이 될 수 있음을 말한다. 그 과정에서 촉각은 시각에 여타의 다른 감각이 뒤섞이는 방식으로 두께를 더한다. 이 감각을 품은 '살'은 결국 우리 삶을 구성하는 파편들, 즉 과거와 현재, 죽음과 삶, 절망과 희망, 어둠과 빛을 깁고 누벼서 구성된 '주름(살)'. 일부 시인들의 시는 이 주름들 사이와 차이, 그 틈에서 새로운 성찰을 이끌어내고 있다. 시(몸)의 미학이 이 차이와 균열을 발견하고 그 균열이 어떻게 누벼져 우리 삶을 구성하는가를 검토하게 하는 데 있다면, 이 차이에 주목하는 한, 그 균열이 삶을 이해하는 힘이기도 하다는 사실을 잊지 않는 한, 그 안에 흐르는 감각은 또 다른 감각, 새로운 미래를 만들어갈 원동력이 될 것이다.

시간의 산책자들

—김백겸, 변종태의 시

map 1: 시계 – 시간 사이로

지나가고 있다. 해가 뜨는 순간, 비가 내리는 순간, 눈이 그치는 순간…, 어떤 한 공동—개체에겐 거대한 사건이 일어나는 순간들이. 그러나 순간을 이어붙이며 빠르게 달려가는 시간이 문득 헐거워지는 순간도 오기 마련. 시간 사이에 휴지(,)가 끼어들듯이, 순간의 틈새에 지나간 한순간이 불쑥 떠오른다. 이 순간, 동질적 시간의 연속적 흐름은 붕괴되고, 이질적인 풍경의 낯선 시간이 열린다. 김백겸의 『지질시대』(김백겸)와 변종태의 『목련 봉오리로 쓰다』(변종태)는 이러한 시간의 간극을 사유한 결과물로 보인다. 두 시인의 시는 유희의 언어와 절망적 포즈로 현실의 표면을 스쳐 가는 일련의 시들과 달리, 지나간 과거와 오지 않은 미래에 손을 뻗쳐 현실의 평면 위에 시간의 굴곡을 그려 놓는다. 그것은 자본의 시계—시간에 둘러싸인 일상의 각질을 뚫어내고 새로운 시간의 출구를 찾으려는 열망과 닿아 있다.

map 0: 시간의 미로

김백겸의 시집 『지질시대』(≪파란≫, 2020)는 인류가 걸어온 시간의 지층을 전체적으로 바라보려는 거시적 시선에서 그려진다. '구운몽', '스타벅스 로고'와 같이 과거의 기록이나 유물 등에서 촉발되는 고고학적 상상력은 이 시집을 이끌어가는 힘으로도 보인다. 그러나 시의 여정은 과거로 회귀하는 동선이 아니라, 현재의 비극을 환기하면서 미래로 이어진다. 여기에는 근대의 에피스테에 맞서려는 시인의 인식이 자리하고 있다. 푸코에 의하면 근대의 에피스테메는 이성(/지성)적 주체(I)에 의해 구성된다. 학교와 병원, 감옥 등은 주체의 힘(권력)이 폭력적으로 작동하는 상징적 장소이며, 여기서 사용되는 언어, 매체는 대상을 훈육하고 길들이는 도구이다. 특히 자본의 매체인 시계는 대상의 모든 시간과 삶의 리듬을 하나의 흐름으로 포획하는 강력한 도구이다.

시에서 이 흐름에 대응하는 주체는 대개 "연구단지"에서 은퇴한 백수로 등장한다. 연구단지는 지배적 주체의 상징적 힘(권력)이 발휘되는 장소(직장)이다. 여기서 추방, 삭제된 '은퇴 백수'는 현실적 삶의 부피와 두께를 갖지 못하고 거리를 떠도는 (산보)자가 된다. 그러나 그는 역설적으로 현실적 시간에 얽매이지 않고, 사회의 회로에 귀속되지 않음으로써 폐쇄된 시간의 회로에서 빠져나갈 수 있다. 그런데 아이러니하게도 "어디서 와서 어디로 죽으러 가는지 모르는 이상한 길"(「은퇴 백수」)에서 보듯, 산보자는 현실의 자장에서 빠져나갈 출구를 쉽게 찾지 못하고 있다. 캄캄한 미로 속에서 자아의 의식은 균열을 일으키며, 분열된 자의식은 「타임머신…」을 타고 낯선 시공간으로 나아가기 시작한다.

그곳은 "문자 시대를 시작한 수메르인이 걸어온 험한 역사"(「사피엔스」) 이전의 세계이자, 홍루몽과 같은 '이야기 속'의 세계이며, 스틱스 강과 같은 어두운 심연이다. 그 세계를 향한 길은 시간의 원근법이 파괴되고, 공간이 중첩되고, 주체와 타자의 목소리가 구분되지 않는 낯선 시공간으로 펼쳐진다. 그의 매혹적인 시「칼리 여신을 사랑함」에서는 어머니와 아내와 뒤섞인 여신을 사랑하는 주체가 등장하고, 「구월의 장미」에서는 동양과 서양, 인간과 자연, 과거와 현재가 혼재하는 낯선 풍경이 나타난다. 삶과 죽음이 자리를 바꾸며 해와 달이 겹쳐지는「검은 새」의 공간에는 침묵과 음향이 서로를 지탱하면서 또 다른 화음이 울려 퍼진다.

그러나 시인은 결코 상상적 공간이나, 과거의 시간에 머물러 있지 않는다. "미국원조의 강냉이 빵과 분유를 먹으며 배고픔을 이긴 아이"(「환상제국 붉은 여왕」)에서 보이듯, 시인은 자신이 통과해온 또 다른 시간을 결을 따라가 자신의 경험을 삶과 죽음, 현실과 초월 사이의 팽팽한 긴장으로 현재화한다. '흐려진 과거를 배경으로 길 가운데 앉아 있는 고양이'(「길고양이는 유령처럼 길 한가운데 앉아 있다」)는 자본의 흐름 밖으로 '추방된 자―유령'의 이미지와도 겹쳐진다. 시인은 이 죽음의 시간에 "화밀처럼 빛나는 한순간"을 부여하여 절대성의 시간에 닿기 직전에 놓인 꽃의 아름다운 순간을 보여준다. 흐려지는 과거의 배경 위에 빛처럼 터지는 꽃가루의 아름다운 현재는 소멸의 공포를 견디는 힘이 된다. 이렇게 직조되는 시편들 가운데 특히 눈에 띄는 것은 죽음과 시간에 대한 사유이다.

> 은하수공원 상호가 시라는 생각/ 인간이 죽으면 암흑 하늘의 별무리 속으로 귀환한다는 은유를 품고 있으니/ 은하수공원 화장장은 장차 은퇴 백수를 태워 암흑 스페이스로 날아갈 UFO의 플랫폼이라

는 생각

시인은 은하수공원이라는 화장장에서 죽음을 향해 가는 인간의 운명을 읽어낸다. "칼리 여신의 자궁에 누워 있는"에서 환기되는 바와 같이, "드라마에서 정치 권력을 대리만족하"거나, "장기이식으로 백세 시대의 무병장수를 기약"해도 모든 인간은 죽음의 시간 속으로 돌아가야 한다. 누구에게나 공평하게 주어진 시간의 흐름은 인간의 무수한 욕망과 사건을 감싸고 흘러 모두를 죽음이라는 "별"로 귀환하게 한다. 제가끔 다른 시간을 살아온 개체들은 시간 속에서 "별무리"라는 하나의 존재로 묶인다. 이러한 운명의 보편성에 대한 자각은 자아의 죽음을 바라보는 통로가 된다. 타자의 죽음이라는 보편성은 직접 경험할 수 없는 자신의 죽음이라는 사건과 대면하게 한다. "은하수공원 화장장"은 무수한 삶의 궤도를 지나왔을 시인이 죽음을 깨닫게 되는 공간이다. 죽음 앞에 선 자의 불안은 모든 빛을 삼켜버리는 "암흑 하늘"이라는 이미지로 표현된다. 흥미로운 것은 시인의 태도가 단순한 두려움 속에 머무르지 않는다는 점이다. 시인에게 죽음이란 육체와 시간의 결박에서 풀려나 새로운 존재로 변신하는 것으로 인식되는 듯하다. 그러기에 시에서는 죽음과 대면한 자의 고통이나 연민의 목소리는 느껴지지 않는다. 오히려 '은하수공원 화장장은 플랫폼'에서 보듯, 화장장을 잠시 머물렀다가는 "플랫폼"으로 생각하는 여유가 드러난다. 그것은 시인의 인식이 삶과 죽음, 현실과 초월이라는 원환圓環적 시간에 기대어 있기 때문으로 보인다.

　　　잠재태로서 과거세 모든 존재 기억과/ 현실태로서의 생로병사 모

든 사건과/ 가능태로서의 미래세 모든 풍경을 품고 씨앗들이 깨어난
다.// […]/ 석류는 에피스테메의 영원 속에서 지금 이 순간의 벡터
에너지를 드러낸다/ 석류의 자궁 속에서 붉은 씨앗들이 검은 눈을
뜬다.

―「석류」

화장장에서 죽음의 (별)빛을 응시하던 시인의 눈은, 이 시에서 빛을
머금은 '검은 눈'으로 변용된다. 그 눈은 "에피스테메의 영원 속에서 지
금 이 순간의 벡터 에너지를 드러"내는 석류의 '씨앗―눈'이다. 여기서
에피스테메는 절대 불변의 진리나 정신을 지향하는 플라톤적 에피스
테메가 아니라, 무한 가능성으로 열려 있는 '눈'의 에피스테메, 즉 육체
의 잠재성을 상징한다. "석류의 자궁 속에서" 검은 눈을 뜬 "붉은 씨앗"
은 아직 석류가 되지 못한 존재, 다시 말해서 유예된 미래(석류)를 자기
내부에 간직한 존재이다. 따라서 석류의 자궁으로 상징되는 열매의 빈
공간은 미래의 시간성으로 채워진다. 과거세와 미래세, 현실태의 벡터
에너지를 품은 '씨앗―눈'은 선형적 시간의 궤도를 넘어 원환圓環적 시
간성을 환기한다. 그 궤적은 석류의 자궁 속에 있는 새로운 씨앗의 육
체성과 닮아있다. 시인은 자기 내부에 과거와 미래를 동시에 품고 있는
새로운 시간을 잉태한 석류로 변모된다. 꽃과 열매가 미래인 동시에 과
거인 이중적 시간성을 함축하고 있는 것처럼, 석류―시인은 열매의 내
부에 간직된 꽃처럼 미래에 간직된 과거인 동시에, 과거 속에 간직된
미래의 시간성을 내포한 존재로 현현된다. 이러한 시간의 순환은 이질
적 차이를 담지한 시간, 곧 차이의 반복이 지속되는 영원한 과정이며,
그것은 근대적 역사의 파편 속에서 새로운 시간을 꿈꾸는 과정으로 이
해된다.

map 25. 지도에서 사라진

　한편 변종태의 시집 『목련 봉오리로 쓰다』(≪천년의 시작≫, 2020)
는 일상의 풍경 속을 주유하는 산책자의 시선으로 빚어진다. 그는 그림
자를 따라가는 길강아지를 따라서 낯선 공원으로 걸어 들어가는가 하
면, 안개 자욱한 봄 마당에 막 피어나는 꽃봉오리를 들여다보기도 한
다. 어떤 날은 마을 회관 앞 정자나무를 들여다보기도 하고, 또 어떤 날
은 물고기처럼 연못의 풍경 속으로 헤엄쳐 들어가기도 한다. 그러다 어
느 한순간, 대상과 하나를 이룬다. 이러한 그의 시 쓰기는 부드러움과
날카로움, 삶과 죽음이 동시 공존하는 사물의 육체성을 닮아 있다. 부
드러운 깃털 속에 날카로운 발톱을 감추고 있는 고양이, 화사하게 핀
꽃잎 속에 죽음의 그늘을 동시에 품고 있는 나무들처럼, 부드러움과 날
카로움, 삶과 죽음이 공존하는 언어 안에는 삶의 표면을 뚫고 나가는
수성樹/獸의 감각이 자리하고 있다.

　　　마당 감나무에 간신히 매달린 까치밥, 까치보다 직박구리가 먼저
　　　찍었다. […] 새란 새들이 모두 내 안으로 파고 들었다. 단맛이 나는
　　　부위부터 찍고 찍다가 감꼭지 같은 입술만 남겨 두었다. […] 안으로
　　　만 그렇게 스며드는 내가 감나무 꼭대기에 매달려 있다.
　　　　　　　　　　　　　　　　　　　　　　　　　－「버려지는 바깥」

　시인은 마당에 서서 감나무에 매달린 까치밥을 쪼아먹는 새들의 행
위를 바라본다. 까치밥을 먼저 찍으려는 새들의 행위는 자본주의 경쟁
사회의 한 단면을 연상시킨다. 마당 '안'은 경쟁사회의 '바깥'으로 이해
된다. 자본의 바깥으로 버려진 자아에게 찍고 찍는 새들의 행위는 한순
간의 환각으로 펼쳐진다. 새들은 어느 순간 "내 안으로 파고" 든다. 이

때 자아는 새들이 먹는 '까치밥'과 동일한 의미로 겹쳐지며, 그것은 또다른 풍경을 만들어낸다. 새란 새들이 모두 내 안으로 파고드는 사건은 빛(바깥)의 공간에서 배제되었던 어둠(안) 속으로 모든 것이 사라지는 거대한 재앙이다. 그러나 한편으로 그것은 밖(빛)의 공간에서 이루어지는 경쟁을 무無로 되돌림으로써 코드화된 삶에서 벗어나는 탈주의 길이기도 하다. 기형적으로 확대된 입술은 모든 경쟁과 지배적 흐름을 무無화시키는 입구인 동시에 출구가 되는 것이다. "감꼭지 같은 입술"은 타자를 먹음으로써 타자를 자기화하려는 주체의 것이 아니라, 먹는 주체―새들이 남긴 타자의 것이다. 그것은 완전히 삼켜지지 않고 감나무 꼭대기에 매달려 있다. 하늘과 땅, 위와 아래, 안과 밖의, 이 가파른 경계에 달린 '입'은 죽음의 공간인 동시에 생성의 공간으로서, 현실의 지배적 감각을 뚫어내려는 시인의 열망을 담고 있다. 주목되는 것은 이 과정에 '찍고, 파고드는'과 같은 동사적 술어들이 사용되고 있다는 점이다. 'ㄲ, ㅉ, ㅍ'과 같은 파열음과 맞물려 있는 동사적 술어는 자본의 공간으로부터 벗어날 출구를 찾는 행위와 동일한 의미를 갖는다.

이렇듯, 수성樹/獸의 감각을 내장한 불화의 언어들은 단일한 의미 체계의 지배적 언어와 충돌하면서, 그 틈새에 낯선 존재들을 출현시킨다. 「그림자 사냥」에 등장하는 길강아지는 "공원 벤치 밑에 엎드린 채 그림자를 씹"는다. 자신의 그림자를 끊임없이 물어뜯는 강아지는 이 세계 내에서 그림(자)처럼 살아가는 자아의 한 모습이며, 그 행위는 현실을 지배하는 (시)감각의 완고한 각질을 뚫어내려고 새로운 감각을 발견하려는 치열한 고투와 닿아 있다. 시인은 「국수라는 말에는 수국이 핀다」에서 국수―음식―대상이라는 언어의 배치를 거부하고, 국수 그릇에 수국을 담아내는가 하면, 「꽃의 스텝을 밟다」에서는 꽃보다 먼저 "ㄲ"을 피워낸다. 이를 통해 삶의 지각 방식과 관습적 감응 방식을 바꾸어놓는다.

시인은 자기 밖에서 들려오는 낯선 소리와 움직임에 민감하게 반응
한다. 그리고 일상의 저 너머에서 도래하는 낯선 타자를 만난다. 일상
에 틈입한 과거라는 타자는 머나먼 과거와 현재를 뒤섞고, 삶과 죽음이
마주하는 새로운 시간을 열어준다. 이 시간 속에서 시인은 "무자년 분
홍 종소리"(「하늘 공원 야고」)와 같이, '4.3사건'을 배경으로 한 무수한
죽음/주검의 소리를 듣는다. 그리고 그 (목)소리를 되받아 쓴다.

> 봄 안개 자욱한 남도에 목필화가 피어납니다/ 봄기운 듬뿍 받은
> 봉오리, 안개를 담뿍 찍어/ 당신들의 이름을 씁니다// [...] 붓을 쥔 손
> 이 떨립니다
>
> ─「목련 봉오리로 쓰다」

안개 속에서 피어난 목필화는 타자의 죽음/주검을 머금고 피어난 4
월의 꽃이다. 시인은 우리 근대사에서 권력에 의해 죽음의 공간으로 떠
밀려간 당신들의 얼굴을 안개 속에 피어난 꽃에서 발견한다. 무자년 4
월, 제주는 권력적 지배 시스템을 구축하기 위해, 양민을 처벌하고 학
살할 권리를 가진 자와 자기 권리를 박탈당한 채 죽음으로 떠밀리는 자
들이 부딪치는 고통의 전장이었다. "봉오리를 쥐고 흔들던, 그날의 바
람"은 무고한 양민을 빨갱이로 낙인찍어 처벌한 (권력)자의 흔적이다.
그 힘은 당신들의 "한라산정에서 탑동바다"에 이르기까지 무수한 당신
들의 이름을 어두운 땅속에 묻어버렸다. 그러나 땅속 깊은 곳으로 뿌리
뻗는 목련은 그 상처를 끌어안고 끝끝내 꽃으로 피워낸다. 시인은 그
꽃잎 속에서 무수한 당신들의 얼굴을 만난다. 그것은 죽은 자의 시간과
산 자의 시간을 잇고자 하는, 잇댈 수 없는 것을 기어코 이어 붙이고자
하는 불가능한 의지, 또는 의식과 다르지 않다. 축축한 안개로 내 몸에

스며든 당신의 죽음/ 눈물은 이제 나의 죽음 / 눈물이 되며, 이 순간 시인의 육체는 역사의 상처를 증언하는 동시에, 권력의 지배에 대항하는 새로운 텍스트가 된다.

map 2. 시, 걷다

시간의 간극에 주목하는 것, 동질화된 시간을 휘저어 균열의 틈새를 만들어내는 일. 그것은 두 시인이 시를 피워낸 한 조건이다. 이 틈—사이에서 발견되는 무수한 얼굴들. 과거(또는 미래)의 얼굴로 다가오는 어둠—죽음의 얼굴은 역사의 저편으로 사라져간 당신의 얼굴만이 아니라, 그런 당신이 되어가고 있는 지금—이곳의 당신들, 그리고 나의 얼굴이다. 어쩌면 시인들은 이 공동空洞의 얼굴을 통해 우리에게 묻고 있는지도 모른다. 어떤 충만한 순간도 낯선 사건도 경험할 수 없는 자본의 시계—시간 속에서 당신은 지금 어떤 시간을 향해 걷고 있는가….

시차의 공터

—안태운의 시

0

다양한 모양, 다양한 빛깔을 가진 시계들이 각자 소리를 내며 다른 방향을 가리키는 시계점의 시계바늘처럼, 다른 모양과 다른 빛깔을 한 얼굴들이 저마다의 소리를 내며 서로를 통과해 가는 낯선 지대가 있다(『산책하는 사람에게』). 그들은 모두 현실의 시계—시간과 다른 방향을 향해 걷는다. 누군가는 구불구불한 길을 따라 계절의 뒤편으로 걸어 들어가는가 하면(「계절 풍경」), 누군가는 빛을 타고 지도의 뒷면으로 돌아가고(「빈방의 빛」), 또 다른 누군가는 말馬을 끌고 말語의 세계로 달려간다(「말」). 단 하나의 시계時計/視界만이 용납된 세계에서 이탈하려는 자들. 그런데 어디서 출발하여 어디로 가는 걸까.

07

그들 중 한 사람이 움직이고 있다.

너는 흘러가는 구나/ 흘러가본 너는 조금씩/ 거울을 남기는 구나/
거울은 일기를 담는다/ 거울은 계절을 담는다/ 네 신체를 떠돌지
—「흘러가본 거울 또 거울을 흘러가서」에서

'빗속에서 숨기도 하고 젖기도 하면서 걸어가던' 그는(「산책했죠」),
어느 사이 '흰 개와 함께 공터를 돌'(「흰 개를 통해」)다가, 페이지를 후
루룩 건너뛰어, 신체를 떠도는 거울로 변모된다. 자신을 비추어보는 자
기성찰의 매개체인 거울. 그렇다면 '너'는 곧 '나'를 말하는 것일 텐데,
시 속에서는 나라는 이름이 보이지 않는다. 나를 지우고 너의 속으로
흘러가는 거울은 분명 무엇인가를 은폐하고 있다. 그것은 단 하나의 눈
으로 대상을 지배해온 권력적 주체의 시선을 균열시키고, 거울−눈이
라는 두 개의 눈을 발명하려는 시적 모험과 관련돼 보인다. 각각의 눈,
하나의 시선으로 세계를 보는 '거울−눈'은 동일자−나의 눈으로 세계
를 바라볼 수 없다. 어느 한 곳에 머물러 있지도 '못한 / 않'다. 두 개의
이질적 의미가 함축된 눈은 일기와 계절을 담고 흘러가면서, 너 / 나의
상징적 분할선을 지운다. 바로 이 틈새가 시집『산책하는 사람…』이
출발하는 지점일 것이다. 사실, 현실의 거울과 시의 눈, 다시 말해 세계
와 시적 언어의 간극에서 발생하는 시간의 간극時差은 세계를 향한 시
선의 차이視差를 낳을 수밖에 없다. 시인은 이 시차의 간극에서 (각종
감시카메라와 같은 현실적)거울의 표면을 일그러뜨리고, 그 이면의 균
열된 어떤 지대로 우리를 이끌어간다.

그는 열린 방충망을 보며 그곳을 통해 또 나갈 수 있는 게 없는지

주위를 살폈다. 하지만 찾지 못했고 창밖에서는 날벌레가 멀리 날아가지는 않고 맴돌고 있었다. 그는 방안에서 다시 손짓하며 날벌레를 부르고 있었다. 하지만 다시 들어올 리는 없지. 그는 애타게 손짓하고 있었다. 애타게 찾고 있었다. 날아갈 수 있는 것을. 나는 방에 숨어서 그 모든 걸 지켜보고 있었다. 열린 창과 열린 문을 번갈아 쳐다보면서

─「열린 창과 열린 문」에서

이 시에서 거울─눈은 창(문)으로 변용된다. 그런데 창─눈에 비치는 대상은 하나가 아니다. '창밖으로 빠져나간 날벌레'와 '날벌레를 바라보는 그', 그리고 그런 그를 바라보는 '나'. 여기서 주목되는 시선의 역학 관계다. 우선 그는 날벌레를 '보는 자'인 동시에 나에게 '보여지는 자'다. "나갈 수 있는 게 없는지 주위를" 보는 자의 눈은 감시자의 시선으로 환기된다. 감시자의 시선은 '보여지는 자'를 불안과 공포로 몰아넣는 일종의 감옥이 된다. 창밖의 날벌레는 이 시선의 감옥으로부터 탈주하려는 자의 한 모습이다. 그러나 "멀리 날아가지는 않고 맴돌고"에서 보듯, 날벌레의 탈주 의지는 '보는 자─그'의 집요한 시선에 포획되어 좌절되고 만다. 중요한 것은 '보는 자─그' 역시 나의 시선에 '보여지는 자'이며, 그 모든 걸 지켜보는 '나' 역시 '방'이라는 폐쇄된 공간에 놓여 있다는 점이다. 이렇게 될 때, 보는 자로서의 나와 그, 보여지는 자로서의 날벌레와 그는 나와 같은 입장에 놓인다.

이러한 시선의 역학은 근대적 시선의 폭력성에 주목한 푸코의 성찰에 닿아 있다. 판옵티콘의 형상으로 구성되는 푸코의 원형 감옥은 시의 '방안'과 닮았다. 사물을 포괄하는 원형의 위상학은 대상을 지배하는 권력자의 눈이 되기도 하고, 역설적으로 대상의 결핍을 드러내는 허방이 되기도 한다. '열린 창, 열린 문'은 대상이 사라진 허공을 환기한다.

이 허공을 애타게 바라보는 그의 눈이 말하는 것은 무력감과 공허이다. 대상을 상실한 '그'의 시선의 무능은 방 안에 숨은 그림자—나의 무능과 겹쳐지면서, 어떤 실재(죽음)를 비추어 낸다. 창—문이 열려 있으나, 자유롭게 날아갈 수 없는 삶. 그래서 폐쇄된 방 안에 갇혀 살아갈 수밖에 없는 끔찍한 진실. 이 참혹한 (그림)자를 보는 행위는 대상을 지배하려는 시선의 힘을 무력화시킨다. 시인은 이 무중력의 시선을 통해 지배적 시선의 무능성과 허구성을 폭로하는 동시에, 그 시선에 포획된 자의 죽음을 감지하게 한다.

이러한 시 쓰기는 무수한 이미지로 둘러싸인 시계(視界)의 두꺼운 각질을 벗겨내고, 근원적 운명을 찾아가는 일과 다르지 않다. 이 길에서 의미의 지층을 뚫고 들려오는 어떤 (목)소리에 귀 기울이는 일은 **빼놓을 수 없을 것 같다.**

> 모두들 잠깐 침묵. 그렇게 침묵하다가 사람들은 웃고 있었습니다.
> 나는 침묵과 침묵 뒤의 웃음이 인간의 소리라고 이해했어요. 침묵.
> 침묵 뒤의 웃음. 끝없는 인간의 소리.
> —「인간의 소리」

침묵과 웃음이 발생하는 장소는 '입'이다. 침묵하는 입이 닫힘—죽음을 환기한다면, 웃는 입은 열림—삶을 환기한다. "소리"는 이 닫힘과 열림의 간극에 놓여 있다. 만일 소리가 너—타자의 내부로 스며들지 못하고, 그리하여 허공에서 부서진다면, 그 순간 삶의 입은 닫힌 벽, 또는 죽음의 허방이 된다. 온 힘을 다하여 웃는 입술이 벽으로 닫히는 순간, 소리는 죽음의 어둠 속으로 추락한다. 모든 소리는 그 불가능성의 운명 속에서 살고 있다. 사실 그것은 (공공연히 알고 있듯이) 사람들이 타자의 소리를 사랑하는 게 아니라 타자를 향한 자신의 소리를 사랑하기 때문이다. 자신의 소리를 사랑하는 자의 소리는 부서지면서 타자에게로 스며들어 가는 울림이 아니라 허공에서 얼어붙는 침묵이 된다. 그것은 모든 소리가 일시에 중지되는 거대한 사건이다. 그러나 역설적으로 이 중지—죽음은 새로운 감각을 환기한다. 모든 소리가 중지되는 순간, 세계는 내게서 저만치 멀어지고, 그 죽음과 같은 고독 속에서 나는 듣게 되는 것이다. 인간의 이성으로 의미화할 수 없는 낯설고 "기이한" 소리를.

이 궁극의 소리를 향한 침묵의 여정은 시간과 나란히 간다. 침묵이 죽음의 시간이라면, 웃음은 삶의 시간이다. 삶이 유한성의 세계로 수렴된다면, 죽음은 무한성의 세계로 확장된다. 이렇듯 삶과 죽음, 입술의 열림과 닫힘이 길항하는 의미의 장력 속에서 웃음과 침묵이 서로를 부둥켜안고 있는 것이 곧 「인간의 소리」일 터이다. 그런데 이 소리를 찾아가는 시인의 목소리에는 중간중간 서술어를 결락시킨 미완의 구문에서 보듯, 모종의 공백이 내장되어 있다. 이 공터는 침묵의 파편일까, 웃음의 한 조각일까. 아니면 자신의 소리만을 사랑할 수밖에 없는 자의 우울하고 공허한 울림일까. 어쩌면 그것은 애초부터 발화될 수 없는 어떤 침묵의 노래는 아니었을까.

37

노래는 아직 끝나지 않았다. 저 공터 사이에는 지금도 누가 춤추고 노래하며 걷고 있다. 겨울밤의 몸속을 휘젓고(「이윽고 겨울밤」), 오지 않은 것들과 사라져버린 것들이 도처에 널려 있는 가을을 뒤적거리면서(「가을이 오고 있다」), 애초에 가 닿을 수 없는 언어의 불가능한 운명을 환기시키면서, 웃/울음을 머금고 비틀비틀 걷고 있는 비非인칭의 「

행인들」. 독자여, 저 행인들이 들려주는 노랫소리의 알 수 없는 파장을 오래 느껴보시길.

욕망의 디자인

— 윤유점, 임헤라의 시

탈주의 무늬

말할 것도 없이 인간에겐 욕망이 있다. 혹자는 그것이 결핍에서 기인한다고 말하기도 하고, 혹자는 그 자체가 생산적이라고 말하기도 하지만, 어떻든 살아 있는 욕망은 고정된 질서나 체계에 갇혀 있지 않는다. 윤유점의『붉은 윤곽』은 우리에게 낯선 욕망을 끊임없이 들이미는 자본의 질서로부터 벗어나려는 탈주의 무늬를 그리고 있다. 광대한 이미지와 공허한 시간 반복으로 특징지어지는 자본주의적 현실에서 시인이 경험하는 것은 실존에 대한 불안과 해체의 위기감이며, 이 지점에서 출발하는 윤유점 시는 자본의 그물망을 끊어내려는 파괴적 욕망과 삶의 욕망을 동시에 보여준다. 일테면,

> 빈 박스를 끌고 가는 노파가 있다/ 자전거를 타고 가는 그의 그림
> 자는/ 좀체 지워지지 않는다/ cctv는 없고/ 자동차 헤드라이트에 핏
> 빛을 홀린/ 고양이를 찾아 나서는 그가 있다/중략 / 산동네 지붕에서

먼 강을 내려다 본다

—「붉은 윤곽」에서

시의 배경이 되는 산동네는 생활 공동체로서의 따스한 인정이 보이지 않는다. 개별자들이 소외된 형태로 존재하는 이곳은 그러니까 자본의 논리에 의해 파편화된 현대적 삶의 공간을 의미한다. '빈 박스를 끌고 가는 노파', '핏빛을 흘린 고양이를 찾아나서는 그', '만취한 거리를 엿보는 고양이' 등 개별적인 것들의 집합으로 이루어진 이 세계는 'CCTV는 없고', '내리막길', '후미진 틈새'가 보이는 황량한 풍경으로 드러난다. 이런 풍경을 볼 때, 누구든 우울과 불안이 동반하기 마련이다. 그러나 시인은 쉽게 누설하지 않는다. '빈 박스를 끌고 가는 노파'의 절박함이나, '핏빛을 흘린 고양이를 찾아가는 그'의 불안과 대조적으로 어떤 동요도 없이 대상을 관찰하는 듯한 태도를 취한다. 이런 주체는 욕망이 거세된 사물과 같다. 하지만 시인이 강조하는 것은 단지 인간성 상실에 있지 않다.

윤유점 시를 지배하는 시선(시각)은 근대적 주체의 시선을 박탈하려는 시적 장치로 사용된다. 여기서 그것은 '강을 내려다 보는' 시인과 화자, 고양이의 시선이 겹치는 방식으로 제시된다. 고양이와 화자, 주체와 타자의 시선이 겹치는 순간 이 세계를 들여다 보(감시하)는 주어로서의 주체는 무화(無化)되고, 그 자리를 대치하는 것은 모호한 주체가 된다. 의미를 담아내지 못하고, 툭툭 끊어지며 분산되는 이 목소리는 분명 분리 논리로 무장한 자의 질서에 동의하지 않는 자의 것일 터. 「붉은 윤곽」은 그 (타)자들의 시선이 겹치며 만들어진 일종의 탈주선과 같다. 이 세계의 상태와 다른 세계는 없다는 절박한 발견 끝에 이르게 되는 (경계)선. 혹은 무(無)의 그 깊은 심연 앞.

거기에 자신을 세운 시인에게 시는 텅 빈 무(無)대와 같다. 이 무대의 주체가 부재하는 순간 '좀비'(「막간극」)들이 출현하고, '욕망이 은밀한 미소' 짓는(「겟세마네의 가을」) '무의식'(「당신의 부재」)의 퍼포먼스가 펼쳐진다. '뭉개진 빨간 입술'의 자아(「열일곱 한때」)는 각기 다른 표정과 음성으로 분열적 자아를 상연한다. 이때 자아는 '시간이 모호할수록 나는 해체된다'(「목신의 오후」)에서와 같이 그 안에 의미를 담지 못하고 환영적 이미지들을 비추는 존재이다. 이렇듯 비어있는 자아의 표면을 흘러가는 음성들은 한 자리에 안착하지 않고 부유한다. '피어오른다, 흔들린다, 너울거린다, 끓어오른다'와 같은 확산의 술어들이 명사(주체)의 자리를 대치하고, 명사가 지워진 자리에 술어들만 남아 '신음 소리를 내고 꺽꺽 혀를 찬다'(「나 어떻게」).

그러나 시인은 결코 이 세상 밖으로 탈출하려 하지 않는다. 도시의 거리를 헤매며 허공으로 휘발되지 않으려 안간힘 쓴다. '20원짜리 벽돌을 등판에 차곡차곡 쌓아올리는 당신'(「벽돌 열두 장」)이 되기도 하고, '제 몸보다 커다란 세금고지서를 찍어대는 딱새'(「딱새」)가 되기도 하면서 시인은 그들, 아니 타자들의 간절한 눈빛을 읽으려 한다. 그 간절함으로 시인은 일상 속으로 더 깊이 들어간다.

> 상황종료는 간단하게/ 문자로 온다/ 얼굴을 마주치지 않아서 좋다 / 자신도 모르는 사이/ 쓸 수 없는 것은 분리대상이 된다/ 10년차 연봉을 깎아준다 해도,/ 성과급으로 살았던 능력은 소진되고/ 사물함에 남은 건 명함뿐이다/ 중략/ 눈물/ 분노/ 중량 초과를 쑤셔 넣는다
> ─「종량제」에서

이 시는 실업에 내재된 존재의 균열을 실존적 깊이로 심화시켜 보여

준다. 시인은 택시기사의 실업을 소재로 '상황종료는 간단하게 문자로 온다', '쓸 수 없는 것은 분리대상이 된다'는 사회의 배타적 거부와, '사물함에 남은 건 명함뿐'이라는 실업자의 쓸쓸함을 효과적으로 담아낸다. 실직한 택시기사는 시에서 화자의 상사로 설정돼 있지만, 그 감정은 온전히 택시기사의 것이라 하긴 어렵다. '얼굴을 마주치지 않아서 좋다'거나 '성과급으로 살았던 능력은 소진되고'의 주어는 시인인지 택시기사인지 알 수 없다. 이러한 불일치를 통해 강조되는 것은 세계와의 불화와 절망감이다. 시인은 이 감정을 종량제 봉투에 쑤셔 넣음으로써 전이시킨다. 이때 종량제 봉투는 눈물과 분노, 노동과 실업을 떠안은 하나의 존재가 된다. 그러나 이것을 버리거나 폐기할 수는 없다. 둘 이상의 의미를 안고 있는 종량제 봉투는 '분리되지 않은 구조조정은 수거하지 않는다'에서처럼 누구도 수거해가지 않는다.

이때 종량제는 개인의 자유, 선택, 능력을 강조하는 신자유주의적 시장질서, 이 질서를 떠받치는 사회제도, 그 제도에 편입하려는 개인의 욕망 등 다양한 문제의식을 함의한다. 일상의 영토를 가로지르며 탈주의 위반을 감행하는 시인의 시선의 기원은 여기에 있다. 과잉생산과 소비의 이면에 끔찍한 실업도 자리하고 있다는 것, 공허한 일상의 이면에 생존을 위한 노동과 비명이 함께하고 있다는 사실을 비춰 보이는 것이다. 이를 통해 시인이 타전하는 궁극적인 의미는 결국 이것일 터이다. 세상 낮은 자리에서 간절히 생을 이어가는 타자들에 대한 관심. 기존 이데올로기를 부서뜨리고 그 자리에 우뚝 세우고 싶은 이데올로기, 사랑.

생성의 이미지

임혜라의 시 역시 존재의 위기의식을 다루고 있다. 그러나 일상의 풍경에 자아의 내면을 겹쳐놓는 윤유점과 달리 임혜라는 자본에 포획되지 않는 잉여의 영토에 자신의 준거를 마련함으로써 위반의 에너지를 생성한다. 그곳이 곧 근원으로서의『초경의 바다』이다. 미래를 향해 질주하는 진보 이념과 거기 내장된 텅 빈 현재 사이의 불일치, 그 지점에 감각적 분열과 욕망을 매혹적으로 풀어놓은 그의 시편들은 존재의 근원에 대한 새로운 인식을 드러냄으로써 빛을 발한다.

> 자순한 욕망이 밀려들면/ 온전히 눈을 감는 해안선/중략/ 너는 선홍빛으로 수줍어했다/ 돌아오는 시선들을 기울어지고/ 연분홍 물항라 한 폭으로/ 전마선의 가슴을 쓰다듬었다// 먼 물결 자락 끝머리/ 선홍빛 파문에 부딪칠 때// 뱃머리 유두는/ 여린 해풍에 파르르 떨리고/ 낯선 물살 어루만지는 붉은 하늘/ 드넓은 심장/ 끊임없이 핏빛으로 질척거리고// 안개 속/ 먼 뱃고동 소리/ 날름거리는 동백꽃 헛바다
> ─「초경의 바다」에서

풍요로운 생명의 모성을 상징하는 바다는 이 시에서 생명만을 표상하지 않는다. 자연(해안)과 인간(눈), 삶(심장)과 죽음(피), 과거(저녁)와 현재(아침)를 안고 있는 이 바다는 어떤 '붉은 기억'을 품고 있는 거대한 자궁으로 환기된다. 그 기억이 '초경'일 텐데, 시인은 이것을 자신의 목소리로 말하지 않는다. 보이지 않는 '나'와 문맥 사이의 침묵을 통해 말하는 주체의 정체를 모호하게 흐린다. 시는 이 모호한 주체의 언어들이 경계 없이 뒤섞이며, 이성적 분별은 사라진다. 이 분별 없음에 의해 출렁이고 미끄러지는 언어들은 서로 부딪치고 스며들면서 관능성을 강하게 환기한다. 이를테면, '노을─선홍빛─연분홍─핏빛'으로 빛깔을 바꾸는 바다가 '기울어지고' '쓰다듬고' '부딪치고' '떨리고' '질척거리는' 동사적 서술어와 만나면서 다양한 색깔과 섹슈얼리티의 관계성이

환상적으로 펼쳐지는 것이다. 동백꽃은 그 끝에 피어난 바다의 초경(初經)이자, 여성의 피다.

　여기에는 가부장적 문화를 전복하려는 위반의 상상력이 깔려 있다. 가부장적 문화에서 악덕으로 규정해온 여성의 욕망은 시인에게 억눌러야 할 대상이 아니다. 여성의 피 또한 은폐되어야 할 금기의 액체가 아니다. 「초경의 바다」는 자연스럽게 월경을 예비하고 그것을 실천할 수 있는 시간(初更)의 몸을 가졌음을 의미하는 것에 지나지 않는다. 날름거리는 동백꽃 혓바닥은 그 거대한 바다(자궁) 안의 존재로서, 생기로 가득 찬 언어의 에로스적 충동을 감당하는 동시에 '해안선이 눈을 뜨면' 사라질 개방과 폐쇄를 함축한다. 해안선의 "눈"은 현실과 비현실, 안과 밖, 의식과 무의식을 연결하는 경계선으로서, 이 충만한 공간에 가두어진 시인의 욕망을 불러내는 역할을 담당한다.

　임혜라의 시는 세계의 기원으로 은유되는 모성을 예찬하지 않는다. '유년의 문을 열고'(「유채꽃밭에서」)들어가 만난 어린 시절 동반자들도 일체감으로 귀속되는 공동체로 그려지지 않으며, '몇 만 리 등졌던 옛집'(「하관」)이나 '그리워 찾아간 포구'(「그리운 포구」)도 일정한 우울의 그림자를 드리우고 있다. 시인의 기억은 '잃어버린 숲을 쪼아대는 뭉개진 부리'(「도시의 흰 새」)처럼 옛 자리가 회복 불가능함을 고통스럽게 각인시킨다. 이것은 자연스럽게 타자를 향해 나아가게 한다. '너를 푸는 일이 나를 읽는 일'이기에, 귀를 막고 선 너의 문'(「너를 풀다」)을 두드리고, '수렁에 핀 꽃의 우듬지 같이 웅크린 너'(「그믐」)에게 가까이 다가가려 한다. 그러나 이 재난의 시대에 만남은 결코 쉽지 않다. 연작시 「퍼즐놀이」나 「환상일기」 등은 속도가 지배하는 현실 속에서의 위기와 불안을 안고 살아갈 수밖에 없는 존재의 고통스런 의식을 보여준다.

사각 모눈종이 귀퉁이 접고/ 남은 모서리를/ 옷자락으로 덮는다/ 헐벗은 산들도 접으면 다사롭다/ 능선과 능선을 붙여 허리춤을 조이고/ 나무들이 푸르도록 네 귀와 옷섶을 다독인다// 상자를 뒤집어 줄을 당긴다// 중략// 묘비의 가슴 한가운데 화환을 걸고/ 나비가 날아가는 길을 틔운다/ 길이 어긋나는 수풀 속에서/ 긴 장대를 꽂고 밤이 드는 자정을 기다린다

—「환상일기4·상자」에서

이 시에서 시인이 느끼는 불안은 상자라는 공간으로 표상된다. 시간을 분절하고 공간화함으로써 다양한 시간의 질감을 동질적인 것으로 환원시켜버린 문명의 시공간. 시인은 이 안에 헐벗은 산, 분묘 등 죽음의 이미지를 끌어들여 생명체의 위기를 암시한다. 그런데 누군가 이 상자의 모서리를 접고 덮으며, 다사롭다고 말한다. 이 주체가 누구일까. 문장의 주어는 누구도 될 수 있고, 누구도 될 수 없다. 어쩌면 임혜라 시에서 시인을 찾으려는 시도 자체가 무의미할지 모르겠다. 말하는 주체는 있지만, 시인은 전지적 지식을 갖고 있지 못하다. 접고 덮는 것이 왜 다사로운지 설명하지 못한다. 시인이 자신을 내려놓는 순간 말하는 주체는 자유롭게 활약하며, 다른 (타)자의 목소리를 들려준다. 그 행위는 연속적·직선적인 근대적 시간을 붕괴시키는 방식으로 진행된다. 접고, 덮고, 조이고, 다독이고, 당기고, 걸고, 틔우는 행위는 순서를 바꾸어도 관계없고, 이것은 현실적 지평에서 해방된 새로운 세계를 탐색하는 작업이 된다.

그곳이 바로 '둥근' 원형의 세계일 것이다. 주체는 귀퉁이를 접고 덮음으로써 촘촘한 모눈종이의 직선적 시공간을 유선형의 곡선으로 변화시키고, 옷섶의 줄을 당김으로써 숨구멍을 틔우려 한다. 짐승의 울음이 틈을 막아도 포기하지 않고, 둥근 모눈종이를 뒤집어 분묘를 세우고

그 한가운데 화환을 걸어 나비가 날아갈 길을 틔운다. 긴 장대 위의 시공간은 텅 비어 있는(虛 · 空) 우주적 시공간과 맞물리며, 존재의 근원적 시공간을 환기한다. 그곳을 향해 길이 어긋나는 수풀 속에서, 오늘과 내일의 경계인 자정을 기다리는 임혜라 시는 '가파른 길 위에서 다른 길을 만들어'(「엉겅퀴넝쿨」)가려는 적극적 열망으로 생성되고 있다. 삶과 죽음, 주체와 타자, 세계와 자아가 맞닿아 충돌하며 계속 변화해가는, 『…바다』는 그 가능성이 출렁이는 지대라 할 수 있을 것이다. ∞

시인의 코나투스

코나투스(conatus)는 모든 존재에 내재된 본질적인 힘 내지 충동이라고 말해진다. 각 사물이 다른 사물과 함께 또는 혼자 활동하는 가운데 자신을 지키고자 하는 욕망이라고도 말해진다. 일찍이 이것을 생성(being)의 차원에서 통찰한 스피노자는 인간의 욕망을 '의식을 동반한 충동'이라고 정의하며, 충동이 삶의 의욕을 생성하는 본질이라고 한다. 중요한 것은 충동을 자극하는 매개가 감정이라는 것. 사실 우리 삶은 감정의 파문이 만들어내는 연속적 과정이라고 해도 과언이 아니다. 살아있는 인간은 끝없이 움직인다. 타자와 마주치고 충돌하면서 우선 느낀다. 그리고 그것을 의식한다. 이 과정에서 타자를 수용하거나 거부하면서 변화해 간다. 우리를 이끄는 감정은 그리 복잡하지 않다. 기쁨과 슬픔, 좋은 것과 싫은 것…. 단순하고, 지속된다. 한 사람이 좋으면 아주 오랫동안 좋아하게 되듯이.

이 지속을 방해하는 것은 의식, 즉 이성이다. 이성은 감정에 기율을 부여하고, 통제해온 집단 윤리(moral)의 핵심이다. 현대 사회에서 인간의 의식은 자본의 경쟁 논리에 훈육되고 지배된다. 자본의 논리는 개인의 내면에 저장되어 존재의 가치와 자본의 가치를 동일시하는 환상을 만들어 낸다. 다수는 자본을 소유한 만큼 행복할 수 있다고 믿고, 더 많은 걸 소유하기 위해 자본의 경쟁 질서에 편입하게 된다. 이때 개인의 몸은 공동체의 가치가 새겨지는 표면인 동시에 이에 대항하는 감성·이성이 긴장하고 충돌하는 전장(戰場)이 된다. 공동체적 가치는 개인의 (무)의식에 각인되며 감정을 억누르게 한다. 하지만 거기 온전히 지배될 수 없는 감정은 의식과 무의식, 그 틈 사이를 떠돌아다닌다. 그것은 어떤 타자와 마주하느냐에 따라 언제든 달라질 가능성을 안고 있다.

감정이 실린 몇 편의 시가 날아온다. 문장을 열면 만져지는 고통과 우울. 슬픔으로도 표현될 수 있는 이 감정은 시적 자아가 적극적으로 움직이는 가운데 새로운 감정으로 전이될 가능성을 보인다. 이때 이 움직임은 자신을 지켜내려는 시인들의 힘(conatus)이자, 이 사회에 저항하는 에너지이다. 자기감정에 따라 움직일 때 세계 및 타자는 타격을 입지 않는가. 물론 시인이 모두 다른 사람인지라 그 무늬와 결이 같을 순 없다. 그러나 현실과 부딪친 시인의 내면에서 만들어진 무늬라는 점에선 공통성을 안고 있다. 따라서 몇 개의 시적 공간을 둘러보며, 감정의 무늬를 따라 읽는 일은 서로 다른 차이와 공통성을 살피는 일이며, 동시에 우리 시대의 내면을 탐사하는 작업이 된다.

사선의 활강, 불온한 상상력

고안나의 다음 시는 자아의 내부에서 일어나는 균열의 고통과 비상의 열망을 독특한 질감으로 현상하고 있다.

수만 개의 손 가졌다/ 마음 가는 대로 움직이는 팔/ 발 밑 세상보다 높은 곳을 지향한다/ 즐기는 방법이 아닌 생존이다/ 쉽사리 오를 수 없는 두려움 앞에/ 오금 저리는 순간, 아찔하다// 배회하다 돌아서는/ 바람의 뒷모습 끌어당겨/ 한 뼘 한 뼘 오기로 재다 보면/ 조금씩 잡히는 하늘이 있다/ 자칫 잡히는 벽 놓칠 때 있다/ 치열한 삶의 현장, 연습은 없다

— 「담쟁이덩굴」

시인은 바람이 부는 날 벽을 타고 오르는 담쟁이덩굴의 움직임을 섬세하게 포착하고, 여기에 자신의 내면을 겹쳐 놓는다. 여기서 벽은 주—객, 이분법에 기초한 보편적 합리성, 동일화 논리에 따라 인간을 구속하는 근대 자본주의의 한 표상이며, 시인에게는 반드시 넘어서야 할 치열한 삶의 현장이다. 담쟁이는 이 벽과 직접 접촉하면서 위와 아래를 넘나들게 되는데, 위가 높은 하늘, 즉 현실적 시간성이 틈입하지 못하는 절대 자유의 근원적 시공간을 상징한다면, 발아래 세상은 폐쇄된 현실을 표상한다. 시인은 제자리에 앉아 피고 지는 꽃과, 이 공간을 벗어나려는 담쟁이의 비상을 대비시킴으로써 관성적 반복을 지속하는 꽃의 시공간을 붕괴시키는 시적 순간을 구축해 간다. 여기서 파괴력은 바람을 끌어당기며 벽을 오르는 담쟁이의 활강으로 상징되고 있다. 수만 개의 손으로 변용된 담쟁이덩굴은 문어발처럼 푸른 힘줄, 푸른 하늘빛과 연결되어 시의 미감을 증폭시키는데, 이때 상승의 이미지는 하강으로 이어지며 시적 긴장을 극대화한다. 가파른 벼랑을 오르는 담쟁이는 '자칫 잡히는 벽 놓'치는 추락을 체험하며, "오금저리는", "아찔한" 고통과 두려움을 환기시킨다. 이 순간 담쟁이—자아의 관계는 균열을 일으키지만, 분열로 치닫지는 않는다. 사선을 넘나드는 담쟁이(=손)의 활강은 주체와 타자, 삶과 죽음, 상승과 하강이 함께하는 긴장 속에서 새

로운 시간을 출현시킨다. 하늘로 상징되는 무한의 시간이 담쟁이—손에 "잡히는" 순간, 무한과 순간이 합쳐지며 새로운 시간이 생성되는 것이다. 이러한 활강 속에서 일상적 시간은 붕괴되고, 시인은 움직이고 변화하는 주체로서 타자(담쟁이)의 시간 생성에 참여하게 된다. 치열한 현실이라는 밑그림 위에 펼쳐진 이 시의 긴장된 힘은 삶과 죽음의 날선 경계 위에서 초월의 욕망을 탄주하는 기술에서 태어난다.

이초우는 중고가구의 이미지를 통해 현실로부터 배제된 자의 감정을 드러내 보인다.

> 중고가구점엘 가 새 것 같은 까만 의자를, 키가 죽죽 크는 아이마냥 날 키워줄 것만 같은 다섯 개나 발 달린 참 부드럽게 굴러다니는 의자 중고와 중고끼리 혼인이라도 시켜주고 나니 덩달아 내 마음 참 많이 기뻤지
>
> —「중고끼리의 혼인」

책상과 의자는 자본의 생산구조에서 버려지는 존재의 운명을 환기한다. 자본주의 구조 안에서 모든 존재는 사물에 불과하다. 새로운 물건을 끊임없이 생산하고 폐기하는 이 구조에서 낡은 의자나 책상은 폐기해야 할 대상이다. 그 자리를 채울 물건은 넘쳐나기에, 버려져도 상관없고, 버려지는 순간 그 안에 내재된 삶의 더께와 흔적은 사라진다. 어디 사물뿐이랴. 중고로 불리는 중년은 값어치가 없다. 이 사회에서 인간의 쓸모를 규정하는 것은 최신 제품이고, 신제품을 다루지 못하면 낡은 사람으로 취급받는다. 낡은 사람은 언제나 소외된다. 새로운 제품을 다루려면 여러 번 반복해야 하지만, 익숙할만하면 그 사이 새로운 제품이 나오니 계속 소외될 수밖에 없다. 그러나 신제품은 곧 낡은 제

품이 되고, 젊은이는 곧 늙은이가 된다. 이 틀 안에서 젊은이 역시 금방 소외와 공허를 경험할 수밖에 없고, 그 점에서 모두의 삶은 공평하다. 시인은 이러한 사물에 자신을 투사하기보다, 혼인시켜주는 즐거운 상상을 한다. 이 상상은 자본의 시스템에서 벗어난 삶을 상상할 수 없다는 점에서, 그 어느 시대보다 저항적인 힘을 지닌다. 오래된 책상을 보관하거나 중고 의자를 재활용하는 일은 자본주의 생산구조를 파괴하는 일인 동시에 버려진 사물의 가치를 새롭게 복원하는 일이 된다. "혼인"이라는 과거의 기억을 환기하는 시어는 유쾌한 연대의 망각을 거부함으로써 현재의 공허한 시간을 단절하고자 하는 시적 의지를 내포한다. 그 점에서 「중고끼리의 혼인」에서 느끼는 기쁨은 역설적으로 슬픔을 의미하며, 이것은 자본이 거부하는 것을 거부하는 불온한 상상력과 연결돼 있다고 하겠다. 어쩌면 시인은 사물의 혼인을 상상함으로써 가혹한 외로움을 견디고 있는지도 모른다. 기쁨과 슬픔이 교차하는, 그 쓸쓸한….

허기와 허무의 시적 변주

한편 정재규와 정진곤의 시는 무감한 일상을 살아내기 위한 개별윤리(ethics)의 준거로서 '슬픔'을 이끌어 낸다. 심리적 허기와 허무의 기운이 감지되는 시의 표정 안에는 기쁨과 슬픔, 희망과 절망, 사랑과 고통이 서로를 쌍둥이처럼 비추고 있다.

힘겨운 노인을 응원하며/ 수레의 손잡이에 끈을 매단 채/ 있는 힘을 다해 수레를 끌고 가는 반려견이다.// 호의호식하는 반려견은 절대 모르는/ 주인의 벅찬 숨소리를 들으며/ 강아지는 노인 옆에서/ 호

흡을 맞추며 있는 힘을 다해/ 앞만 보고 걸음을 재촉하며/ 아침을 맞
이하고 있다.

　　　　　　　　　　　　　　　　　　　　　－「어느 노인의 아침」

　정재규의 이 시에서 노인과 강아지는 일상에서 흔히 마주치는 대상
들이다. 앞만 보고 수레를 끄는 노인은 근대적 시간이 지배하는 현실에
서 허무한 반복을 지속하는 우리의 모습과 다르지 않다. 주지하듯 근대
는 미래를 향한 선형적 시간 원리를 바탕으로 한다. 그러나 "앞만 보고
걸음을 재촉하며"에서 보듯이, 이 시간에는 속도만이 있을 뿐 지향하는
방향은 존재하지 않는다. '아침－저녁' 막막하게 되풀이되는 허기진 시
간 속에서 존재는 변화와 새로움이라는 생명의 본질을 거세당한 채 살
아간다. 시인은 이 사각(死角)지대를 넘어설 새로운 시간을 상상함으로
써 시적 비전을 열어 보인다. 그것은 시인의 내면이 강아지와 겹쳐지면
서 가능해진다. 시에서 강아지는 노인의 벅찬 숨소리를 듣는다. 이 '순
간'은 강아지의 숨결이 멈춘 순간이며, 따라서 자아의 시간 역시 빠른
속도와 대비되는 정지의 시간성을 경험하게 된다. 이 시간이 지속되면
자아는 현실의 맨땅에 추락하고 말 것이다. 그러나 수레에 매달린 "끈"
은 강아지의 정지된 호흡을 노인에게로 전달한다. 이때 정지는 죽음으
로 치달리는 노인의 시간을 유예시키고, 보폭을 조절하게 한다. 이것은
자본의 가쁜 호흡을 중단시키는 순간의 미학(영원한 현재)을 보여준다.
주목되는 지점은 강아지의 시선에 겹쳐 놓은 시인의 내면이다. 강아지
는 주인의 마음을 자기 식으로 읽지 않는다. 다만 주인과 호흡을 맞추
며 마음으로 응원한다. 이때 주관의 논리는 최대한 약화된다. 이것은
타자를 자신의 것으로 삼는 동일화의 위험으로부터 시를 건져내어 동
물과 인간이 '따로 또 같이'걷게 만든다. 그리하여 둘은 진정한 반려자

로서 환한 아침을 맞이하게 되는 것이다.

　정진곤의 시에서 허기는 「부부」의 육체를 통해 새로운 의미로 변주된다.

> 정신없이 자는 잠/ 하루의 피로가 온통 바닥으로 스며들면/ 물끄러미 바라보는 아내의 시선/ 남편의 바닥에 몸을 붙인다// (중략/ 그들도 새처럼 날개를 접어야/ 둥지에 앉는다는 것을 안다// 동해바다 지문이 등짝에 암각화된/ 소태 같은 간으로/ 속을 들어 내고/ 가슴 속으로 지느러미를 밀어 넣은/ 간고등어 한 손처럼 몸과 몸을 포개고 산다
>
> 　　　　　　　　　　　　　　　　　　　　　　　　－「부부」

　이 시에서 남편은 생의 온기가 사라진 이 시대, 한 가장의 모습을 드러내고 있다. 하루의 피로가 스며든 "바닥"이나 새들이 날개를 접어야 나란히 앉을 수 있는 "둥지"는 가난의 상징인 '골방'과 동시에 심리적 허기를 연상시킨다. 이때 결핍으로서의 가난이나 허기는 근대 자본주의가 낳은 또 하나의 비극이라 할 수 있다. 자본주의는 소유의 논리를 토대로 경쟁을 부추긴다. 이 속에서 가장들은 더 많은 것을 소유하기 위해 타인과 경쟁해야 하고, 자신의 노동력을 팔아야 존재의 가치를 얻게 된다. 다르게 말하면 스스로를 상품화함으로써만 존재의 근거를 얻게 되는 것이다. 실업자는 팔리지 못한 상품과 같이 무가치한 존재가 되기에, 끝없는 경쟁에 시달리며 힘겨운 노동을 감내해야 한다. 그러나 '동해바다 지문이 암각화된 등짝'에서 보듯이, 세상의 횡포에 시달리는 동안 가장의 피로와 허기는 더욱 깊어진다. 시인은 이 현실 속에서 새로운 충만을 상상한다. 자신의 내면을 아내의 시선에 내려놓음으로써, 골방 같은 좁은 바닥을 생명력 충만한 바다로 바꾸어 놓는다. 아내의

시선이 남편의 몸에서 (의식의)죽음의 흔적을 볼 때, 소금에 절인 간고 등어처럼 늘어진 몸은 구체적 사물로서의 남성성이 무의미해진 하나의 물질에 불과하다. 아내의 몸 역시도 젊고 건강하고 아름다운 여성의 몸이 아닌 노인의 몸. "속을 들어 낸"두 몸은 텅 비어 있는(無·虛)상태, 육체의 저 밑바닥, 무의식에 각인된 사회정치적 맥락과 가치체계를 들어낸 몸이다. 이렇게 비워진 몸은 부정태로서의 결핍이 아니라 그 안에 강한 에너지가 흐르는 허기(虛·氣)가 된다. 거대한 바다, (눈)물이 들고 나는 우주적 몸이 되어 새로운 시간을 영속할 가능성을 얻게 되는 것이다. 시인은 이렇게 자아를 비워냄으로써 폐쇄된 공간의 구속을 넘어 내밀한 소통을 구축해 간다.

백지 위로 뻗어가는 언어들

이 무렵, 이재숙과 정선우는 언어의 뿌리를 찾아 백지 위를 여행하고 있다. 언어에서 출발하여 언어로 회귀하는 여정. 이때 언어란 최초의 말이 출생하는 지점, 즉 언어와 사물의 행복한 일치가 가능했던 시절의 언어를 의미한다. 그러나 모든 고유한 이름을 추상적 기호로 묶어버린 근대 언어의 지평에서 최초의 언어는 더 이상 존재하지 않는다.

이재숙의 다음 시는 이 언어의 뿌리에 주목하고 있다.

> 혀는/ 내 뿌리다/ 뿌리는 본디 내 것이 아니다// 머뭇거리는/ 마디 마디/ 하비下卑홀릭 아니라며/ 더 디 다// 향기 잃은 내 혀의 부메랑/ 깡마른 몸, 폼 잡은/ 네 눈앞에// 홀로/ 혼기 잃은 가슴 하염없이/ 걸러 보내는 외로움/ 아는지 모르는지
>
> ─「허수아비 거인」

시에서 혀는 언어(말)의 발원지다. 시인은 혀가 자신의 뿌리임을 분명히 한다. 그러나 또한 알고 있다. 그것이 본디 타자의 것이었음을. 사물과 언어가 행복하게 합일했던 저 시원(뿌리)의 언어는 우주와 자연의 언어가 공존하는 카오스(chaos), 고유한 존재가 각자 의미를 갖는 타자(/여성) 공간의 언어였다. 그러나 근대의 아버지들은 구분과 분리를 통해 "혀(몸)"를 비천한 물질로 취급해왔다. "하비下卑"가 하위주체로서의 여성/타자를 뜻한다면, 머뭇거리는 이 혀는 매우 위험하다. 자신의 이름을 박탈한 근대 (허수)아비들의 사유를 전복하는 광기를 뿜어낼 수 있다. (의식의)죽음을 감행하며 상실한 기원의 세계로 들어갈 수 있다. 하이데거의 말을 빌리면, 소멸의 운명 앞에 놓인 인간이 언어 가운데서 살아가기 위해서는 언어의 본질을 소환해야 한다. 언어의 '뿌리(=여성)'를 찾아가는 여행은 그 기원을 안고 그 너머의, 백지 같은 먼 미지의 세계로 나아가는 여행이다. 그런데 왜 머뭇거리기만 하는가. 시인은 "마디마디"처럼 언어의 분절성을 부각시킴으로써, 균열을 가시화한다. 이미 근대 안에 들어와 있는 시인에게 저 최초의 언어는 복원하기 어려운 것으로 인식되는 듯하다. 그래서 (음성)언어와 문자 사이의 틈새 앞에서 머뭇거리고 "더 디 다". 혀가 환기하는 오래된 뿌리의 세계는 그 아득한 거리만큼 절망의 깊이로 역전되며, 시인 앞에 남겨진 것은 외로운 시간의 흔적뿐이다. 이러한 시 쓰기는 절절한 외로움과 대면하는 작업인 동시에 그 균열의 틈새를 건너기 위한 도정의 출발점으로 읽힌다.

> 모르는 사람들 마네킹으로 나란히 앉아/ 우린 무언극의 등장인물이다/ 모두가 비몽사몽/ 안내방송을 듣는 사람은 없다// 우연히 아는 얼굴을 만나/ 바쁜 표정으로 싱거운 말을 주고받는다/ 얼굴 좋네, 일은 잘 되지,// 언제 밥 한 번 먹자// 괄호가 열리고 지하철 밖으로/ 밀

고 밀려나오는 등짝들의 안간힘/ 사방으로 흩어지는 말들
—「괄호 열고 괄호 닫고」

정선우의 시 역시 균열과 분열을 숙명으로 하는 근대 언어의 불행한 자의식을 드러내고 있다. 그런데 여기서 언어(말)은 모르는 사람들을 향해 가는 내면의 여정과 겹쳐진다. 이 도정은 동일한 궤도를 끝없이 달리는 지하철 속에서 펼쳐지는데, 여기서 지하철은 자본이라는 물신이 부여한 우리 삶의 한 조건이다. 이 속에서 사람들은 모두 마네킹처럼 나란히 앉아 있다. 마네킹은 인간성의 부재, 혹은 상실을 환기하는 기호이다. 타자를 향한 감각은 마비돼 있다. 안내방송이 흘러나오지만 듣는 사람은 없다. "무언극의 등장인물", "모두가 비몽사몽"은 의식의 부재를 드러내 보인다. 우연히 만나 언제 밥한 번 먹자는 말은 인형의 입술을 통해 표현된다. 이 말에 어떤 설렘이나 감응은 없다. 말은 타자에게 가 닿지 못하고 허공을 울리다 사방으로 흩어진다. 이러한 지하철 안 풍경은 형식적으로만 겨우 유지되는 인간관계의 한 모습이며, 균열된 우리 삶의 섬뜩한 표면이다. 흥미로운 것은 지하철 양쪽에 난 문을 괄호로 보고 있다는 점이다. '( )'형태의 기호는 우주로 뚫린 숨구멍의 은유로 보인다. 앞뒤 문장이나 연을 바꾸어도 아무 관계 없는 시어의 배열은 근대의 특징적인 이분법, 즉 문자(글)—음성(말) 사이의 구분을 해체함으로써 언어를 통해 구축된 사유의 고정성을 배반한다. 그것은 괄호처럼 닫혀 있으면서도 열려 있고 비어 있으면서도 채워진 언어의 이중성을 내포한 것이기도 하다. 이 언어가 흩어지면서 말(馬)처럼 달리는 말(言)이 되어 솟구칠 때, 텍스트 안은 해방된 언어의 가쁜 울림으로 채워질 가능성을 얻게 된다.

강요된 집단 논리를 거부하는 부정의 에너지로 가득한 시들. 그 에너

지는 일찍이 보들레르가 노래했듯이, 지상에 유배된 천상의 존재인 시인으로 하여금, 아무나 말할 수 없는 것을 말하려는 충동과 그것을 자극하는 감정일 것이다. 돈이면 다 된다고 믿는 세상, 자기감정에 충실한 시인들은 돈으로 움직일 수 없는 그 감정에 집중함으로써 세속과 다른 삶을 살고자 하는 혹은 살 수 있다는 의지를 그려 보인다. 이 오염된 세상에, 그럼에도 환히 피어나는 다양한 빛깔의 연꽃처럼….

삶의 빈틈, 존재의 틈새

다섯 시. 어슴푸레한 바깥을 향해 창을 연다. 새벽인지 저녁인지 알수 없는, 어둠과 밝음, 생과 멸(滅)의 기운이 교차하며 허물어지는 시간…. 어쩌면 시는 이 틈, 사이에서 멸(滅)해가는 존재들의 (불)가능성을 탐색하는 작업인지도 모른다. 찰나찰나 멸해가는, 그렇게 쉽게 사그라져가는 존재에 대한 기록. 그 이상도 이하도 아닌…. 시인, 인간(人間)의 또 다른 이름인 시인이란 본디 그 틈 사이에서 부서져가는 존재의 한 순간을 예민하게 포착하고, 그것을 시의 언어로 발화(發火/發話)하는 존재 아닌가. 그 부서진 틈 사이에서 가볍게 찢겨 나가는 존재들, 그렇게 조각나는 파편들, 그렇게 허물어져 가는'너'의 한 순간(들)을 목격하고 고통스럽게 기록할 수밖에 없는 자 아니었던가. 우리는 그 증언을 통해 비로소 생각하게 된다. 삶의 (무)의미, 혹은 사랑(소통)의 (불)가능성을.

질병과 환후의 시간

존재의 틈새, 그 균열을 말하는 데 있어 죽음만한 것이 또 있으랴. 죽음은 모든 개별자에게 영원한 타자이자, 회귀해야 할 내면의 자연이다. 여기에 맞닿는 순간 경험하는 생생한 낯설음은 자아와 타자 사이의 간극(틈)을 실감하는 특별한 사건이 된다. 일부 시인들의 시에서 죽음은 육체의 질병을 동반하여 드러나는데, 이 시인들에게 질병은 현실의 병적 징후를 내면화함으로써 억압적 질서에 대항하려는 저항의 방법론으로 실현된다.

김태의 「골목 수술」에서 질병은 육체에 작동하는 지배 원리를 파열시키는 전복성을 띠며 드러난다.

살이 터지고/ 빗물을 마시고 토해내어도/ 진단 한 번 받지 못했는데/ 갑자기 골맥 경화증이라고 종이에 적어서 담벽에 붙여 놓았다/ 갈바람이 불자/ 작업복 입은 사람들이 들어와서/ 마취제를 놓지 않고/ 배를 깊숙이 가르고 잘라내었다/ 온몸을 떨며 소리쳐도/ 혈관을 갈아 끼우는 대수술이라며/ 문병도 받아주지 않았다/ 밤에는 부직포에 덮인 살이 아파서/ 끙끙 앓아도/ 아무도 내다보지 않고/ 외등의 불빛만이 곁에 앉았다

— 김태, 「골목 수술」

시인은 골목이라는 일상적 공간을 육체의 공간성으로 치환하여 단절된 존재의 균열을 그려낸다. 시에서 '육체'는 근대 이성에 저항하는 표현이다. 주지하듯, 근대는 자기 외부의 세계를 주관성의 이름으로 억압하고 타자화함으로써, 그 간극 속에 자기 보존의 근거를 구축해왔다. 자신의 논리를 지속적으로 몸에 새기는, 그 폭력적 각인 속에서 자아와

세계의 단절이라는 불구적 현상이 강화돼 온 것이다. "살이 터지고" 빗물을 "토해내어도/ 진단 한번 받지 못"한 육체는 세계와 자아 사이의 붕괴와 불구성을 증거하는 한편, 내면의 병증을 가시화하는 징후로 여겨진다. 담벽의 증서는 "종이"에 부착된 허위, 일상의 이면에 은폐된 삶의 공허함을 가시화한다. 그것은 병의 징후로도 표출된다. 자아의 내면에 자리한 병은 시라는 인화지 위에 두 가지 징후로 현상된다. 하나는 골다공증. 뼛속에 구멍이 뚫리는 뚫림의 기호이다. 다른 하나는 동맥경화증. 피의 순환을 가로막는 막힘의 기호가 된다. '골'과 '맥'이 접속하고 충돌하여 만들어진 "골맥경화증"은 이 이중적 울림을 통해 내적 파열을 환기한다. 고통은 단절이라는 막힘 속에서 더 깊어진다. "작업복 입은 사람들"은 무감(無感)한 이(지)성을 상징한다. 이들은 마취제를 놓지 않고 수술을 행함으로써, 타자를 죽음으로 몰아간다. 그러나 자아는 삶을 포기하지 않는다. 자아가 고통을 실감(實感)할 때, 이것은 해체된 자아를 깨워내는 행위와 다르지 않다. 덜덜 떨며 치는 "소리"는 세계의 폭력에 저항하는 목소리이다. 그것은 죽음을 받아들이지 못한 폐색된 존재의 끙끙거리는 신음으로 흘러나온다. 그러나 고통을 공유할 사람은 없다. 이 현상을 비추는 외등의 불빛은 깨어 있는 시인의 눈빛과 겹쳐진다. 어쩌면 시인은 이 서늘한 '불/눈'빛을 통해 우리에게 말을 거는지도 모른다. 이렇게 삶을, 사랑(소통)을 멈추어도 되는가? 한 세계가 찢겨 나가는 현장 앞에서 귀 막은 채로, 그대 그렇게 서 있을 텐가?

그러나 우리의 골목에서 그 답은 여전히 들을 수 없다. 김수연은 거리의 풍경에서 죽음의 징후와 절망을 읽어낸다.

짙은 어둠에서 하늘을 보면/ 밍밍한 회색의 천정으로 떠있다// 무엇을 숨기는지 알 수 없는 섬뜩함 속에서/ 간판들은 조잡한 얼굴을 내밀고/ 찢겨진 거미줄처럼 엉킨 전선/ 쇠락한 거리에는 짜증이 깔린다// 골목의 낙서에는 블랙홀이 숨어 있다/ 발을 헛디디면 어둠이 먹물처럼 번져갈/ 상실의 함정 언저리에서 살아가는 우리// 간판보다 먼저 사라져갈지도 모를 시간 앞에/ 우리를 향하여/ 비하하는 비웃음이 귓가에 스민다

— 김수연, 「어두운 거리」

어둠 깊은 방 안. 시적 화자가 바라보는 거리는 온통 회색빛이다. 흰색과 검은색 사이. 이 경계의 색은 공허한 일상에 대한 감각과 연관된다. 조잡한 간판, 엉킨 전선, 쇠락한 거리는 자본주의가 지배하는 현실을 표상하며, 시인에게는 더 이상 생의 흥분도 감응의 전류도 흐르지 않는 무의미한 일상의 공간으로 인식된다. 거리를 뒤덮은 회색의 '섬뜩함'은 세계에 대한 자아의 낯설음(uncanny)을 환기시킨다. 이 어긋남에서 오는 불안은 골목의 낙서에 숨겨진 "블랙홀"을 통해 고조된다. 블랙홀은 삶의 시간성을 정지시키고 죽음 속으로 빨아들이는 텅 빈 구멍이자, "발을 헛디디면 어둠이 먹물처럼 번져갈/ 상실의 함정"이다. 시인은 이것을 골목에서 발견하고 그 속에 놓인 존재의 위기의식을 드러낸다. 그런데 이 어둠의 구멍은 안과 밖이 하나로 꿰매어지면서 더 지독한 어둠을 환기한다. 골목의 어둠은 곧 (방)안의 어둠이며, 결국 이 어둠에서 벗어날 수 없음을 의미한다. 그것은 "간판보다 먼저 사겨 갈지도 모를"이란 진술에서 극적으로 제시된다. 여기서 오는 절멸의 위기감은 짜증이라는 육체적 징후로 표출된다. 육체적 감각과 관련되는 짜증은 폐쇄된 공간에서 느끼는 답답함과 우울, 불안, 절망을 드러내는 징표이다. 이 절망은 화자의 자조적 언술과 어긋나게 배치된 누군가의 비웃음을 통해 더욱 극대화된다. 밍밍한 회색의 거리를 잠식하며 먹물처럼 번져오는 어둠. 거기서 느끼는 우울과 섬뜩함은 어떤 새로움도 꿈꿀 수 없는 현실의 비극성을 절실하게

담아낸다. 너무나 낯익은 「어두운 거리」의 풍경 앞에서 비루한 자본의 일상에 포박된 "우리" 중 누가 자유로울 수 있겠는가.

고독과 슬픔의 체위

균열은 도처에 있다. 나날은 아무 일없이 반복되는 듯하지만, 예민한 감각을 소유한 시인들은 느낀다. 그 안에 숨은 불길한 징후를. 그래서 시는 늘 불안하게 떨린다. 탁영완의 시는 일상에 깊숙이 스며든 스마트폰이라는 매체(media)에서 삶의 균열을 읽어낸다.

> 카톡, 내리다 마는 눈발처럼 배달된 섹소폰 연주/ 거듭 두 번을 누른다// 누군가에게 들려주기 위해 녹화하는 옆모습의 비장함이/ 흐린 봄날 미세먼지에 둘러싸인 풍경에 한 겹 더 옷을 입힌다/ (중략)/ '슬픈 인연'곡조가 허공의 틈을 비집어 놓는다/ 너는 내 생의 페이지에 중복돼 나온다//(중략)/ 충충한 오늘에 입히는 붉은색 스웨터에 '좋아요' 한 표 누른다// 슬픈 곡조는 귀 바퀴만 돌고 / 섹소폰일 수밖에 없는 너의 숨길을 본다
>
> —탁영완, 「섹소폰과 붉은 스웨터」

시인은 스마트폰이 가진 시공간의 무한성과 공허함을 「섹소폰과 붉은 스웨터」로 변주함으로써, 폐허의 현재에 포획된 주체의 텅 빈 내면을 효과적으로 드러낸다. 섹소폰의 음악은 과거의 대상을 상기하게 하는 기호이다. 태어나는 순간, 파열되어 우리 몸을 지나가는 음악은 스쳐가면서 지독한 흔적을 남긴다. 외부에서 들리는 음악이 귓바퀴를 돌아 달팽이관을 울릴 때, 우리는 그 음악과 관련된 타인을 기억하게 된다. 시인이 기억하(려)는 강력한 타인은 연인일 것이다. '당신'이나 '그

대'로 호명되는 3인칭이 아니라, "너"라는 2인칭. 사랑하는 대상. 색소폰 연주는 그 너를 기억하게 한다. 자아의 의식이나 현실적 시간을 중지시키고, 삶의 행간에 "틈"을 만들어 과거에 한정된 너와의 시간을 무한(하늘)의 시간으로 확장시킨다. 이 무한성은 "흐린 봄"이라는 장자적 시간성과 맞물려 자아를 과거와 현재, 꿈과 현실이 중첩되는 경계의 지대로 데려간다. 여기서 화자가 바라보는 것은 이미 오래 전에 "인연"을 맺었던, 너의 옆모습이다. 그러나 시에서 너와의 인연은 사랑으로 승화되지 못한다. 음악은 "내리다 마는 눈발처럼" 끊어졌다가, 중복된다. 중복은 자본주의적 삶의 속도와 반복을 상징한다. 자본 가속도는 중지를 모른다. 음반 같은 트랙 속으로 우리를 밀어 넣고 계속 달리게 함으로써, 끝내 황폐하게 만든다. 슬픔은 거기서 오는 내면의 표정이다. 텅 빈 시간 속에서 아무도 만날 수 없는 절망. 그 슬픔을 겹겹의 붉은색 스웨터 속에 숨겨놓은 시인이 "좋아요"라고 누르는 한 표는 자본의 가치에 동의할 수 없는 자의 역설적 반응이다. 끝내 금속성의 차가운 "색소폰일 수밖에 없는 너". 그럼에도 서정의 현(絃/玄)을 누를 수밖에 없는 우리의 뮤즈는 이렇게 시적 역설을 통해 삶의 밑바닥에 자리한 공허와 고독을 연주하고 있다.

이와 달리 류정희는 일상의 트랙인 「달력을 보며」 그 밑자락에 숨은 슬픔을 끌어올린다.

> 삶이란 어딘가에 못을 박는 일이다/ (중략)/ 그러다/ 못 박힌 울음 알아듣는 일이다/ 벽 모서리에 매달려 남모르는 눈물 흘리는 일이다/ 삶이 벼랑인 것을 매달려 본 이는/ 바람 없는 날에도 떨어지는 꽃잎 알고 사는 일이다
>
> —류정희, 「달력을 보며」

시인은 벽에 걸린 달력 앞에 자신의 가난한 얼굴을 마주 세운다. 그 안에서 삶의 가파른 벼랑을 보는 그의 표정 안에는 삶과 죽음, 희망과 절망, 웃음과 울음이 반사경처럼 서로를 비추고 있다. 여기서 시인은 숭고한 울음이 사라진 이 시대를 살아가기 위한 윤리적 준거로서 슬픔을 이끌어 낸다. 슬픔은 자본의 횡포에 의해 폐허가 된 현실을 바라보는 내면의 표정이다. 감정은 이미 자본의 상품이며, 노동이 된 지 오래다. 시인이 바라보는 달력, 그것이 최근을 가리킨다면 최근에 태어난 세대들에게 자본주의는 이미 선험적인 것이 된다. 시에서 중요한 모티브로 차용되는 "못"은 그렇게 굳어버린 감정을 깨워내기 위한 장치로 읽힌다. "못을 박는" 행위는 견고하게 굳은 대상(벽)을 바수고 균열시키는 행위이다. 그러나 이 과정에서 통증을 느끼는 것은 정작 자기 자신이다. 못을 박을 때 전달되는 통증은 자아의 실존적 감각을 깨운다. 사실 이 감각이 깨어나야만, 바깥에서 건네 오는 타자의 "못 박힌 울음"도 감각할 수 있다. 그래서 시인에게 삶이란 못을 박는 일이고, "눈물 흘리는 일"이 된다. "남모르는 눈물"의 도덕률은 세계와 타자에 대한 침묵 속에서 자폐의 공간으로 침윤될 가능성도 있지만, 시인이 "못 박힌 울음 알아듣는 일"을 말할 때, 이 울음은 단지 혼자만의 울음이 아니게 된다. "떨어지는 꽃잎 알고 사는 일"에서 보듯, 시인이 지향하는 삶은 피는 꽃이 아니라, 지는 꽃잎이 되는 일이다. 시인은 그렇게 떨어져서, 주검이 됨으로써 또 다른 주검(들)을 품어내는 그 '안(棺)'을 꿈꾸는 것이다. 꽃잎이 떨어지는 허공(虛·空). 삶과 죽음 사이의 그 '틈'은 관(棺)이 되어 가는, 즉 초월성이 아니라 내재성을 가능케 하는 과정의 지대이다. 이 시인이 실현하려는 윤리는 이 과정에서 발견되는 윤리일 것이다. 굳건한 영원성보다는 사그라지는 순간, 그렇게 바스러져가는 꽃의 찰나, 그 순간을 포착하는 슬픔의 윤리. 혹은 타자의 윤리….

ㅁ, 소멸과 생성의 그 검은

타자의 윤리를 실현하는 시는 김정호의 다음 시에서도 드러난다. 「널배」는 온갖 유행 담론이 휩쓸고 가는 시적 현실에서 전통 서정을 고수하고자 하는 시인의 내면을 상징하는 것으로 읽힌다.

> 이것은/ 그냥 널판자가 아녀라/ 내 눈이지라/ 내 다리이고/ 숨구멍이여// 오래 전 영감/ 쩌그 저 앞 차디찬 뻘바닥에 묻어 놓고/ 이 놈 하나로 우리 일곱 새끼들/ 핵교 다 마치고/ 혼사(婚事) 다 시켰지라// 긍께! 이것은/ 그냥 널판자가 아녀라/ 우리 식구들 밥그릇이제/ 아따, / 내, 질긴// 목숨이랑께
>
> — 김정호, 「널배」

시인은 침식할 듯 위태로운 뻘바닥 위에 자신을 세우고, '쩌그, 긍께, 아따,' 등 우리 고유의 사투리를 끌어온다. 이를 통해 시인이 불러올린 존재는 온몸으로 뻘바닥을 밀어가는 어머니(「널배」)이다. 시에서 어머니는 죽음과 같은 지대에서 죽음과 싸우며 힘겹게 살아가는 시인의 분신이다. "널판자"는 자식을 위해 스스로를 희생하는 모성의 알레고리이자, 시인의 눈이고 다리이고 숨구멍인 것이다. 이 널판자의 이미지는 뻘바닥의 이미지와 겹치면서 생산을 위한 희생제의의 공간으로 전화된다. "오래 전 영감 차디찬 뻘바닥에 묻어놓고 와"라는 구절과 "일곱 새끼들/ 핵교 다 마치고/ 혼사(婚事)까지 시켰지"라는 구절의 대비에서 널배는 다른 생명을 위해 자신을 내어주는 뻘바닥, 즉 '우주적 어머니의 몸'으로 전환되는 것이다. 타자의 생명을 위해 자신의 몸을 내어주는 희생적, 제의적 모성 이미지는 팽창하고 수축하는 뻘의 이미지와 겹쳐 근대 문명의 파괴적인 힘을 감싸 안는 숭고함으로 고양된다. 이 시

가 의미 있는 것은 불모의 현실에서 생성을 꿈꾸는 도정을 향하고 있기 때문일 것이다. 뻘밭은 결코 폐색된 공간이 아니다. 그곳은 죽은 타자에서 미래에 올 타자에 이르기까지 수많은 타자들이 들고나는 거대한 출입구(口)이자, 지나간 과거와 다가올 미래가 공존하는 열린 현재이다. 이 위로 자신의 몸(널배)을 밀어가는 어머니는 자신을 타자에게 내어주면서도 내 것을 고집하는 강박증적 집착에서 벗어난 존재로써, 자식이라는 타자(시인)에 의해 소멸의 시간을 넘어 자연의 순환이라는 거대 지속에 동참할 수 있게 된다. 시인은 이렇게 또 다른 생성을 내장한 어머니의 몸으로 소멸하고 생성하는 시간의 주름을 만들어간다.

그러나 *너*를 쓰러뜨려야 '*내*'가 산다는 이분법적 경쟁논리가 개별자 안에 너무나 깊이 뿌리 내린 현실 구조에서 사회적 약자로서의 어머니, 혹은 타자가 감내해야 하는 삶은 너무나 가혹한 것일지도 모른다. 문경이의 「일등급과 이등급 사이」는 자본의 경쟁 구조 안에서 서로 갈등을 겪는 개인의 상처를 드러내 보인다.

> 정육점 앞에서/ 누군가 등급을 자랑한다/ 일등급과 삼 등급의 차이는 뭘까/ (중략)/ 포식자의 입이 그려진 상표야/ 아니야 근거리를 서로 연결해주는 시간의 장치야/ 아니야 그의 슬픈 울음이 매달린 안방수의 눈물이야/ 아닐 거야/ 밤새 잠을 자고/ 자그마한 강이 흐르는 물에 젖은/ 눈길 닿는 곳에는/ 푸른 잔디가 깔린 곳이야/ 그게 다가 아니야/ 입 속에서 녹아내리는 그의/ 파르르 떨리는 표정이다
> —문경이, 「일등급과 이등급 사이」

시에서 "정육점"은 시간의 흐름이 멈추고 죽음의 응고된 육체가 놓인 절대 상실의 지대이다. 그곳은 현실적 가치가 내면화된 자기 안의 세계를 표상한다. "등급"이 새겨진 육체는 자본 권력의 광기가 남겨놓

은 상흔이자, 자아의 한 모습이다. 자본은 그 소유자와 박탈자 간 경계를 설정하고 그것을 공고화하는 지표로 기능한다. 사실 이 이원론적 사유는 이성을 선험적 본질로 삼아 보편적 정체성을 확증하는 근대적 인간(I=Man) 개념과 맞물려 오랫동안 지속돼온 뿌리 깊은 사유다. 보편적 다수성은 집단의 권리와 권력이 이미 주어져 있는 것으로 여기며, 세상 모든 사람들에게 이 기준을 행사한다. 과거에는 이 기준이 정치권력과 맞물렸다면, 현재에는 자본과 맞물려 사람들로 하여금 물신(物神) 숭배의 환상 속에서 살아가게 한다. 등급을 자랑하는 "누군가"는 환상에 도취된 너이거나 나이며, 시인 자신의 또 다른 모습이기도 하다. 눈여겨 볼 것은 시인이 이 대상에게 적대감을 표출하지 않는다는 점이다. 적대감은 지배자들이 소중히 여기는 그것을 똑같이 소중히 여기는 것과 다르지 않다. "포식자"들이 중시하는 상품의 가치를 공유하고, 그것의 중요성을 배가시키는 데 기여하는 행위가 되는 것이다. 그래서 시인은 시선을 돌려 살핀다, '살'의 결. 살아온 삶의 수많은 순간들이 침전된 몸의 주름. 시인은 이 주름진 틈새마다 시선을 들이밀고 그 풍경을 하나씩 되살려놓는다. 밤새 잠을 자고, 자그마한 강과 푸른 잔디를 바라보던 그 눈빛. 누군가의 "입(口)" 에 삼켜지는 떨리는 그의 표정까지. 결코 보편적이라는 개념을 허용치 않는, 삶과 죽음의 의미를 동시에 포괄하는 이 존재를 시인은 자기 안으로 끌어당김으로써 감상적 동일화를 차단한다. 자아를 지워버린 비인칭이나 종결어미를 변주하는 시적 방법론 안에는 존재의 고통이 연민과 같은 일회적 정서로 소비되지 않기를 바라는 시인의 의도가 내장돼 있는 것으로 이해된다.

　시를 닫으면서 생각한다. 존재와 부재, 밝음과 어둠, 절망과 희망…, 서로 멀어져 가면서 어느 한순간 조우하고 다시 또 총총 멀어져가는, 선부른 봉합으로는 도저히 꿰매거나 메울 수 없는 그 불가능성의 간극을.

한 죽음이 길어 올리는 삶, 한 삶이 길어 올리는 죽음, 그 틈―사이에서,
끊임없이 '너'가 되어가는 '나'. 우리는 어떠한 현재를 사는가를….

기억의 물결, 시의 파동

어느 날 갑자기 아무런 기억이 나지 않는다면, 논리적 추론은 차치하고라도, 숟가락으로 밥을 떠먹는 간단한 일조차 해낼 수 없다면, 어떤 심정이 될까. 우리는 무엇을 기억하며, 무엇을 기억해야만 하는가. 그런데 기억이란 무엇인가. 한마디로 정의하기는 어렵다. 그것은 기억이 가진 특성 때문이기도 하다. 기억은 시간이 지날수록 희미해지고 모호해진다. 어렴풋한 빛으로만 존재한다. 하지만 그보다 더 근본적인 이유도 있다. 내가 경험한 어떤 사건이라 하더라도 그 사건이 나의 시선(視線)을 거치며 굴절될 수밖에 없다는 사실을 감안하면, 기억은 굴절을 거쳐 만들어진 무늬라고 해도 무방하기 때문이다. 동일한 시공간에서 동일한 사건을 경험한 사람이라도 그 사건에 대한 기억은 사람마다 다르지 않은가.

기억은 흐르는 물처럼, 누군가의 몸속으로 흘러들어 새로운 삶을 산다. 시 역시도 마찬가지다. 시는 시인이 사물 속으로 흘러들어 그 사물과 호흡하는 가운데 자신의 흔적을 발견하여 새롭게 창조한 결과물이다. 그러나 태어나는 순간 시인을 떠나 타인 속으로 스며들고 교감을 이루고는 다시 떠난다. 부단히 흐르면서 다르게 되고 다르게 됨으로써 새롭게 태어난다. 자아와 세계, 여기와 저기, 나와 타자 사이를 오가면서, 그 부딪침 혹은 마주침 가운데서, 시는 태어난다. 그 움직임이 없다면 시는 물기를 잃는다. 증발된다. 시와 기억은 늘 새로이 생성되는 물결이다. 지나간 무엇과 아직 오지 않은 무엇 사이를 오가며 흐르는 물결, 그 흐름 혹은 파동….

한 잎의 파문

한 편의 시에 재현된 이미지는 시인의 '기억−(무)의식'에서 건져 올린 한 장의 사진과 같다. 이 이미지를 베르그송(Henri Bergson)의 기억론을 빌려 말하면, 순수 기억이라고 할 수 있겠다. 베르그송에 따르면, 우리의 기억은 습관적 기억과 이미지 기억이 상호 작용하면서 생성(being)된다. 습관적 기억은 외부의 자극에 자동적으로 반응하는 몸의 기억, 즉 신체 경험과 관련되며, 이미지 기억은 순수 기억을 말한다. 개인의 역사적 한 사건, 기억의 지층 아래 가라앉아 있는 심층적인 것, 평소에는 잊고 살다가 어떤 사물을 대하면 예기치 않게 떠오르는 이미지. 시인들이 기억의 저장고에서 길어 올린 이미지 중 가장 빈번하게 떠오르는 이미지는 가족이다. 가족은 시인과 가장 가까운 존재들이며, 그들과의 관계 속에서 만들어진 기억은 마음의 저장고 속에 언제나 구체적이고 특별히 살아 있기 때문일 것이다.

강달수의 다음 시를 '함께' 읽어 보자.

기억하라 저 장엄한 노을을 안타깝게 바라보고 있는 구름의 쓸쓸한 미소와 저 붉디붉은 감이 떨어져 내리는 것을 바라보는 감나무의 촉촉한 눈망울을… 갑자기 어머님 생각이 난다 언제나 내게 미소를 지어주시던 어머니 지금도 하늘 나라어디선가 걱정 어린 시선으로 나를 안타깝게 바라보며 미소 짓고 계실 어머님 그 어머님의 미소도 노을 속으로 사라져간다 단풍 낙엽하나가 이제 나도 떠나야 할 시간을 알리는 것처럼 지상으로 낙하한다

　　　　　　　　　　　　　　　－강달수, 「가을에게 보내는 편지」

　이 시의 대상은 시인에게 기원이 되는 어머니이다. 여기서 어머니는 이미 이 세상에 계시지 않는, 그래서 시인에게 그리움과 안타까움, 슬픔을 주는 존재이다. 돌아가신 어머니에 대한 기억은 예정된 시간에 떠오르지 않는다. 순식간에 퍼지는 노을처럼 어머니는 예상치 않은 순간에 찾아와 시인을 슬픔 속으로 밀어 넣는다. 노을의 붉은 빛은 낮과 밤이 교차하는 지점에서 가장 아름답게 타오르는 죽음의 빛이다. 그 빛이 흩뿌려진 허공은 이 세계에서 저 세계로 넘어가는 입구이자, 아름다운 것과 슬픔, 두려움과 그리움이 교차하는 지대가 된다. '붉은 감－감나무의 눈망울－어머니의 눈빛' 등으로 부딪치고 충돌하는 시의 언어가가 닿고자 하는 곳은 현실이 아니라, 그 안에 내장된 죽음/無의 세계이다. 시인은 죽음을 통해서만 도달할 수 있는 이 불가능성의 지대로 '…'와 같이 호흡을 중단하고 들어간다. 그 속에서 수년 전 혹은 수십 년 전, 자신을 안타깝게 바라보던 어머니의 그 특별한 눈빛을 본다. 그러나 말줄임표는 종결이 아니라 일시적인 중단. 다시 숨을 내뱉는 시인에게 어머니는 노을빛처럼 허공에 흩어져 온전히 복원할 수 없는 존재가 되어 있다. 다시는 만날 수 없고, 따라서 불통 관계에 있다. 이 단절을 끊어내기 위해 시인은 지나가는 가을에게로 편지를 보낸다. 그러나 결국 지상

에 떨어지는 붉은 단풍잎처럼 낙하하고 만다. 이때 오롯이 떠오르는 낙
엽은 시인 자신의 또 다른 모습이며, 이것은 떨어지는, 사라지는, 떠나
는 등의 서술어와 나란히 놓이며 "이제 나도 떠나야 할 시간"을 예감하
게 한다. 이러한 시인의 「…편지」는 과거(어머니─노을)에 대한 망각
을 거부하는 고통을 상징적으로 드러내 보이는 한편, 태어나는 순간 사
멸의 길을 걸어야 하는 존재의 숙명을 담고 우리 앞에 둥, 떨어지면서
가슴에 파문을 일으킨다.

조성범의 시 역시 가족을 시의 무대로 끌어들이고 있다.

> 내게 관대하지 않았기에/ 잠깐의 실수로 용납되지 않는 벽에서/
> 담쟁이,/ 아찔한 세상 담담히 굽어보며/ 천 개로도 만 개로도 부족했
> 던/ 아버지의 심장 닮아갑니다
>
> ─조성범, 「담쟁이 길」

이 시의 대상은 시인의 기원인 아버지이다. 그런데 아버지인 시인이
아버지를 떠올리는 것은 왠지 낯설다. 사실 "내게 관대하지 않았기에/
잠깐의 실수로 용납되지 않는 벽"이란 (상징적)아버지의 아버지들이
만든 견고한 벽 아닌가. 그러나 어떤 아버지들에게 벽은 자신과 동일시
되는 대상이 아니다. 시인이 닮으려는 아버지는 벽이 아니라, 거기 미
세한 균열을 내면서 타고 오르는 담쟁이. 벽을 넘어서는 존재이다. 그
잎 끝은 단일한 한 방향이 아니라, 다양한 방향을 가리킨다. 무한한 가
능성을 안고 다양하게 뻗어나갈 수 있는 허공(虛 · 空). 그곳은 유일한
하나만을 고수하는 견고한 (상징적)아버지들의 사유를 넘어서야, 자신
의 몸이 마르는 "아찔한" 죽음을 천만번 경험해야만 비로소 보일 터이
다. 시인은 그런 길을 걸어간 아버지의 모습을 한 잎의 담쟁이에서 본

다. 지금 여기에 계시지 않(을 가능성이 많)은 아버지, 그 심장은 붉고 푸른 상처와 고통, 타오르는 열망과 시드는 좌절감으로 소용돌이 쳤을 테지만, 그 감정을 담쟁이와 같은 아버지는 과잉 포장하지 않는다. 징징 짜지도 아무렇지 않은 척 허세를 떨지도 않는다. 그저 담담하게 굽어보며 천천히 나아가는, 그리하여 어떤 탄력의 기운이 감지되는 길. 아버지이기 때문에, 아버지로서의 삶을 살아야하기 때문에, (상징적)아버지를 넘어서면서도 여전히 아버지인 또 다른 길을 찾아가려는 조성범의 「담쟁이 길」은 아버지라는 삶의 무게와 고통을 껴안고 현실의 벽 앞에서 스스로를 곧추세우는 긴장으로 벼려진다.

끊어진 길, 출렁이는 물의 결

김요아킴과 천향미는 개인사를 넘어 사회 · 역사적 기억을 길어 올린다. 우선 김요아킴의 시,

> 택시 불러라, 평양 가구로 고향 하동의 막걸리 냄새 찐득이 묻어 나는/ 고함소리가 시인학교 벌판을 쩌렁쩌렁 울리던/ 큰 키에 백발이 성성한 그 여름날// 지금 임진강은 다시 흐르고/ 노시인은 가고 없지만/ 북으로 가야할 그 마음, 한줌 재로 남아/ 여전히 거슬러 오르고 있다
>
> — 김요아킴, 「임진강에서」

알다시피, 임진강은 남과 북이 첨예하게 맞서는 대척점이자, 서로 자유로이 오갈 가능성이 열린 지대이다. "택시 불러라, 평양 가구로" 고함치는 노시인의 목소리는 통일을 염원하는 망자의 소리임에 틀림없다. 흥미로운 것은 노시인의 고향이 남쪽이라는 점이다. 남쪽에 고향을 둔

사람과 북쪽에 고향을 둔 사람의 염원은 다르다. 북쪽에 고향과 부모 형제를 두고 온 사람의 마음이 더 간절하리라는 사실은 두 말할 나위가 없다. 이렇게 보면, 남쪽에 고향을 둔 망자의 목소리를 불러내어 북으로 가려는 후배 시인의 감정은 강도 면에서 훨씬 더 약하다고 할 수 있다. 그러나 "시인"이란 본디 무감한 현실 속에서 아픔을 실감하는 자 아닌가. 사실 노시인의 "고함소리"는 무감한 자(무)의식을 깨우는 역할을 한다. 소리는 단단하게 굳어 유동성을 잃은 대상을 파괴할 수 있는 실체적 힘을 지닌다. 어느 한때 시인의 고막을 울리며 역사적 고통을 각인시켰을 노시인의 목소리는 시인 안에 흔적으로 고여 흐르다가 「임진 강에서」 다시 되살아난다. "북으로 가야할 그 마음, 한 줌 재로 남아 여전히 거슬러 오르"는 강. 생사를 가르는 전쟁 속에서 사력을 다해 남으로 건너왔을 수많은 이들의 내밀한 상처와 죽음을 안고 흐르는 물(주름). 그러나 그 상처와 죽음을 기억하는 사람은 이제 거의 없다. 남북은 여전히 끊어진 길 앞에서 대치하고 있지만, 세계를 지배하는 '글로벌'의 흐름은 모든 이의 기억을 휘발시켜버렸다. 시인이 노시인의 고함소리를 소환한 이유는 그 오래된 상처를 기억하기 위한 시적 실천으로 읽힌다. 노시인은 비록 지금 여기에 없지만, 내가 기억하는 한, 그 목소리는 당신이나 그대, 너의 이름으로 내 안에서 살아 흐르며, 끊어진 길을 이으려던 그 의지는 '나'의 의지가 되지 않는가. 이 시는 그렇게 망각 속에 묻힌 역사를 소환하고 복원하려는 기억의 힘으로 이끌어진다.

천향미의 시는 자본주의의 폭력적 시간에서 망실된 기원을 더듬는 일에서부터 출발한다.

다음 역은 '월내역'이다/ 애써 '원래'라고 발음하며 처음 그랬던 것처럼/ 내 잃어버린 여정의 출발점을 만나면/ 그때 기적보다 크게

울 수 있을까/ 동해남부선 열차는 파도가 바퀴다/ 울음 같은 파도 잠
잠해지면/ 나 거꾸로 앉았던 자리 돌아앉을 것이다
―천향미, 「동해남부선」

　「동해남부선」은 부산과 포항을 잇던, 지금은 아스라이 사라진 철도
노선이다. 월내역은 동해남부선이 지나치던 역(驛)명. 시인은 월내라는
지명을 비틀어 원래로 발음하면서 상실된 기원을 애써 찾으려 한다. 그
러나 "내 잃어버린 여정의 출발점을 만나면"이란 가정에서 확인할 수
있듯이, 원래 모습은 찾을 수 없다. 과연 원래의 나가 어디에 있나. 누구
도 자신의 처음을 기억하지 못하고 끝은 경험할 수는 없다. 우리는 늘
다르게 되어가는 과정에 있다. 문제는 문명의 시간이 그 과정의 한 순
간조차 기억할 수 없게 한다는 것. 진보라는 이름으로 빠르게 질주하는
시간은 사실 동일한 궤도를 무한 반복달리는 회로에 불과하다. 이 긴박
한 시간화 논리에서 우리는 자신을 되돌아볼 여유조차 없이 산다. 시인
은 이런 시간성 초월하기 위해 직선적 시간을 구부려 과거로 돌려놓는
다. 그러나 선조적 시간을 거슬러 가는 시인의 의식 속에 안개가 몰려
오고 잡음이 끼어든다. 이것은 동해남부선을 꼴라주로 만든다. 딱딱하
고 견고한 금속성의 차체와 부드럽고 유연한 물로 된 바퀴. 이렇게 다
른 이미지가 중첩될 때 열차는 다양한 의미 층위로 확산된다. 빠르게
달리는 열차―육체의 남성성과 그 아래를 떠받치는 파도―육체성의
간극은 움직임과 정지, 위와 아래, 문명과 자연, 생과 사, 존재와 부재
사이의 충돌을 함의하며, 이것은 '파도의 울음소리―열차의 울음(기적)
소리― 나의 울음소리'와 맞물려 허공(虛·空)을 울린다. 이때 나는 어디
에도 없(不)고, 어디에도 있(在)다. 시인은 이렇게 흩어지는 나를 통해
근대적 시간성을 넘어서려는 꿈을 꾼다.

검은 이브의 시간, 모(某)음의 파동

윤유점과 박미정의 시는 원초적 기억을 길어 올림으로써 새로운 밑그림을 그린다.

> 무덤 아래 지층을 쌓는다. 제단 위에 또 다른 제단을 올리고, 입 다문 비석에 피의 기원을 새긴다. 어둠 속에서 길을 찾는 죽은 자와 산자, 배아에서 자라는 생의 줄기, 슬픔처럼 서리꽃 속에 숨은 채 살아있다. 찢어진 무명천에 나부끼는 허공, 잠들지 못하는 무수한 죽음을 저승까마귀가 서럽게 운다. 밤마다 수건거리는 골목길 나지막한 울음소리로 흐드러진다. 길 잃은 발자국들이 창문에 찍힌다. 처연하게 핀 서리꽃 짓밟는다. 간밤의 흔적이 스쳐간, 닳아버린 탑의 모서리를 어루만지는, 빨간 모자를 쓴 붓다가 웃고 있다. 거물을 짜던 거미는 새벽하늘 깊이 사라진다
>
> —윤유점, 「사북역」

탄광 노동자들의 상흔이 찍힌 사북역. 1980년대에 이 공간은 끔찍한 모더니티가 내포한 공포와 좌절의 환유적 표상이었다. 파업을 통해 표출된 혁명의 열망은 그러나 1990년대 이후 증식된 소비 자본주의 기호들로 인해 착색되고 말았다. 현란한 이미지와 과잉된 기호가 흘러넘치는 시대, 동일한 궤도를 무한 반복 달리는 현실에서, 텅 빈 일상을 사는 시인은 그 죽음과도 같은 나날에 조각난 기억을 끌어올린다. 무덤, 비석, 까마귀, 발자국들 등은 시인이 한번쯤 보았을 기억의 흔적이자, 어느 다른 시간에 서성거렸을 자아의 다른 모습. 이 죽음의 풍경과 마주하게 될 때 느끼는 공포는 시인을 현실 저 너머의 세계로 데려간다. 명료한 이성과 합리적 규범이 도달할 수 없는 카오스. 죽은 자와 산 자, 웃음과 울음이 공존하는 밤의 세계. 이곳은 지나간 과거가 침전(沈澱)되

어 있고 다가올 미래가 선취(先取)되어 있는 '검은 이브(여성)'의 시공간
과 같다. 여기서 나부끼고, 수런거리는 소리는 누구의 소리인지 알 수
없는 모(某)성의 것이자, 외부세계를 상정하지 않은 언어 이전의 소리
이다. 이것이 내면의 붕괴라는 인식과 닿는다면, 실존의 근본 토대가
흔들리고 자아의 의식은 허무의식으로 급격히 전이될 우려가 있다. 그
러나 거미가 사라진 "새벽"에 주목하면, 새로운 가능성이 열린다. 검은
빛 속에서 수런거리는 저 안의 소리들은 모든 가능성의 시간을 품은 태
초의 시간인 새벽과 맞물려 밖을 향해 분출할 가능성이 열리게 되는 것
이다. 이런 차원에서 윤유점 시는 자신의 기원을 찾아 과거로 되돌아가
기보다 지나간 시간과 오지 않은 미래 사이에 흩어진 기억의 파편들을
새겨 넣음으로써 새로운 기원을 만들려는 시도로 읽힌다.

　박미정의 「맥놀이」는 소리의 기억을 통해 근원적 시간을 찾아가는
지향을 보여준다.

>　　만어사(萬魚寺) 절 앞 돌너덜지대에 갔다 돌이 된 물고기들의 소
> 리를 들으려면 돌로 쳐야 한다기에 작은 돌 하나를 불끈 쥐었다 사
> 정없이 찍어대어도 일일이 답하는 침묵의 소리, 소리를 따라 등을
> 미끄럽게 옮겨 타고 다녔다 종이다 물고기다 떠들어대며 덧없이 모
> 습 다른 소리들을 신나게 강탈했다 문득....... 머뭇거림을 기다린 듯
> 이 내 손 안의 작은 돌이 파드닥 지느러미를 치며 바다로 향했다 장
> 대한 파노라마의 소리 여운은 삶의 종루에 영원히 매달린 종(鐘)인
> 가 잴 수 없는 심연의 물고기인가
> 　　　　　　　　　　　　　　　　　　　　　　－박미정, 「맥놀이 5」

　소리는 인간이 태앗적부터 들어온 지속적인 울림이자, 생생한 기억
의 흔적이다. 그러나 소리는 눈에 띄는 흔적으로 존재하지 않는다. 태

어나는 순간 흩어지고, 사라지면서 지독한 흔적을 남긴다. 스쳐가면서
텅 빈 허공이 되는 흔적. 그것은 삶의 불가해성이나 근원적 여(모)성성
을 상징한다. 시인은 이 소리를 만어사 절 앞 돌너덜지대에서 찾는다.
돌은 견고한 사유로 무장한 남성성, 혹은 보편적 동일성의 논리로 소수
의 목소리를 배제시켜온 이성(/문명)적 사유를 표상한다. 돌이 된 물고
기는 그 사유에 의해 생명력을 잃은 자아의 또 다른 모습일 터. 이 맥락
에서 돌을 치는 행위는 견고한 사유를 깨부숨으로써 여성/타자로서의
자기 정체성을 되찾으려는 저항적 행위라고 볼 수도 있다. 그러나 극렬
한 저항은 자아에게도 상처를 입힐 수밖에 없다. 강한 힘으로 내리친
돌은 그만큼의 힘으로 시인을 친다. 이때 이 떨림, 반동적 울림이 곧 침
묵의 소리. "종"소리와도 겹친다. 이 울림은 "문득……"과 같이 시인의
호흡을 멎게 하는 동시에 그 안에 깃든 근원적 소리를 듣게 해 준다. 파
드닥 지느러미 소리는 돌 속에 깃든 타자(물고기)의 소리이자, 자기 안
에 타자를 받아들이는 근원(물)의 소리이다. 이것은 시인으로 하여금
(서로를 치며)덧없이 떠들어대는 환유적 언어 놀이와 무의미한 반복을
중단시키고 원초적 시간을 체험하게 한다. 허공을 가르며 헤엄쳐가는
물고기에게 바다는 삶과 동시에 죽음을 잉태한 거대한 자궁과 같다. 여
기에 파드닥 지느러미 소리가 닿는 순간 물고기 소리는 종소리로 환기
되는 근원적 소리, 곧 떨림/ 울림으로 존재하게 되며, 이 울림은 몸(손)
에 느껴지는 감각의 직접성 속에서 살아나게 된다. 이런 점에서「맥놀
이」는 언어 이전의 기원을 찾아가는 과정이며, 망실된 기원을 상기(想
起)함으로써 태앗적부터 들어온 (맥박)소리를 현재의 시간성 위로 끌어
올리는 작업이 된다.

한 시인의 기억은 개인의 기억에 한정되지 않는다. 개인의 기억이든
사회 역사적 기억이든 모든 인류가 경험하는 어떤 원초적 기억이든 그

기억을 우리가 공유하는 순간, 시인들의 기억은 우리의 기억이 되며, 우리 안에서 각자 다르게, 또 새롭게 되살아난다. 그것은 우리의 과거를 되돌아보고 현재를 성찰하며 미래를 가늠하는 힘으로도 작용한다. 지나간 시간과 오지 않은 시간 사이를 오고가면서 잃어버린 것들을 소환하고 복원하려는 시인들의 작업은 한 편의 시로 완결된 것이 아니라, 삶과 죽음을 가로지르는 행려 속에서 지금도 계속 되고 있을 것이다. 그 파동이 또 어떤 무늬와 빛깔을 만들어낼지 사뭇 궁금해진다.

재난에 직면한 시의 언어

닫힌 창

꽁꽁 닫혀 있다. 창문이 열린 풍경을 언제 보았는지 기억이 나지 않는다. 코로나바이러스(coronavirus)라는 전염병(Pandemic)이 전 지구를 강타하고 있는 지금, 사람들은 각자 창문을 닫아걸고 자신만의 공간에 갇혀 살아간다. 물론 언제까지나 갇혀 있을 수만은 없어 어떻게든 바깥으로 나간다. 그러나 마스크로 봉인하지 않고 거리를 활보하는 일은 상상도 할 수 없다. 엎친 데 덮친 격으로, 쏟아지는 폭우에 창은 더 굳게 닫힌다. 세상을 집어삼킬 듯 막무가내로 몰려오는 빗물…. 스크린은 지구촌 곳곳에서 발생한 질병과 죽음의 장면을 생생하게 보여준다. 근대라는 허구의 스크린 뒤에 감추어져 있던 것들이 와해되면서 범람하는 저 실재들. 이 와중에도 인터넷 커뮤니티 한편에서는 혐오의 발언들이 난무하고 있다. 인종, 젠더, 계급, 세대를 구성하는 각 집단들이 서로에게 언어로 칼을 휘두르고, 총을 쏘고, 수류탄을 던진다. 어디로 가야하나, 무섭고 슬픈 상념이 목까지 차오른다.

시를 끌어당긴다. 길은 더 막막하다. 어떤 길은 일정한 형태를 띠고 나타나지만, 어떤 때는 의미를 알 수 없는 형태로 펼쳐진다. 그것은 시가 시인의 시선이라는 특별한 창에 의해 굴절되어 제작된다는 사실과 무관하지 않을 것이다. 시인의 눈은 세계와 자아 사이에 놓인 일종의 창이다. 세계와 자아를 관습적으로 읽어내는 창이 아니라, 관습적 사유 틀을 깨부수는 상상력의 창. 그것은 때때로 거울로 둔갑하여 어두운 세계에 홀로 선 자아를 비춰주기도 하고, 또 때로는 자아와 대상을 단절시켜 창밖의 풍경을 낯설게 일그러뜨리기도 한다. 시인의 말은 이 창의 안쪽에 산다. 햇빛이 들지 않고 그래서 어둡고 축축한, 그곳. 흔히 시인의 내면, 또는 무의식의 서식지라고도 부르는, 그 안쪽을 가만히 들여다본다.

죽음의 비문(碑文)

범람해오는 물속에 깡마른 시의 뼈가 바스러질 듯 위태롭게 서 있다. 운명적 몰락을 예감하는 이미지들. 이 세계 내부에 자리한 균열의 징후들. 그것은 이 세계의 폭압적 흐름에서 벗어날 새로운 시적 출구를 찾는 일이며, 동시에 이 재난의 지대에 놓인 자신을 어떻게 구제해낼 것인가, 하는 문제와 맞물려 있다.

> 긴급출동! 코로나─19/ 구급차 사이렌 소리 콜록거리는/ 지구촌 소독 중이다/ […]/ 오늘을 잃어버린 중생들/ 마스크에 갇혀 동동 떨고 있다
>
> ─오정수, 「일시 정지, 2020」

마스크로/ 인간의 높은 벽이 된 날들/ 바이러스의 복병은 지역경
계를 넘어/ 슬픔으로 눈 앞이 흐려지고
— 김지수, 「코로나19」

위 시들을 지배하는 정서는 코로나바이러스라는 전 지구적 전염병에
서 오는 죽음의 공포와 불안감이다. 시인들은 자신의 죽음을 육체로 감
각하고 있다. 오정수의 시에서 그것은 사이렌 소리로 다가온다. 사이렌
은 세이렌의 다른 이름. 견고한 이성의 갑옷으로 무장한 오디세이를 몽
상과 신화의 세계로 불러들였던 세이렌은 이제 문명의 저편에 놓인 신
화를 재현하는 상징이 아니라, 현실의 매끄러운 평면에 놓인 어두운 심
연으로 시인을 끌어들이고 있다. 사이렌 소리로 다가오는 죽음의 전언
은 시적 자아의 일상적 삶을 단절시키고 시간에 대한 새로운 감각을 불
러일으킨다. 죽음의 위기를 감각하는 순간, 삶의 감각은 최대치에 이르
며, 이때 이성적 자의식은 균열을 일으킨다. 이 균열의 틈새에 낯선 타
자가 떠오른다. 그것은 마스크에 갇혀 동동 떨고 있는 중생, 즉 일상에
묻혀 잊고 살았던 자신의 다른 모습이다. 이렇게 자기 내부의 죽음을 출
현시키는 시의 언어 안에는 죽음에 대한 불안과 공포가 응축되어 있다.
　이지수의 시에서 마스크는 소통불능에서 오는 단절과 소외를 환기
한다. 마스크로 가려진 '입'은 몸의 최전방에 위치해 있는 경계다. 그것
은 타자와 만나기 위해 열려 있는 창이며, 만남이 이루어지는 장소이기
도 하다. 그러나 마스크라는 커튼으로 이 창을 가릴 때, 창은 벽이 된다.
시에서 이 벽—마스크는 질병에 노출된 자아의 위기와 불안으로부터
스스로를 격리하는 보호막인 동시에 퇴행의 피난처로 작동한다. 자신
을 보호하기 위해, 세계로부터 스스로를 고립시키는 자에게 소통의 통
로인 창문은 존재하지 않는다. 이때 경험되는 소외와 불안, 슬픔은 눈

앞이 흐려지는 육체의 반응으로 드러난다. 여기서 그것은 눈물로 환기된다. 눈물은 몸이 스스로 자연의 감각을 회복하려는 무의식적 반응. 막혀 있던 몸의 감각을 뚫고 외부로 흘러나가면서 새로운 감정의 흐름을 만들어 낸다. 어쩌면 시인은 이 재난의 시대를 살아가기 위한 윤리적 준거로서 '슬픔'을 이끌어 내기 위해 눈물을 흘려보내고 있는지도 모른다. 그러나 그 눈물이 스며들 장소는 보이지 않는다.

> 잠에게 근심 맡겨두고/ 새록새록 밤이 깊어가도/ 출렁이던 풍경이/ 지친 하루를 휘젓고/ 팽팽해진 긴장에/ 텅 빈 이야기만 공허하다 / 온갖 아픔이 옹이로 뭉쳐 / 꿈에도 주눅 들어 / 무너지는 일상생활 뭉크러져 접는 몸/ 정신마저 아득하다/ 구멍이 숭숭 뚫린 시간 사이로/ 주체할 수 없이 아픈 시간들이/ 악순환 속으로 빙글거리고 있다
> ─이말례, 「고통」

이말례의 이 시는 고통의 문장으로 잇대어진 한 편의 자화상으로 읽힌다. 이 시에서 자신을 들여다보는 자화상의 필법은 자신의 죽음을 읽어내는 시선이 된다. 시인에게 현실은 뭉크러진 육체로 경험되며, 이 육체는 현대적 시간이라는 현실의 내상(內傷)과 닿아 있다. 시인에게 시간은 그 내부에 어떤 변화도 낳지 못하는 텅 빈 시간으로 체험된다. 기실 무수히 반복되는 현대의 시간은 내부적으로 텅 빈 시간이며, 외부적으로는 동질화된 삶의 파편들이 넘쳐나는 시간이다. 이 시간 속에서 나와 다른 너, 타자는 낯섦으로 경험되지 않으며, 따라서 이야기는 공허로 다가온다. 텅 빈 공허 속에서 정처 없이 흘러가는 무의미한 지속은 새로운 시간을 향한 비전으로 열리지 못하고, 자기를 갱신할 역동적 가능성도 부재한 죽음의 시간으로 인식된다. 그것은 "구멍이 숭숭 뚫린 시간"의 균열로 드러나고 있다. 시인은 이 시간의 틈새에 자신의 신음

을 새겨 넣는다. 빙글거리며 빠르게 도는 시간의 반복이 주는 자기 해체의 위기감은 뭉크러져 접는 몸으로 드러나며, 이 아픔의 악순환은 현실의 비극성을 고조시키는 동시에, 죽음의 존재양식을 기술한다. 시인은 이 현실의 지도를 내면(꿈)의 지도로 바꾸어 놓음으로써, 자기 안에 자리한 어둠을 응시하고 있다. 이 시선에서 바깥을 향한 창은 보이지 않는다. 이 시인에게 남아 있는 것은 내면의 어둠(죽음)을 들여다보기 위해 열린 나르시시즘적 창. '뚫린 구멍'은 이러한 나르시시즘적 소멸의 충동을 표현하는 다른 이름이다. 어쩌면 시인은 이 소멸의 흔적에 자신의 시적 운명을 걸어보려는지도 모른다. 자신의 육체에 죽음의 비문(碑文)을 새겨 넣음으로써, 역설적으로 이 고통스런 현실로부터 벗어나려는 초월의 꿈을 꾸고 있는지도….

이러한 죽음은 채홍조의 다음 시에서 냉장고라는 사물을 통해 드러난다.

> 냉장고의 용도는/ 야채나 고기가 상하지 않게/ 잘 보관하는 것만은 아니다/ 속이 상할 대로 상한 간 쓸개 다 떼어서/ 냉장고에 넣어두고 일터로 나간다/ […]/ 아침 신문에 부부 은행원 중/ 남편이 스스로 목숨을 끊었다는 기사가 실렸다
>
> —채홍조, 「감정노동자」

시에서 냉장고는 자본주의 기계 문명의 탐식성을 표상한다. 시인은 냉장고의 용도가 "야채나 고기가 상하지 않게/ 잘 보관하는 것만은 아"님을 분명히 한다. 그것은 "속이 상할 대로 상한 간 쓸개 다 떼어서" 넣어둘 수 있는 것이며, 이때 냉장고는 모든 개체를 하나의 회로 속으로 흡수 통합하려는 자본주의적 욕망을 의미한다. 기실 자본주의는 국가

—공동체의 시스템과 연결되어 우리를 교묘하게 포획해오고 있다. 자본의 생존 경쟁—경제 논리는 전쟁의 논리다. 우리는 경쟁에서 이겨야 살아남을 수 있고, 자신의 신분과 지위, 자유를 획득할 수 있다고 믿기에, 목숨 걸고 전투를 벌인다. 전투에서 진 자에게 삶이란 곧 죽음을 의미하기에, 사람들은 자의든 타의든 자본과 공모하게 된다. 모든 존재를 하나의 회로 속으로 끌어들이는 자본주의에서 개체의 특별한 경험이나 감정은 허락되지 않는다. 감정은 이미 상품이고 노동이며, 그 주체는 자본이다. 자본주의는 개체의 안팎에 융단폭격을 가하고, 모든 차이를 동질화시켜버린다.

시인은 이러한 현실에서 느끼는 존재의 비극성을 "간 쓸개 다 떼어" 낸 육체의 균열을 통해 드러낸다. 그리고 그 비극은 조간신문에 실린 은행원의 죽음을 통해 고조된다. 신문은 다수의 보편성을 획득하는 권력적 매체다. 이 권력의 언어에서 타자의 죽음을 확인하는 일은 자기 죽음의 실체를 확인하는 일과 다르지 않다. 그러나 시인은 이 권력적 지배언어에 대항하는 강렬한 저항은 시도하지 않는다. 다만 은행원의 죽음에서 자신의 죽음을 발견하고, 자신의 죽음을 객관화함으로써 삶의 현재성을 도출한다. 이를 통해 권력적 자본주의 현실에 대한 거부감과 부정의식을 드러내고 있다. 어쩌면 이 시인에게는 자아의 죽음이야말로 자본의 지배에 대항하는 힘으로 인식되는지 모른다. 자본의 폭격에 맞서 스스로를 파괴, 해체시킴으로써 자본의 지배적 흐름을 중지시키려는 것이다. 이러한 자기 소멸의 의지 속에는, 죽음을 통해 현실로부터 벗어나려는 초월적 자기 보존의지가 내장돼 있다.

파경의 음화(陰畫)

한편 자신의 세계를 보존하려는 시인들의 의지는 생존과 포획의 논리가 지배하는 현실 저 너머의 세계로 건너가려는 안간힘으로 드러나기도 한다. 그곳은 어둠과 빛이 교차하고, 세계와 자아, 소멸과 생성의 언어가 맞부딪치는 지점이다. 이 균열의 틈새에 선 시인의 눈은 다른 시간을 향해 열린 문이 된다. 윤상운의 시에서 그곳은 죽음 위에 반짝이는 눈(물)의 세계로 환기된다.

> 저 순간의 비늘들을 영원 속에 가두는 법을/ 그리운 이여/ 희미해지는 우리의 기억을 건지기 위해/ 흩어지는 우리의 햇빛을 건지기 위해/ 나는 헛되이 그물을 던지고 던진다/ 물결의 갈피 속에 피었다 사라지는/ 이제 어디에서도 안아볼 수 없는 것들/ 그물로 가둘 수 없는 저 은색의 허무/ 다만 바라본다/ 홀로 깨어 흐르는 저 하얀 소멸의 강을/ 소멸의 강을 저어가는 하 하얀 어떤 지느러미
>
> —윤상운, 「투망」

시의 강물에는 대상을 상실한 데서 오는 허무(虛 · 無), 또는 소멸의 기운이 흥건하다. 그런데 자세히 들여다보면, 이 강물은 단지 소멸 쪽으로만 흐르지 않는다. 시인은 강물 소리의 청각적 미감을 은색의 시각으로 바꾸고, 그것을 다시 파닥이는 비늘로 치환하고 있다. 파닥이는 비늘은 피었던 것과 사라진 것, 바깥과 안의 원환이 만들어내는 긴장 속에서 "물결의 갈피"라는 물주름의 형태를 얻는다. 피었던 것과 사라진 것, 보이는 것과 보이지 않는 것, 안과 밖의 의미를 포괄하는 물주름은 삶과 죽음을 동시에 내포한 언어적 긴장을 담고 있다. 그러니까 "저 순간의 비늘"이 파닥이는 물결의 갈피, 그 내부 공간은 흩어진 "우리의 기억"이

살아있는 공간인 것이다. 시인이 이 공간을 향해 그물을 던질 때, 그것은 잃어버린 기억을 건져 올리는 행위와 닿아 있다. 시인이 건져 올리려는 기억의 대상은 타인, 더 강력한 타인은 연인일 것이다. 그런 의미에서 「투망」은 연인에 대한 기억을 건져 올리려는 행위로 볼 수 있다.

그러나 시인의 투망질은 실패할 수밖에 없다. 연인에 대한 기억은 희미한 빛으로 남아있고, 그것은 건져 올리기 어렵다. 그럼에도 시인은 그물 던지는 일을 포기하지 않는다. 그것은 그 행위 자체가 삶의 지속을 가능케 하는 일이기 때문일 것이다. 사실 너와 나, 우리가 헤어져 각자의 자리로 쓸쓸하게 돌아서면 "우리"라는 이름은 과거형으로 못 박힌다. 우리의 관계는 죽음을 맞이하게 된다. 이 순간 급격하게 생성되는 어둡고 아득한 낭떠러지, 그 깊은 수심에 우리는 추억이라는 이름의 시신을 매장하기 시작한다. 이때 매장되는 것은 너라는 대상뿐 아니라, 나 자신이기도 하다. 시인이 소멸의 강에 그물을 던지는 것은 자신이 완전한 과거형으로 소진되는 것에 저항하는 행위이다. 시인에게 그것은 언어로만 가능하기에, 기억의 수사학을 세우고 그물을 던져 기억을 건져 올리려고 한다. 계속해서 건져 올림으로써 과거와 현재와 미래는 (불)연속체로 이어갈 수 있게 되는 것이다. 이때, 과거의 너—나는 더 이상 과거로 남아있지 않게 된다. 너는 비록 과거이지만, 내가 기억함으로써, 내 안에서 나와 함께 살아갈 수 있게 되는 것이다. 그리하여 우리는 저 은색의 허무, "하얀 소멸의 강물"에서 볼 수 있게 된다. 낯선 이의 지느러미, 파닥이는 비늘이 반짝 튀어 오르는 것을.

조성범의 다음 시에서 저 너머의 세계는 권력화된 시선이 균열되면서 드러난다.

강아지에게 우산을 씌운다/ 마주보고 쪼그리고 앉아/ 눈을 맞춘

다/ 아이는 무엇을 본 것일까/ 난 무엇을 보았음에도/ 저럴 수 없다
는 사실에/ 혼자 쓴 우산을 본다/ 잃어버린 하나가/ 얼마나 힘이 센
지/ 발길이 떨어지지 않는다

　　　　　　　　　　　　　　　　　　—조성범, 「잃어버린 힘」

　이 시에서 시인은 강아지와 아이가 마주 바라보는 평범한 일상적 풍
경 속에서 시선의 감옥에 포박된 현대적 삶을 성찰하고 있다. 강아지와
마주한 아이의 "눈"은 타자의 눈동자 속에서 자신을 발견하는 일종의
거울로서, 우리의 현실적 지반을 동시에 떠올리게 한다. 주지하듯, 현
대적 삶은 자신을 무수히 반사해내는 거울로 둘러싸여 있다. 타자에게
서 나를 발견하는 고전적 의미의 거울은 각종 감시카메라와 컴퓨터 모
니터, 휴대폰의 액정화면으로 대체되었으며, 이때 기계—눈은 단 하나
의 시선으로 대상을 포획하고 지배하는 근대적 주체의 힘(권력)으로 작
동한다. 근대적 주체에게 보는 것은 곧 아는 것이며, 아는 것은 힘으로
인식된다. 이 주체의 눈은 파놉티콘(Panopticon)처럼, 대상과의 거리를
유지하고 전체를 조망함으로써 지각(이성)의 경제성, 합리성을 확보한
다. 감시카메라의 눈은 바로 이러한 근대적 주체의 권력적 시선과 동일
한 방식으로 작동하고 있다.

　시에서 "눈"은 이러한 시선의 폭력성에 맞서기 위한 시적 장치로 읽
힌다. 시인은 대상의 행위를 내밀하게 엿보고 있다. 그러나 그 시선은
대상을 꿰뚫어 보는 권력적 시선(觀)이 아니다. 시인의 시선은 일방적
임에도 불구하고 전혀 폭력적이지 않다. 그러기에 강아지와 마주앉은
아이도 타자의 시선에 위축되지 않는다. 이런 점에서 화자의 시선에 내
포된 것은 대상의 행위와 의미를 폭력적으로 관철하려는 지배적 시선
이 아니라 대상의 행위에 동참하는 시선이라 하겠다. 흥미로운 것은 시

인이 나는 "무엇을 보았음에도/ 저럴 수 없다"고 자신의 무능성을 폭로하고 있다는 점이다. 이 고백은 자신의 무능력함을 말하는 것이 아니라, 합리적 시선의 무능성 / 불가능성을 의미한다. 즉 보아도 알 수 없음, 다시 말해 '보는 것이 아는 것'이라는, 근대 이성·합리성의 시선이 관통하지 못하는 어떤 불가능성을 의미하는 것이다. 「잃어버린 힘」은 시선의 무능성을 통해 얻어지는 힘으로서, 새로운 감각을 생성하는 에너지로 작용한다. "혼자 쓴 우산을" 보며, 잃어버린 하나를 떠올리는 자아는 명료한 이성적 자아와 거리가 멀다. 잃어버린 어떤 기억과 마주치는 순간, 나의 현재 안으로 도래한 과거는 견고한 일상을 해체시킨다. 이때 눈은 눈(물)이라는 형태로 시인의 현재 속에 스미게 된다. 그리하여 발길을 멈출 때, 이 순간은 현실적 시간의 지배적 흐름을 중지시키는 동시에 새로운 시를 탄생하게 하는 하나의 사건이 된다.

조성범이 시선의 힘을 무능력화시키는 데 집중한다면, 강문출은 시선의 지배로부터 벗어나기 위해 스스로 눈을 감는다.

> 열대야 며칠 동안 누가 밤마다 나를 찾아와 "마, 그만하면 됐다. 마, 그만하면 됐다"해쌓는 통에 밤새 뒤척이다가 까맣게 잊었는데, 표충사에 와 상사화를 보자 이내 형을 떠올렸습니다.// 낯설음이나 다름에 대해, 상사화꽃과 잎만한 비유가 어디 있겠습니까. 저렇게 서로 엇갈리니 형이 좋아할 수밖에 없었겠지요. 지금은 마음의 집인 몸이 허물어지니 푸른 마음은 잎 없이 흔들리는 여린 꽃이겠습니다.
>
> ─강문출, 「K형」

캄캄한 "밤"은 눈을 감고, 자아의 죽음을 맞이해야 하는 시간이다. 그런데 시의 화자는 아직 죽음의 잠을 경험하지 못하고 있다. 열대야로 잠을 설치는 시인에게 밤은 현실과 꿈, 삶과 죽음이 맞부딪치는 경계의 시간이며, 시는 이 시공간으로 갑작스레 틈입한 K형의 목소리로 시작된다. K형은 이 세상에 존재하지 않거나, 어딘가에 실재하지만 지금—여기에는 부재하는 익명의 존재, 곧 유령과 같다. 이 존재의 언어는 나라는 동일자 내부에 은폐된 공백을 만들어내고, 그 균열을 가시화한다는 점에서 근본적으로 불온한 존재이다. 즉 K형은 시인 안에 내재된 혁명적 잠재성 / 불온성을 가시화하는 자아의 다른 이름인 것이다. 주목해 볼 것은 "마, 그만하면 됐다. 마, 그만하면 됐다"는 K형의 말이다. 시인은 K형이 왜 이 말을 하고 있는지, 그 경위를 설명하지 않지만, 문맥으로 보아 '자신의 주장이 옳다거나, 상대방의 주장이 그르다'는 어떤 누군가의 주장을 만류하는 말로 짐작된다. 이것이 옳고 저것은 그르다는 식의 지극히 당연한 듯 보이는 이분법은 나와 적으로 구성된 현실의 작동방식을 시사한다. 사실 이분법만큼 나와 적을 분명하게 구분할 방법은 없다. 우리는 이 이분법 속에서 나와 적을 만든다. 역사 안에서 권력자들은 이 지점을 놓치지 않았다. 그들은 대중의 내면에 존재하는 불안과 공포를 이용하여 적을 설정하고, '나—우리'를 적의 적이라고 인식하게 만든다.

이 인식 틀 안에서 적은 항상 그르다. 적이 그르다면 나—우리는 옳다. 그러나 사실 무엇이 옳고 무엇이 그른가. 혹시 옳다는 것은 자신과 생각이 동일하고, 그르다는 것은 자신의 생각과 다르다는 뜻 아닌가. 옳고 그름은 지배적 동일자의 논리에 의해 만들어진 관념에 불과하다. 총체적 동일성은 다수의 생각을 하나로 묶어냄으로써, 자신과 다른 목소리를 배제시키는 폭력을 행사한다. 이 논리에 따라 정상 / 비정상, 정의 / 부정, 옳음 / 그름이 규정된다고 할 때, 정상, 정의, 옳음에 대한 사회 통념은 달라진다. 그 가치가 보편적 힘으로 지배할 때, 집단 내에서 나와 삶의 규칙이 다른 너, 타자는 감각되지 않는다. 감각할 수 없다는 것, 낯섦을 경험할 수 없다는 것은 곧 죽음. "K형이 좋아"하는 상사화는 이 죽음에서 벗어날 길을 보여준다. 상사화 꽃잎이 가리키는 것은 서로 엇갈리는 순간의 마주침이며, 그 순간 "몸이 허물어"져 생성되는 "푸른 마음"이란 곧 사랑의 마음일 터. 시인은 이 열망을 '한여름 밤의 꿈'이라는 허구—환상을 빌려서 실현하려 한다. 그 점에서 이 시는 무자비한 현실의 음화(陰畵)를 잠—꿈의 세계로 치환하여 사랑을 실현하려는 시인의 열망이 만들어낸 아름다운 환상이라고 할 수 있을 것이다.

희미한 근원

시의 무늬 안에 스며있는 공포와, 불안, 절멸의 이미지들은 기실 시에 국한된 문제가 아니라, 우리 삶 전반을 둘러싼 위기와 연관되어 있다. 시인들은 우리의 일상에 틈입한 질병과 죽음, 자본주의적 삶에서 경험하는 존재의 위기, 그럼에도 여전히 존재하는 이분법적 논쟁과 같이 현실의 다양한 문제를 자기 안으로 끌어들임으로써 존재의 몰락과 소멸의 징후를 드러내고, 동시에 이 현실로부터 자신을 구제해내려는 노력을 보여준다. 물론 몇몇 시편에서 보이는 내면에 고착된 시선은, 어떤 독자에게 구제에 대한 실패로 읽힐 수도 있다. 기실 자기 안의 어둠에 고착된 우울한 고백은 폭압적 현실을 승인함으로써, 자칫 이 세계의 거대한 무덤 속으로 자아를 순장시켜버릴 위험을 안고 있다.

그러나 그럼에도 불구하고 시인들의 시에서 우리가 주목해야 할 점은 이 불안, 죽음의 이미지들이, 시인들이 이 현실의 고통을 체감하고, 그 풍경을 끝까지 응시한 산물이라는 점이다. 시인들은 현실의 풍경으로부터 고개 돌리지 않는다. 처참하고 비루한 이 현실을 고통스럽게 바라보고, 그 풍경 속에 자신의 표정을 그려 넣는다. 각자의 내력 속에서

자신의 시간을 살아가는 타자들의 고통과 풍경을 자신과 엮어서 그려
낸 얼굴, 그 일그러진 표정은 결국 우리들의 자화상이다. 이 상(像)을 통
해 시인들은 이렇게 말하는지도 모른다. 꿈보다 잔혹한 현실이 여기에
있다고. 만일 이것이 진짜 삶이라면, 어디서 어떻게 다시 출발해야 할
까. 어딘가에 실재하지만, 실재하지 않는다고 여겨지는, 저 또 하나의
익숙하고도 낯선 타자들은 어떻게 규정하고 받아들여야 할까. 이렇게
가까이 있으면서도 멀게만 느껴지는 우리는….

움푹한 세계, 불룩한 이야기

움푹한 바깥

어떤 한 편의 소설을 만나 그 세계에 발을 들여놓으면 주변 풍경이 낯설다 못해 기이하게 느껴져 하루를, 아니 여러 날을 움푹한 구덩이에 빠진 듯 벗어나지 못할 때가 있다. 마치 세계의 접면에 영혼의 생살이 부딪친 듯, 어딘가에서 불쑥 유령들이 나타나 말을 거는 것 같고, 그것이 그렇게 공포스럽거나 싫지 않다는 느낌이 들면서 이제껏 듣지 못하고 알지 못했던 생의 진실을 이제 막 알게 듯 생소하고도 벅찬 감동이 인다. 때로는 이렇게 현실에 충실하지 않고 흐느적거리며 살아도 될 것 같은 이상한 용기도 생겨나고, 절실한 외로움과 쓸쓸한 시간만이 사랑을 향한 지름길이라는 요상한 생각도 든다.

그 점에서 하아무 소설은 특별한 느낌을 준다. 표제작을 포함, 총 9편의 중단편을 싣고 있는 『푸른 눈썹』은 풍부한 이야기성을 지니고 있다. 그의 작품은 단선적 서사로 구성되는 경우가 드물다. 등장인물은 제가끔 속 깊은 사연을 안고 있으며, 서술자는 이들의 상처를 어루만지거나 자신의 아픔을 스스로 되새긴다. 그의 소설은 과거와 현재가 겹치는가 하면, 서로 다른 두 이야기가 하나의 관계 속에서 얽히기도 한다. 이러한 다채로운 이야기들이 하아무 특유의 유려한 문체와 반죽되어 웃음을 유발하는 골계미를 더하기도 한다.

독특한 것은 그 웃음에서 '아릿한 슬픔'이 만져진다는 점이다. 이 슬픔은 과잉된 감정의 신파적 슬픔과는 무관하다. 그는 인물의 내면을 집요하게 파헤침으로써 자아의 내면에 인입된 우리의 현실 문제를 다양하게 그려낸다. 거기서 오는 아릿한 슬픔은 과장된 포즈나 과잉된 감정과 다르며, 신파로 호명될 수 없다. 그의 소설은 낯익은 듯 낯선 우리의 이야기, 그래서 진실이 담긴 '실제적 슬픔'으로 어우러져 있다. 이 감정, 즉 주인공들의 슬픔이 결국 작가의 그것과 겹쳐진다면, 저 움푹한 바깥을 들여다볼 필요가 있다. 작가의 안(내면)에 스며든 바깥(현실) 말이다.

한(寒) 데서 부르는

하아무의 단편에 등장하는 인물들은 모두 자식 잃은 상실의 아픔을 안고 있다. '어린이집 가방을 메고 차 안에서 혼자 잠들었다 질식'(「푸른 눈썹」) 하거나, '침몰하는 배 안에 갇혀'(「날마다 죽는 사내」)가라 앉거나, '느닷없는 사고로 인해 만날 수 없게'(「갓길에서」)되거나 '방과 후 집으로 오다 실종'(「부서지고, 부서져서, 부서지니」)된 아이들. 주인공들은 자기 삶 바깥으로 문득 사라져 버리거나 극단적으로는 죽음에 이른 자식을 찾아 끊임없이 헤맨다. 그 간절한 열망 때문에 파탄이 이르거나 파멸에 이른다. 물큰한 눈물이 쏟아질 것 같은 이 안쓰러운 어미아비의 형상들. 사실 그/녀들은 우리 바깥에 있는 것이 아니고, 저 멀리에 있지도 않다. 그래서 하아무의 소설은 보게 하고 또 보게 하고, 또또 보게 한다.

모든 작품이 그러한 작용을 하고 있지만, 유독 한 작품은 그런 작용을 더 강하게 한다. 이 작품을 읽는 동안 나는 숙연해지고, 무기력해지고, 또 어떤 때는 걷잡을 수 없는 슬픔에 빠진다. 지난 2014년 있었던 세월호 사건을 소재로 한 「날마다 죽는 사내」. 바닥을 드러낸 배와 '속보'라는 글자, 4월 16일이란 날짜와 함께 컴컴한 바다의 입구를 열어 보이는 이 작품을 읽으면서 가장 먼저 떠올랐던 것은 당시에 경험했던 감정들이다. 충분히 막을 수 있었음에도 막지 못했던, 바로 옆의 사람이 바스러져가며 구조요청을 해오는데도 응답하지 못했던 그 무력함과 열패감…. 허나 그뿐, 그때의 감정은 지금 그만큼 생생하지 않다. 이후의 우리는 대부분 잊고 산다. 그러나 작가에게 이 참사는 상상(像)으로 맺혔다 사라지는 게 아니라 그대로 두 눈에 들러붙어 있는 듯이 보인다. 작가는 이 참사로부터 헤어날 수 없는 심정을 어떤 사내를 통해 필사(必死/筆寫)적으로 그려낸다.

> 좌절감에 휩싸여 있을 때 홀연 눈앞에 선명한 그림자가 나타난다. 그림자는 원고잔공원에 올라 정상에 있는 바닥분수대를 지나더니 망설임 없이 단원고등학교에 들어선다. 뒤따르던 그가 멈칫하자 그림자가 뒤돌아서는데 벌거벗은 채 성기를 훤히 드러내고 있다. 그가 눈살을 찡그리며 한 발 물러서는데 벌거벗은 그림자는 비로소 얼굴을 발보인다. 놀랍게도 그것은 눈살을 한껏 찌푸린 그 자신이다. 당황한 그를 향해 주위를 배회하고 있던 수백의 벌거벗은 얼굴들이 한꺼번에 달려든다.
>
> ─「날마다 죽는 사내」

이 사내에게 만상은 죽음으로 둘러싼 환각과도 같다. 자고 일어나도, 또 자고 일어나도 돌아오지 않는 아이는 "잠속의 잠 꿈속의 꿈"처럼 출구 없는 악몽을 꾸게 한다. 악몽 속에 검은 "그림자"는 자신의 분신이며, "성기를 훤히 드러"낸 벌거벗은 몸은 사랑하는 자식이 수장되어 가는 것을 빤히 지켜봐야했던 그 끔찍한 시간, 거기서 오는 좌절과 부끄러움이 만들어낸 형상일 터이다. 여기에 들러붙는 수백 개의 얼굴들, 이 침투와 물듦에서 우리는 자신을 찢고 들어온 그림자와 구분할 수 없는 사내의 낯선 상태를 볼 수 있다. 결코 일체화될 수도, 그렇다고 도망칠 수도 없는, 이 낯선 공동空洞−체體가 곧 한寒 데서 부르는 자의 요청에 필사적으로 응답하는 작가의 글쓰기 방식일 것이다. 필사必死/筆寫의 글쓰기는 그 장소에 머물며 참사를 함께 겪어내는 일과 다르지 않다. 그것은 자신의 안전한 자리(나/우리/공동체/제도)를 포기하고 바깥으로 나아가는 이행의 결단을 통해서만 가능해진다. 이 이행을 바깥outside 또는 (피부)결texture이라는 말로 옮겨 써도 무방할 것이다.

디디에 앙지외의 말처럼, 존재의 고유한 결은 바깥이라는 장소 없이는 지켜낼 수 없다. 바깥은 안락한 보금자리가 아니라, 무수한 것들이 침투하고 범람하는 장소다. 그 안을 도무지 알 수 없기에, 나의 무능과 무기력을 인정할 수밖에 없는, 그래서 실패와 절망으로 넘쳐나는 곳이자, 개별자들의 무늬紋가 뒤엉켜 있는 장소이기도 하다. 어쩌면 작가는 예측할 수 없고 감당할 수 없는 저 이질적 그림자와의 뒤엉킴, 그 침투와 물듦을 수락함으로써만 자신의 고유성 또한 지켜낼 수 있다고 역설하고 있는지도 모른다. 그것은 작품의 말미에서 "그는 이제 강한 사내가 되기 위해 부러 노력하지 않는다. 스스로 나약한 존재임을 인정한다"는 구절에서도 보인다. 자신의 나약함을 인정한다는 것, 바꿔 말해 타인의 고통과 마주하는 일은 자신의 무능과 한계를 대면하는 비용을 치르지 않고서는 불가능하다. 자신의 무능과 한계를 인정하는 것, 그리하여 '이 사회가 떠미는 대로 떠밀려서 농성장에 설 수밖에 없는' 이 장소를 '참사 이후의 문학(장)'이라고 말해도 좋을 것이다.

참사는 잊히거나 지나간 사건으로 고정되어선 안 된다. 누구든 그 (피해자)자리에 설 수 있고, 참사는 지금도 곳곳에서 증식되고 있다. 이 사실을 망각하거나 외면할 때, 우리는 누구도 구원받지 못한다. 죽음은 늘 기억하고 또 애도되어야 한다. 자크 데리다 식으로 말하면, 애도는 죽은 자를 저편 세계로 떠밀어 보내는 것이 아니라, 내 안에 떠안을 때 비로소 가능해진다. 그것은 죽은 자에게만 해당되는 것이 아니라 죽을 자까지 포함한다. 죽은 자 또는 죽을 자(산 자)들이 어느 한 순간 맞닥뜨리게 된/될 극렬한 고통, 그 슬픔을 내가 떠안을 때, 이 세상에 존재하는 모든 대상은 한없이 소중하게 여겨지며, 그런 가운데 나 또한 존재할 수 있게 된다.

그치지 않는 비非

하아무에게 소설을 쓴다는 것은 누군가의 상처를 불러냄으로써 기록되지 않았던 시간에 형체를 부여하는 일이며, 지워질 수밖에 없었던 타자의 이름을 부르는 행위이다. 이 작업 안에서 여성이 등장하는 일은 자연스럽다. 역사 안에서 여성은 언제나 (이름)없는 타자, 비非인칭의 물질로 존재해 왔다. 그 역사가 가부장이라는 남성 중심의 억압적 역사였음은 재론할 필요가 없다. 여성을 어머니/창녀로 이분화해온 관습이 그러하듯이, 가부장제 안에서 여성은 재생산을 위한 자궁으로 환원되어 숭배되는 한편, 모성을 벗어날 경우 창부의 이미지가 덧씌워져 처벌을 당해왔다. 이로 인해 여성은 두려움을 안은 채 자발적으로 남성의 훈육 과정에 공모해왔다. 물론 그것이 지금도 여전히 통용되는 것은 아니다. 이제는 남녀가 모두가 알고 있다. 여성성, 또는 모성이라는 것이 본성이 아니라 학습된 결과에 불과하다는 사실을.

그러나 그럼에도 불구하고 그녀들의 울음은 여전히 그치지 않는다. 성적 순결에 대한 관념은 지금도 여전히 강고하기 때문이다. 남성의 시선에서 '더럽혀진' 여성이 특히 자신의 아내이거나 애인일 경우, 여성은 순식간에 비정상적—반가족적인 인물로 취급되며, 그 행위에 자발성이 동반된 경우, 그녀는 반체제적 인물로까지 규정된다. 중편「Y의 근현대여성사」는 이 비인非—人의 역사를 '나쁜 피'와 연결하여 보여준다. 주인공 H는 혼자 아이를 키우며 대학 강사로 근무하는 이혼 여성이다. 이 여성은 현모양처도 아니고, 고난을 감내하면서 꿋꿋이 자식을 키워내는 장한 어머니도 아니다. (보기에 따라) 그녀는 모성애를 배반한다. 여기에는 아릿한 슬픔의 비밀이 있다. 그녀는 어머니의 어머니의 어머니로부터 나쁜 피를 물려받았다. 할머니는 일본군의 성노예 생활 가운데 임신을 하여 어머니를 낳고, 어머니는 양공주 생활을 하는 과정에서 H를 낳는다. H역시 매춘을 하면서 어렵게 대학을 졸업한다. H의 아이는 할머니와 어머니와 그녀의 죄(?)에 의해 백혈병을 앓는다.

이 과정에서 H는 신경증을 앓게 된다. 주목되는 것은 H가 갈등하는 대상이 남성이 아니라, Q라는 다른 여성이라는 점이다. Q는 H와 같은 대학에서 근무하는 시간강사다. 그러나 H는 광증의 착란 속에서 Q를 자신의 오랜 친구로 인식한다. H의 착란 속에서 Q는 여성서사를 연구해왔던 자신의 프로젝트를 빼앗아가며, 아픈 상처를 건드린다. 여성서사에 H의 가족사를, 그것도 실명으로 써내라고 종용하는 것이다. 어떤 의미에서 보자면, Q가 더 문제적 인간이다. Q는 폭력적 남성의 시선을 그대로 보유하고 있다. H가 나쁜 피의 소유자이며, 사회적으로 규정된 여성성을 배반했다는 사실을 은근히 비웃고 조롱한다. 이 과정에서 H의 신경증은 광증으로 전이되고, 종래엔 치매를 앓는 어머니를 살인하는 것으로 암시된다.

이러한 갈등과 분열은 Y라는 비(非)인칭의 「… 근현대여성사」를 고스란히 반영한다. 기실 초기 여성주의는 남성주의에 대항하기 위해 여성들을 '우리'로 묶었다. 남성을 공동의 적으로 설정하고, 여자라는 공통의 정체성을 구성한 것이다. 그러나 이러한 전투적 시도는 여성들 간의 차이를 간과했다는 비판에서 자유로울 수 없다. 여성의 정체성은 국가, 민족, 계급, 문화적 환경에 따라 다양한 차이를 형성하며 구성된다. 그리고 그 안에도 억압적 위계질서와 차별적 시선이 깔려 있다. 이 소설은 바로 이 점, 여성 간의 차이를 감지하게 한다는 점에서, 여성을 우리라는 보편으로 환원시키지 않으면서도 보편을 재구성하는 방법을 모색하게 한다. 그렇다고 하아무 소설이 강고한 여성주의를 표방하는 것은 아니다. 그의 소설은 남성의 입장에서 여성서사를 전개하기에, 남성의 시선과 여성의 입장이 버무려져 있다.

그의 소설에 등장하는 여성들은 남편의 폭행을 피해 자식을 버리고 도망갔다가, 더 피폐해진 모습으로 돌아오기도 한다.(「멘붕시대」) 가족 이데올로기로부터 벗어나려고 위험한 결단을 내린 여성들이 다시 가족 공간으로 돌아오는 장면은 가부장적 이데올로기가 여성에게 가하는 역습을 보여준다. 그 점에서 하아무 소설에 보이는 여성사는 여성의 적으로 가상되는 대상에게 쏘는 직격탄이 아니라, 오발탄인 듯 곡선으로 날아가 가부장적 가족이데올로기의 중심을 파열하는 곡사포탄으로 볼 수 있다. 그의 소설은 여성을 둘러싼 복합적 관계를 은근히 내비친다. 더불어 소설 속 여성들은 자신의 상처를 스스로 드러냄으로써 한국 사회 곳곳에 포복해 있는 가족 이데올로기의 모순을 파헤친다. 이 때문에 그의 소설은 슬픔의 정조를 머금을 수밖에 없다.

꺼지지 않는 불不/和

「빨간 피터」, 「어떤 전쟁」, 「꼬마실비집」 등에서 전경화되는 것은 자본과 기계 문명에 의해 상실되어가는 인간성이다. 사실 자본과 연루된 기계 문명에 의해 상실된 인간성을 그리는 작품은 그리 낯설지 않다. 기계문명의 발전과 자연—인간의 몰락에 대한 비극적 인식은 1930년대의 이상이 「날개」나 「권태」에서 이미 다루었듯이, 다른 작가들의 다양한 접근에 의해 다채롭게 표출돼 왔다. 그러나 하아무 작가에게 기계화된 자연—인간은 비극적으로만 인식되지 않는다. 2039년이란 미래의 시간을 배경으로 한 「어떤 전쟁」은 자본의 무한 경쟁—전쟁 속에서 사건을 치르고 고투하는 인물의 모습이 한편의 영화처럼 그려진다. 흥미로운 것은 주인공의 몸이 유기체體와 기계가 동시 공존하는 사이보그 몸으로 출현한다는 점이다.

이 몸의 주인공 김은 군대에서 장교로 근무하는 군인이다. 군인은 국가의 안정과 치안을 위해 때로 다른 국가와 치열한 전쟁을 치르게 된다. 그런데 작품 속의 이 군인이 전쟁을 치르는 대상은 국가가 아니다. 이 소설에서는 "국가 간 대치와 전쟁은 지방자치단체로, 또 민간 기업으로 분화했다. 노골적인 경쟁과 대립은 갈수록 심해졌고 국가는 통제력을 잃어갔다. 치열한 전투에서 살아남은 자치단체와 기업만이 수익을 보장받을 수 있는 구조가 자리 잡은 지 오래였다." 여기서 볼 수 있는 것은 자본에 의해 구축된 위계서열화와 경제—경쟁구조다.

이 구조는 지금 우리의 사회상과 그대로 겹쳐진다. "보안경을 낀 채 원격조종기를 들로 홀로그램 게임에 집중"해 있는 아들이 보여주듯, 2000년대 이후 더 발전한 첨단의 과학기술은 초국가적 자본주의와 연루되어 우리 모두를 자본의 영토 안으로 끌어들인다. 컴퓨터—기계 시스템을 중심으로 한 기계기술은 이를 위한 중요한 기제로 작용한다. 이제 우리는 각종 영상매체와 접속됨으로써만 생명력을 얻게 되며, 중요해진 것은 원본-인간이 아니라 이미지다. 우리의 몸은 온갖 이미지가 투사되는 스크린이자, 기계-시스템에 의해 작동하는 (경쟁-전쟁)도구가 된다. 이 매끄러운 기계 몸의 표면에는 역사나 인간적 관계망이 기입되지 않는다. 모든 기억과 시간이 휘발된 몸은 현실의 고통을 감각할 수도, 그 외곽으로 빠져나갈 수도 없다.

환한 불빛이 꺼지지 않는 이 도시에서 생(활)존은 도주와 추격을 무한 반복하는 전쟁 기계(군인)로 사는 것과 다르지 않다. 그 행위는 술래잡기 게임에 가깝다. 나를 제외한 모두가 술래여서 도망치기를 멈출 수 없고, 아무리 잡아도 끝나지 않는 술래게임. 소설 속의 경쟁-전쟁 기계인 김은 술래잡기 규칙에서 '추격-도주'로路 사이를 헤맨다. 컴퓨터-기계 시스템을 교란하고 자신의 일상에 위협을 가해오는 누군가를 잡으려 끝없이 추격하지만, 도무지 잡을 수 없고, 끝내는 잡지 않는다. 그 대상이 자신의 가족(처남)이기 때문이다. 김은 살아있는 것도 아니고 그렇다고 죽은 것도 아닌 상태에서, 도망치듯 맨홀뚜껑을 열고 하수구로 숨어 들어간다. 이때 하수구는 자본/ 국가/ 이성/ 합리성의 기율로 구축된 현실에서 '보이지 않는 곳', 언표 불가능한 지대를 표상한다.

이 지대를 관통하는 군인(김)-사이보그는 어둠의 길을 안내하거나 혹은 길을 뚫고 가는 작가의 분신으로써 거기에 머물러 있는 것이 아니라 그 어둠과 혼란을 몸으로 익히고, 걸음을 옮겨 빠져 나온다. 그리하여 다시 세계와 마주선다. 그곳은 금방 빠져나온 하수구와 다르지 않은 "거대한 폐기계 거리"(209쪽)이며, 어디서부터 손을 봐야 할지 엄두가 나지 않을 만큼 파괴된 지금-이곳의 사회상과 맞물려 있다. 고장 난 사이보그-김은 자신의 상태를 개선하려 하지도, 이 폐허와 같은 현실을 벗어나려 하지도 않는다. 다만 그 상태에서 새로운 공격을 개시한다. 이는 폐허, 망가진 삶의 조건에서 새로운 길을 내려는 작가의 의지와 다르지 않다. 작가는 초국가적 자본주의의 격랑 속에서 흘러들어갈 수밖에 없는 '하수구', 그 어둠의 조건을 (군인의)단련된 몸으로 익히고, 한발 한발 나아가려고 한다. 그 의지는 소설집 전체를 관통하며, 꺼지지 않는 불不(和)의 의지처럼 뜨겁게 타오르고 있다.

불룩한 이야기

쉽게 잊히지 않는 문장을 인용하면서 이 글을 마무리 하려 한다. "나는 내가 맞기나 한 걸까, 아니면 오류가 잦은 로봇일까. […] 아아, 나는 무엇이고 지금 어디에서 무얼 하고 있는 것인가."(「어떤 전쟁」) 어쩌면 작가는 이 물음 속에서 끊임없이 걸어(=써)온 것일지도 모른다. 아니 그의 소설은 필시 이 질문 속에서 걸어온 결과물일 터이다. 그는 걷는다. 걷는다는 것은 주변을, 타인을 (보)살핀다는 것. 자신과 '다른 것─타자'의 아픈'시간─역사'를 필사必死/筆寫해내는 일과 다르지 않다. 하수구와 같은 그 폐허의 공간에 뛰어들어야만, 타자─약자 옆에 머물며 그/녀들의 고통을 함께 겪어야만 가능한 필사의 글쓰기, 그 힘은 (이성, 합리성, 국가공동체의 기율로 훈육된)자신을 포기하고 바깥으로 걸어 나가는 이행移行에서 시작될 수밖에 없다. 작가는 그 이행을 통해 「부서지고, 부서져…」떨어지는 낙법의 동작을 익히고, 뜨거운 불에 스스로의 살을 "덮고 비비는"(「푸른 눈썹」) 인고의 시간을 견뎌냄으로써 (보)살피고, (되)살려내려 한다. 이 세상에서 호명되지 못한/않은, 그 누구도 불러주지 않았던 수많은 이름들을. 그것은 아직 호명되지 못한/않은 이름을 부르는 일이기도 하다. 하아무의 『푸른 눈썹』은 그렇게 걸으

면서 옮겨 쓴 '너—당신'들의 비참과 슬픔을 불룩하게 담고 우리 앞에
도착해있다. 이 비참이, 슬픔이 더 많은 독자들에게 전이되어 새로운
감정을 생산하기를, 그리하여 진정 연대의 가능성이 열리기를….

제2부 / 페미니즘, 젠더, 그리고 목소리

그 음성을 좀 더 가까이서 듣기 위해,
그 노래에 실린 감정을 느껴보기 위해.
그러나 가까이 가려는 나의 욕망은 결렬되고 만다.
나는 인정할 수밖에 없다.
당신들과 나 사이의 간극을, 그 차이를.

페미니즘 시의 전개와 동향

여성시와 페미니즘 시

여성시는 여성의, 여성에 의한, 여성을 위한 시(詩)인 동시에 인간의 본성과 삶의 본질을 추구하는 시로서, 한국에서는 1920~30년대의 잠재기와 1980년대의 발아기를 거쳐 1990년대부터 본격화되었다. 그 성장과정이 세계사적 국내적 여성운동 내지 페미니즘의 발전과 궤를 같이 해왔기에, 흔히 페미니즘 시라고도 불린다. 그런데 페미니즘 시라는 말은 여성시라는 말과 사뭇 다른 뉘앙스를 풍긴다. 그도 그럴 것이 페미니즘, 하면 흔히들 여성만을 위한, 혹은 반(反)남성주의를 먼저 떠올리기 때문이다. 물론 페미니즘은 남녀 간의 '차이'를 차별화해온 남성질서에 대항하는 정신에서 배태했고, 이때 주적은 남성이었다. 하지만 페미니즘 운동이 진행되면서 여성은 강자의 지배를 받는 사회적 약자의 뜻으로 변화되었고, 그 범위는 여성과 등가의 관계를 맺는 자연, 소수자들, 빈민층, 심지어 같은 여성으로부터 억압받는 또 다른 여성 등으로 확장·변형되었다. 이로 인해 투쟁 대상 또한 남성, 문명(발전논리), 자본, 또 다른 여성 등으로 늘어났다.

이렇게 대상이 늘어나면서 이제는 어디까지가 여성이고 누가 여성의 적인지 함부로 말하기 어렵게 되었다. 이런 고민은 내면의 풍경을 응시하게 만들었고, 그 안에서 외부 세계의 적들을 능가하는 적을 발견하게 했다. 그것은 자기 '안'의 또 다른 자아, 주체적이고 자율적인 삶을 방해하는 자아이다. 그 자아가 남성인지 여성인지는 알 수 없다. 어쩌면 그 구별 자체를 무화하는 다른 무엇인지도 모른다. 그 알 수 없음이 존재 자체의 근원에 대해 끊임없이 질문하게 하고, 시인들로 하여금 시를 쓰게 한다. 말하자면 여성시는 남성 질서에 대한 투쟁과 저항에서 출발하여, 그 남성의 정체가 생각보다 복잡하고 다양하다는 인식 단계를 거쳐, 이제는 자기 내부에 도사린 근원적 적을 발견하려는 방향으로 나아가고 있는 것이다. 그런 의미에서 페미니즘 시라는 다소 경직된 용어보다는 여성시라는 용어를 사용하는 것이 더 적확해 보이며, 이 글은 이런 간단한 도식을 바탕으로 현대 여성시의 흐름을 탐색, 점검하고자 한다.

여성시의 뿌리와 계보

한국 여성시는 서구 페미니즘 운동이 태동되던 1920년대부터 시작된다. 그 시초는 1917년 『청춘』지의 현상문예 모집에 소설 「의심의 소녀」가 당선되어 문단에 나온 뒤, 1925년 여성시인 최초로 시집 『생명의 과실』을 간행한 김명순과 함께 김일엽, 나혜석을 들 수 있다. 이들은 모두 일본유학을 경험한 신여성으로서 여성의 자의식, 여성해방, 자유연애, 남녀평등 등을 지향하며 남성이 절대적으로 지배하던 당시의 문단에서 결코 뒤지지 않는 작품 활동을 했다. 이들의 뒤를 이어 1930년대에는 노천명과 모윤숙이 등단하여 기법과 주제의식에서 한층 성숙

된 면모를 보였다. 1950년대에는 홍윤숙과 김남조가 등단하여 각각 모윤숙과 노천명의 계보를 계승하면서도 독창적인 시세계를 개척, 여성 시단에 새로운 활력을 불어넣었다. 김남조의 한국적 서정은 1960년대에 허영자, 김초혜 등으로 이어지면서 간결한 함축미와 더불어 더욱 탄력적인 태도로 승화된다. 한편 1960년대 말에 등장한 문정희는 시어에 모더니즘 기법을 도입하여 여성의 섹슈얼리티와 실존의 고뇌를 감각적으로 표현하고 있다.

1970년대에 발표된 강은교, 김승희의 시에는 현실의 부조리와 여성의 고통, 역사 인식이 포괄적으로 반영된다. 강은교는 홍윤숙의 계보를 이으며, 존재론적 탐구와 동시에 사회와 역사의 숨 가쁜 현실인식을 적극 표현한다. 그 가운데 바리데기 서사를 바탕으로 창작된 시편에 나타나는 세계 인식은 이후에 김혜순 시에 나타나는 모성성과 맞닿아 있으며, 최근 김선우 시에도 계승되고 있는 것으로 보인다. 김승희는 고정희, 최승자, 김혜순과 더불어 한국 여성시의 단초를 마련한 시인이자, 페미니즘 이론가로서 「내가 빠진 한국문학사」라는 작품 등을 통해 남성중심의 정전으로 문학사를 구성해온 남성 이데올로기를 전복하기도 했다. 1980년대에 주로 활동한 김혜순은 여성시 이론의 생산자이자 창작자로서, 김정란 등과 함께 '여성의 몸'에 관한 시창작과 연구를 활발하게 전개하였다.

'여성 몸'에 대한 탐색은 이전 여성시에서 부각되지 못한 생경하고 낯선 주제로서, 여성시문학사에서 한 획을 긋는 계기를 마련한다. 이 시기에 수입된 '영미 페미니즘'은 당대 여성시 이론의 생산과 창작에 큰 영향을 끼쳤다. 자본주의, 남성지배, 인종차별, 제국주의 등 기존의 사회운동과 연대를 도모하며 여성화된 세상을 창출할 것을 목표로 하는 영미 페미니즘은 당시 대학원 강좌를 통해 빠르게 확산되었고, 당대의 반독재운동, 인권운동, 노동운동, 민중운동, 여성운동 등 개인의 해방 욕구와 함께 페미니스트적 인식을 확산시켰다. 김승희를 비롯한 고정희, 최승자, 김혜순 등의 여성시인들은 남성들의 차별과 정치적 억압에 의해 분열된 자의식을 '찢어진 몸', '우울증적인 몸'으로 드러내면서 기존질서에 적극 대항해 왔다. 한편 시의 고유한 어법과 응결된 정서를 통해 자신의 탐구를 지향하는 서정적 은유의 시들도 있었다. 황인숙, 천양희, 정화진 등은 여성 몸의 희생과 배려, 감싸 안음 등 각기 독특한 개성을 지니며 활력 넘치는 서정의 세계를 펼쳐 보이고 있다. 이들의 시는 부정적인 현실 인식을 바탕으로 하지만 그 나름대로 내면화하여 드러내고 있다.

이러한 여성시는 '여성의 몸'이 단순히 생물학적 몸의 존재에 머무르는 것이 아니라 사회적이고 역사적인 존재라는 사실을 자각했다는 점에서 큰 의미를 갖는다. 그런데 중요한 것은 1980년대 여성시의 '몸'에 새겨진 사회, 역사적 상흔은 '같음=동일성'을 확인하려는 자기 보존의 원리 위에서 구성된다는 점이다. 즉 남근중심 담론에 의해 잃어버린 여성의 목소리를 되살려냄으로써 남성과 동일한 위치를 점하겠다는 것인데, 이때 몸은 남성과 대결하면서 모두가 평등했던 기원으로 되돌아가려는 인식이 깃들어 있다. 그러나 기원으로 되돌아가기 위해 몸은 죽음을 경험할 수밖에 없고, 때문에 시의 몸은 남성의 힘에 짓눌리거나 침해당하는 것으로 재현될 수밖에 없다. 이는 80년대의 몸이 여성 신체의 고유한 차이와 감수성을 살려내는 데까지는 이르지 못했음을 의미한다.

'차이'의 발견과 여성시의 줄기

여성시에서 '차이'가 강조되기 시작한 것은 1990년대 이후의 일이다.

이것은 1980년대 후반 들어 급속히 전개된 세계적 규모의 사회문화적 변동과 궤를 같이 한다. 거대 이념이 사라지면서 지금껏 자신을 지탱해 왔던 남성들의 역사 · 정치적 주체들의 힘은 약화되었고, 문학은 자기 정체성 찾기와 관련하여 내면을 성찰하는 방향으로 나아갈 수밖에 없었다. 그 자리에 솟아오른 것이 그동안 '억압돼 왔던 것들'의 목소리, 남성중심의 역사에서 누락된 여성, 몸/성, 일상성 등의 세목을 거느린 하위주체들의 언어이다. 특히 이 시기에 유입된 프랑스의 포스트모던 페미니즘은 서로 다른 '차이'와 '여성적 글쓰기'에 대한 가능성을 제시함으로써 여성시 논의를 본격화하는 데 중요한 역할을 담당했다. 페미니스트들이 겨냥하는 것은 남성과 다른 '차이'이며, 그 근거가 바로 '여성의 몸'이다. (임신과 출산을 경험하는)여성의 몸은 복수적이고 가변적이며 유동적인 특성을 갖는데, 이 특성이 남(성)과 다른 '차이', 여성만의 '고유성', 복수적 의미를 가장 잘 설명해 줄 수 있는 근거로 받아들여짐으로써 여성시 논의도 활발해지기 시작했다.

이와 더불어 인터넷을 비롯한 대중매체의 확장은 여성들이 자유롭게 발언할 기회를 가져다주었고, 이런 환경의 변화는 여성시인들의 대거 등장과 함께 질적 성숙을 가져오게 했다. 박서원, 김언희, 신현림, 최영미, 나희덕, 허수경 등은 1980년대 말, 혹은 1990년대 초에 등장한 시인들로서, 찢어진 몸뿐 아니라 그 지점에서 솟아오르고 흘러나오는 몸을 동시에 보여준다. 박서원, 김언희는 1980년대의 고정희, 최승자, 김혜순 등이 표현했던 육체의 해체와 분절 이미지를 차용하여, 해체된 몸에서 흘러나오는 오물을 통해 남성성을 위협하는 공포의 여성성을 드러내 보이며, 신현림, 최영미는 가부장의 금기를 넘어선 여(모)성의 섹슈얼리티를 냄새나 피, 물 등으로 재현해낸다. 나희덕, 허수경은 김혜순 등이 드러낸 모성의 주제를, 천양희, 황인숙 등이 보이는 내면의 언어를 차용하여 여성(자연) 몸의 생산성을 강조하는 특징을 보이는데, 이때 몸은 서로 이질적인 두 개가 하나로 합쳐진 제3의 정체성으로 제시된다. 1990년대 말에 등단한 김선우는 고정희, 김혜순 등이 쓴 여성서사를 차용하여 여성사(女性史)뿐 아니라 여성사(女性事)를 이야기하는 방식으로 여성 몸과 성의 자유로움을 풀어 놓는다. 이러한 몸들은 기원으로서의 모태가 아니라, 그 모성을 통과하여 새로운 미래로 나아가려는 과정 중의 몸으로서, 남성으로 대변되는 이성, 문명, 자본, 여성을 억압하는 또 다른 여성의 의미를 전복하는 특징을 보인다. 여기에 동반된 몸의 관능성과 환상적 언술은 여성 신체의 개별성 속에서 감각을 활성화하고, 스스로를 주체로 인식하는 생산적 존재로 재탄생하고 있음을 보여주고 있다. 이밖에도 이원(사이보그로서의 기계-몸), 이수명(움직이는 사물), 김수영, 조용미(비존재로서의 구멍) 등을 생각해 볼 수 있다.

그러나 2000년대 여성시는 앞 세대와 확연히 다른 변화를 보여준다. 1980년대의 시가 여(모)성성 회복을 통한 공동체적 가치를 강조해왔고, 1990년대 시가 개별주체로서의 여성정체성을 회복하는 데 골몰해 왔다면, 2000년대 여성시는 여성주체로서의 성정체성이 뚜렷이 드러나지 않는 특징을 보인다. 이것은 지금 이 시대가 남성성/여성성이라는 이분법적 구획이 더 이상 큰 의미를 갖지 않는 시대로 접어들었다는 의미이기도 하고, 여성시가 더 이상 '여성시'라는 구분이 필요하지 않을 만큼 성장했다는 의미로 이해할 수도 있을 것이다. 여기에 버틀러를 비롯한 최근 페미니즘 이론의 조명도 가세하고 있다. 버틀러는 '여성의 몸이 여성이라는 동질적 성정체성의 집단적 표현에 기반하고 있다'고 지적하며, 여성을 반(反)남성주의에 가두지 않는 여성 없는 페미니즘을 주창하기도 한다. 그러나 그보다는 2000년대 이후 우리 현실이 새로운 문학 현실을 조성하고 있다는 사실이 더 중요하게 고려되어야 할 것이다. 90년대 이후 강조돼온 '차이'와 '탈중심'의 세계 인식은 신자유주의와 맞물려 남녀 모두를 상품화·소비품화하는 데 일조하고 있다. 여기서는 누구도 주체가 될 수 없고, 우리의 관계는 깨알처럼 쪼개져 파편화되었다. 이런 현실을 반영하는 새로운 세대의 여성시인들은 여성성의 영역을 특화하지 않으며, 서정적 자아 '나'의 목소리를 강조하지도 않는다. 이들의 시는 기존의 자아를 벗어나 '다르게-되기'에 더 관심을 둔다.

이런 변화를 보여주는 시인으로는 90년대 말에 등장한 시인들과 더불어 김행숙, 진은영, 유형진 등을 꼽을 수 있다. 이들의 시는 유기체적 질서나 자기 본래의 정체성을 회복하려 하지 않으며, 기원으로서의 여성 몸으로부터도 멀어지려고 한다. 시에서 몸은 유기체의 일부로 구체화되며, 일부로 말하는 몸은 서로 이질적인 것이 처음부터 동시 공존하는 존재로 환기된다. 그리고 그 자체로 고착돼 있지 않고 분열과 접속을 통해 계속 변이할 가능성을 암시한다. 그 과정에서 연대의 가능성이 제시되며, 시 속에는 온전히 시인의 것이라 할 수 없는 타자의 목소리들이 흘러나오기 시작한다. 이것은 어떤 고정된 본질이나 상태가 아니라, 변화를 통해 지금과는 다른 삶, 다른 관계를 만들어가려는 시인들의 내면의식을 표상한다. 이러한 특징으로 인해 여성시는 동양의 노장사상이나 기존 이분법을 근본적으로 분쇄하려는 (탈)여성적 글쓰기와 관련하여 논의되고 있다.

대항과 대안으로서의 여성시

한국 여성시는 대항의 시학을 넘어 대안의 시학으로 진보해왔다고 할 수 있다. 그러나 아직 충분하다고 말하기는 어렵다. 지금도 여성주의(feminism) 혹은 여성시를 남녀 대립 차원에서 바라보는 경향이 있거

니와 무엇보다 문학 자체가 '여성적'이기 때문이다. 문학이 부조리한 현실에 맞서는 불온한 정신 위에서 싹트고, 그것이 인간 본성을 회복하는 데 있다는 사실에 동의하는 사람이라면, 시는 더 여성적이야 한다는 말에 고개 끄덕일 것이다. 그런 의미에서 여성주의는 더 논의되어야 하고, 여성시는 더 다양한 목소리, 다양한 몸 풍경을 만들어내야 할 것이다. 여성시는 결코 양성 간의 대립을 원치 않는다. 남녀 모두가 어떻게 해야 진정한 주체로 설 수 있으며, 타자와 자유롭게 관계 맺을 수 있는지, 그 방법을 모색하는 시 쓰기가 곧 여성시이다.

우리가 싸워야 할 대상은 우리의 사랑을 가로막는, 상징적 지배체계를 내면화하여 나와 다른 것(타자)들에게 폭력을 행사하는 것이며, 그것들은 여성일 수도 남성일 수도 '너'일 수도 '나'일 수도 있다. 최근 여성시가 자기 안팎의 부정적 조건들을 뛰어넘어 늘 새롭게 변화하려 하고, 남녀 '차이'를 넘어 스스로를 '차이화'하려는 것도 그 때문일 것이다. 그 씨앗이 여성의 자의식에서 비롯되었고, 그 뿌리가 나와 다른 것, '타자'와의 관계 속에서 뻗어왔다면, 이제 그 뿌리가 물을 흠뻑 끌어들이고 줄기로 기운을 움직여 더 만개한 꽃을 피웠으면 한다. 그 꽃잎 속에 인간(타자)에 대한 지극한 사랑과 부조리한 현실에 대한 날카로운 인식이 깊이 깃들어 있을 때, 여성시는 지금보다 더 진일보하여 우리 앞에 새로운 '여성적' 지평을 펼칠 것이다.

감각, 느낌 그리고 관계

—이원, 진은영

감각의 새로운 발명을 위하여

몸, 감각, 느낌은 여성 시인들의 작품을 읽기 위해 고려해야 할 중요한 비평적 화두이다. 여성 시인들은 자기 몸에 각인된 사회문화적 가치 및 정치적 이데올로기를 고통스럽게 감각하면서 늘 새로운 시를 창작하고 있기 때문이다. '월경, 임신, 출산…'과 같이 남성과 다른 경험하는 여성의 육체는 비교적 죽음에 가까이 있다. 소녀는 자신의 몸에 특별한 상처 없이도 피가 흐를 수 있다는 사실을 자각하면서 죽음의 가능성을 감각하게 된다. 이 소녀가 자신의 피를 서둘러 은폐하거나 공포에 사로잡힌다면, 그것은 육체의 변화가 사회적 금기와 억압이 대상이 되기 때문이다.

자신의 몸에서 흘러나오지만 통제할 수 없는 '더러운' 피. 그것은 여성의 몸에 각인된 문화적 해석이자, 그것을 뒷받침하는 젠더정체성의 부정적 심리에 불과한 것. 그러나 이미 사회문화에 학습된 어른들은 어떤 긍정적 모델이나 대안적 모습을 보여주지 않는다. 소녀는 피하고 싶지만 피할 수 없는 그 '더러운 피!'를 자신의 운명으로 받아들이면서 순결한 어머니나 남성의 성적 대상으로 성장해야 한다. 인간을 문화적으로 양육하는 매체는 남녀의 역할을 지속적으로 각인시킴으로써 성별 인식에 대한 보편적 감각을 생산하고, 동시에 통제한다. TV나 동화에 등장하는 왕자와 공주가 남성, 여성의 모습을 이상화하고 그 환상을 유포해온 것처럼.

90년대의 여성 시는 바로 이 매체를 숙주로 한 자본의 폭력과 남성의 성적 폭력에 의해 죽음의 심연으로 떨어진 여성의 육체를 건져 올리기 위한 서늘한 노래였다. 당대에 우리 사회에 유입된 프랑스의 포스트모던 페미니스트들의 여성의 몸으로 글쓰기가 그 노랫말을 좀 더 다채롭고도 긍정적 의미로 풀어낼 수 있도록 한 계기를 마련해주었다는 사실은 이미 알려진 바와 같다. 문제는 이 노래의 핵심 키워드가 '모성'과 '섹슈얼리티'라고 할 때, '여성의 몸'으로 부르는 노래는 사회를 지배하는 남성, 또는 자본—매체의 이데올로기에 재포획될 위험에 노출될 수밖에 없다는 것이다.

이를테면, 여성 시에서 여성의 몸은 자주 자연과 연계되어 표현되고 있는데, 이때 자연—여성의 몸이 자율성, 변화성, 생산성이라는 생물학적 특징과 연결돼 있다고 보면, 자연—여성의 몸은 우주적 어머니의 몸으로 환치됨으로써 사회가 요구하는 희생과 헌신의 모성 이미지에서 영원히 벗어날 수 없게 된다. 섹슈얼리티를 강화하는 글쓰기의 경우, 여성성을 소비하고 상업화하는 자본의 증식력에 포획되어 더 위태로운 양상을 띠게 된다. 무엇보다 여성을 대문자 여성W으로 환원할 경우, 여성 문학은 여전히 여성들만의 반쪽짜리 문학으로 제한됨으로써 끝내 하위주체의 장르로 남아있게 될 우려가 있다.

2000년대의 여성 시는 이러한 문학적/문화적 딜레마에 속에서 또 다른 문제와 마주하게 되었다. 가상적 이미지가 폭증하면서 그간 여성주의가 말해온 순수한 백지상태의 자연이나 '진정한 기원'이라는 것은 찾을 수 없게 되었다는 것이다. 인터넷 네트워크를 따라 흐르는 가상적 이미지는 우리를 문화적으로 양육하는 양육자다. 많은 논자들이 지적하듯이, 그것을 움직이게 하는 힘은 자본이다. 자본은 컴퓨터와 스마트폰을 숙주로 삼아 자신의 관념을 유통시키는 동시에 우리를 통제한다. 우리는 이 인터넷 매체를 통해 각자의 경험과 생각을 남이 보도록 전시할 수 있는 것으로, 즉 데이터화할 수 있는 것들로 왜곡시키거나 변형시키고 있다. 자신이 본 것, 먹은 것, 입은 것들과 자신의 물건들과 이미지를 투명하게 보여주어야만 하며, 서로의 시선을 의식하면서 생각을 전시해야 한다. 이 전시장에 작동하는 인터넷의 시선은 신의 시선과 동일하다고 해도 과장이 아니다.

　자본의 기주(寄主)인 매체는 우리가 누구와 가까이 지내며, 어디로 가고 있는지 우리의 모든 행동을 감시할 뿐만 아니라, 우리의 모든 성패를 관찰한다. 그리고 그 결과는 통계를 통해 숫자화되거나 도표화되어 측정되고 판단되고 규정된다. 우리는 이 규정된 시선에 노예처럼 순종하거나, 적어도 그 시선의 비위에 스스로를 맞추려고 노력하고 있다. 이것이 우리의 현재라면, 여성을 포함한 모든 몸은 그동안 여성 시가 벗어나고자 했던 남성적 시선, 자본의 이데올로기에 스스로 결박되어 그 이데올로기를 실현하는 장 아닌가? 그러니 여성 시의 과제는 다시금 감각과 사유의 관계, 감각적인 것을 통한 타자와의 관계를 재정의하고 재구성하는 것일지도 모른다.

　2000년대 이후, 우리 문학의 흐름을 관통해온 '혼종'의 언어들. 국적, 인종, 성별, 계급 등의 사회적 위계는 물론 인간, 동물, 기계, 유령 등의 심리적 범주 그리고 장르의 경계를 넘나들고 무화하는 현상은 지배적 사유의 완고한 각질을 뚫어냄으로써 이질적 언어와 새로운 감각 발명하려는 시인들의 열망에 의해 탄생한 것이리라. 혼종, 접속, 무중력 등으로 명명되는 언어의 표상은 '어떤 전체로도 환원되지 않는 개별 주체들을 가시화하는' 미적 형상, 또는 '동일화되는 주체성의 확립에 저항하는' 미적 모험이다. 물론 이 모험이 여성 시인들의 시에만 드러난다는 뜻은 아니다. 중요한 것은 여성 시의 감각은 '여성(적)' 경험을 구성하는 문화적 문제와 동떨어진 곳에서 표출되는 것이 아니라는 것이다.

문제는 이 언어─감각이 어떻게 여성의 현실 문제와 마주치면서 이질적 타자의 출현에 관여하는 미학적 가능성을 생성하는가 하는 것. 그렇다면, 여기서 잠시, 포스트 페미니즘 출현 이전에, 몸의 사유를 제안했던 메를로─퐁티의 논의를 고려해볼 필요도 있다. 근대의 이성적 사유 주체에 대한 반박의 역사가 감각적인 것의 복원에서부터 시작했고, 감각적인 것 가운데 촉각적인 것이 근대적 주체를 반박하기에 가장 효과적인 것이었다면, 퐁티는 그 출발지점에 놓여 있다. 주지하듯, 근대의 주체는 이성을 중심으로 자연과 문화를 구분하고 자연의 자리에 여성을, 문화의 자리에 남성을 위치시킴으로써 남성의 여성 지배를 강화해왔다. 퐁티는 남성들이 이 이성에 주목하여 이성─지성이 신체 감각의 경험 없이는 불가능하다고 말한다. 가령, 지금 내 앞에서 참새 한 마리가 날아오른다고 가정해보자. 이때 참새가 날아오른다는 나의 지각에는 내 육체가 가진 자연적 능력이나 나 개인의 역사가 전제돼 있다. 만일 내게 눈이 없거나 시력이 약하다면 나는 그 새가 참새라는 사실조차 알 수 없을 것이다.

퐁티의 말을 빌리면, 육체와 함께, 육체를 통해 세계를 지각하는 인간은 자신을 절대적 투명함 속에서 지각하는 초시간적 보편적 사유 주체가 될 수 없다. 신체를 가진다는 것은 살아있는 존재가 특정한 구체적 환경과 상호 연관되어 있다는 것, 몸으로 그 세계에 참여한다는 것을 의미한다. 자신의 산 체험을 몸에 침전시키며, 세계로 나아가는 존재는 '세계-에로-존재(être-au-monde)'로도 불린다.(메를로 퐁티, 류의근 역, 『지각의 현상학』, 2004, 143쪽) 따라서 한 자리에 머물러 있거나 자기 동일성을 유지할 수 없다. 세계 에로 존재의 몸/살은 뫼비우스의 띠처럼 외부(세계의 살)와 내부(내면의 살)의 상호 작용을 통해 이루어지기에, 주체와 객체처럼 둘로 구분할 수 없고 어느 하나로도 환원이 불가능하다.

그것은 결코 순수한 정신도 비천한 물질도 아니다. 퐁티에게 몸은 순수한 의미도 순수한 자연도 아니며, 부성처럼 인간 본성의 일부로 보이는 것은 문화적, 관습적, 제도적으로 만들어진 것에 불과하다. 감정이나 열정 역시 문화적으로 형태지어지고 의미화된 것이기에 같은 신체를 갖고 있다고 해서 같은 감정을 가질 수 없다. 나와 너, 우리는 결코 동일한 정체성과 동일한 사유 방식을 갖고 있지 않다. 그/녀가 경험한 세계와 그/녀의 구성적 정체성은 각자의 역사적, 문화적 환경이나 구체적 상황에 따라 달라질 수밖에 없다.

달라져 가는 과정 중의 몸은 미리 정해진 본질이 아니라 미래를 향해 열려 있다. 그 내부의 살은 어떤 이름도 붙일 수 없는 잠재적인 것. 그것을 발견하는 일은 내부적인 것(내면적인 것)과 외부적인 것(현실적인 것)이 교차하는 가역성의 지대, 즉 안과 밖이 감기며 돌아서는 분열/충돌의 감각, 정확히 말하면 촉각에 의해서만 가능하다. 안의 것과 바깥의 것, 능동적인 것과 수동적인 것이 교차하는 순간 어떤 느낌(촉각)이 발생하는 것처럼. 촉각적 살은 외부를 내투사하면서 겹의 (주름)살을 만들어 간다. (시각의 차원에서) 외부(타인)의 현상이 내 의식의 상태를 만들고, 나의 의식의 상태가 바깥으로 현상하여 타인에게 다시금 의식의 상태를 만드는, 살은 이 원환(圓環)적 운동을 통해 '차이'를 만들어 간다.

그렇다면 퐁티가 말하는 '살'은 어떤 종류의 신체를 말하는 것일까. 이에 대한 그의 답은 분명하지 않다. 그는 다만 "자연의 정신분석학을 할 것 : 자연은 살이고 어머니" (메를로 퐁티, 남수인·최의영 역, 『보이는 것과 보이지 않는 것』, 앞의 책, 384쪽)라고 제안한다. 라캉의 정신분석학에서 자연—어머니는 '텅 빈 구멍(실재)'로서의 환상과 연결된다. 즉 남성의 상징적 언어 체계 안에서 자기 언어를 갖지 못하는 자, 자신의 육체적 실재로부터 소외되어 분열을 경험하는 자. 그/녀는 태곳적 자연—어머니의 자궁으로 돌아가려 하지만, 그 욕망은 실현될 수 없다. 그것은 곧 죽음과 닿아 있기 때문이다. 이 순간 그/녀는 자신을 환상 대상으로 만듦으로써 최소한의 욕망 주체로서 자신을 회복하게 된다.(문장수, 「자크 라캉의 '오브제 a'개념」, 『철학연구』제109호, 2009, 31~32쪽) 라캉의 이 환상 기능으로 퐁티의 살을 볼 때, 그가 강조하고 싶었던 것은 궁극적 실재, 또는 기원으로서의 자연—어머니와 합일이 아니라 그로부터 내부적으로 분리되는 살을 말하는 것임을 알 수 있다. 이 분리의 지점을 열개(裂開), 주름, 함입이라고 표현하는 퐁티의 논의는 몸 철학이자 비평적 이론으로서, 새로운 감각을 발명하려는 여성 시를 읽을 수 있는 토대를 제공해주고 있다.

기계, 유령과 한 몸을 이룬 (혼종적)존재가 상징계 내에서 언어화되지 않으면서도 상징적인 것을 떠받치는 것, 이를테면 라캉의 실재(the real), 또는 퐁티의 보이지 않는 살에 가까운 개념이라면, 그것은 '부재를 증명하는 부재'이자, '전복된 중심의 텅 빈 주인'으로서, 여성성과도 맞닿아 있다고 할 수 있을 것이다. 이글에서는 그 부재(실재)에 대한 감각을 통해 이질적 존재와 낯선 감각을 발명하려는 여성(적) 사유를 이원, 진은영의 시에서 찾아본다.

분열의 환상과 감각 전이: 이원

이원의 많은 시에서 시적 자아는 기계와 한 몸을 이루며 등장한다. 시는 자본의 문화산업에 길들여진 존재가 자신의 실재(죽음)와 대면하는 끔찍한 시간을 기계의 입술로 말하는 과정을 다룬다. 시에서 그 시공간은 인간과 기계, 가상과 실재, 삶과 죽음을 관통하는 경계에서 만들어지며, 이 순간 자아의 의식은 팽팽하게 긴장된 분열의 에너지로 발산된다. 메를로-퐁티의 말을 빌리면, 이 지대는 자기분열적 지대, 또는 가역성의 지점이다. 경계의 지점에서 자아가 자신의 영토를 넘어서려는 순간 출현하는 낯선 존재는 남성 중심의 동일자적 사유뿐 아니라, 기성의 젠더 / 페미니즘 영토에서도 벗어나 있다. 기존 여성주의가 인간의 시각과 몸이 순수했던 원초적 기원을 지향하며, 기계와 유기체 중 유기체적 자연을 더 선호했다면, 시인은 여성주의에서 거부되어온 기계(문명)를 육체와 결합시킴으로써 이분법적 정체성으로 수렴될 수 없는 모호한 정체성을 돌출시킨다.

이 주체가 자신의 감각 너머로 향해가는 세계는 순수한 기원도 아니고 깨끗한 백지상태의 자연도 아니다. 그곳은 대개 어떤 거대한 구멍(죽음)의 이미지와 겹쳐진다. 라캉의 말을 빌리면, 구멍(죽음)은 상징적 언어로 기록할 수 없는 잔여로서의 실재와도 관련된다. 시의 자아는 이 실재를 향해 나아가지만 도달하지 못하고 끝내 실패하게 된다. 이 과정에서 경험하는 자아의 불안, 공포는 환상을 불러오는데, 이때 시의 감각은 시인의 실제 감각 체험에서 상상적으로 촉발되는 공감각으로 구성된다. 한 감각이 다른 감각으로 전이되면서 만들어지는 공감각은 본래의 감각을 재현하지 못한다.(김준오, 『시론』, 삼지원, 1982, 171쪽) 계속하여 다른 감각으로 전이되면서 복합적 층위의 낯선 감각을 만들어 낸다. 이렇게 제작되는 감각은 현실의 표층 아래 감추어진 실재(죽음)를 비추어내는 역할을 담당한다. 이러한 특징은 제2시집 『야후!의 강물에 천 개의 달이 뜬다』에서 두드러지게 드러나다가, 제3시집에 이르러 새롭게 변모되는 양상을 보인다. 다음 시는 제2시집에 실린 작품 중 하나이다.

> 뿌리가 없다는 사실을 인정한 날 밤부터 잠이 오기 시작했다 두 다리는 뿌리가 아니라는 사실을 길이 확인시켜준 다음 날부터 꿈이 찾아오기 시작했다 꿈의 뿌리는 몸에 있고 몸의 뿌리는 꿈에 있다는 사실을 다리가 말한 다음 날부터 먼 곳이 보이기 시작했다 갈 수 있다는 사실이 나타 세계는 다르거나 검다는 것을 인정한 다음날 아침 신발을 신었다 누가 원하는지 문밖에는 공기가 지천으로 깔려 있다 나는 푸른 세계의 한 부분에도 속해 있다 문을 열어젖히고 밖으로 걸어 나왔다 나는 모래와 길의 세계에도 속해 있다 나는 어디에도 접속 가능하다
> ─「실크로드」(『야후!의 강물에 천 개의 달이 뜬다』) 일부

이 시에서 "뿌리"는 존재의 토대인 몸을 표상한다. 몸은 기존 여성주의에서 내세운 핵심적 기제이기도 하다. 그런데 시인은 "두 다리는 뿌리가 아니라는 사실"에 주목하고 있다. 이는 기성의 여성주의와 다른 인식을 보여준다. 주지하듯, 기존 여성주의에서 몸은 생명의 기원으로서 원초적 자연과 연계되어 이해되며, 이때 자연의 생산성, 순환성, 자율성은 여성 몸의 생물학적 특성과도 연결된다. 그러나 여성과 자연의 동일시는 남성의 생물학적 본질론이나 신화적 모성 이데올로기에서 자유롭지 못하다. 우주적 자연으로 고양된 몸은 헌신과 희생의 모성 이미지를 강조함으로써 폭력적 남성·문명 이데올로기를 강화시킬 수 있는 까닭이다. 특히 자연과 문명(기계) 중 자연을 선호하는 일은 어느

한쪽을 배제함으로써 다른 한쪽을 옹호하는 남성의 동일자적 이분법을 뒷받침하는 요소로 작용할 수 있다. 이 맥락에서 "꿈의 뿌리는 몸에 있고 몸의 뿌리는 꿈에 있다"는 시인의 고백은 몸의 근본(뿌리)을 새롭게 재사유하려는 비판적 인식에 닿아 있는 것으로 보인다.

여기서 그것은 "다리"와 관련되어 드러난다. "다리"는 자아를 꿈(가상)의 세계로 이끌어가는 일종의 교량으로서, 신체 기관의 일부와 중첩된다. 이 다리를 말하는 주체는 행위의 주체와 일치하지 않는다. 이렇게 불일치한 자아가 스스로를 말하는 순간, 시에는 어떤 균열의 틈이 열린다. 메를로-퐁티 식으로 말하면, 이 지점은 자기 분열적 지대라고 할 수 있을 것이다. 자연 / 문명, 실재 / 허구라는 이항대립적 분할선이 사라진 지대. 이 틈새에 출현한 '나'는 인간성과 기계성을 동시에 보유한 사이보그의 이미지로 환기된다. 모래(자연)와 길(문명), "어디에도 접속 가능"한 이 존재는 이성(애)중심의 남성적 상징체계로 볼 때, 인간 / 기계로 분화되지 않음으로써 동일자의 질서를 교란하는 괴물로 인식된다. 그러나 역설적으로 어디에도 소속되지 않음으로써 성적으로 규정된 정체성으로부터 벗어날 가능성의 지대가 된다.

이 존재가 자신의 바깥을 향해 움직여가면서 촉발하는 신체 감각은 꿈(환상)의 형태로 제작된다. 시의 자아가 "먼 곳이 보이기 시작했다"고 할 때, 시각은 이성적 주체의 보이는 감각과는 거리가 멀다. 보이는 감각으로서의 시각은 대상과 거리를 유지함으로써 전체를 조망하는 남성 · 이성적 주체의 감각과 관련되지만, 여기서 '보이는 감각'은 꿈, 즉 시인이 경험한 것을 체화하여 뱉어내는 무의식과 관련된다. 무의식은 보이는 현실이 아니라 보이지 않는 것, 비가시적인 것, 내면적인 것과 관련되며, 따라서 자아의 감각은 왜곡되고 변형된 환상으로 현전된다. 그것은 '보이는 감각'으로서의 시각이 "신발을 신"는 촉각으로 전이되고, 다시 '지천으로 깔려 있는 공기'의 촉감에 덧씌워지는 것과 같이 한 감각이 다른 감각으로 전이되는 감각의 전이를 통해 드러난다.

이러한 전이는 본래의 순수감각, 또는 대상과의 합일을 통한 원초적 상태로 회복할 수 없음을 말하는 환유적 표현과도 맞물린다. 자아는 자기 밖의 대상과 접속하려 나아가지만, 대상의 실재에 도달하지 못하고, 계속하여 움직일 뿐이다. 이 과정에서 촉감은 다시 "푸른"이라는 시각으로 전이된다. 이때 신발을 신는 동시에 새벽공기를 감촉하고, 푸른 세계를 보는 공감각은 보이지 않는 실재를 향한 환상과 유사하다. 시인은 이러한 환상에 "모래"의 이미지를 부여하여 어디에도 머무르지 못하고 (전자)사막을 떠도는 유목적 삶을 환기하고 있다. 이는 기계 문명을 옹호하거나 예찬하기 위한 것이 아니라, 기계 기술이 장악한 시대에 발생하는 변형된 존재의 문제를 이야기하기 위한 일종의 전략으로서, 몸의 기원적 신화를 해체하는 동시에 기계 기술에 둘러싸인 자연-몸(여성)의 문제를 새롭게 재고하게 한다.

다음 시에서 그것은 웹브라우저를 내장한 이질적 육체로 등장한다.

> 몸 속에 웹 브라우저를 내장하게 되었어. 야금야금 제 속을 파먹어 들어가는 달. 신이 몸 속에 살게 되었어. 신은 이제 몸 속에서 키울 수 있는 존재야. 몸 속에는 사철나무. 산. 목이 잘린 불상. 금칠이 벗겨진 십자가. 당신이 보낸 천년에 한 번 우는 새. 당신이 내게 올 때 걸었던 최초의 오른발과 왼발. 기어이 제 살을 다 파먹은 달. 그물로 된 달. 그물에 걸린 신들의 꼼지락거리는 손가락들과 발가락들을 생각해봐. 몸 속이 점점 비좁아지고 있어. […] 몸은 구멍투성이야. 신들의 취미는 피어싱. 구멍은 신들의 수유구. 아니면 주유구. 세상은 구멍이야. 만개하는 몸이야. 열리고 닫히는 몸
> 　　　　　　　　　　　　　　　　　　　　－「몸이 열리고 닫힌다」
> 　　　　　　　　　　　　　　　(『야후!의 강물에 천 개의 달이 뜬다』)일부

웹브라우저를 내장한 몸은 지식정보를 생산하는 (정)신과 천년 전의 기억과 자연의 신화가 공존하는 장소이다. 남성적인 것과 여성적인 것, 인간적인 것과 기계적인 것, 신화적인 것과 세속적인 것이 동시에 공존하는 이 육체는 단일한 하나의 의미로 코드화된 성적 좌표를 넘어선다. 여기에는 "아버지"로 표상되는 상징적 (정)신, 또는 그 (정)신에 의해 구축된 공동체의 규율을 거부하는 동시에, 기성의 여성주의에 깔린 이분법을 넘어서고자 하는 시인의 인식이 함께 내장돼 있다. 기성의 여성주의에서 몸이 순수한 기원으로서의 자연—여성의 몸을 상정한다면, "구멍투성이"의 "만개하는", "열리고 닫히는 몸"은 순수한 자연—여성의 몸이 아니다. "달"로 상징되는 여성의 몸은 제 속을 스스로 야금야금 파먹어 뼈(그물)만 남은 상태이며, 그 그물에 걸린 (물)신들의 손가락 발가락들은 내게로 건너와 내 속을 비좁게 하고 있다. 이렇게 환기되는 구멍투성이의 몸은 실제 현실의 재현이 아니라, 현실의 어떤 현상을 시인의 몸으로 체화하여 다시 뱉어내는 과정에서 변형된 자아의 모습이다.

시인은 자신이 발 디딘 지구를 낮과 밤이 교차하며 새로운 (물)신화를 쓰는 장소이자, (물)신들이 로터스 꽃처럼 먹고 자라는 장소로 인식한다. (물)신들의 수유구. 아니면 주유구인 이 몸의 바깥은 없다. 이러한 상태를 자각할 때 느껴지는 공포와 불안은 감각 운용의 구조가 된다. 실존의 위기 속에서 경험되는 공포는 의식의 균열과 함께 어떤 백지의 공백을 만들어낸다. 이 여백은 라캉이 말하는 원초적 실재로서의 환상과 닿아 있다. 라캉은 실재와 주체의 관계를 환상이라고 말하는데, 시에서 실재는 기원으로서의 달로 드러난다. "달"이 제 속을 파먹으면, 그 속에 신들의 손가락 발가락들이 살게 된다는 상상은 환상과 유사하다. 즉 달이 이지러지는 현상이 스스로 몸을 파먹어 들어가는 것으로 상상할 때, 파먹은 빈 공간 안에 신을 키울 수 있는 환상도 가능하게 한다.

'사철나무, 산, 불상, 십자가'를 보면서 "천년에 한 번 우는 새"의 소리를 듣는 공감각은 환상의 결과이다. 감각의 전이를 중요시하는 공감각은 실재에 도달할 수 없음을 표현하는 한 방법이다.

라캉에 따르면, 실재는 다른 기표와 대체될 수 없지만 끊임없이 기표를 회전하게 하는 지점이다. (권순정 「라캉의 환상적 주체와 팔루스」, 『새한철학회발표논문집』, 새한철학회, 2013, 89쪽)자아는 달에서 충족 또는 충만함을 기대하지만, 그물로 된 달은 오히려 (물)신들의 손가락 발가락을 내게 보냄으로써 오히려 나를 위협하는 것으로 인식한다. 따라서 달(실재)과의 합일은 실패하고 만다. 이 과정에서 불가능한 실재에 대한 환상 구도가 만들어진다. 실재에 대한 환상은 이성적 종결지점이 없이, '파먹은 달→ 그물로된 달→ 구멍투성이의 몸'과 같이 연쇄 형태로 진행된다. 이러한 감각의 연쇄는 거대한 구멍의 이미지를 낳으며 새로운 감각의 층위를 생성해간다. 이 지점에서 탄생한 "웹브라우저를 내장한 몸"은 (물)신과 육체가 얽힌 일종의 괴물로서, (물)신들의 그물망에 포획된 타자라는 시인의 문제의식을 보여준다.

제3시집에 이르러, 시인은 두 개의 매트릭스를 통해 몸의 기원적 토대에 가려졌던 차별의 문제를 동시에 제시한다. 그 하나는 인공자궁으로서의 매트릭스이고, 다른 하나는 우리가 알몸으로 빠져나온 자궁으로서의 매트릭스다. 인공물로서의 자궁은 가상과 실재가 훨씬 더 근접해진 2000년대 중반 이후의 현실을 환기한다. 가상과 실재가 근접해질 때, 실재는 가상에 의해 삼켜질 수 있다. 라캉의 말을 빌리면, 상징계적 기표─이미지의 공격에 의해 자아는 실재를 상실하게 될 수 있는 것이다. 다음 시에서 그것은 소파라는 일상적 사물을 통해 드러난다.

세상을 향해 잘못 열린 관 같은 소파에 한 남자가 몸을 웅크리고 누워 있다 동쪽의 어둠을 끌고 온 커튼과 서쪽의 어둠을 끌고 온 커튼 사이가 비명처럼 벌어진다 한줄기 빛이 찢어진 생살에 뿌려지는 소금처럼 스며든다 […] 남자는 꾸물꾸물 생겨나고 있는 태아 같아서 버석거리며 증발해가는 소금 사막의 물기 같아서 제 몸을 파먹어 들어가던 어둠이 남자의 등속을 파고든다 그곳에 살그머니 고인다 남자의 사방에서 벽들이 질주한다 제 몸에서 빛이 새어 나오는지도 모르고 어둠은 내내 질려 있다
　　　　　　　　　—「소금사막」(『세상에서 가장 가벼운 오토바이』) 일부

　시인에게 소파는 "세상을 향해 잘못 열린 관"으로 인식된다. "관(官)"에 누운 남자는 곧 죽은 자이자, 인공의 현실에 놓인 시인의 또 다른 자아라고 할 수 있다. 이 죽음의 그림자를 대면할 때 자아는 불안과 공포를 느끼게 된다. 공포와 불안은 명료한 의식을 무력화시키며 백지의 공백 상태를 만들어 낸다. 그것은 시에서 새로운 감각이 발생하는 지점이다. 시인은 죽음의 그림자를 대면하는 공포를 "비명처럼 벌어지는" 커튼 사이로 시각화한다. 동쪽과 서쪽, 빛과 어둠, 삶과 죽음이 교차하는 커튼 사이는 어떤 비명이 들려오는 구멍(입)이자, 낯선 시간이 출현하는 틈이다. 시인은 이 틈을 들여다봄으로써 현실의 곳곳에 존재하는 죽은 자—실재를 비추어낸다. 스며든 "빛"이 인입되는 순간 몸을 웅크리는 (남)자의 모습은 외부(빛)의 폭력으로부터 자신을 보존하려는 무의식적 그림자로 환기된다. 여기서 빛은 편안함과 안정을 말하면서 개체를 끌어들이는 자본주의적 (외부)현실과 관련되며, 남자의 웅크리는 행위는 그 (허구적)빛의 폭력적 힘에 침묵함으로써 공모하는 자의 행위를 연상시킨다. "찢어진 생살에 뿌려지는 소금"의 촉감은 여기에서 오는 고통과 공포의 감각이라 할 수 있다. 다시 말해 공동체로부터 배제되지 않기 위해 지배질서에 공모하고자 하는 개인의 은밀한 욕망이 탄생과

동시에 죽어 가는 (남)자 앞에서 느끼는 공포의 기원일 것이다.

"꾸물꾸물 생겨나고 있는 태아", "버석거리며 증발해가는 소금의 물기"는 공포의 감각이 만들어 낸 형상으로서, 언표 불가능한 실재와 같다. 이 추상적 대상에 대한 감각 표현은 시인의 실제 체험 감각에서 가져올 수밖에 없다. 소금의 따가운 촉감이나 "증발해가는 소금사막의 물기"의 이미지는 소금사막이라는 구체적 풍경을 감각화한 것이 아니라, 공포의 감각들이 서로 교통하지 않은 채 병합되는 과정에서 만들어진 것으로 보인다. '몸에서 새어 나오는 빛'이나 '질려 있는 어둠'은 절멸의 공포라는 실재를 향해 병합되지만, 결국 실재에 도달하지 못하고 시가 종결된다. 그것은 공포와 같은 추상의 실재를 표현하는 데 실패하기 때문이다. 따라서 감각은 "내내 질려 있는 어둠"과 같이 왜곡되고 변형된 환상의 감각으로 구현된다. 이러한 환상은 자기 안에 체내화된 외부의 현상, 즉 죽음을 응시한 결과로서 현실의 결락된 지점을 비추는 역할을 한다. 이 죽음이 언어를 통해 바깥으로 현상되는 순간 편안함과 안정을 말하는 소파와 그 사이를 비추는 (허위의)빛은 우리의 앞에 섬뜩한 울림으로 다가오게 된다.

이원 시가 보여주는 뿌리 없는 존재로서의 사이보그는 지금－여기, 우리의 현실적 조건 위에서 우리가 어디에 위치해 있는지, 또 어떻게 대응해야 할 것인지 다시금 생각해보게 한다. 온갖 보철물과 기계 장치들이 얽혀 있는 자연·신체는 과학기술과 (물)신에 잠식돼 가는 인간의 형상이며, 이 육체에 뚫린 구멍은 상징적 기호로 이루어진 세계 내에서 '텅 빈 구멍'으로 존재하는 자아의 실재(죽음)을 말하는 것이기 때문이다. 시의 자아가 대상(실재)과 합일에 실패하면서 만들어내는 공감각은 순수감각의 본질이 아니라 다른 감각과 공조하여 이루어진 복합감각이며, 이 감각의 연쇄를 통해 생성된 낯선 감성은 하나의 징후로서 현실의 표층 아래 감추어진 타자(적 진실)을 감지하게 한다.

유령 – 신체의 틈입과 감각의 병합: 진은영

진은영의 시의 신체 감각 역시 남성 / 여성, 추방 / 귀환이라는 이항적 대칭 구도 위에서 발생한다. 이 구도에서 발생하는 긴장된 에너지는 동일성을 기원으로 구축된 이성, 합리성의 세계를 벗어나려는 분열의 에너지를 담고 있다. 그것은 고유한 일인칭 자리를 흐릿하게 지워버림으로써, '눈동자', '입술'을 가진 어떤 낯선 존재를 출현시킨다.

이 틈새(lacune)에 출현하는 존재는 상징적 언어로 담아낼 수 없는 잔여적 실재, 또는 확증된 정체성을 갖지 못한 비인(非人)–유령의 음성을 들려준다. 이 존재가 다른 무엇에로 흘러들면서 만들어지는 감각은 추상적 관념과 결합된 공감각으로 제작된다. 아무런 인과고리 없이 병합된 이미지들은 연상을 통해 또 다른 이미지를 불러오며, 이 이미지들의 결합은 콜라주 형식으로 낯선 감성을 발현한다. 어느 하나로 분간불가능하게 얽힌 감각은 지배언어의 단성적 감각을 분열적 환상 감각으로 바꾸어놓는 기능을 한다. 이는 과거 또는 미래의 유령–시가 현재에 타전하는 어떤 느낌이나 징후를 드러내기 위한 시적 장치로서, 낯선 감각의 지속적 병합을 통해 외적으로 확산되는 양상으로 드러난다.

다음 시에서 그것은 '입'과 '눈동자'라는 둥근 이미지들의 이질적 결합을 통해 드러나는데, 이는 동일자적 주체의 시선을 철회시킴으로써 주체–타자 사이의 시각 지배를 붕괴시키는 시적 에너지와 관계한다.

거위의 희고 많은 깃털들 밑에 눈동자/ 사과 팔다 매맞아 죽은 왼쪽 눈동자/ 집 지키다 깔려 죽은 오른쪽 눈동자/ 나는 눈감고 싶어라

/좌우 시선 피하고 싶어라/ 이 털을 다 뽑고 나면 더 많은 눈동자들//
눈동자가 흘리는 진물이/ 내 입으로 들어옵니다/ 몸을 공명시키면
작은 강도가 깊게 울립니다
　　　　　　－「마더구즈」(『일곱 개의 단어로 된 사전』) 일부

　이 시를 지배하는 이미지는 "눈동자"이다. 눈동자는 타자를 주체의
장에 동화시키는 근대적 주체의 시각과 관련된다. 푸코의 '전방위 감시
체계'에서 상기할 수 있듯이, 현실적 시각장에서 '보는 자'는 대상을 투
시하는 지배자의 위치에 서게 되며, '보이는 자'는 '보는 자'의 관찰과
감시 아래서 자기 주체성을 박탈당한다. 이때 보는 자의 시선은 보이는
자의 꿈을 박탈하고 불안과 공포의 상태에 몰아넣는 감옥이 된다. 이
불안 속에서 시인은 "눈감고 싶어라/ 좌우 시선 피하고 싶어라"고 소망
을 발화한다. 이 소망은 시인이 시적 대상을 투시하려는 욕망을 가지고
있지 않는 데서 비롯된다. 눈, 입과 같은 감각기관이 환히 열려 있음에
도 불구하고 시인은 '피하고 싶어라'는 진술을 통해 투명한 시선을 거
부하고 있다. 시인은 보는 자로서의 자기 의지를 포기하는 순간, 즉 눈
을 감는 순간 자아는 죽음의 캄캄한 어둠(구멍)과 마주하게 되며, 자아
와 세계 사이에는 틈이 생겨난다. 안과 밖이 교차하면서 벌어지는 간극
의 틈새.
　여기서 어떤 (불)가능성이 열린다. 다시 말해, 시인이 눈 감고 싶은
자신의 소망을 발화하는 순간, 시에는 감각의 형질 변화를 일으키는 새
로운 대상이 출현하는 것이다. 그것은 서양의 동요 「마더구즈(어미거
위)」에서 불러온, 이 세계 어디에도 존재하지 않는 허구적 존재－유령
이다. 즉 '－ㅂ니다'고 말하는 주체는 시인이 '보이지 않는' 어떤 대상에
능동적인 의미를 부여하여 만들어낸 존재인 것이다. 시인은 이 대상(어

미거위)과 자아의 자리를 교묘하게 치환함으로써 시선의 헤게모니를 붕괴시킨다. 그것은 환상 감각으로 실현된다. "거위의 희고 많은 깃털들 밑에 눈동자"에서 거위의 흰 깃털, 눈동자 등은 시인이 현실에서 한 번쯤 본 것들이 자기 안에 흔적으로 남아 있는 타자의 실재이자, 권력적 시선을 철회시킴으로써 발견할 수 있는 내면 풍경이다. 이 풍경은 왜곡되고 변형된 환상 감각으로밖에 현전될 수 없다. 깃털이 뽑힌 자리(구멍)에 박혀 있는 "죽은 눈동자"들은 환상의 결과이다. 그것들은 "사과 팔다 매 맞아 죽은 왼쪽 눈동자/ 집 지키다 깔려 죽은 오른쪽 눈동자", "거리에서 심장마비로 죽은 젊은 눈동자/감옥에 무기수로 잡혀 있는 시의 눈동자"와 같이 무수히 확산되면서 '죽은 눈동자들'이라는 이미지로 병합된다.

그리고 그것은 (어미)거위의 깃털 뽑힌 (눈)구멍의 이미지와 겹쳐진다. 여기서 흘러나온 진물은 다시 어미거위—나의 입속으로 흘러듦으로써 어떤 공명을 이룬다. 이때 공명은 자아와 타자의 합일을 말하는 것이 아니다. 진물을 삼키는 '입'은 타자(진물)를 삼킴으로써 타자를 자기화하려는 주체의 입이 아니며, 흘러든 진물 역시 입속에 남아 있지 않다. 그것들은 그 내부에서 진동의 형태로 감응을 이룬다. 진동은 자아를 붕괴시키는 음향(소리)적 질료로서, 자아를 파열시키는 기능을 한다. 이때 눈동자—진물(방울)은 입의 둥근 이미지와 겹쳐지면서 무수한 구멍의 이미지를 낳는다. 이렇게 확산되는 구멍은 죽음의 실재를 가리키지만, 자아는 이 죽음의 실재를 볼 수 없다. 죽은 눈동자들은 다른 무수한 죽은 눈동자들의 이미지와 병합되면서 외적으로 확산되며, 낯선 감성을 발산한다. 그것은 지배적 시선이 작동하는 현실에서 죽음의 형태로 살아가는 타자의 진실을 들추어내는 기능을 한다.

다음 시는 눈(眼/雪)의 이중적 의미를 통해 지배적 시선을 해체하려는 모습을 보인다.

> 유리창 밖으로 붉은 눈발 날린다/ 커다란 칼을 들고 다정한 눈망
> 울로 바라보는 수소를 힘껏 내리치던/ 때가 있었다, 요즘엔 아무 일
> 도 없다/ 냉기로 달아오르는 난로 옆에서 그녀는 중얼거린다/ 천장
> 에 오래 켜 놓은 형광등이 깜박인다// [⋯중략⋯]/ 눈보라 속 나무들
> 이 공중에 냉동고기처럼 검게 달려 있고/ 유리창에 입김을 불어가며
> 그녀는 본다/ 눈보라 속 눈송이들이 녹아 흐르며/ 피 범벅된 송아지
> 같은,/ 제대로 일어서지 못하는 물렁물렁한 세계를
> ─「정육점 여주인」(『일곱 개의 단어로 된 사전』) 일부

눈은 순수를 상징하는 물의 결정이다. 그러나 이 시에서 "붉은 눈"은
붉은 색이 환기하는 '피'와 몸의 감각기관인 '눈'의 의미소가 복합적으
로 맞물려 떠오른다. 그리고 그것은 유리창이라는 접경지대를 뭉개고
새로운 시간을 열어가려는 시인의 시선과도 맞물려 있다. 시인은 폐쇄
된 공간에 고립된 자아의 모습을 「정육점 여주인」으로 치환하여, 그녀
의 시선 안으로 들어오는 타자의 모습을 신체의 언어로 바꾸어 놓는다.
정육점 안과 밖의 경계인 유리창은 여주인의 눈(창)을 상징한다. 시의
전반부에서 정육점 안을 살피는 여주인의 시선은 후반부에 이르러 바
깥 세계를 포착하는 시선으로 변화되는데, 그것은 대상을 보는 자와 보
여 지는 자 사이의 관계가 전도되는 순간 일어난다.

시의 전반부에서 여주인은 아무 일도 없는 현재 안에 수소를 힘껏 내
리치던 과거를 끌어당긴다. 과거의 시간은 공허한 현재 속에 파장을 불
러일으킨다. 과거라는 타자가 현재의 시간 속으로 스며들 때 각질화된
동질적 시간은 해체된다. 냉기로 달아오르는 난로, 깜박이는 형광등,
녹슨 칼 등은 맹목적인 시간에 실려온 시인의 삶이 천천히 균열되어 가

는 징후로 읽힌다. 이러한 시간의 붕괴 속에서 먼 시간 속으로 사라져 간 수소의 맑은 눈망울과 과거 자신의 모습이 떠오른다. 이때 과거의 그녀는 현재의 그녀에게 보여지는 자가 되며, 과거를 감각하는 몸은 "냉기로 달아오르는 난로"에서 보듯, 달아오르는 열기와 차갑게 식은 냉기를 동시에 감각하는 복합체로 표현된다. 이렇게 출현한 과거의 감각은 견고한 현재를 붕괴시킴으로써 낯설고 이질적인 삶의 풍경을 환기하는데, 그것은 여주인의 시선이 바깥을 향하면서 좀 더 확장된다.

"유리창에 입김을 불어 가며" 여주인이 바라본 세계는 거대한 얼음 창고이다. 거기서 그녀는 검게 달려 있는 어떤 죽음의 실재를 본다. 냉동고기, 피 범벅된 송아지, 그 눈망울과 겹쳐지는 눈송이, 물렁물렁한 것들은 어떤 죽음의 실재이며, 그것이 보여주는 것은 대상에게 가해진 세계의 폭력이다. 그러므로 자아가 보는 것은 폭력적인 세계에 노출된 자신이 된다. 이 참혹한 실재를 대면할 때, 보는 자의 시선은 무력화되며, 시선의 상관물인 (유리)창은 균열된다. 그 지점에서 흩날리는 눈(雪/眼)은 또 다른 시선을 만들어낸다. 그것은 환상으로밖에 현전할 수 없는 실재에 대한 시선이며, 대상 "사물들을 감싸고 자신의 살로 옷을 입히는 시선"(정지은, 「시지각의 촉각적 성격…」, 『현상학과 현대철학』 제61집, 한국현상학회, 2014, 24쪽)으로 감싸 안는 여성적 시선이다. 시인은 이 눈으로 대상과 교감하려 하고, "떨고 있는 어린 것을 핥아"주려고 한다. 따라서 시인에게 "겨울의 탯줄을 끊어"내는 일은 일종의 윤리적 책무가 된다. 시를 지배하는 이미지의 중층 결합과 시선의 변화역시 이 맥락에서 상정된 것으로 보인다. 특히 녹아 흐르는 눈송이는 흐르는 눈물의 의미와도 중첩되면서 피 범벅된 송아지와 같은 세계로 흘러가는데, 이때 보이는 시각(눈)의 촉각화는 무의지적 경험의 총화인 살을 잠재성과 관계한다. '녹아 흐르는 것', '물렁물렁한 것'들은 산 것과 죽은 것, 여성적인 것과 남성적인 것, 동물과 식물 등 서로 다른 차이체(體)들이 얽혀 있는 (내면의)살이며, 이것이 어디론가 흘러갈 때 그 흐름은 어느 무엇으로도 환원될 수 없는 새로운 존재의 탄생을 예감하게 한다.

> 그는 나를 달콤하게 그려놓았다/ 뜨거운 아스팔트에 떨어진 아이스크림/ 나는 녹기 시작하지만 아직/ 누구의 부드러운 혀끝에도 닿지 못했다// 그는 늘 나 때문에 슬퍼한다/ 모래사막에 나를 그려놓고 나서/ 자신이 그린 것이 물고기였음을 기억한다/ 사막을 지나는 바람을 불러다/ 그는 나를 지워준다// 그는 정말로 낙관주의자다/ 내가 바다로 갔다고 믿는다
>
> ― 「멜랑콜리아」(『우리는 매일 매일』) 전문

이 시에서 "뜨거운 아스팔트"로 환치된 "혀"는 '달콤함, 아이스크림, 부드러움, 물고기' 등 구강적 욕망의 계열과 맞물린 '입'의 이미지와 겹쳐진다. 입은 타자의 혀가 화자의 몸을 핥아서 사라지게 만드는 먹힘의 공간이다. 이때 이 공간은 모든 개체를 하나의 회로 속으로 포획하려는 자본, 국가―공동체와 동일한 의미를 갖는다. 자본의 경제―경쟁 시스템은 모든 것을 상품화시키고, 상품이 되지 않는 것들은 배제시킨다. 국가는 이 시스템을 율법의 이름으로 공인함으로써 자본의 동일성 체제를 공고히 하는 한편, 시스템 내부에서 밀려난 자들의 주권과 생존권을 박탈하는 기능을 한다. 그리하여 자기 주권을 잃어버린 자, 즉 확증된 정체성을 부여받지 못한 자들은 현실적 좌표 어딘가에 실재하면서도 어디에도 보이지 않는 유령으로 떠돌게 된다. 그 점에서 뜨거운 아스팔트로 은유된 혀는 타자를 삼킴으로써 타자를 자기화하려는 자본, 국가 이데올로기를 내면화한 누군가의 것이라 할 수 있다.

그런데 시인은 "그"가 누구인지 명확히 밝히지 않는다. 그가 나를 그려놓았다고 할 때, 그림은 남성중심의 시각과 관련된다. 그러나 "나 때문에 슬퍼"하고, "내가 바다로 갔다고 믿는다"고 할 때, 슬픔의 정서나 바다의 의미는 여성적 의미를 동시에 띠고 있다. 이렇게 볼 때, 이 시의 그림(자)은 남성의 동일성에 기원을 둔 자본, 국가의 폭력에 대항하는 대타자적 저항이라는 의미를 넘어, 오이디푸스적 지배를 근본적으로 해체하려는 시인의 인식을 담고 있다고 할 수 있다. 여기서 그것은 고유한 1인칭의 자아를 지워버림으로써 실현된다. "녹기 시작하지만 아직/ 누구의 부드러운 혀끝에도 닿지 못"한 나—아이스크림은 스스로의 윤곽을 지워버림으로써 어떤 공백의 지대를 만든다. 자기 분열이 이루어지는 틈(lacune)이자, 상징적 기록의 잔여로 남은 실재를 탐색하는 이 지대에서, 시인은 아이스크림의 견고한 형태를 녹여버림으로써 세계와 자아를 그 무엇이든 될 수 있는 가능성의 시공간으로 이끌어간다.

그곳은 '-ㅆ다'의 과거와 '-ㄴ다'의 현재가 공존하는 시공간이며, 이 시공간의 감각은 무수한 이질적 이미지들이 뒤섞인 몽타주 형태로 그려진다. 우선 "뜨거운 아스팔트에 떨어진 아이스크림"에서 상기할 수 있는 것은 "뜨거운"이라는 촉각과 결합되는 차가움(아이스)이며, 이는 아직 얼어있는 상태로서의 딱딱함(고체)과 녹아가는 "부드러"움(액체)을 동시에 환기한다. 이때 뜨거움과 차가움, 고체와 액체가 뒤섞인 복합체로서의 아이스크림은 다시 '사막의 물고기'와 같이 무수한 모래알의 이미지와 병합된다. 이렇게 어떤 인과 고리도 없이 잇대어진 나의 이미지들은 환유적 연쇄에 의해 그려진 그림(자)일뿐 실재를 표현하지 못한다. 하나의 그림(자) 또는 유령으로 존재하는 내가 다른 무엇과 겹쳐질 때, 나의 이미지는 다른 이미지와 계속 병합됨으로써 무수히 확산된다. 이때 입은 죽음의 공간인 동시에 생성의 공간이 된다. 이 입에서 흘러나오는 음성은 동일성의 지평 저 밑바닥에서 흘러나오는 비(非)인칭―유령의 목소리로서, 자아를 삼키려는 동일자의 논리를 균열시키는 시적 에너지와 관계한다.

유령―시는 상징적 언어로 기록될 수 없는 비인칭적 존재로서의 여성, 또는 추방, 삭제된 타자의 실재(죽음)를 되비추는 동시에 새로운 의미 생성의 장을 보여준다. 일인칭 자아의 윤곽이 흐릿하게 지워지면서 등장하는 존재는 이름 불리지 못한/ 않은 익명의 존재들이며, 이때 텍스트의 여백은 주인의 도래를 기다리는 잠재성의 공간이 된다. 그곳은 나와 자신을 지워버린 어떤 목소리―유령이 함께 거주하는 장소이자, 진동의 형태로 공명을 이루는 지대이다. 그 틈새(구멍)에서 흘러나오는 비인(非人)의 언어―감각은 새로운 감각 발명과 관련된다. 연상을 통해 병합되는 이미지들은 매순간 출현하는 낯선 타자의 이미지와 맞물려 외적으로 확산된다. 이 이미지들은 보이지 않는 실재의 형상으로서, 개별자를 포획하고 억압하는 동일자의 환상을 관통하고 있다.

끊임없이 귀환하는

신들이 사라진 자리에 올라앉은 (물)신들. 현란한 이미지와 기호들로 치장한 신들이 자신의 체제를 더욱 공고하게 다져가고 있는 시대. 전대 시인들이 노래한 자연, 남성적 문명의 폭력에 의해 상실된 자연을 향한 노스탤지어적 노래는 막연한 상상에 지나지 않을지 모른다. 퐁티의 말처럼, 자연이 인간을 감싸는 '외부(세계의 살)'라고 보았을 때, 인간이 관계 맺는 자연은 우리의 '내부(내면)'를 구성하는 장이며, 첨단 기술이 만들어낸 가상적 자연은 이미 우리를 둘러싼 '외부' 현실이 되었고, 인터넷은 이제 인간을 문화적으로 양육하는 부모가 되었다.

영상매체의 세례를 받은 시인들은 '진정한 새로움'이라든가 '진정한 기원'과 같은 개념을 가질 수 없게 되었다. 인터넷 매체는 인간이 알 수 없다고 생각했던 것들, 비밀스럽고 신비한 자연을 원색적으로 드러내 버린다. 시인들은 어디로도 갈 수 없다는 절망, 서정적 언어로는 더이상 어디로도 완전히 갈 수 없다는 절망 속에서, 환상 감각으로 시를 쓴다. 시인이 경험한 공포와 불안은 자의식이 균열될 때 발생하는 어떤 공백의 상태로 드러나고 있다. 환상의 감각으로 제작되는 이 공백은 자신과 '다른 것(他者)'들이 끊임없이 습합하고 침투하는 공간으로서, 감각의 형질 변화와 동시에 상징체계 내에서 기계-유령처럼 존재하는 타자성의 위기를 징후적으로 보여준다.

물론 기계-유령과 얽혀 있는 감각기관은 여성만의 특질이라고 말하기는 어렵다. 그러나 넓은 의미에서 여성적 글쓰기와 접점을 형성하고 있다. 시의 공백에 등장하는 저 둥근 형상들은 상징적 체계 내에서 구멍으로 존재하는 여성(적) 존재의 실재와 의미상 겹치지 않는가. 자아가 그 실재와 합일에 실패함으로써 마주치고 뒤섞이는 몸 역시 이 세계에서 삭제되거나 은폐된 타자(적)의 것이 아닌가.

어쩌면 시인들은 자기 몸, 손가락, 입술, 눈동자가 흐물흐물해지고 찢기는 고통 속에서, 자신의 주검까지도 확인해야 하는 그 공포 속에서, 비명처럼 질문을 던지고 있는지도 모른다. 우리를 이렇게 기계, 유령의 형상으로 만드는 것이 무엇인가? 은밀하게, 점점이, 흩어지는 몸의 언어들이, 지배적 시스템에 길들여져 현실과 역사를 망각하고 사는 우리의 공통감각을 뚫고 지금… 이곳으로… 끊임없이 귀환하고 있다.

앨리스의 노래

―신현림, 『반지하 앨리스』

경계의 문턱을 넘어서는 시의 눈

신현림의 시는 쉬지 않는다. 1990년대 초, 여성의 성(性)이라는 제2의
언어로 세상을 향해 첫 목소리를 냈던 시인은 첫 시집 『지루한 세상에
불타는 구두를 던져라』이후, 『세기말 블루스』, 『해질녘에 아픈 사람』,
『침대를 타고 달렸어』를 펴내면서 세계를 늘 새롭게 해석하고 미적 지
평을 갱신해 왔다. 『반지하 엘리스』에서 시인이 "변화한다는 것은 원숙
해진다는 것이며, 원숙해진다는 것은 무한정 자신을 창조한다는 것이
다"라고 베르그송을 인용할 때, 이것은 일종의 시론(詩論)처럼 읽힌다.

그녀의 시는 앞 시기와 다르고, 그래서 낯설다. 새로운 세계를 마주
한 시인은 자기를 벗어나 다른 곳으로 굴러가는 알처럼 대상을 따라 계
속 변하는 이미지를 만들어낸다. 아궁이, 어항, 새알 등 이 시집을 지배
하는 '둥근' 형상들은 이전 시들에서 보이던 여성의 몸이나 섹슈얼리티
의 이미지가 두드러지지 않는다. 대신 존재의 본성, 타자와 만나는 시
간, 자본 권력, 신이라는 절대 타자, 사회 정치의 중심, 잊혀진 역사 등,

다양한 문제의식을 담은 주제들이 다채로운 빛깔로 변주된다. 이 가운데 가장 흥미로운 「눈보라가 퍼붓는 방」을 읽어 본다.

> 눈보라는 방에도 퍼부었다/ 몸까지 들어찬 눈보라를 토하였다/ 자식과 살아남기 위해 필사적으로 눈을 밀어냈다/ 눈보라를 나는 현미경으로 보고 있었다/ 자세히 볼수록 눈보라는 흉기였다/ (중략)// 눈보라를 설탕이라고 쓰자 달콤해지기 시작했다/ 힘들다 씀으로서 나는 조금씩 마음이 편해졌다/ (중략)/ 눈을 감으면 나 자신이 풍경으로 보였다/ 눈보라를 멀리 보기 시작했다/ 눈보라 속에서/ 해가 펄펄 끓고 있다
>
> ─「눈보라가 퍼붓는 방」

이 시의 다양한 이미지들은 해석자를 당혹스럽게 한다. 우선 "눈보라가 퍼붓는 방"에서 상기할 수 있는 것은 '차갑다'라는 의미소와 결합된 따뜻함(타오름)의 자질이다. 따뜻함은 눈보라가 상기시키는 차가움과 모순된다. '눈보라 속에서 펄펄 끓는 해' 또한 차가움과 열의 복합체다. 이때 부각되는 것은 이 복합체가 환기하는 초현실주의 그림 같은 감성이다. 흉기 같은 눈보라에 베일 때 연상되는 피, 파묻힐 때의 어둠, 눈보라 속에서 끓는 불꽃의 희면서도 붉고, 차가우면서도 뜨거운 언어가 만든 아찔하고 선명한 색감, 여기에 동반된 달콤하고 부드러운 미감은 우리를 아득하고 몽환적 시공간으로 끌어들인다. 시간의 측면에서는 '토해 내던', "현미경으로 보"던, "설탕이라고 쓰"는, "해가 펄펄 끓고 있"는 등 과거와 현재와 미래가 하나로 종합된다.

나의 몸은 어떤가. 눈보라가 들어찬 몸은 인간의 '살'이 가지는 부드러움과 눈보라에 얼어 가는 딱딱함이 은유의 차원에서 결합되고, 부드러운 살의 따스함과 딱딱한 살의 차가움은 눈(眼/雪)과 연결돼 다양한

체험이 침전된 살아 있는 몸을 환기한다. 눈을 뜬 나는 자식과 살아남기 위해 눈보라를 토하고 밀어내며 사투를 벌이고, 눈을 감은 나는 하나의 풍경으로 물러나 눈보라 속에서 펄펄 끓는 해처럼 뜨거운 열정을 가진 이미지로 전환된다. 여기서 '쓰는 힘'이 부각된다. 흉기처럼 나를 베고 파묻는 현실을 "설탕이라고 쓰고", "빛이 보인다고 씀"으로써, 나는 조금씩 안정감을 회복하고, 자신을 들여다보는 여유를 되찾게 된다. 이때 눈보라는 부정적인 의미로만 다가오지 않는다. 모든 곳에 퍼붓는 눈보라는 안과 밖, 생과 사를 연결하며, 모든 경계는 무화된다. 결국 '보이는 것' 중심의 질서는 해체되고, 차이의 속성은 유지하되 경계는 모호해진다. 이렇게 자신을 지워나가는 것은 현실 논리에 대한 전복적 상상에서 비롯된 것일 터이다. 그러나 결코 막연한 상상에서 출발하지는 않았을 것이다.

> 토끼를 좇아 토끼굴에 들어간 백 년 전의 앨리스와/ 세월과 돈에 쫓겨 반지하로 꺼져든 앨리스들을 만났다/ 생의 반이 다 흘러 반지하 인생을 사는 나는/ 생의 반을 꽃피우는 이들을 만나 목련차를 마셨다.
>
> ─「반지하 앨리스」

　시에서 확인할 수 있듯이 화자의 일상 공간은 "반지하"이다. 이 공간에서의 체험은 시인이 "반"쪽 감수성을 지니게 하는 요인이 된다. 삶의 이면인 죽음, 현실 저편의 비현실, 보이는 저 너머의 보이지 않는 것들. 루이스 캐럴이 쓴 동화『이상한 나라의 앨리스』는 시인에게 그 낯선 세계로 가는 문을 제공한 것으로 보인다. 삶과 죽음, 과거와 현재, 영원과 순간이 겹겹이 포개어진, 그 낯선 시공간 속으로 들어간 시인은 "토끼를 좇아 토끼굴에 들어간 백 년 전의 앨리스"를 만나고, "세월과 돈에 쫓겨 반지하로 꺼져든 앨리스들"을 만난다. 그 과정에서 시의 대상인 앨리스들과 시적 주체인 시인이 서로 겹치기도 한다. 자신과 결코 똑같지도 다르지도 않은 앨리스들과 만나고 겹치면서 나는 또 다른 나를 경험하고, 다른 나를 경험함으로써 새로운 주체가 된다. 쫓고 쫓기고, 꺼져 들고 흐르고, 만나고 꽃피우고 마시는 불연속적 시간성은 반 지하 세계를 새로운 차원의 세계로 열리게 한다. 그 세계가 우리 눈으로는 볼 수 없는, 시인의 반쪽 '안'의 세계이다. 이 '텅 빈 실재'를 언어의 층위로 열어 보임으로써, 시인은 '보이는 것', 혹은 자본(돈)의 허구성을 벗겨 내려 한다. 환상은 이러한 시인의 육체이자, 중요한 '발'로서 '말랑말랑한 흙덩이'(「랭보 감각이 주는 위로」), '답답한 자신에게 흘러나가 점. 점. 점 흘러내리는 모래소리'(「양말 한 마리」)로도 변주된다. 물론 이러한 언술이 늘 동일한 방식으로 전개되지는 않는다.

굳어진 일상의 상징들을 깨부수려 하는 시인은 혀끝에 고인 언어를 과감히 내뱉으면서 문제의 시정을 요구하고 혁명을 외친다. 불온 위에서 싹트는 혁명은 강한 통증과 함께 피를 부르기 마련이다. 하지만 시인은 피 흘리는 혁명을 원하지 않는다.

> 윗물이 말하길 "너희는 떠들어라. 우리는 한탕치고 갈 테니..."/ 윗물이 말하길 "너희는 눈감아라. 우리는 두 탕도 치고 갈 테니"/ 윗물이 당신들이면 바라보라/ 가난한 아이들이 밥을 굶고/ 베이비박스에서는 버려진 아이들을 울고 있다/─중략─/ 말해보라 귀 닫고 눈 닫고 뭐하나/ 쾅! 쾅!
>
> ─「내 마음은 혁명 중」

위 시의 "윗물"은 우리 사회의 상위 질서, 즉 '윗물과 아랫물', '주체와 대상'으로 이분화하여 이것을 위해 저것을 은폐해야 한다는 식의 독단을 휘두르는 자라고 할 수 있다. "너희는 떠들어라. 우리는 한탕치고 갈 테니……", "너희는 눈감아라. 우리는 두 탕도 치고 갈 테니……"라는 구절에서 이 시대 윗물의 독선과 위선적 태도가 그대로 드러난다. 그렇다면 이 윗물이 과연 누구일까? 시인은 그 실체를 구체적으로 제시하지 않지만, "윗물이 당신들이면"이라는 가정을 통해 누구나 윗물이 될 수 있음을 암시한다. 우리는 대개 상위 질서가 욕망하는 것을 욕망한다. 이 사회가 요구하는 우월한 지위, 강한 권력을 원하고, 그것을 소유하기 위해 타인을 짓밟고 때론 무관심으로 그 폭력에 동조한다. 사실 이것이 "아이들이 밥을 굶고/ 베이비 박스에서는 버려진 아이들이 울고 있"는 이 세계의 비참을 양산하는 원인 아닌가. 버려진 아이들의 불행은 우리 모두가 만들어 낸 불행이며, 개인의 힘만으로는 해결하기 어렵다. 시인이 "쾅! 쾅!" 가슴을 치는 이유는 바로 그 때문이다. 여전히 강고한 이원론적 사유가 우리 삶을 깨알처럼 쪼개 놓은 상황에서, 혼자만으로는 어찌할 수 없는 답답함으로 자신을 제물로 내어놓듯 가슴 치며 묻고 있는 것이다. 당신이라면 이 문제를 어떻게 해결할 것인가 "말해 보라"고. 이러한 시인의 시정신은 정치 혁명을 수행할 때도 어느 한쪽을 지향하지 않는다.

> 무능력한 지도자를 바꾸고/ 한심한 정부의 부정한 돈은 빈민가에 놓아주고/ 무기력한 야당에게 우유를 먹여 말처럼 뛰게 하고/(중략)/ 혁명을 나는 꿈꾸네// (중략)// 어떻게 국민을 행복하게 할까/ 고민 않는 정치를 갈아엎겠다는 이 뜨거운 시민혁명
> ―「민심 촛불」

시인이 든 「민심 촛불」은 '여/야', '좌/우' 이원론적 사유로 조직화되고 사유(私有)화된 정치 체계에 저항하는 "불"길이자, 그 체계에 억눌린

힘없는 민(民)들의 마음을 대변하는 상관물이다. 여기에는 남보다 우월한 힘, 사회 권력을 획득하기 위한 것이 아닌, 시민들의 주체성을 억압하고 시민들을 정치적 수단으로 여기는 지도자, 그런 정부를 "갈아엎겠다"는 뜨거운 의지가 깃들어 있다. 그러나 결코 모든 질서를 파괴하려는 것은 아니며, 전체 통합을 주장하는 것도 아니다. 민주 사회에서 만장일치란 애초부터 불가능한 일. 다만 시인은 역사의 중심에서 소외된 "빈민가", "반지하" 생활자들의 삶이 제가끔 따스한 불빛을 발하며 자유로워지는, 서로 다른 차이들이 살아서 숨 쉬는 탈 중심의 세계를 희망한다. 무능력하고, 무기력한 정부와 야당은 "국민을 행복하게 할까／고민 않"으니 그 정치를 갈아엎겠다는 주인 의식으로 역사적 현실을 시의 무대에 끌어들이고 있는 것이다. 혁명은 단순한 외침으로 완수할 수 없고 자기로부터의 혁명을 동반해야 하기에, 시인은 시민들로부터 떠나와 조용히 시(詩)로서 자기 혁명을 시도한다. 그 제물로 만들어진 시 한편을 들고 시인은 다시 시민들을 만나려고 한다. '니 편, 내 편 나뉘고 줄을 서 공정한 정의의 깃발이 펄럭이지 않는'(「맨홀뚜껑을 열고 나오다」) 세상을 향해 시로써 허구적 진실을 말하고, 여기에 대한 새로운 인식의 기회를 제공하려는 것이다.

이러한 인식은 신이라는 절대 타자에 대한 고민으로 이어진다.

> 사과를 던지며 날아오르는 내 마음／사과와 함께 날아가 주는 당신 마음／하늘과 땅을 잇고 손과 손으로 이어
>
> ─「사과, 날다」

위 시들에 등장하는 "사과"는 기독교의 교범이 되는 예수의 얼굴을 떠올리게 한다. 예수의 얼굴은 '(정)신성'을 중심으로 세계를 코드화하고, 그것에 기초하여 상징 질서를 만들어 냈다. 상징적 질서는 '예수'로

대표되는 백인, 남성, 어른 중심의 권력 구조를 만들었고, 유색인, 여성, 아이를 비롯하여 그 기준에 배치되는 무수한 소수자들을 양산해 냈다. 상징계의 권위는 그렇게 탄생했고, 위계질서와 소유 개념은 그렇게 견고해졌다. 시인은 거기서 연원한 진리를 의심한다. 시인이 "사과를 던지며 날아오르는 내 마음"을 말할 때, 이것은 '사과의 역사'와 '상징계 질서'를 벗어남으로써 얻는 자유, 그런 사랑을 의미한다고 할 수 있다. 어떤 소유욕도 지배력도 행사하지 않는, 내가 가진 것 하나씩 누군가에게 돌려줌으로써 자유롭게 나누는 사랑. 그것을 시인은 "손"이라는 상관물로 구체화하여 보여준다.

　신체의 일부인 손은 그 자체로는 정체성을 알 수 없고, 누구의 감정이나 관념을 실현하고 있다고 볼 수도 없는 개체이다. 시인은 이 손을 시에 끌어들여 우리의 시각(觀)으로 확인할 수 없는 낯선 영역을 열어 보인다. "하늘과 땅을 잇고 손과 손으로 이어"가는 세계는 실재가 아닌 시인 '안'의 세계로서, 위와 아래 나와 너를 구분 짓는 경계선이 존재하지 않는다. 여기서 움직이는 것은 전체가 아닌 부분 대상(손)이며, 진실(진리)은 이 대상의 잇고 이어가는 움직임과 행위로 말해진다. 이 존재가 시인의 또 다른 자아라면, 시인이 꿈꾸는 세계는 들뢰즈가 말한 기관 없는 몸, 혹은 노장적 도(道)와 연결지어 읽어도 좋을 것이다. 유기체라 불리기 이전의 부분 개체, 하나의 알(胎) 혹은 생명 자체를 지칭하는 '기관 없는 몸'은 우리의 욕망이 들끓는 '내재성의 장(내면)'이라고도 일컫는데, 이곳은 인간의 관(觀)에 의해 분별되거나 차별되기 이전의 존재 본성을 말하는 도(道)의 지대와 같다(『천 개의 고원』). 그 안이 복잡하게 얽혀서 끊임없이 변화하기에 언어로 규정할 수 없는, 혹은 일체의 인위적인 의식이 개입되지 않은 상태(無爲)에서 자신의 행위를 스스로(自然) 결정하는 존재(道)는 상징 질서가 추구하는 불변의 이데아(관념)

가 되려고 하지 않는다.

　다른 것과 이어짐으로써 늘 달라지고 달라짐으로써 진정한 주체가
되려고 한다. 그 길(道)이 곧 시인이 꿈꾸는 삶이리라. 그래서 강조되는
것이 "사과를 던지며 날아오르는 내 마음", 다른 것들을 잇고 이어가는
손의 행위이다. 말하자면, 사과를 상징하는 소유 개념을 벗어던질 때,
자아의 관념을 비운 몸으로 타자에게 다가갈 때 진정한 사랑도 삶의 변
화도 가능해진다는 의미이다. 이것을 손으로 말하는 시인은 필히 다른
곳을 가리키는 자이자, 타자의 언어를 대변하는 자로서, 누구를 이해한
다는 말도 쉽게 하지 않는다. "네가 나를 이해 못하고/ 내가 너를 이해
할 수 없"듯이(「나는 자살하지 않았다」), 누구도 타자를 완전히 이해할
수는 없다. 이해한다는 말(언어)에 대상을 자기중심으로 파악(把握)하
려는 인간의 시선이 얼마나 강한 힘을 발휘하고 있는가. 시인이 살과
뼈를 소환할 때는 이미 그 인간관에 길들여지지 않겠다는 의지가 내포
돼 있다.

　　옷을 벗겨봐/ 원하는 것을 찾아봐/여기 살이 있어 뼈가 있어./ (중
　　략)/ 그저 장작이야 그저 무너질 집// 나는 나만이 아님을 깨닫게/ 비
　　좁은 우물 속에서 나를 꺼내줘/절망의 이 옷을 벗겨줘/ 무력감에 찌
　　든 살과 뼈를 태워줘/ 물고기처럼 바다위로 솟아올라/ 다시 펄펄 살
　　아나/ 살/ 아/ 서/ 하늘 끝까지 튀어 오르게
　　　　　　　　　　　　　　　　　　　　　　－「나는 자살하지 않았다. 3」

　"옷"은 남성적 질서가 부여한 제약이다. 여성을 여성적이게 혹은 남
성을 남성적이게 꾸며 내는 것이 바로 옷이다. 옷을 "비좁은 우물"로 보
는 것은 옷이라는 사물에 남성적 이데올로기, 통제의 작동 방식이 깊이
배어 있다는 발상에서 기인한다. 이 이데올로기를 걷어 내는 것은 생의

진정성을 찾기 위해 반드시 필요한 일이며, 그러니 "살"과 "뼈"의 소환은 자연스러운 일이다. 통제의 원초적 금기, 문명화 과정에서 규정된 제도는 모두 남성의 논리에 의해 재편된 허구이다. 이 허구의 폭력에 맞서는 방법은 금기 이전의 상태로 되돌아가 잘못된 금기를 다시 세우는 일밖에 없다. 그것이 바로 금기를 찢고 부수는 원초적 욕망, 인간의 의식으로 통제할 수 없는 무의식 아니겠는가. "옷을 벗겨봐/ 원하는 것을 찾아봐"라고 말하는 나의 목소리는 아직 의식화되지 못한 시인 '안'의 목소리이자, 인간(Man)이 금기·삭제한 실체 '없는 존재'의 목소리로서, 이성에 근거한 기존 질서를 전복하려 한다. 그래서 문장은 자아의 의도를 드러내는 목적의식이 생략된다. ―어, ―야, ―게 등으로 분절되는 어미, 혹은 1, 2연의 관계는 인과율적 원리 이상의 차원에서 형성된다. 뼈, 장작, 배, 집으로 이어지는 문장 또한 연상의 차원에서 전개된다. 이런 탈인과율적 연쇄 작용은 '살/ 아/ 서/ 하늘 끝까지 튀어 오르는 물고기'의 형상을 통해 우물 혹은 옷에 갇힌 물고기, 살과 뼈의 의미를 재사유하게 한다. 이러한 방식으로 '언어'와 '몸'의 의미를 동시에 전복하는 것은 생의 본래성과 진정성을 찾기 위한 지난한 투쟁을 상징한다고 할 것이다.

극지에서 구르는 생명의 알

어쩜 이리도 희고 따스할까// 과거에서 흘러나온 꿈인지/ 커다랗게 부풀었구나/ 고구려나 신라 시대가 아니라서/ 알에서 사람이 태어나지 않지만/ 알은 매끈매끈한 사람의 피부야// 이 무서운 세상에 여자 몸 같은/ 그 얇은 껍질은 위험해/ 모피 알 정도는 돼야 안 다치지/ 알 속의 시간들이 흩어지지 않게

―「알을 굴리며 간다」

위 시의 "알"은 이 시집 전체를 관통하는 핵심적 사유를 집약해 보여 준다. '부드러운' 액체와 '딱딱한' 껍데기를 동시에 지닌 알은 생명체의 일부인 동시에 전체이며, 처음부터 생명과 물질이라는 이질적 차이를 안고 있는 차이체(體)다. 또한 그 자체로 충만한 가능성을 가진 잠재태 (胎)이기도 하다. 이러한 알은 유(有)와 무(無)가 처음부터 뒤섞여 끝없 이 이어지는 존재 본성으로서의 도(道)와 같다. 자신의 존재와 행위를 스스로 결정하며(道行之而成, 장자), 그 밖의 다른 규칙을 따르지 않는 (無爲自然, 노자) 삶의 길(道). 이러한 인식이 담겨 있는 시를 하나로 뜻 매김하기는 어렵다. 희고 따스한 알에서 상기할 수 있는 것은 '희다'라 는 의미소와 결합되는 따스함의 자질이다. 따스함은 껍질이 연상시키 는 딱딱함과 모순된다. 이러한 모순, 즉 부정(딱딱함)과 긍정(따스함)을 동시에 안고 있는 알은 '커다랗게 부풀어 오르는'과 연결되어 새롭게 변화할 가능성으로 이어진다. 부풀어 오른 "알"은 부푸는 "꿈"과 중첩 되고, 그것은 다시 '매끈매끈한 사람의 피부, 여자 몸, 얇은 껍질'로 이 어져 그 무엇으로 생성될 "알"로 전환되는 것이다. 이때 "알 속의 시간" 은 흘러온 과거와 부풀어 오르는 현재와 도래할 미래가 결집된 '살아 있는 현재'로서, 연속적이고 순차적인 현실의 시간성을 정지시키고, 알 이 "흩어지지 않고" 굴러갈 길을 열게 된다. 그런 점에서 다음 시는 매 우 의미심장해 보인다.

창을 열어둔 채로/ 나도 눕는다// 일어나기 싫어, 밥도 먹기 싫어/ 고요히 누워 있으면/ 바람이 내게로 쏟아져온다/ 잃어버린 꿈이 되 살아난다.// 거리에 알들이 천천히 굴러다닌다
— 「바람 부는 날」

고요히 누워 있는 몸. 거리에 천천히 굴러다니는 알. 생과 사, 절망과 희망이 포개어진 꿈의 풍경들. 이 풍경 속에 놓인 그녀는 지금 한없이 아프고(廢), 가볍다(虛). 그 가벼운 몸을 쏟아져 온 바람이 실어 나른다. 거리에 굴러다니기 전, 이 알은 시인의 알(몸)이었다. 절망과 상처를 감싸거나 위장하지 않고 세상을 향해 던져놓은 시인의 '알(몸)'. 이 투신 의지가 시인이 살아가는 삶의 방식일 것이다. 거리의 알은 바람에 구르며 또 다른 무엇을 생산하거나, 무엇으로 생성될 것이다. 그것이 무엇인지는 크게 상관없다. 중요한 것은 "알"속에 다른 생이 깃들어 있다는 것. 어쩌면 시인은 산다는 것이 다른 누군가에게 자신을 내어주는 일이 아닐까, 묻고 있는지도 모른다.

이 시집의 '둥근' 형상들은 그 물음의 과정에서 만들어진 심상일 것이다. 한 생이 극단으로 치달으면 죽음과 만나고, 또 다른 생과도 만난다. '희망과 절망', '자아와 타자', '의식과 무의식'…… 등등 모든 것이 그러하다. 그러니 "슬픔도 슬픔 너머를 보면 슬픔이 아"(「거울 알」)닌 것이 된다. 시인에게 죽음은 결코 두려움의 대상이 아니다. 살아 있는 모든 순간 죽음을 경험하는 시인은 시에서도 자아의 관(觀)을 관(棺)에 넣어 새로운 의미를 생성한다. 그럼에도 불구하고 "나는 자살하지 않았다"는 진술은 삶 또한 그만큼 매혹적임을 역설하는 것이리라. 『반 지하 앨리스』는 절망과 희망이 한 덩어리이듯이 삶과 죽음도 한 덩어리이며, 그 모두를 통째로 껴안아 새로운 가치로 전환할 힘이 우리 '안'에 있다는 사실을 타전하고 있는 것이다. 이 시알이 부디 조심스레 굴러가 또 다른 무엇으로 부화하기를…!

'빈 몸'의 시학

—김행숙

03.

나 아닌 나를 말하는 나….

18.

그/녀는 이렇게 말한다. 내 안에는 수많은 자아들이 우글거리고 있다고. 어떤 상황에 놓이느냐에 따라, 누구와 관계 맺느냐에 따라 나는 달라질 것이라고. 그러나 그것을 누구나가 언제든지 느끼는 것은 아니다. 기계적이고 관습적인 일상, 타성에 젖은 만남을 반복하는 우리는 자기 존재성조차 잊고 태연히 살아간다. 그러다 어느 때 그 태연함이 찢어지는 순간이 온다. 외부의 어떤 충격적인 사건이 나를 뚫고 들어오거나, 삶 자체 내에서 문득 압도적 단절감을 느낄 때, 우리 의식은 퓨즈가 끊어지고, 심연의 자아들은 낯선 모습으로 떠오르게 된다. 이 순간 절박하게 만져지는 질문들, 나는 누구인가? 우리 삶은 무슨 의미를 지니는가?

어쩌면 시 쓰기도 이런 질문들에서 비롯되는 것인지 모른다. 잠시 떠올리기만 해도 막막해지는 삶, 나는 지금 어떤 상황에 놓여 있는지, 과연 어떤 모습을 하고 있는지. 이것을 탐색하기 위해 어떤 시인들은 자신을 늘 위험한 곳으로 끌고 가려하고, 자기 밖에서 건네 오는 목소리에 귀 기울이려 한다. 김행숙은 이러한 시적 특징을 보여주는 시인들 가운데서도 가장 주목되는 시인이다. 1999년도에 데뷔하여 지금껏 네 권의 시집을 출간한 김행숙은 시의 나를 유기체의 일부가 말하는 기이한 '나'로 제시하며, 그 자체로 고정돼 있지 않고 이동을 통해 계속 변이할 가능성을 보여준다. 이러한 면모는 새로운 시집이 나올 때마다 관심 대상과 표현방식을 달리하여 진화를 거듭하고 있다. 그렇다면 이 몸이 말하는 구체적인 의미는 무엇이며, 궁극적으로 도달하려는 지점은 어디일까. 그리고 그것이 지금―이곳의 현대시에는 어떤 의미를 가지는 걸까. 김행숙 시의 전반을 읽으며 시의 새로운 일면과 그 가능성을 가늠해보려 한다.

02.

김행숙 시의 몸이 집중적으로 탐색하는 세계는 '너'라는 타자의 세계이다. 서로 다름과 차이, 자유를 외치는 시대, 그럼에도 여전히 자유롭지 못한, '차이'가 오히려 우리의 관계를 파편화시키는 상황에서, 지금껏 '알고 있(다고 확신/오인하)는' 인간으로는 도무지 알 수 없는 이 고통이 과연 어디에서 연유하는지, '나'는 어떤 모습을 하고 있는지. 이것을 떠올릴 때 찾게 되는, 나를 설명해 줄 '너'를 찾아서 시인은 자아의 죽음을 감행하는 낯설고 위험한 모험의 길을 떠난다. 그 길에서 발견되는 시체와 벌레, 혹은 눈, 코, 귀, 입 등으로 분화되어 있는 몸들. 그러나

이 몸들은 시인과 별개인 '너'의 몸만은 아니다. 죽은 몸들은 나를 스쳐 가며 나에게 자리를 내어준, 그러나 내가 미처 알지 못하고, 외면하여 망각하고 있던 나의 토대이자, 내 '안'의 모습이다. 이 죽음을 목도할 때 느끼는 고통이 자아를 몰아(沒我)의 상태로 몰아 가, 그 몸들과 한 몸을 이루게 한다. 사라지며 흘러들고 뒤섞여서 거듭난다. 이 순간, 시의 공간에는 온전히 시인의 것이라 할 수 없는 타자의 목소리들이 일군의 좀비들처럼 일어서기 시작한다. 김행숙의 시를 즐기려면 이 목소리에 귀 기울일 필요가 있다.

첫 시집 『사춘기』는 귀신들의 이야기로 채워진다. 그러나 죽음의 양상은 삶만큼 다양하며, 이야기는 하나의 의미질서로 묶이지 않는다. 기차 바퀴에 깔려 죽은 귀신(「귀신 이야기 1」), 사람에게 먹힌 귀신(「귀신 이야기 2」), 인간의 악몽에 불려 다니는 귀신(「귀신 이야기 4」) 등 수많은 귀신들은 저마다의 죽음을 말하며 저마다의 시를 잉태한다. 그렇다면 그네들, 자기 '몸'을 잃어버리고, 형체도 없이 떠도는 저 귀신들은 무엇을 말하려는 것일까.

> 여긴 전에 와본 적이 있다. 나의 浮上을 두려워하는/ 자의 숨소리를 듣는다. 여긴 햇빛이 따갑군요.// 그리고 당신의 머리는 浮沈을 반복하는군요.// (중략)// 나는 거대한 여자다. 인간적인 차원의 부피가 아니다./ 나는 거의 물이다. 내게 기댄다면 나는 잠시 튜브다.
> ─「당신의 악몽 · 1」에서(『사춘기』)

위 시에서 화자는 이미 죽었거나 죽어가는 자신의 '몸'을 "호수"를 통해 보여준다. 호수의 둥근 형상과 물 이미지는 생명의 근원으로서 모성을 상징한다. 그러나 이 시에서 "호수"는 단순히 생명만을 의미하지 않는다. 호수 안에는 '浮上하는 나'와, "나의 浮上을 두려워하는/ 자", '浮沈을 반복하는 당신의 머리'가 깃들어 있다. 이것들은 모두 인간의 감정을 실어 담을 수 없는 시체와 같다. 그것은 3연에 이르러 "인간적인 차원의 부피가" 아닌 "물"이고, "튜브"이며 "거대한 여자"로 새롭게 의미화된다. 이런 "호수"의 풍경은 삶/죽음, 인간/비인간, 과거/현재가 혼재하는 "꿈(夢)"의 시공간이자, 시인이 자기 내면을 들여다봄으로써 발견한 자기 '안'의 모습이다. 자기 안의 기괴한 자아를 마주할 때 자아는 혼란과 고통을 느끼게 된다. 그러나 시인은 그 고통을 피하려 하지 않는다. 오히려 그 시공간으로 들어가 죽은 몸들과 하나를 이루고 그들과 뒤섞인다. 이때 들려오는 목소리는 시인과 '다른' 타자들의 목소리로서, 고정된 하나의 정체성으로 묶이지 않는다.

각각 浮上, 浮沈하는 나와 당신은 서로 '다른' 말을 하고 있지만, 어디까지가 나의 말이고, 어디까지가 대상의 말인지 구분하기 힘들다. "해요"체와 "—다"로 반복되는 서술어는 동일한 의미맥락을 형성하지 않는다. 이때 하나의 공간에 서로 다른 주장을 하는 다른 목소리들이 공존할 수 있게 되며, 이 모든 것을 안고 있는 '몸(호수)'은 그 소리와 움직임을 통해 이전의 몸과 다른 몸으로 의미화된다. 이런 풍경은 크리스테바의 코라적 신체와도 닮아 있다. 신의 조화와 질서가 개입하기 이전의, 코라(Khora)는 '여성 몸(자궁)'의 시공간과도 같다. 이 몸은 배타적인 남성과 달리 자신과 다른 것을 배제하지 않는다. 타자를 껴안음으로써 늘 달라지며, 달라짐으로써 새로운 주체가 된다. 이것을 말하는 시인은 필연적으로 '다른 것'을 말하는 자이자, 타자의 언어를 대변하는 자로서, 그간 없는 것으로 인식돼온 여성을 새롭게 인식하게 하는 사회적 역할을 담당한다. 그러나 이런 글쓰기는 여성의 고유한 '몸(자궁)', 여성이라는 집단적 성정체성을 기반으로 하기에, 진정한 차이를 말하는 데는 한계가 따를 수밖에 없다. 허나 다음 시는 조금 다르다.

> 나는 뱀을 빌려 고백하겠다. 나는 뱀의 성질이 아니라 뱀의 모양을
> 빌릴 수 있다.// 뱀이 당신을 감아 오르고 있다. 느낌이 좋다. 뱀에 대
> 해 말한다면 당신은 계단이다.// 모양은 뱀이 계단이지만 뱀을 밟고
> 올라갈 생각을 할 사람은 없다. 도중에 스르르 사라지는 계단이므로//
> 나는 잠시, 뱀을 빌렸다. 그리고 오후 세 시 이후부터 걸어다녔다.
> ─「사라진 계단」 전문(『사춘기』)

위 시에서 나는 "모양"을 빌려서 말하는 주체이다. 실체가 없는 상(像)
으로서의 나는 사실상 존재하지 않는 것과 같다. 그럼에도 불구하고
'말'을 할 뿐 아니라, 계속하여 형체를 바꾼다. 시인이 자신을 이렇게 환
상적으로 연출하는 까닭은 세계를 지배하는 사유체계가 단 하나의 진
실이라고 믿고 있는 당대 현실을 전복할 수 있기 때문이다. '환상은 보
이지 않는 것을 보이게 만들어, 시대가 은폐해온 것을 말하게 하는'(로
즈메리 잭슨, 『환상성』, p.200) 시적 장치로서, 시인의 무의식과 관련된
다. 이 무의식이 언어의 층위로 솟아오를 때 기존 언어질서는 해체되고
존재의 이미지와 시공간의 연속성은 파괴된다. 이때 시의 공간은 비선
형적·입체적 공간이 되며, 그 안에서 화자는 기존의 언어를 거부할 수
있게 된다. 시인은 그것을 최소한의 의미를 담은 언어들로 구성한다.
뱀의 모양을 빌려 "고백하겠다"지만, 구체적인 고백은 없다. 당신에 대
한 정보도 생략한다. 그러면서 뱀 모양을 "계단"의 이미지와 중첩시키
고, 3연에서는 둘로 명확히 구분할 수 없는 모호한 상황을 연출한다. 여
기에는 저항의 대상이 모호해진 시대인식이 반영돼 있다.

계단이 수직상승과 위계질서를 강조하는 '남성주체'를 상징하고, 뱀
이 로고스중심의 성서에서 추방된 악의 상징으로서 여성과 관련된다

고 볼 때, 계단이 "도중에 스르르 사라"지거나, "뱀을 밟고 올라갈 생각을 할 사람이 없다"는 것은 억압의 주체로서 근대적 주체의 세계가 소멸되었음을 의미한다. 그러나 주체의 소멸은 그 상보적 효과로서 반대편에 있는 대상의 정체성마저 소멸시킨다. 시인이 계단과 뱀의 이미지를 중첩시켜 스르르 사라진다고 말하는 것은 주체와 대상이 모두 사라졌음을 의미한다. 이렇게 무엇에 대하여 저항해야 할지, 자기 정체성마저 모호한 시대에 인간은 불안해진다. 그러나 시인은 그 불안을 애써 감추지 않는다. 오히려 받아들임으로써 자기 고유의 정체성을 모호하게 흐린다. 오후 세 시라는 어중간한 시간에 걸어다니는 나는 시인 안의 불안한 자기 모습이자, 잠시 모양을 빌린, 사실상 '없는' 존재이다. 이 나의 입술에서 흘러나오는 말은 안정성을 추구하는 당대 질서를 전복하게 된다. 환상은 늘 새롭게 자신을 만들어가려는 시인의 육체이자, 가장 중요한 발로서 2시집 『이별의 능력』에 이르러 새로운 차원의 길을 트는 얼굴이나 손 등으로 변주된다.

> 나는 코만 남아서 정신없이 냄새를 맡는다. 냄새의 세계에는 비밀이 없으리. 녀석들의 노래. 녀석들의 코, 돌출적인. 뭉툭한. 냄새는 약기운처럼 퍼져 여기 오래 있으면 냄새를 잃게 돼. 우리들은 장소를 옮겨 코를 지키자.
> — 「얼굴의 탄생」에서(『이별의 능력』)

얼굴은 자기 정체성을 극명하게 드러내는 장소이자, 타자와 관계하는 장이다. 누구를 만나느냐에 따라, 사회가 요구하는 미적 기준에 따라 표정과 모습은 바뀐다. 이때 얼굴과 얼굴 사이에는 힘의 관계가 형성되며, 그 힘은 얼굴의 동일화를 요구하기도 한다. 허나 시인은 그 논리를 받아들이지 않는다. "코만 남"은 나는 동일화에 대한 거부의 인식이 담겨 있다. 문제는 코만 남겨둘 경우 새로운 「얼굴의 탄생」은 불가능하다는 점이다. 해서 시인은 죽음을 의미하는 코에 삶을 증명하는 "냄새"를 겹친다. 그 냄새가 우리들의 것이든 녀석들의 것이든 여기 오래 있으면 본래의 냄새를 잃게 되므로 장소를 옮겨 냄새를 지키자고 말한다. 냄새, 즉 후각은 존재의 정체성을 증명하는 원초적인 감각이지만, 여기서는 그 정체성이 뚜렷하지 않다. 중요한 것은 그 안에 아직 냄새가 남아있다는 사실이다. 이렇게 볼 때, 시인이 꿈꾸는 몸은 들뢰즈가 말한 '기관 없는 몸'의 상태, 또는 노장적 도(道)라고 말할 수 있을 것이다. 보려 해도 보이지 않고(微), 들으려 해도 들리지 않으며(希), 만지려 해도 만져지지 않는(夷) 심오한 무엇이며, 그 안이 복잡한 상태(一)에서 끊임없이 변화하는 것이기에 언어로 명명할 수도 없는.(최진석, 『노자의 목소리로 듣는 도덕경』, 119쪽)

코만 남은 나는 이러한 상태에 놓여 있는 몸주체로서, 자신과 녀석들, 우리들을 구분하여 인식하지 못하며, 자신의 상태를 자각하지도 못한다. 때문에 왜 코만 남아 있는지, "오래 있으면" 잃게 될 그 냄새가 무엇이며, 우리들, 녀석들이 거(居)하는 장소가 어디인지 설명하지 못한다. 돌출적이고 뭉툭한 코를 가진 녀석들은 문맥으로 보아 '돼지'로 짐작되지만, 결코 명명하지 않는다. 이때 시의 몸들은 시적 자아의 관(觀)을 벗어나 자율적으로 말하고 움직이는 살아있는 존재로 의미화된다. 그리고 그것들은 장소를 옮겨 또 다른 세계로 옮겨갈 것을 암시한다. 이는 동일화의 강요에 의해 일그러져 가는 삶, 그럼에도 살아가야 하는 우리들의 냄새를 지키려는 시인의 내면의식을 형상화한 것이라 할 수 있다. 이러한 방식으로 타자를 살려내려는 시인은 늘 자아의 관(觀)을 내려놓음으로써 세상에 존재하는 모든 "알갱이"(「사라지는, 사라지지 않는」), "기체"(「이별의 능력」), "호르몬"(「호르몬 그래피」)속으로 흘러들고, 그것들과 함께 출(出)·몰(沒)을 반복하며 무한하게 확산된다.

> 나는 생각하지 않는다/ 나는 쓴다, 나로부터 멀어지는 말발굽들
> 처럼// 글적으로 쓰러지는 대단원의 인물들처럼/ 다시 일어나 화려
> 하게 웃으며 무대 인사를 하는 여배우처럼// (중략) //나는 쓴다, 쓰고
> 나서 지우지 않고 쓴다
>   —「손」에서(『이별의 능력』)

위 시는 시인의 시 쓰기 방향을 짐작하게 해주는 중요한 단서라 할 수 있다. 유기체에서 떨어져 나온 「손」은 총체적 동일성의 논리를 거부한다는 의미다. 총체적 동일성의 논리는 다수의 논리이며, 이것은 언제나 지배 상태를 전제한다. 다수성은 집단의 권리가 이미 주어져 있는 것으로 여기며, 세상 모든 사람에게 이 기준을 행사한다. 가부장적 가족체계, 신자유주의적 시장질서, 국가체계도 이 논리로 구성돼 있다. 이 논리가 세계를 지배하는 권력으로 작용할 때, 개별주체들은 힘을 발휘하지 못한다. 삶의 새로움도 변화도 기대하기 어렵다. 「손」은 그러한 세계로부터 떨어져 나온 부분대상으로서, 누구의 손인지 알 수 '없는 존재'이다. 그럼에도 살아서 말을 하고, 시를 "쓴다". 이러한 주체는 나로부터 멀어진 나이자, 여전히 존재하는 "나"로서, 이성·남성중심을 상징하는 생각에서 벗어나 있다.

쓰는 주체는 사라지고 쓰는 행위만 남아있는 "손". 이 손이 쓰는 시는 들뢰즈가 말하는 '주체(I) 없는 부분대상으로서의 나(me)'가 쓰는 시라고 할 수 있을 것이다. 유기체적 기관의 편집증을 거부하고 부분대상들의 기관(「손」)이 쓰는 시는 동일한 의미, 고정된 실체를 강조하는 시가

아니라, "얼굴을 벗어나는 얼굴"처럼(『얼굴의 탄생』) 어제로부터 계속 벗어나는 시이자, 조금 전과도 전혀 다른 시이면서, 여전히 "쓰"는 새로운 '시(詩)'이다. 시인은 "글적으로 쓰러지는 대단원의 인물들처럼" 동일자들이 만들어 놓은 완결된 개념을 거부하고, 동일한 나도 거부한다. 문맥을 바꾸어도 아무 관계없이, 쓰러지고 다시 일어나는 시의 의미 공간에서 나라는 동일자란 하나의 관념일 뿐 존재하지 않는다. 그런 관념을 파기하기 위해 시인은 시를 "쓰고 나서 지우지 않고 쓴다". 이렇게 뒤섞인 그 안에 새로운 의미가 생성된다. 말(馬)발굽 안을 자세히 들여다보면, 거기 '말(言)'이라는 또 다른 의미가 살아있음이 보인다. 말발굽은 살아서 말(馬)의 것이었으나, 죽어서는 말(言)의 몸이 되는 것이다. 이런 방식으로 새로운 시쓰기를 추구하는 시인의 「손」은 "말(言)발굽"처럼 굳은 관념체계를 넘어 또 다른 세계로 뻗어간다.

25.

그러나 그곳은 결코 세상 밖의 어떤 초월적 공간이 아니다. 『타인의 의미』에 이르러 시인은 타자와 만남에 더욱 관심을 둔다. 물론 이전 시에서도 자아와 '이별'을 감행하고 타자와의 만남을 열망해왔지만, 세 번째 시집에 이르러 그 만남은 좀 더 집단적이고 구체적 만남으로 제시된다. 그러나 그 만남은 결코 허망하고 위선적인 희망을 품고 있지 않다. 서로 공감하고 연대하는 타자들이 허구이기 쉬움을 그녀는 적어도 잊지 않고 있다. 일테면 이렇게,

> 너를 볼 수 없을 때까지 가까이. 파도를 덮는 파도처럼/ 부서지는 곳에서. 가까운 곳에서 우리는 무슨 사이입니까?/ 영영 볼 수 없는

연인이 될 때까지//교차하였습니다. 그곳에서 침묵을 이루는 두 개
의 입술/ 처럼. 곧 벌어질 시간의 아가리처럼.
　　　　　　　　　　　　　　　　 ─「포옹」에서(『타인의 의미』)

　　포옹은 한 몸이 다른 몸과의 만남을 전제한다. 다른 몸과 만나 일체
감을 맛보고 싶은 것은 인간의 원초적인 욕망이다. 사회적 존재로서 그
사회와 몸 섞고 싶은 것도 마찬가지다. 이런 점에서 포옹은 나/너를 가
르고 구분하는 사회질서에 대한 위반의 욕망을 보여주는 것이라고 볼
수도 있을 것이다. 그러나 시인이 말하는「포옹」은 그런 금기를 위반하
는 합일이나 일체화와는 거리가 멀다. 이 시는 어떤 "교차"에 대한 이야
기다. 단순한 합일의 제스처가 아니라, 합치되는 순간 빗나가고 엇갈리
는 '관계'(메를로─퐁티, 『보이는 것과 보이지 않는 것』, p.209). "포옹"
이 환기하는 만남, 혹은 사랑은 마주할 때 빗나가는 근본적인 모순을
안고 있다. 일체화를 이루려는 사랑에는 언제나 환상과 소유의 욕망이
동반되기 때문이다. 환상적 사랑은 소유의 욕망을 자극하며 대상을 자
신의 것으로 만들려는 욕망을 만들어낸다. 그러나 그 욕망은 오히려 사
랑을 망쳐놓는다. 누구도 누구의 소유물이 될 수 없고, 그런 사랑은 시
작부터 위태롭고 결국 "부서"진다. 그러니 우리가 처한 모순은 이렇다.
사랑, 혹은 진정한 만남을 위해서라면 그것과 관련된 실상을 몰라야 하
고, 또 알아야만 한다. 어찌할 것인가.
　　그래서 시인은 묻는다. "우리는 무슨 사이입니까?" 사랑을 위해서라
면 대상과 가까워져야 하지만, 가까워진 사랑은 너와의 거리를 없앨 수
있지만, 그 사이에 어리둥절함과 질문이 남게 된다. 가까워지면 가까워
질수록, 포옹을 통해서도 도무지 알 수 없는. 여기에 시간이 지날수록
점점 침묵을 이루게 되는 "두 개의 입술", 그러나 그것은 결코 허망함이

나 절망을 의미하지 않는다. 「포옹」을 통해 시인이 던지는 것은 도저히 알 수 없고 그 안을 가늠할 수 없는 시간의 아가리 같은 텅 빈. 그런 만남에 대한 근원적 질문이다. 그것은 '너'에 대한 환상이나 너를 나의 것으로 소유하려는 헛된 꿈을 뒤로 하고, 진정한 만남, 상호 무한하게 교차하며 새롭게 열리는 만남의 장을 찾으려는 고투와도 같다.

> 여러분은 탁자를 완성하기 위해 착석 하셨습니다 앉아계신 여러분, 앉아만 계신 여러분, 뒷면이 없는 여러분,//(중략) 아무도 죽지 않았습니다(중략)//한분이 손을 번쩍 드셨습니다 누구세요? "저, 저, 저(는 왜 말을 더듬을까요?) 기요, 펜이 바닥에 떨어졌어요 별뜻도 없이 딴 뜻도 없이 굴러가는 저것을 어떡해 "// 주우세요! 애타게 찾으세요 쉬운 일이라고 생각하지 마세요//(중략)//여러분, 만장일치란 얼마나 지난하고 고통스럽고 아름다운 꿈인가요?
> ──「탁자의 유령들」에서(『타인의 의미』)

위 시에서 화자가 부르는 대상은 "뒷면이 없는 여러분"들이다. 온전한 유기체로서의 인간 형상을 지니지 못한 이 존재는 오늘날 자본주의 속에서 파편화된 우리들의 모습과 같다. 자본권력은 이전의 폭압적 정치권력과 달리, 희생자를 무작위로 물색한다. 자신을 숭배하건 그렇지 않건 그것은 개인의 자유와 선택에 맡긴다. 그러나 사실 우리에게 선택의 여지는 없다. 살아남기 위해 모두 경쟁해야 하니, 모두 적이고 아무도 믿을 수 없다. 내 옆에서 희생되어 가는 타자를 마주쳐도 침묵하거나 무관심으로 일관한다. 시인은 이것이 우리의 공동체적 문제임을 말하기 위해 거듭 여러분을 부른다. 파편화되어 유령처럼 앉아만 있는 사람들을 향해 아무도 죽지 않았고 아무것도 썩어있지 않다고 말하면서, 살아있는 존재로서 진정한 자신을 찾고, 새로운 공동체적 역사를 써 나가자고 요청하는 것이다.

　그러나 결코 자기 입장을 강요하지는 않는다. 그것이 무엇이든 "만장 일치란 얼마나 지난하고 고통스럽고 아름다운 꿈인가"를 시인은 이미 잘 알고 있다. 다만 말을 더듬으며 바닥에 떨어진 펜을 주워도 되느냐고 묻는 사람에게 "주우세요 애타게 찾으세요. 쉬운 일이라고 생각하지 마세요"라고 말할 뿐이다. 시인이 줄곧 화자와 자신의 불일치를 다루는 것도 이와 같은 이유에서다. 시의 말하는 주체와 시인은 결코 동일인이 아니며, 완전히 다른 사람도 아니다. 저로 지칭 되는 한분은 유령과 같은 존재이며, 그 존재를 마주한 주체는 시인으로 곧장 환치될 수 없다. 말하는 주체와 한분의 목소리는 개별적으로 교차하고 빗나가며, 시인은 텍스트 외부에서 이들의 말을 듣고 있는 듯한 태도를 취한다. 이때 시의 공간은 시인과는 다른 목소리들이 흘러나오는 새로운 차원으로 열리게 된다. 이런 태도로 타자를 받아들이려는 시인은 늘 잠든 사람들을 깨우지 않으려고 조심하는 발걸음 같은 "그런 마음으로 나는 너만 보호"(「유령간호사」)하려 고민한다. 그러나 시인의 고민은 "시간처럼 끝없이 자라는" "머리카락"(「머리카락이란 무엇인가」)처럼 짧은 시간에 답을 얻을 수 없다.

　『에코의 초상』에 이르러 김행숙은 자기 모습을 드러내지 못한 채 다른 사람의 마지막 말을 되풀이해야만 하는 에코의 운명을 자아의 초상으로 받아들인다. 그 목소리를 되풀이함으로써 하나의 시에 '서로 다른' 이야기를 펼쳐내는 독특한 이미지를 생성한다.

　　나는 아기를 사랑했네/ 사랑하는 아기의 무른 가슴을 썻겼고 노인의 등을 썻겼네/ 다른 이야기처럼 다른 느낌이구나/ 이것은 다른 우주처럼 다른 시간이구나/어떤 젊은이는 죽기 전에 노인이 되지 않

네/ 아름다운 젊은이여, 언젠가/ 여행지에서 하룻밤 머문 적이 있는
그 노파의 집을 기억하지 않아도 좋네
　　　　　　　　　　－「젊은이를 위하여」에서(『에코의 초상』)

위 시에는 두 개의 시간이 존재한다. 사랑했고 씻겼던 순간과 "~이
구나"로 제시되는 현재의 순간이다. 전자가 대상과 접촉하는 시간이라
면, 후자는 그 이후의 시간이다. 이렇게 두 개의 시간을 교차하며 발화
하는 목소리는 "나"이지만, 그 나는 시인인지 어떤 노인인지는 분간하
기 어렵다. 이 모호한 화자의 위치로 인해 텍스트의 구심점은 사라지
고, 그 안에 복수의 목소리가 교차 반복하게 된다. "~네", "~구나", "~
네"로 교차, 재교차되는 목소리는 처음과 동일하지 않으며, 하나로 통
합되지도 않는다. 이때 시의 시공간은 이질적 해석의 가능성이 동시에
열린, 즉 서로 다른 현실의 시간, 다른 목소리들이 병존하는 특별한 지
점이 된다. 그러나 그곳은 현실과 전혀 무관한 초시공이 아니다. 시인
이 현실에서 경험했던 여러 순간들, 즉 아기의 무른 가슴과 노인의 등
을 씻겨 준 순간들이 하나로 결집된 자기 '안'의 시공간인 것이다. 이 시
적 공간에 아기의 "가슴"과 노인의 "등"이라는 몸의 일부가 부여되면서
새롭게 발견되는 것은 다름 아닌 사회적 타자/약자들이다.

이것을 다른 이야기처럼 다른 느낌, 다른 우주처럼 다른 시간이라고
말하는 것은 시인이 자아의 관(觀)을 버리고, 자기 '안'을 성찰함으로써
발견한 결과일 터이다. 그런데 주목해 볼 것은 시인이 이 존재들을 자
신과 동일한 타자로 보지 않는다는 점이다. 대상을 자신과 동일한 존재
로 인식할 때, 주체는 자신의 생각을 타자에게 투사시킬 뿐 더 이상 타
자의 타자성, 즉 "다른" 것들과 조우할 수 없다. 그것은 자기 동일화의
논리로 타자를 죽이는 행위와 다르지 않다. 그래서 시인은 마치 인간을

처음 발견한 듯 감탄하며 강조한다. '아기'와 '노인'으로 대표되는 타자들의 이야기, 그들이 살아갈 혹은 살아낸 역사적 "시간"은 질적으로 다르다고. 일종의 여행과 같은 우리 생은 "노파의 집"으로 상징되는 기원으로서의 몸(자궁)으로 되돌아갈 수 없다고. 이것을 인정할 때 자아는 독아(獨我)의 목소리를 낼 수 없고, 타자에게도 동일화의 폭력을 행사할 수 없게 된다. 시인이 자기의 목소리를 여러 목소리의 일부로 끌어내리는 데는 언제나 이런 전제가 내포돼 있다. 다음 시는 그런 의미에서 매우 의미심장하다.

> 입술들의 물결, 어떤 입술은 높고 어떤 입술은 낮아서 안개 속의 도시 같고, 어떤 가슴은 크고 어떤 가슴은 작아서 멍하니 바라보는 창밖의 풍경 같고, 끝 모를 장례 행렬, 어떤 눈동자는 진흙처럼 어둡고 어떤 눈동자는 촛불처럼 붉어서 노을에 젖은 회색 구름의 띠 같고, (중략) 어떤 얼굴은 영원히 보게 될 것 같아서 너의 마지막 얼굴 같고, 아, 하고 입을 벌리며 아, 하고 입을 벌리는 것 같아서 살아 있는 얼굴 같고
>
> ─「에코의 초상」에서(『에코의 초상』)

이 시에서 시적 자아 나는 등장하지 않는다. 자아는 파편화된 수많은 몸들과의 관계, 얽힘 속에 있을 뿐 그 어디에도 없다. "~같고"로 전달되는 그의 목소리는 분명 들리지만, 시 텍스트 내에는 보이지 않는다. 말하는 주체가 들려주는 세계는 유기체적 몸이 입술, 가슴, 눈동자, 손, 얼굴 등으로 파편화된, 끝 모를 장례행렬이 이어지는 세계이다. 이런 세계를 목도할 때 자아는 고통을 느낄 것이다. 그러나 타자들 속에 현존하는 자아는 "장례 행렬"과 같은 세계를 타자의 입술로 전달할 수밖에 없다. 주목되는 것은 그 목소리가 비극적으로만 흐르지 않는다는 점

이다. 그것은 시의 시간이 '살아있는 현재'라는 것과 관련된다. 살아있는 현재는 떠나보내고, 흔들리고, 될 것 같은과 같이 이미 지나간 과거와 아직 오지 않은 미래의 순간들이 하나로 결집된 현재로서, 다시 여러 순간들로 해체될 수 있다. 이런 시간성이 부여될 때 연속적 시간성은 정지되고, 파편화돼 죽은 몸들은 새로운 길로 흐를 수 있다. 같은 궤적만을 반복하는 흐름이 아니라, 차이의 반복을 통해 흘러가는 그 언술의 길 말이다.

그 길은 결코 나/너의 같음(A=B)을 말하는 은유적 동일성으로 구성되지 않는다. 입술, 가슴, 눈동자, 얼굴은 각기 다른 모양과 기능을 가지고 있으며, 그것들이 위치하는 공간이나 지시하는 의미 또한 서로 다르다. 그리고 그 차이들은 "~같고"라는 서술어를 통해 끊임없이 반복되며 이어진다. 이런 언술은 그야말로 환유적이다. 물결로 비유되는 입이 삶과 죽음의 포괄하는 물의 속성을 띠면서 이어지는, 즉 입술로 비유된 높고 낮은 물결이 크고 작은 가슴을, 멍하니 바라보는 가슴이 눈동자를, 띠 같은 눈동자가 가느다란 "손"을, 손의 흔들림이 "얼굴"을, 얼굴이 다시 아, 하고 벌리는 "입"을 불러오는 연상의 방식으로 전개되는 것이다. 이때 각각의 몸들은 서로 겹치고 교차하면서, 비껴가고 "마지막 얼굴"은 다시 "살아 있는 얼굴"로 재발견된다. 흥미로운 것은 이 모든 것이 '몸의 일부'로 다시 수렴된다는 점이다. 이렇게 볼 때 언술은 환유보다는 제유에 더 가깝다. 제유는 개별사물을 전체 하나로 종합시키는 차이들의 종합과 관련된다. 이런 맥락에서 이 시는 하나의 중심을 거부하고, 각자 다른 것들이 저마다의 높이와 불빛으로 제각기 빛 발하는, 그런 공동체적 세계를 발견하고 인식하고 발현하려는 시인의 시 의식을 형상화한 것이라 할 수 있다.

04.

김행숙 시의 행보는 '너'라는 타자를 만나려는 지난한 모험의 길이었다고 할 수 있다. 시 속에서 자아는 늘 자신과 다른 타자를 만나기 위해 자아의 죽음을 감행했다. 그러나 시인의 몸과 시적 자아의 몸이 다르듯, 시세계에서 자아가 만나는 타자는 늘 다르다. 처음 시작은 개별 타자들에 집중해 있었다면, 최근에 올수록 타자는 좀 더 집단적이고 초월적으로 드러난다. 하지만 개인이든 집단이든 자아가 만나려는 타자란 자신과 완전히 다른 타자가 아니다. 시의 타자는 지금―여기에 '나'를 있게 해준 '너(타자)'인 동시에 '나'이며, 나아가 세상의 표층 아래서 유령처럼 살아가는 '우리'의 모습이기도 하다. 시인은 그런 타자를 열망하며 죽음을 감행하지만, 그 죽은 자들의 세계에 갇혀있지는 않는다. 다시 분열하고 이동하여 새로운 정체성으로 변이할 것을 암시한다. 이는 변화를 통해 지금―여기와는 다른 삶을 전개해가려는 시인의 내면의식을 표상한다.

이를 개방할 때 펼쳐지는 비실재·무(無·虛)·환상적 시공간은 실재하지 않는 세계를 설정하고 있다고 지적될 수 있으나, 그것은 오히려 현실적 삶을 쇄신할 힘이 될 수 있다. 시인이 그곳을 삶과 죽음, 인간과 비인간, 나와 타자들이 동시 공존하는 세계로 인식하고, 그 안에서 '나'와 다른 것들의 조우를 꿈꿀 때, 그 꿈은 항상 현실과 접목돼 있기 때문이다. 시의 언어가 죽음과 텅 빈(無·虛) 시공간을 그리는 순간에도 타자를 소외시키지 않는 것은 그 안에 아직 살아 숨 쉬는 의미가 존재하고 있다는 것을, 너를 통해 '나' 또한 새롭게 달라질 수 있다는 것을 믿기 때문일 것이다. 그런 점에서 김행숙 시는 모든 것이 파편화되어가는 '우리'의 슬픈 공동체 안에서 또 다른 '나'를 발견하려는 시이자, 자아를

'비운 몸'으로 수많은 타자들을 떠안는 타자의 윤리를 실현한 시라고 말 할 수 있을 것이다.

식인(食人)의 윤리와 정치

—면(麵)을 중심으로

긴 시간이 흐르고, 몇 번의 계절을 지나 도착한 이곳.

당신들은 국수를 먹고 있다. 나도 국수를 먹는다. 그런데 우리가 먹는 국수는 '동일한' 국수일까. 당신은 국수라는 말에서 어떤 속성의 실체를 떠올리고 있는가? 당신이 생각하는 국수는 어떤 종류의 국수이며, 그 면발의 길이와 크기는 어느 정도인가? 모양은? 만일 당신과 내가 같은 종류의 국수를 먹고 있다면, 당신에게 국수는 어떤 질감과 향기로 다가오는지 말해줄 수 있을까? 이런 식의 질문을 계속한다면, 우리는 오늘 내 국수를 다 먹을 수나 있을까?

우리는 왜 하필 국수를 선택하였을까?

여성시인들이 국수를 시에 끌어들이는 이유는 면(麵)이 여성과 친연성이 있다는 사실과도 무관하지 않다. 전통사회에서 음식은 맛이 있느냐 없느냐, 힘을 내게 하느냐 그렇지 않느냐에 따라 좋은 음식과 평범한 음식, 나쁜 음식으로 구별되었다. 맛이 있고, 힘을 내는 좋은 음식으로 선호되는 것은 쌀밥에 쇠고기, 생선 등이었으며, 특히 피의 함량이 많은 붉은 살코기는 남성들이 더 많이 소비했다. 이때 살코기는 남성의 힘과 권력을 상징한다. 이와 달리 채소나 죽, 밀가루로 만든 수제비와 같은 음식은 하위 계층의 사람이나 노인, 아이, 여성들이 더 많이 소비했다. (배영동, 「문화경계가 약화되는 오늘날의 음식」, 『실천민속학연구』 제11호, 2008, 95~96쪽) 이 점을 감안해 볼 때, 면은 계급적·성적으로 주변부에 위치한 여성의 음식이라 할 수 있다.

부르디외는 『구별 짓기: 취향 판단의 사회적 비판』(1984)에서 음식이 권력과 밀접하게 관련돼 있음을 설파한 적 있다.

부르디외가 구별의 지표로 내세운 것은 계급이다. 그에 따르면, 노동계급의 식사는 푸짐함과 자유로움을 특징으로 하는 반면 부르주아는 격식을 더 중시한다. 즉 음식 취향이 계급의 몸을 만드는 것이다. 물론 맛은 의식이나 격식보다 미각에 더 의존한다. 그러나 중요한 것은 미각이 혀나 코와 같은 기관을 통해 판단되는 것이 아니라 철저히 의식의 산물이라는 점이다.

음식 선호를 결정하는 맛은 미각만이 아니라 시각, 청각, 후각, 촉각 등 오감이 복합적으로 작동하여 '지각'된다. 특정 음식에 대한 선호는 이 오감의 일치 정도에 달려 있다. 감각의 일치는 특정 음식에 대한 긍정적 느낌(감정)을, 불일치는 부정적 느낌을 만들어낸다. 이 느낌을 평가하는 궁극적 심급은 두뇌에 있다. 그럼에도 불구하고 이 느낌이 감정의 본질을 이룬다는 사실은 부정할 수 없다. 음식에 대한 감정은 특히 더 그렇다. 음식 취향은 개인적·사회적 경험을 통해 변화되기도 한다. 의도치 않게 경험된 음식 감각은 개인의 음식 감정을 변화시켜 선호도를 바꾸며, 이는 때로 맛의 경험과 상관없이 사회문화적으로 형성되기도 한다. 대표적인 것이 음식 금기이다. 이는 음식 취향이 사회문화적 압력 속에서 변화될 수 있다는 의미다.

여기서 우리는 이 압력이 남성의 지배적 상징폭력과 관련되어 있음을 인식할 필요가 있다. 상징폭력은 지배와 착취라는 사회적 불평등의 이중적 문제의식을 담고 있는 개념이다. 부르디외는 이 상징폭력이 학교, 국가의 율법, 제도 등에서 광범하게 작용한다고 보고, 자본주의 사회 밑바탕에 깔린 남성의 이원론적 사유, 즉 나와 너 사이를 구별 짓고 그 사이에 분할선을 그음으로써 자신과 다른 것들을 그 내부로 포획하는 동일성의 사유에서 벗어나야 한다고 강조한다.

이 동일화 논리는 한 사회집단뿐 아니라 국가 간 경제–경쟁 시장에서 약소국, 약자를 더 억압하는 힘으로 작용하고 있다. 1990년대 이후 재편된 후기자본주의는 포스트모던이라는 근사한 이름으로 포장되어 강대국이 약소국을 집어삼키는 폭력적 힘을 발휘하고 있다. 지구촌, 세계화라는 이름은 사실 서구화의 다른 이름이라고 해도 과언이 아니다. 스타벅스, 맥도날드, 피자헛과 같은 서양의 다국적 기업들은 무기가 아니라 자본의 힘으로 전 세계를 흡수, 통합해가고 있다. 이제 우리는 세계 어디서나 접할 수 있는 음식들을 그들과 똑같이 먹고 마시며, 그들이 정해놓은 매뉴얼대로 웃고 떠든다. 이때 음식은 그 자체로 하나의 권력이 되어 우리의 삶과 정신을 봉합하고 억압하는 기제가 된다.

식민화된 신체에 대한 윤리적 저항

일부 여성시에서 음식은 권력적 자본–주체의 먹기에 대항하는 동시에 긍정의 윤리를 실현하기 위한 방법으로 채택되고 있다. 들뢰즈에 의하면, 긍정의 윤리는 집단체제에 의해 만들어진 금기의 명령을 따를 때 발현되지 않는다. 인간의 몸을 정신(또는 이념)에 복속시키는 집단 체제의 금지나 명령은 부정의 윤리학에 다름 아니다. 여기에 대항하려면 근대 인간(Man)중심주의를 비판하는 동시에, 신체 역량을 증가시킴으로써 타자성을 복원해야 한다. 그것은 한 신체가 다른 신체를 유리하게 착취하는 방식이 아니라, 서로의 신체 역량이 증대될 수 있을 때 가능해진다. 여성시에서 그것은 음식 먹기에 실패하거나 음식을 흘림으로써 실현된다. 그러나 구체적인 실현 방식은 조금씩 다르다.

> 우리 식 쌔쌔 오렌지 주스를 중국 사람들은 粒粒橙이라고 쓴다네/ 나는 그걸 멋대로 粒粒燈이라 읽어보네// 입안에서 작은 등불이 켜지네/ 알알이 켜지는 환한 그것들이 내 몸을 밝히네// 작은 불을 머금고 그 거리를 내다보네// 솜옷을 껴입은 한 부인이 뒤뚱뒤뚱 걸어가네/ 자전거포를 거쳐 우동집을 지나 캄캄한 골목으로 들어서네/ 만두가 익어가네 무럭무럭 하얀 김이 내 어린 골목에 불을 켜네 니 하오 마? 니 하오 마// 아이가 처음으로 써 본 글자는 짜장면 짬뽕 우동이었네 가난이 힘인 줄 몰랐던 때 형제들과 짜장면 한 접시에 금 그어놓고 핥아먹다 싸우던 저녁 그때 우리들 머리통도 멀리서 보면 불빛이었을까?// 粒粒橙을 粒粒燈으로 읽고 싶은 지금/ 쓴 입에 담아보네/ 불 꺼진 짜장면 짬뽕 우동
> ─최정례, 「짜장면 짬뽕 우동」(≪시안≫7호) 일부

최정례의 이 시에 등장하는 "쌔쌔 오렌지 주스"는 서양에서 만들어져 상품화된 대표적인 음료이다. "중국 사람들은 粒粒橙이라고 쓴다네"에서 보듯, 이 음료는 자본의 논리에 의해 전 세계인들이 보편적으로 소비하는 상품이다. 여기에는 개별 세계를 전체 하나로 흡수 통합하려는 서양의 자본주의 논리에 대한 비판의식이 함의돼 있다. 이 음료를

전 세계인들이 먹고 마실 때, 세계인들은 서양인들의 입맛과 의식을 자기화하는 과정으로 이어지며, 이때 동양인을 포함한 전 세계인들의 입맛과 의식은 서구화된다. 이 동일화 안에서 개별자 또는 개별 지역의 고유한 특성은 사라지고 만다. 시인은 여기에 대응하여 오렌지 주스의 중국식 표기, 粒粒橙을 粒粒燈으로 재배치한다. 이는 의미의 유통체계를 교란하기 위한 일종의 시적 장치로 보인다. 橙(걸터앉다)의 燈(밝게 불을 밝히다)으로 재배함으로써 현재의 지배 상태로부터 벗어날 길을 모색하고 있는 것이다. 시인은 그 길을 과거에서 찾는다. 粒粒燈이란 단어를 "입"으로 발음할 때, 입 속에 켜진 등불은 세계화의 물결 속에서 사라진 과거를 불러올리는 기능을 한다. 과거의 기억이 현재 안으로 도래할 때, 일상적 시간은 균열을 일으키며 먼 과거와 현재가 몸을 섞고 과거는 새로운 시간의 출현을 위한 카오스적 시간으로 바뀌게 된다. 과거라는 타자가 서서히 나의 현재 안으로 스며들어 마침내 현재의 삶을 붕괴시키는 것이다.

여기서 시인이 불러낸 과거는 솜옷을 껴입은 부인, 자전거포, 우동집이 있는 골목과 같이 잃어버린 노스탤지어를 대신하는 실물성의 이미지로 표출된다. 흥미로운 것은 이 기호들이 짜장면 짬뽕과 같은 중국식 음식물로 환기된다는 점이다. 자장면(炸醬麵)은 한국에서 개발된 중국 음식 가운데 대표적인 음식이다. 1970년대 이후 대중화되기 시작한 자장면은 최근 패스트푸드 시장에서 짬뽕, 짜짜로니, 짜장박사 등으로 포장되어 소비되고 있다. 이 점을 감안할 때 시인이 불러낸 고향의 이미지는 1970년대를 전후한 우리 사회의 한 단면으로 추정된다. 이는 다른 시각으로 보면, 1970년대 전후의 우리 사회가 중국이라는 강대국의 의식적 지배에서 자유롭지 못했음을 의미한다. 시에서 "가난"은 이러한 사회적 조건과 무관하지 않다. 그런데 시인은 가난을 부정하지 않는다.

물질적 풍요 속에서 정신적 허기를 경험하는 현대적 삶에서 가난이 오히려 가족 간의 연대와 소통을 가능하게 하는 힘이라 믿기 때문일 것이다. 그러나 이 과거의 현재형은 새로운 미래를 만들어가는 잠재성으로 기능할 수 없다. 1970년대의 강대국 지배는 지금 현재에도 이어지고 있으며, 여기서 어떤 새로움을 경험하기란 어려운 까닭이다. 그래서인지 시인이 불러낸 음식물의 기호들은 그 생생한 질감과 미감에도 불구하고 쓴 맛으로 환기된다. 근대화 과정을 거쳐 전 지구로 물결쳐가는 자본주의 시대에 고향이란 부재하는 기원을 은폐하는 허구적 상상물이며, 음식물의 이미지 역시 텅 빈 고향을 대신하는 씁쓸한 맛으로 감각하게 되는 것이다.

한편 오래 전부터 여성적 존재의 의미를 지속적으로 탐구해온 허수경의 시에서 면은 동일화의 억압에 의한 계급, 성, 인종 차별과 맞물려 떠오른다.

고향에서 강제로 이주된 늙은 신들은 지상 전시실에서 눈동자 없는 눈으로 흉곽을 들여다보고 있다 세계는 아직 점자가 안고 눈동자 없는 눈으로 살펴야 할 세계는 아직 태어나지 않았다 가자, 가자, 늙은 신들은 발목 없는 말을 재촉한다 지상전시실 입장료는 4마르크이다// 2. 러시아에서 온 아낙들이 박물관 앞에서 붉은 별이 선명한 군용모자를 판다 그리스정교의 성모가 작은 조갑지 같은 박분통 안에 들어 있다 그들의 사제 중 하나가 성보를 위해 착한 시간을 바쳤다 5마르크에 그 시간을 살 수 있다// 3 덜커덩, 전차가 지나간다/ 후루룩 국수를 먹는다/ 월남에서 온 키 작은 남자가 노랗게 볶은 국수를 판다 고기를 넣으면 4마르크, 고기를 넣지 않으면 3마르크이다.
　　　　　　　　　　　　　　—허수경, 「베를린에서 전태일을 보았다」
　　　　　　　　　　　　　　　　（『내 영혼은 오래되었으나』) 일부

이 시에서 화자는 "베를린"이라는 지역에 있다. 여기서 화자가 발견한 "늙은 신들은"서양인의 기원이자 절대불변의 (정)신성을 상징하는 유일신과는 관련이 없다. 불변의 정신으로서의 절대자적 신은 기독교적 신과 관련되며, 그것은 내적 동일화 과정을 통해 서양의 보편정신을 형성하는 남성−이성−문명(자본)과 연결된다. 그러나 이 시에서 시인이 대면하는 신은 절대자로서의 유일신이 아니다. "눈동자 없는 눈"을 가진 신은 유일신이 생겨나기 이전의, 고대 그리스 신들을 표상한다. 이 신들의 세계는 "눈으로 살펴야할 세계는 아직 태어나지 않은"세계이자, 개별자의 고유성이 인정되는 원초적 시원의 세계를 표상한다. 시인은 이 고대의 신들을 현재의 시간 안으로 끌어들임으로써 절대자로서의 신성의 의미를 붕괴시킨다. 그리고 늙은 신들의 자리에 자아의 내면을 겹쳐 놓음으로써 자신을 세속과 신화의 경계에 올려놓는다. 이 순간, 먼 과거와 현재가 몸을 섞고, 삶과 죽음이 하나를 이루며, 망각된 시간은 새로운 시간의 출현을 위한 어둠으로 바뀌게 된다. 나의 현재 안으로 도래한 늙은 신들은 나와 한 짝을 이루며 "발목 없는 말을 재촉한다". 이때 말(馬/言)은 대상을 규정하고 고정시키는 상징적 언어(문자)가 아니라, 그 언어의 억압성 너머에 놓인 근원적 언어를 의미하며, 이 점에서 "눈동자 없는 눈"의 신들이 재촉하는 말은 시각 또는 자본 중심의 세속에서 벗어나 근원 세계로 되돌아가려는 시인의 열망을 반영한다고 할 수 있다. 그러나 그 세계로 되돌아가는 순간 자아는 죽음이 뿜어내는 힘에 이끌려 다시는 현실로 돌아올 수 없게 된다.

그럼에도 불구하고 시인은 그 길을 쉽게 포기하지 않는다. 시인은 신과 함께 나아가는 길에서 군용모자를 파는 아낙과 노랗게 볶은 국수를 파는 키 작은 월남 남자를 발견한다. 이들은 위계서열화된 세계의 중심에서 성적으로 계급적으로, 또 인종적으로 주변부에 위치지어진 타자를 표상한다. 주목되는 것은 이들이 시의 제목 "전태일"과 겹친다는 점이다. 키 작은 남자와 아낙, 그리고 전태일에게서 떠올릴 수 있는 공통점은 가난이라는 표상이다. 부르디외에 따르면 가난은 빈곤의 곤경을 물질적으로 드러내는 표시이자, 계급으로 구별 짓는 세계에서 이탈된 자들의 표상이다. 시인은 이 존재들을 발견함으로써 가던 길을 멈춘다. 그렇다고 시인이 문명의 흐름에 자신을 내맡긴다는 뜻은 아니다. 시인은 전차가 지나가는 길에서 남자가 파는 국수를 먹는다. 이때 국수 먹기는 단순히 허기를 채우기 위한 행위가 아니다. 전차가 지나는 길에서 국수를 먹는다는 것은 전차를 타지 않는다는 것을 전제하며, 이는 전차로 표상되는 문명(자본)의 대열에 합류하지 않는다는 것을 의미한다. 시인이 국수를 먹는 행위는 스스로를 이주자─난민의 자리에 위치시키는 행위와 같다. 스스로 난민, 즉 이방인의 자리에 놓임으로써, 시인은 타자의 고통을 실감하는 견자가 되려 한다. 대상을 응시하는 본래의 감각기관이 사라진, 즉 권력적 시각을 뺀 눈으로, 타자의 고통을 체감하고, 그 고통의 첨점으로 타자를 향해 자신의 내면과 육신을 온전히 내어주려고 하는 것이다.

　허수경의 시가 노스탤지어적 상상력을 드러내 보인다면, 정끝별은 현재의 자아를 지배하는 고통의 문제에 집중하고 있다.

　　십년 내내 암 병동에 사육되는 몰모트였다/ 좀말벌의 오래된 집을 보았다/ 모든 치료를 중단하자 위에 새살이 돋기 시작했다//
　　[…]// 식도와 창자가 막 바로 연결된 잇몸뿐인 입 안에/ 좀사마귀 알주머니를 보았다/ 서툰 숟가락질로 묽은 칼국수 국물을 떠 넣으며 멧새를 보았다/ 용서할 수만 있다면, 다시 날아볼 거야
　　　　　　　　　　─정끝별, 「흑백알락나비」(『흰 책』) 일부

이 시에서 자아는 암 병동에서 사육되는 몰모트로 환치되어 있다. 이때 "암"이나 "병동"은 질병 자체를 말하는 것이 아니라, 질병에 덧씌워진 근대 위생담론과 관련된다. 주지하듯, 이성으로 무장한 남성주체들은 근대화를 추진하는 과정에서 이상적 징후로서의 병을 병동과 같은 언어적 관리체계 안으로 포획하고 이를 통해 개별 주체를 규율하는 억압체계를 가동시켜 왔다. "암 병동에 사육되는 몰모트"는 근대적 병리학의 체계에 포획된 자아의 다른 모습이다. 시인은 이 안에 서 병든 자아의 위기의식을 "입안에" 슬어 있는 "좀사마귀 알주머니"라는 신체적 이미지를 통해 드러낸다. 여기서 이 신체는 유기체라 불리는 몸의 본래적 형상을 벗어나, 기괴하게 일그러진 괴물의 형상으로 환기된다. "식도와 창자", 그리고 "막 바로 연결된 잇몸뿐인 입"으로 해체된 육체는 신체의 유기적 구성에 반대하는 들뢰즈의 기관 없는 신체를 떠올리게 한다. 신체의 기관이 뭉그러지고 해체된 몸은 구체적 사물로서의 여성성이나 남성성마저도 무의미하게 인식하는 상태에 도달하게 된다. 이렇게 지각 불가능한 상태에서 열린 "입"은 육체적 삶을 넘어선, 죽음의 검은 구멍이다. 이때 자아의 의식은 백지상태가 되며, 이 백지―몸은 죽음의 검은 구멍과 마주선다. 이 순간 자아는 죽음의 기운에 지배받게 된다. 시인은 이 상태에서 "서툰 숟가락질로 묽은 칼국수 국물을 떠 넣"는다.

이때 '먹기'는 타자(외부)를 적극적으로 자기화하려는 욕망의 발현이지만, 시에서 이 욕망은 쉽게 실현될 수 없다. 식도와 창자가 막 바로 연결된 입은 먹음(입)과 배설(항문)이 공존하는 입구 / 출구이며, 이때 타자를 자기화하는 먹기는 실패로 귀결된다. 시의 주체는 타자(국물)을 삼킴으로써 역설적으로 타자(국물)가 되는 모호함 속에 놓이게 된다. 이 상태를 들뢰즈 식으로 말하면, 질료화―되기라고 할 수 있다. 시의 육체는 하나의 물질로 환원됨으로써 바깥으로의 이행(생성)이 가능해진다. 그런데 시인은 이 열망을 "용서할 수만 있다면"이라는 가정형의 술어로만 발화하고 있다. 이 가정법의 발화는 '새처럼 날아볼 것이다'라는 진술의 명확성을 뒤집으면서, 발화자의 욕망에 내장된 불가능성을 노출한다. 시인은 쉽게 용서할 수 없는, 또는 병동을 벗어날 수 없는 이 불가능성을 가정법의 시제 속에서 지워버리고자 한다. 이러한 강렬한 열망 속에서 존재의 변용, 즉 질료화 되기가 가능해진다. 칼국수 국물을 떠 넣음으로서 오히려 국물이 되는, 질료적 상태로 환원됨으로써 시인은 병동이라는 이 폐쇄된 영토를 넘어설 것을 암시한다. 이때 칼국수 국물은 생의 궤도를 새롭게 돌게 하는 동력이 된다. 시인은 이렇게 (국)물이 됨으로써 근대적 억압의 폐쇄성을 넘어서고자 한다.

정끝별이 음식을 먹음으로써 스스로를 질료화시키는 동시에 폐쇄된 영토에서 벗어날 방식을 모색하고 있다면, 이근화의 시에서 음식은 흘림으로써 타자들이 나누어 먹는 새로운 길을 제시하고 있다.

> 마지막 식사로는 국수가 좋다/ 영혼이라는 말을 반찬 삼을 수 있어 좋다// 퉁퉁 부은 눈두덩 부르튼 입술/ 마른 손바닥으로 훔치며/ 젓가락을 고쳐 잡으며/ 국수가락을 건져 올린다// 국수는 뜨겁고 시원하다/ 바닥에 조금 흘리면/ 지나가던 개가 먹고/ 말 없는 비둘기가 먹고// 국수가 좋다/ 빙빙 돌려가며 먹는다/ 마른 길, 축축한 길 부드러운 길/ 국수를 고백한다// 길 위에 자동차 꿈쩍도 하지 않고/ 길 위에 몇몇이 서로의 멱살을 잡고// 오렌지색 휘장이 커튼처럼 출렁인다/ 빗물을 튕기며 논다/ 알 수 없는 때 소나기// 풀기 어려운 문제를 만났을 때/ 소주를 곁들일까/ 뜨거운 것을 뜨거운 대로/ 찬 것을 찬 대로
> —이근화, 「국수」(『차가운 잠』) 일부

이 시에 등장하는 국수는 우리의 전통적 음식이다. 전통사회에서 국

수는 잔치와 같은 의례에 빠지지 않는 필수 음식이었다. 마을 사람들이 한 자리에 모여 나누어 먹는 국수는 가족 또는 사회적 연대와 정체성의 동질성을 확인하는 매개체로 작용했다. 이러한 작용으로서의 국수 먹기는 우리 시에서 음식의 미감(味感)을 탁월하게 살려낸 백석 시[1]에서도 확인할 수 있다. 백석의 시에서 국수는 상실된 고향과 공동체의식을 상기하게 하는 매개로 작용한다. 이를테면, "나는 낡은 국수분틀과 그즈른히 나가누어서/ 구석에 데굴데굴하는 목침들을 베여보며/ […]/ 그 사람들의 얼골과 생업과 마음들을 생각해본다"와 같이, 기억 속의 음식과 풍속을 환기하는 데에는 일제에 빼앗긴 고향과 상실된 공동체 의식의 회복을 지향하는 시인의 시 정신이 놓여 있다. 문제는 이 공동체적 가치 지향이 개체를 전체 하나로 묶는 초월적 가치로서의 (민족) 정신성과 맞물려 있고, 그 기원이 남성중심의 동일성을 기원으로 구축된 서양의 근대정신과도 닿아 있다는 점이다.

그러나 이근화의 이 시에서 국수는 그러한 공동체 의식 회복과는 무관하다. 시인이 "마지막 식사로는 국수가 좋다/ 영혼이라는 말을 반찬 삼을 수 있어 좋다"라고 말할 때, '영혼'은 근대의 코기토(Cogito, ergo sum)적 이성이 아니라, 그 명료한 정신의 풀림, 즉 이완된 의식과 관련된다. 그것은 자연의 순환원리에 토대한 동양의 노장사상이나 들뢰즈의 비(非)인칭으로서의 −되기의 사유에 더 가깝다. 들뢰즈의 −되기의 몸체는 몸 자체가 아니라, 지배 주체로서의 인간의 관(觀)이 빠진, 비이성적 존재이자 의미를 구성하는 단일화 구조에 저항하는 주체로서, 노

---

1) "旅人宿이라도 국수집이다/ 메밀가루포대가 그득하니 쌓인 웃간은 들믄들믄 더웁기도 하다. 나는 국수분틀과 그즈른히 나가누어서 구석에 데굴데굴하는 木枕들을 베여보며/ 이 산골에 들어와서 이 木枕들에 새깜아니때를 올리고 간 사람들을 생각한다. 그 사람들의 얼골과 生業과 마음들을 생각해본다."(「山宿─山中吟」, 『조광』 4권 3호, 1938, 3.)

장적 삶의 양식으로서 도(道)와도 연결된다.

노장사상에서 도는 곧 삶의 길이며, 시에서 이 사유는 국수와 길이라는 이질적 계열의 언어가 뒤섞여 제시된다. 국수가 길이 되고, 길이 국수로 환치될 때, 이 둘은 만들어질 당시의 용도라는 자본주의적 가치를 넘어서는 탈코드화된 사건으로 점화된다. 이때 국수—길은 동일성으로 귀환하는 남성적 주체의 길이 아니라, 개와 비둘기와 같은 타자들이 함께 하는 길이며, 여기서 나와 너의 구별은 사라진다. 이 지대를 타자와의 감응 속에서 새롭게 되기가 가능한 지대라고 할 수 있다. 유와 무가 새끼줄처럼 꼬여서 끊임없이 이어지는 것처럼, 국수—길은 서로 다른 것들이 교차하며 끊임없이 이어진다. 내가 건져 올린 국수 가락을 조금 흘리면 "지나가던 개가 먹고/ 말 없는 비둘기가 먹는다". 이렇게 "빙빙 돌려가며 먹"는 국수는 하나의 목적지를 향해 직선적으로 뻗어가는 근대적 정신(이성)에 대한 저항과 동시에 복수적 주체로 증식하는 새로운 길을 열어 보인다.

"뜨거운 것을 뜨거운 대로/ 찬 것을 찬 대로"라는 진술은 구분과 분리가 아니라, 서로 다른 차이를 보존하는 방식이다. 국수—길은 결코 합일의 궤도를 말하지 않는다. 합일은 어느 한쪽이 다른 한쪽을 흡수 통합함으로써 이루어지지만, 국수—길은 무수한 생명들이 교차하는 길이다. 이 무수한 생명들이 음식을 돌려가며 먹는 행위는 인간—이성애를 관통하는 직선적 자본의 회로를 거부하는 사랑의 방식이며, 타자의 윤리를 실천하는 행위라 할 수 있다. 시인은 이렇게 국수—길에서 오이디푸스의 억압 구조를 넘어설 방법을 발견하고 모든 생명들이 나눔을 실현하는 새로운 길을 제시하고 있다.

물론 먹기의 과정에서 변용되는 감각, 신체의 이미지는 거대 자본의 지배적 흐름에 삼켜지거나(최정례), 신화적 여(모)성성을 환기함으로써

(허수경), 자칫 자본 · 남성의 식민화에 재포획될 결과로 이어질 우려가 있다. 질병의 상상에서 보이는 질료화된 신체(정끝별) 역시 여성의 욕망을 긍정적으로 살려낸다고는 보기 어렵고, 음식을 흘림으로써 나눔을 실현하는 자아(이근화)는 여성을 대상화, 상품화, 물신화하는 자본, 남성 지배의 억압 구조를 이해하기에는 부족하다는 지적이 있을 수 있다.

그렇다하더라도 시의 주체들의 먹기 행위는 타자를 먹음으로써 타자를 자기화하려는 남성적 먹기가 아니라, 먹음으로써 남성의 지배로부터 벗어나 대상과 교감의 상태에 이르고자 하는 먹기를 보여주고 있다는 점에서 의미 있다. 시의 먹기 주체들은 자아와 타자의 경계선에서 의식의 붕괴를 경험하며 타자와 교감 속에 머무르고자 한다. 그 언어는 남성, 자본의 식민화 지배논리에서 벗어나 타자와 교통하려는 소망의 발화이며, 나눔의 윤리를 실천하기 위한 행위와 맞물려 있다는 점에서 시사하는 바가 크다.

먹기 – 먹힘의 정치성과 새로운 시간

한편 여성시에서 먹기 / 먹힘의 관계는 팽팽한 긴장과 파괴적 충돌의 검은 에너지로 발산되기도 한다. 이 에너지는 대상을 먹음으로써 타자를 자기화하려는 남성 주체의 에너지(권력)가 아니라, 자아와 타자 사이의 간극에 머무름으로써 그 주체화에 저항하려는 투쟁의 에너지이다. 그것은 개체의 삶을 고정된 회로 속으로 포획하는 동일자적 권력 지배를 내파시키고, 관습적으로 통용되는 감응 방식을 무(無)로 되돌려 놓는다. 이 여백의 틈새에서 이항적 젠더 정체성으로 수렴되지 않는 낯설고 모호한 존재들이 출현한다. 산 자도 아니고 죽은 자도 아닌, 이 이질적 존재들은 가부장적 지배에 의해 식민화된 신체를 넘어, 세계를 파괴하려는 검은 에너지를 발산한다. 이는 자본, 국가, 이성, 합리성의 기율로 구축된 현실의 관습적 관계 배치, 코드화된 감각을 벗어나려는 또 하나의 방식으로서, 동일성의 영토와 의미화의 자장을 넘어선 낯선 시공간을 열어 보인다. 이때 이 공간은 죽음의 공간인 동시에 생성의 공간으로 출현하며, 그것은 시의 정치성이라는 새로운 미학의 전선을 보여준다.

신혜정의 다음 시는 그것을 라면 먹기를 통해 보여준다.

> 현대는 엑기스의 시대다/ 정보의 집합체에 접근하기/ 혹은 접근 금지의 아고라에 모여들기/ 농축이 아닌 것들은 천대 받는 시대// […] // 팔팔 달아오른 냄비는 뜨거운 욕망을 탄생시키고/ 한 번의 사용을 위해 가지런히 포장된 비닐봉지는/ 원 나잇 스탠딩/ 구깃구깃 쓰레기통에 버려지고/ 부패되지 않은 것들을 양산하는 현대의 문명은/ 한 끼 식사에 30분을 소비하지 않는다// 냄비가 끓었다면/ 이제 곧 먹을 차례// 역사와 문명이 만나는 지점에서/ 그것은/ 활자처럼 찍혀/ 좌우로 팔려나간다
> —신혜정, 「라면의 정치학」(『라면의 정치학』) 일부

라면은 1960년대에 일본에서 개발되어 한국화된 음식이다. 서구 사회의 획일화된 과학적 계량과 조리법에 따라 만들어진 라면은 우리의 국수를 대체해온 대표적인 패스트푸드이다. 라면을 포장한 비닐봉지는 "부패되지 않는 것들을 양산하는"주범이다. 그것은 환경을 오염시킬 뿐 아니라, 음식사슬의 순환 고리를 따라 우리의 몸을 병들게 한다. 뿐만 아니라 이 음식이 어디에서 온 것인지 음식 재료의 본질을 잊게 한다. 동식물의 엑기스를 뽑아 혼합하고 가공하여 만든 라면은 음식 재료, 즉 자연의 본질이 드러나지 않는다. 과거의 인간이 자연 속에서 먹

을 수 있는 것과 먹을 수 없는 것을 변별해내었다면, 현대의 인간은 자본 시장에 진열된 먹거리 중에서 어느 것을 선택하느냐 고민한다. 이때 인간은 자연의 본질을 잊게 된다.

이렇게 자본은 우리의 의식과 감각을 길들이면서 음식을 대하는 우리의 사고와 가치관, 생활양식을 바꾸어간다. "한 끼 식사에 30분을 소비하지 않는"에서 보듯, 라면은 가족이나 타인과 함께 먹으면서 정서적 공감이나 연대감을 형성할 수 있는 음식이 아니다. 짧은 시간 안에 후루룩 삼키는 라면 먹기에서 가족, 또는 사회적 단위로서 연대감 및 정체성의 동질성을 획득하기란 불가능하다. 시인은 이 재료의 분말 스프를 "엄청난 살육의 엑기스"로 표현한다. 그리고 이 살육의 출발점을 "역사와 문명이/ 만나는 지점"에서 찾는다. 역사는 국가의 탄생과 맞물려 있으며, 활자는 기계 문명을 표상한다. 시인이 바로 이 지점에서 "그것은/ 활자처럼 찍혀/ 좌우로 팔려나간다"고 할 때, 이 안에는 국가 권력장에 대항하는 불온한 정신이 내장돼 있다.

부르디외에 따르면, 국가의 제도는 행정장, 공공기관장, 또는 관료장으로 구축된다. 각 장들은 인정된 권력을 쟁취하기 위해 경쟁하며, 그 경쟁의 공간, 즉 권력장에서 메타장으로서의 국가가 발명된다. 메타권력으로서 국가 권력은 각 장에 자원을 배분하는 역할을 수행함으로써 권력을 행사한다.(채오병, 「부르디외의 국가 : 상징권력과 주체」, 『문학과 사회』26) 자본과 연루된 국가기관은 농축이 아닌 것들, 아고라와 같은 주변부에 위치지어진 소수자—타자들에게 우호적이지 않다. 인간의 윤리는 먹거리의 나눔을 통해 실현되지만, 자본은 나눔을 모른다. 모든 것을 상품화하는 자본은 상품가치가 없는 자들에게 먹을 기회를 주지 않으며, 국가는 율법의 이름을 동원하여 이 존재로부터 먹을 권리를 박탈한다. 그러나 이 "정치적 이슈는 스프 속에 감춰진 비밀"이다.

시인은 이 먹힘의 비밀을 먹기의 능동성으로 되받아침으로써 폭로하고자 한다. "이제 곧 먹을 차례"를 기다리는 주체는 타자(라면)를 적극적으로 자기화하려는 주체인 동시에, 살육의 가루에 먹힐 타자가 된다. 살육의 가루를 삼킴으로써 오히려 죽음에 이르게 되는 것이다. 시인은 이 간극, 즉 삶과 죽음, 먹기와 먹힘의 간극 속에 머무름으로써 집단적 체제의 농축이 되기를 거부한다. 먹기/먹힘의 난간에서 먹기를 통해 죽음 속으로 들어가려는 이 정념은 자본, 국가의 논리에 대한 강력한 저항이 된다. 그것은 자본의 질서를 따르라는 국가의 명령을 거부하고 섬뜩한 살육의 배후를 밝히려는 안티고네적 정념의 세계와 짝을 이룬다.

이렇게 신혜정이 검은 세계 속으로 들어감으로써 국가 권력장의 비밀을 누설하려 한다면, 90년대 말부터 여성적 의미의 생산성을 모색해 온 김선우는 그 어둠을 통과하여 빠져나오려는 모습을 보인다.

> 하나의 커다란 덩어리 반죽이던 것이/ 메리고 치대고 어르고 빗장걸며/ 치열하게 엉겨 붙던 것들이/ 자물통을 열고 흘러나오기 시작한다/ 제곱승으로 길을 내며 기다란 면발들이/ 자기 알을 파먹으며 실을 뽑는 거미처럼/ 유연하게 손가락 사이로 빠져나온다// 저런 곳에 문이 있다니!/ 허공에서 날렵하게 열렸다 닫히곤 하는/ 문 앞으로 걸어간다 가볍게 집어 올려져/ 덩어리 반죽 속으로 들어간다/ 컴컴하고 물렁거리는 알, 속에서/ 메기고 치대로 어르고 빗장걸며/ 기다린다/ 저 손이 나를 다 파먹을 때까지/ 손가락 끝에 매달린 자물통을 노려보면서
>
> — 김선우, 「수타(手打)」(『도화 아래 잠들다』)

「수타(手打)」는 음식을 만들어내는 여성과 관련된다. 손은 이성(정신)과 상반되는 몸의 일부로서, 이 시에서는 면발이 만들어지는 과정을

보여준다. 이때 "손"은 음식을 만드는 여성의 노동과도 관련이 되지만, 이 시에서 손은 음식 만들기의 노동의 과정과는 크게 관계없다. 시인이 끌어들인 덩어리 반죽, 자물통, 면발은 새로운 자아 형성과 더 관련이 깊다. 여기서 금속의 자물통은 근대적 기계문명이나 이성을 상징하며, "덩어리 반죽"은 그 이성이 자신의 동일성을 보증하기 위해 신체로부터 배제하고 거부했던 비천한 물질로서의 여성성과 관련된다. 시인은 이 물질을 시 속에 소환함으로써 주체와 타자, 안과 밖의 분할적 경계를 해체하고, 자신의 타자성을 새롭게 재구성하려 한다.

시에서 그것은 면발이 만들어지는 과정과 스스로 반죽이 됨으로써 면발이 되는 과정을 통해 드러난다. 자물통을 열고 흘러나오는 덩어리 반죽은 허공의 문을 통과함으로써 "컴컴하고 물렁거리는 알로 변화된다. 자물통의 틈새는 "허공에서 날렵하게 열렸다 닫히곤 하는/문"이라는 이질적 계열과 뒤섞인다. 이때 허공의 문은 자기 안에 타자를 받아들이고 내보내는 자연—여성의 몸(자궁) 이미지를 연상시킨다. 하나의 덩어리가 무수한 면발로 빠져나올 때, 허공의 문은 (우주적)어머니의 몸이 자식을 낳는 모습과도 닮아 있다. 그러나 시인이 전통적 여성의 모성성을 강조하기 위해 덩어리 반죽을 끌어들인 것 같지는 않다. 모성을 강조할 경우 여성은 남성이 예찬하는 신화적 모성으로 재포획될 가능성을 안게 된다. 부르디외의 지적처럼 남성의 상징지배에 힘을 실어주는 역할을 하게 되는 것이다.

덩어리 반죽 속으로 들어가는 자아는 스스로 자기 출생을 만들어내는 자이며, 자신의 기원을 생산하는 원인이다. 반죽 속으로 들어갈 때 나의 몸은 물렁물렁 흐릿흐릿해지며, 이때 고유한 일인칭 자아의 자리는 사라진다. 그것은 사물과 대상을 묶어 놓는 남성적 시선의 완고한 지배에서 벗어나 스스로 물질성으로 변모되는 과정이다. 이 순간 자아는 자기 존재성이 사라지는 죽음을 경험하게 된다. 그러나 그것은 한편으로 동일자적 지배논리에서 벗어나는 탈주의 길이기도 하다. 덩어리 반죽이 되어 물렁해진 나는 그 무엇과도 섞일 수 있고, 무엇이든 될 수 있는 '알(몸)'의 새로운 시간성으로 옮겨진다. 이때 덩어리의 이미지와 겹쳐진 알은 들뢰즈의 기관 없는 몸체의 의미와도 통한다.

기관 없는 몸체는 이질적 요소들의 공존과 결합을 통한 창조적 가능성을 암시하는 개념이다. 유기체적 신체를 탈기관화함으로써, 기관으로 할당된 고정성을 벗어나 알(台=胚)로, 질료적 흐름으로 되돌아가 다른 종류의 기관이나 형상으로 변형될 가능성을 탐색하는 들뢰즈의 알은 이 시의 알과도 겹쳐진다. 이 이질적인 알―덩어리가 환기하는 것은 동일자적 집합으로서의 알(아이)―덩어리가 아니라, 서로 이질적인 것이 뒤섞인 반죽이다. 이러한 알―덩어리 반죽이 컴컴한 어둠을 통과하여 무수한 면발로 뽑아져 나올 때, 면발은 나―너, 남성―여성을 가로지르는 성적 정체성을 횡단하여 우리들(=면발들)이라는 복수적 주체로 탄생하게 된다. 저 "컴컴하고 물렁거리는 알, 속에서/ 메기고 치대고 어르고 빗장걸며/ 기다리는" 주체는 새로 태어남을 암시하는 과정 중의 주체로서, 코드화된 성적 좌표에 고착된 주체를 넘어서 무한 증식하는 낯선 존재의 출현을 암시하고 있다.

김선우의 알(몸)이 카오스적 세계의 캄캄한 에너지를 긍정적으로 뿜어내고 있다면, 김혜순에서 알은 모래알로 변용되어 먹기의 주체들이 난장을 벌이는 부정의 에너지로 뿜어져 나온다.

이 밤, 붉은 국수가닥 같은 자동차길/ 누군가 그 길을 포크에 감아
먹고 있나봐/ 길이 자꾸만 어디론가 끌려들고 있잖아// 아아 이렇게
길이 엉켜들고 있을 땐/ 천천히 혼자 스파게티를 먹는 거야/ 높은 창

문 아래 프라이데이 식탁에 앉아/ 수많은 세기를 기다려/ 바람이 등
성이를 깎아먹듯/ 모래가 바다를 마셔버리고 드디어/ 붉은 소스가
칠해진 모래 접시만 남듯/ 그렇게 용암처럼 붉은 소스를 끼얹어 꿀
꺽 삼키는 거야/ 먼 그를 그녀가 먹듯 그렇게
　　－김혜순, 「길을 주제로 한 식사·1」(『불쌍한 사랑기계』) 일부

　이 시에서 먹힘/ 먹기의 대립은 남성에 의한 억압 또는 여성 신체에
가해지는 폭력의 의미를 넘어서, 남성의 오이디푸스 지배를 근본적으
로 해체하는 전략으로 실현된다. 시인이 스파게티를 시 속에 끌어들인
것은 자신의 음식 취향을 드러내기 위한 것이 아니다. 스파게티는 서구
에서 개발되어 한국에 들어온 음식이다. 이는 최근 피자 등과 함께 어
린이와 신세대들에게 친숙한 음식으로 정착되고 있다. 어린이와 신세
대는 음식의 국적이 어디인지에 대해서는 그리 관심을 두지 않는다. 어
른들이 한국식 밥상을 권장한다면, 아이들이나 신세대들은 외래 음식
을 더 선호한다. 이렇게 음식의 국적이 허물어지는 현상은 우리 전통의
서열적 식음법도 와해시키고 있다는 점에서 음식 먹기의 민주적 이행
으로 볼 수도 있다.
　그러나 그것이 곧 전 지구적 자본주의와 연루되어 있음을 상기할 때,
이 현상은 음식의 서구화뿐 아니라, 서구 자본주의의 식민화를 의미한
다는 점에서 더 심각한 문제다. 상품화된 음식은 그것을 둘러싼 먹거리
의 관행뿐 아니라 우리의 사고와 행동을 만들어간다. 그것은 특히 미래
세대의 삶에 영향을 미친다. 이 시의 화자가 스파게티를 먹는 행위는
이러한 자본화의 길을 먹는 행위와 동일한 위상을 갖는다. 붉은 국수가
닥 같은 자동차 길은 속도감으로 환기되는 자본주의적 욕망을 상징한
다. 질주와 성장이라는 하나의 흐름으로 코드화된 욕망의 세계가 그것

이다. 화자는 질주하는 욕망의 공간을 먹음으로써 세계를 폐허로 만들어버린다. 그것은 모든 빛이 어둠 속으로 사라지는 거대한 재앙이다. 그러나 한편으로 그것은 자본의 맹목적 질주를 무화시킴으로써 유일한 자본의 회로에서 벗어나는 길이기도 하다.

'감아먹다─깎아먹다─마셔버리다─꿀꺽 삼키다'라는 술어들은 거대 자본의 공간으로부터 벗어날 수 있는 행위와 동일한 의미를 갖는다. 붉은 국수가닥 같은 자동차 길을 삼키는 폭력적인 입은 불빛으로 환한 자본의 세계를 삼키는 검은 구멍이자, 블랙홀이다. 이 검은 입─블랙홀은 모든 개체를 하나의 회로 속으로 끌어들이는 자본의 힘을 무(無)로 되돌리는 탈영토화의 입구가 된다. 먹기 행위 속에서 "먼 그와 그녀"라는 구분적 인칭과 선형적 시간은 사라지고 이성의 비이성적 지대가 열린다. 이 지대에서 모든 것을 삼켜버리는 기형적 입은 자본뿐 아니라 이성에 의한 모든 규칙과 관습을 삼키는 식인의 징표이다. 그러나 김혜순의 국수─길이 보여주는 입은 먹어치움으로써 타자를 자기화하려는 식인─주체와 달리, 자아와 타자 사이의 간극에 머무름으로써 주체화에 저항한다. 먹힘/먹기라는 이중적 에너지를 내장한 입은 죽음의 공간인 동시에 생성의 공간이 된다. 이 이중적 장력을 내포한 입은 "모래가 바다를 삼키"는 것과 같이 언어의 재배치하는 언술을 통해 또 다른 흐름과 긴장을 만들어 낸다. 모성의 상징인 바다를 모래알이 삼킬 때, 모성의 바다는 대지(모래)로 환원되고 이 모래알이 뿔뿔이 흩어질 때, 모래알은 무한히 응축되고 무한히 확장되는 복수적 공간의 이미지로 환기된다. 이렇게 분열되는 시의 신체는 그 자체로 탈주하는 텍스트가 된다.

이원의 다음 시에서 라면은 타자의 얼굴이 나의 신체와 뒤섞이면서 만들어 내는 기이한 먹기의 상태를 보여준다.

옆 탁자에서 라면을 먹던 여자가 얼굴을 벗어두고 그냥 가버린다 젓가락에 라면 가락을 돌돌마는 순간 탁자에 올려놓은 내 왼손에 얼굴이 척 달라붙는다 그러고는 내 오른손을 뚫어져라 쳐다본다 낯선 얼굴이 한쪽 눈을 어디에 두고 왔는지 나는 모른다 낯선 얼굴과 나는 서로 없는 눈이 익숙하다 […] 낯선 얼굴을 매달고 라면을 먹는다 낯선 얼굴도 입을 오물거린다 그 입에서도 스프냄새가 난다 햇빛들이 창 속으로 빠르게 들어온다 부딪쳐 멈출 곳이 없는 둥그런 탁자는 쉴 새 없이 시간의 트랙을 돈다 라면은 먹어도 먹어도 줄지 않는다 외눈박이 내 얼굴에도 낯선 그녀의 얼굴에도 땀이 가득 밴다 땀은 같은 시간의 것이어서 생은 함께 출렁이는 것이어서 내가 라면가락을 건져 올리면 낯선 얼굴이 어느새 먹어치운다 시간은 퉁퉁 불어 있다

— 이원, 「얼굴이 달라붙는다」

(『세상에서 가장 가벼운 오토바이』) 일부

이 시에서 라면 먹기는 라면이 표상하는 자본—문명의 동일화 논리에 대응하는 시인의 전복적 사유를 반영한다. 여기서 라면을 먹는 "입"의 이미지는 탁자의 둥근 형상과 겹쳐지며, 쉴 새 없이 도는 "시간의 트랙"으로 전치된다. 이때 트랙은 자본을 등에 업은 현대문명의 공허한 시간성을 표상한다. 주지하듯, 현대문명의 광포한 속도는 미래를 향해 달려가는 시간 원리를 바탕으로 한다. 그러나 무한 변화와 질주의 시간은 끊임없는 반복의 회로에서 빠져나가지 못하는 아이러니를 내포하고 있다. 미래를 향해 질주하는 진보 이념과 그 안에 내장된 텅 빈 현재 사이의 불일치는 주체의 불안과 이탈의 열망을 동시에 불러일으키며, 그것은 이 시에서 먹는 주체의 이질적 형상을 통해 드러난다.

이 시에는 '옆 탁자에서 라면을 먹는 여자'와 그 옆에서 라면을 먹는 '나'가 등장한다. 그런데 라면을 먹던 여자가 "얼굴을 벗어두고" 자리를 떠나면서 모종의 사건이 발생한다. 내가 젓가락에 라면 가락을 돌돌 마

는 순간, 그녀의 벗어둔 얼굴이 내 왼손에 척 달라붙는 것이다. 이 순간, 시 속에는 감각의 형질 변화를 체현하는 낯선 존재가 출현하게 된다. 그녀와 나 사이의 빗금이 사라지면서 생겨난 이 존재는 하나의 정체성으로 규정할 수 없다. 왼손에 낯선 얼굴을 매단 이 모호한 정체성은 이항적 젠더 정체성으로 수렴되지 않고, 이성애 중심의 오이디푸스 영토에 기입될 수도 없다. 이 이질성의 지대를 들뢰즈 식으로 말하면, 인간의 비인간 지대, 또는 문명(―자본)의 시간성을 뚫고 나갈 새로운 출구라고 할 수 있다.

그것은 독특한 시간관으로도 드러난다. 낯선 얼굴을 매달고 라면을 먹는 나의 시간은 죽음과 삶, 과거와 현재, 타자와 내가 함께 하는 시간이며, 이때 현재에서 미래로 흘러가는 선형적 시간은 파괴된다. 이 시간성 속에서 낯선 얼굴을 매달고 라면을 먹는 주체는 라면 맛을 미각으로 지각하지 못한다. 내가 라면을 먹을 때, 낯선 얼굴도 입을 오물거리고 그 입에서도 스프냄새가 나지만, 이때 후각은 이성적 지각 감각으로 환치되지 않는다. "먹어도 줄지 않는" 라면을 끊임없이 먹는 행위는 쉴 새 없이 도는 시간의 트랙 속에서 이 세계의 무의미를 증폭시킨다. 흥미로운 것은 이 행위가 "땀"이라는 새로운 의미를 내포하고 있다는 점이다.

라면을 먹는 행위는 땀을 불러오고, 이때 땀은 견고한 신체의 각질을 뚫고 흘러나오며 "출렁이는 생"을 감각하게 하는 힘으로 작용한다. "통통 불어"있는 시간은 땀을 흘리는 순간과 함께하는 시간으로서 인과적 시간성을 파괴하는 동시에 새로운 시간의 도래를 암시한다. 통통 불어오르는 시간은 질주하는 시간의 흐름을 막는 동시에 땀을 흘리는 시간이며, 이는 자본, 국가, 이성, 합리성에 토대한 (허구적)시간의 흐름을 거부하는 동시에 몸(땀)의 시간을 말하는 이중적 의미를 안고 있는 것이 된다. 이때 땀을 흘리며 라면을 먹는 행위는 통제와 억압의 공동체

질서에 반하는 정치적인 것으로서의 미래를 출현시키는 행위와 연루된다. 이는 시와 정치가 서로를 내파함으로써 도달한 여성시의 새로운 전선이라고 할 수 있을 것이다.

이러한 먹기 전략 역시 자본의 지배에 포획될 위험에서 완전히 자유롭지는 못하다. 엄청난 살육의 음식을 삼키는 신체(신혜정)는 오히려 삼켜질 위험이 있고, 스스로 반죽이 됨으로써 새 기원을 환기하는 신체성(김선우) 역시 모성의 의미를 완전히 대체하기는 어려워 보인다. 폭력적인 현실에 테러를 감행하는 육체는(김혜순)는 지나칠 경우, 자기 정체성을 분해해버리는 결과로 이어질 수 있고, 타자의 얼굴과 함께 먹는 별종(이원)은 성차를 가진 여성의 정체성을 설명하기에는 무리가 있다.

그렇지만 시의 식인─주체들이 보여주는 행위는 관습적으로 통용되는 감응 방식을 무력화시킴으로써 새로운 가능성의 출구를 열어 보인다는 점에서 여전히 주목되어야 한다. 식인─언어가 보여주는 것은 타자를 먹어치움으로써 타자를 자기화하려는 남성적 먹기가 아니라, 대상과 주체 사이의 간극에 머무름으로써 주체화에 저항하는 운동이며, 이 운동성은 모성/섹슈얼리티로 영토화된 신체이기를 거부하고, 자본의 지배적 흐름을 무로 되돌려놓으려는 작업과 맞물려 있기 때문이다.

시간은 흐르고 인간의 문화는 변한다. 그러나 여전히 변함없는 것은 우리가 먹어야 살 수 있는 인간이라는 사실. 시가 제공하는 면은 모든 개체를 하나의 흐름으로 삼켜가는 자본의 지배적 힘에 저항하는 동시에 새로운 생명을 생성하고 보존할 가능성의 길이다. 그것은 먹고 먹힐 수밖에 없는 존재론적 식(食)의 정치와 윤리적 문제를 동시에 생각하게 해준다. 당신과 나, 개체의 고유성이 글로벌의 이름으로 삼켜지는 시대, 이 과제는 우리가 고민해야 할 필연적 과제이다.

사이보그, 키메라의 시선

—이원, 정진경

그러나 개체의 고유성을 찾는 일은 거의 불가능해 보인다.

'너는 무엇과 다르고, 특별하다!'는 환상이 도처에서 주입되는 현재. 아이러니하게도 특별하고 고유한 너는 사라져 가고 있다. 특수성을 강조하는 자본의 상업 이데올로기가 네트워크를 따라 개인의 내면을 잠식해가고 있다는 것은 역설적으로 특수성이 보편화되어가고 있음을 의미한다. 이제 우리의 육체는 인공물을 갈아 끼움으로써 (특별하게)달라지고, 자연은 인위적으로 가꾸어짐으로써 (특별히)변형된다. 우리가 발 디딘 대지와 저 우주 공간까지 얽혀 있는 전선과 전파, 기계장치 는 우리를 둘러싼 푸른 지구도 일종의 거대한 인공 자궁matrix으로 변모해가고 있음을 생각하게 한다. 이렇게 보면 '인간은 모두 사이보그'라고 주창한 도나 해러웨이의 논의를 부정하기 어렵다. 해러웨이의 사이보그는 젠더 없는 유토피아적 정치 상상력을 표현하는 새로운 수사학이다. 해러웨이의 말처럼 젠더 없는 세계는 페미니즘 전통에서는 하나의 유토피아적 꿈이었다. 젠더는 성차를 본질화하고 자연화하는 남성 중심주의에 맞서는 페미니즘의 저항적 근거이자, 언젠가는 사라져야 할 여성 억압의 사회구조를 가리키는 것이기 때문이다.

해러웨이의 지적처럼, 문화와 자연을 구분하여 자연-여성의 육체를 선호해온 기성의 페미니즘 논리는 남성 지배의 본질론을 정당화하는 행위에 지나지 않는다. "여성들을 자연스럽게 묶는 '여자에 관한(female)' 본질적 기준은 없다." 우리가 '여자'라고 명명하는 것은 한 사회에 투영된 이미지일 뿐, 그 이상도 이하도 아니다.

어쩌면 시는 커뮤니케이션 기술과 생물공학을 통해 변형된 몸, 즉 (의료적 측면에서)인공심장, 인공혈관, 인공치아를 삽입한 몸, 사이버 공간에 접속하여 정보를 교류하는 인간의 육체, 범주를 좀 더 넓혀 지구 자체도 사이보그로 보는 해러웨이처럼, 기술 자본의 숙주인 기계매체와 한몸을 이루거나 이질적 종의 유전자가 결합된 키메라가 되어, 이 세계 안에서 여성, 성적 소수자, 유색인, 동물, 생명체가 어떤 식으로 취급하고 있는지, 그것을 폭로하는 것이 더 중요할지 모른다. 자기희생이 두려워 침묵으로 일관하는 것이 아니라 기술과학의 공식 설화에 개입하고 저항하는 사이보그-키메라들….

기계-변신하는 몸의 위반과 복화술의 언어: 이원

이원의 시가 자주 읽히는 것은 어쩌면 이 때문인지도 모른다. 그녀의 시는 기계와 유기체론적 자연 중 자연을 더 선호해온 기성의 여성시와 달리, 적극적인 기계화를 통해 현실에 내장된 문제의식을 드러내 보인다. 기계 기술문명을 예찬하는 것이 아니라, 그 안에 내장된 재앙의 서

사를 폭로하고 동시에 자기 반성적 물음을 제기하기 위해 기계―사이
보그적 육체를 시적 수사로 삼고 있는 것이다. 인간성과 기계성이 공존
하는 혼종주체의 복수적 언어는 남녀 차이를 본질화하고 자연화하는
생물학적 본질론에 저항하는 동시에, 여성주의의 자기 반성적 물음을
끊임없이 제기하고 있다. 다음 연작시는 제2시집에 실린 시들이다.

> 텔레비전의 플러그를 빼고, 오디오의 플러그를 빼고, 가습기의
> 플러그를 빼고, 스탠드의 플러그를 빼고, 냉장고의 플러그를 한 번
> 더 꽉 꽂고 ―중략―기계들에 기숙하는 나는 집을 나서자마자 주유
> 소로 뛰어갑니다
> ―「사이보그 1―외출 프로그램」
> (『야후!의 강물에 천 개의 달이 뜬다』)일부

> 오늘의 교통사고사망 10부상 107 유괴 알 몸 토막 ― 중략 ―
> //0110207310349201940392054/ 눈물이 나오질 않는다// 전자상가
> 에 가서/ 업그레이드해야겠다/ 감정칩을
> ―「사이보그 3―정비용 데이트 B」
> (『야후!의 강물에 천 개의 달이 뜬다』)일부

위 시들에서 시인은 '플러그를 달고 다니는' 나를 통해 기계와 몸이
더 이상 분리되어 있지 않은 채 접속돼 있는 가상현실의 풍경을 보여준
다. 주유소나 전자상가는 자본주의 소비 공간을 표상하며, 그곳으로 달
려가는 기계들은 자본의 논리에 포획된 인간의 모습을 상징적으로 보
여준다. 여기에는 자본의 현실 안에 작동하는 총체적 동일성 논리에 대
한 시인의 비판의식이 내장돼 있다. 총체적 동일성은 이분법을 기초로
한다. 자아와 대상을 구분하고, 이를 다시 위계서열화함으로써 자기 바
깥의 존재를 배척하는 이분법은 지배/피지배 개념을 만들어 내었고, 이

렇게 생겨난 지배 개념은 개별자의 차이를 하나의 전체 안으로 끌어들임으로써 소수의 목소리를 거세하는 폭력을 행사한다. 후기 자본주의 안에 작동하는 논리는 바로 이 동일화 논리다. 물론 후기 자본주의는 개인의 자유와 선택, 능력을 강조하고 있다. 그러나 여기서 선택의 자유는 사실상 없다. 자본주의 사회에서는 모든 것이 자본에 의해 직조되며, 개인의 행불행도 자신의 선택과 능력에 달려 있다고 말해지기 때문에, 모두들 자본을 얻기 위해 감정을 제어하며 기계처럼 움직인다. 이때 여성을 포함한 모든 존재는 자본의 논리에 포획된 상품으로 전락하고 만다.

시의 기계—몸은 이러한 동일화논리를 위반하는 일종의 시적 전략으로서, 기존 여성주의 시와 다른 방향을 가리킨다. 기존 여성주의 시가 남성적 문명의 폭력성이 여성—자연을 황폐화시켜왔다는 인식에서 문명에 대한 비판과 원초적 자연—여성 몸의 회복이라는 지점을 향해 나아갔다면, 시인은 문명 안으로 적극 뛰어 든다. 유기체와 기계의 경계를 모호하게 흐림으로써 이항대립의 경계를 위반하는 것이다. 이때 몸은 젠더 차이도 넘어선다. 기계의 부품처럼 해체, 재조립되는 '나'의 몸은 그 정체성이 무엇인지 성차를 알 수 없다. 그것은 어디에든 꽂힐 수 있는 플러그를 달고 다니며, 코드에 접속되는 순간 생명의 전력을 공급받는다. 이 존재에게 중요한 것은 다른 무엇과 접속할 코드, 또는 그런 관계일 뿐 유기체로서의 자기 회복이 아니다. 해러웨이에 의하면, 유기체로서의 자신을 고집하는 일은 비유기체를 폄하하는 것이 되는데, 시에서 사이보그는 위계적 이항대립을 와해시키는 동시에, 차이의 복원을 위해 불러낸 것으로 보인다. 인간과 기계의 잡종인 사이보그는 서로 이질적인 차이들이 동시 공존하는 차이체(體)로서, 단일한 하나의 목소리를 내지 않는다. 시인은 그것을 기계성의 언어를 통해 (여성)인간을 말하는 혼성의 언어, 사물 안에서 존재의 음영을 읽어내는 복화술의 언어로 구성한다. 이러한 복화술의 언어는 기성의 이분법적 논리를 근본적으로 깨부수려는 시인의 인식을 반영한다.

그것은 새로운 관계를 말하는 또 다른 사이보그를 불러오는 힘으로도 작용한다.

> 이곳의 사람들은 머리를 떼어 놓고/ 머리 대신 모니터를 달고 다닌다/ 모니터 안에는 암내가 주입되어 있는지/ 하늘이 자주 지퍼를 배꼽 근처까지 내리고/ 레고 블록 같은 공기가 하늘에 끼워지고 있었다/ 그러나 기어이 무선이 된/ 사람들의 몸에서 플러그가 뽑혀나간 흔적은 없고/ 이곳에 전력은 아직도 충분하다
> ―「공중도시」(『야후!의 강물에 천 개의 달이 뜬다』) 일부

사람들이 "머리 대신 모니터를 달고 다니는" 기이한 모습을 통해 시인은 컴퓨터 네트워크와 연결된 몸 풍경을 펼쳐 보인다. 그것은 "하늘이 자주 지퍼를 배꼽까지 내리고/ 레고 블록 같은 공기가 하늘에 끼워지고 있었다"는 진술을 통해 확인할 수 있다. "하늘"과 "레고블록 같은 공기"의 결합을 통해, 저 우주공간 어딘가와 교신하는 인터넷 네트워크의 그물망을 보여주고 있는 것이다. 흥미로운 것은 이 결합이 에로틱한 분위기를 연출하면서 매우 환상적으로 그려지고 있다는 점이다. 이는 남성과의 관계를 필요조건으로 삼는 이성애중심적 사고를 위반하는 것으로 읽을 수 있다. 이성애중심적 사고는 인간관계를 남녀의 기준에서 사고한다는 점에서 여성을 남근적 방식에 종속시키거나 성(性)이 선천적이고 타고난 것이라는 본질론에 빠지기 쉽다는 비판을 면하기 어렵다. 남근중심의 사고방식에서 벗어나고자 할 때, 이미 존재하는 여성의 몸이나 특정한 성 기관을 기반으로 삼는 본질주의에 빠지지 않도록, 몸 자체를 다르게 사고하는 일이 긴요해진다. 사이보그 페미니

즘을 주창한 해러웨이도 이 점에서 페미니즘 젠더 이론에 전제돼 있는 이분법과 고정되고 일관된 자아 정체성 개념을 버리는 것이 중요하다고 본다. 그래야 경계들 사이의 차이를 이해할 수 있기 때문이다.

머리를 대체하는 모니터는 이 맥락에서 읽을 수 있다. 일반적으로 "머리"는 남성=이성을 상징한다. 하지만 여기서 머리는 암내가 주입된 모니터로 대체된다. 이때 모니터는 남성과 여성, 유기체와 비유기체가 결합된 두뇌-자궁으로 의미화된다. 지식(이성)을 생산하는 남성적 머리와 생명을 생산하는 모성적 자궁이 하나로 결합된 혼성주체로 떠오르게 되는 것이다. 이 주체는 이질적인 것이 결합된 일종의 괴물로써, 단일한 하나의 목소리로 말하지 않는다. "달고 다닌다", "끼워지고 있었다"고 할 때, 주체는 대상을 관찰하는 듯한 태도를 취한다. 그러나 "전력이 충분하다"고 말하는 주체는 시의 대상인 무선이 된 사람들로도 읽힌다. 이는 인간의 언어와 기계의 언어를 동시에 구사하는 혼성의 언어로서 단일한 의미를 교란하는 것이 된다. 그것은 남성적 질서뿐 아니라 여성적 의미질서도 흩뜨린다. 여성적 의미질서로서의 여성 몸이 순수한 기원으로서의 우주적 자연과 합일을 강조한다면, "레고 블록 같은 공기가 끼워진 하늘"은 순수한 근원으로서의 자연을 말할 수 없다. 기어이 무선이 된 몸은 그 하늘과 접속하고 절단함으로써 '공중도시'로 상징된 네트워크의 틈새를 떠다닌다. 상징체계를 대신하는 네트워크는 주체를 포획해오지만, "충분한 전력"을 보유한 한 몸들은 그 그물망에 자유롭게 접속하고 또 빠져나가면서 유동적으로 존재한다.

그러나 이렇게 그려지는 사이보그가 완전한 해방을 지시한다고 보기는 어렵다. 아이러니하게도 컴퓨터와 접속한 몸은 그것을 움직이는 자본의 그물망에서 완전히 자유롭지 못하다. 다음 시는 이러한 모순을 여성의 경험을 통해 보여준다.

h의 DNA에 내 유전자의 일부를 잘라 붙인/ 복제아기 신청서를
낼까 오욕칠정을 가진/ 키가 185cm까지 자라는/ 사내애 하나와 검
은 곱슬머리를 가진/ 쌍둥이 계집애 둘을 주문할까/ 증발되기 쉬운
물질인 나를/ 일몰 무렵의 안락사로 예약해놓을까
　　　　　　　　　　　　─「전자 사막에서 살아남기 위해」
　　　　　　　　　　　(『야후!의 강물에 천 개의 달이 뜬다』) 일부

　이 시에서 나는 "h의 DNA에 내 유전자의 일부를 잘라 붙인/ 복제아
기"가 될 수 있고, "키가 185cm까지 자라는/ 사내애 하나와 검은 곱슬
머리를 가진/ 쌍둥이 계집애 둘"로 나뉠 수도 있다. 이러한 모습은 우리
의 현실적 조건과도 무관하지 않다. 컴퓨터 인터넷이 일상화된 이 시대
에 이분법의 경계를 구분하는 일은 더 이상 큰 의미가 없다. "이리듐 위
성망"으로 연결된 인터넷 네트는 자연과 문화, 정신과 몸뿐 아니라 모
든 경계를 허물어 버렸다. 주어진 것으로서의 생득적인 몸은 컴퓨터 기
술과 생물공학의 도움으로 얼마든지 변경 가능하게 되었다. 인간 유전
자 편집과 복제기술은 이미 공인되었다.[2] 유전자 편집 기술은 특히 불
임과 같은 여성 문제를 해결하는 데 긍정적 기능을 하고 있다. 특정 유
전자를 편집한 인간 수정란을 자궁에 착상시킴으로써 얼마든지 원하
는 아기를 출산할 수 있게 된 것이다. 그러나 이러한 기술의 발전은 여
성의 몸을 실험의 대상으로 만들거나, 인간 자체를 상품화할 우려가 있
다. 해러웨이의 말을 빌리면, 여성이 이 문제에 대응하기 위해서는 과
학기술을 거부하기보다 그 권력을 장악한 서구의 상징적 남성인 인간
관을 근본적으로 깨부수는 것이 중요하다. 시에서 분열, 복제되는 '나'

---

2) "영국 인간생식배아관리국(HFEA)은 2016년 2월 1일 "영국 프랜스시크릭연구소의
　캐시 니아칸 박사 연구팀이 신청한 인간 유전자 편집실험을 허가했다"고 발표했다
　(≪조선일보≫, 2016, 2, 2,)" 이지언, 앞의 책, 98면 참조

는 여기에 대항하는 주체라 할 수 있다.

　유전자 기술의 피조물인 아기들은 이상적 본질로서의 인간이나 결백한 자연으로서의 순수한 여성과 관련이 없다. 복제물로서의 나는 인공의 컴퓨터 속에서 탄생한 존재이기에, 어머니와 공생관계에 있던 전 오이디푸스적 공간을 필요로 하지 않는다. 복제된 성(性)은 아버지의 계보에도 소속되지 않고, 이성애중심주의에서도 벗어난다. 시인은 자아를 이 지점에 놓고, 주어진 조건으로서의 생득적인 몸과 허상으로서의 이미지라는 고전적 개념을 전도시킨다. 몸/허구, 가상/ 실재의 경계 구별이 사라진 지점에서 나는 자유롭게 움직이면서 다른 무엇과 만나 새롭게 변신할 수 있다. 이때 몸은 주어진 조건으로서의 자연—여성의 몸으로부터 해방이라는 긍정적 의미를 갖는다. 그런데 이 몸을 환기하는 언어는 해방을 가리키지 않는다. 시인이 "신청", "주문", "예약"이라는 시어를 사용할 때, 이 언어들이 지시하는 것은 자본의 상품화 논리이며, 이는 시의 제목「전자 사막에서 살아남기…」위한 행위와 연결된다. 이렇게 보면, 시의 몸은 고전적 몸으로부터의 해방과 동시에 자본의 논리에 결박될 가능성을 안고 있는 몸이라고 할 수 있다. "~까"로 반복되는 의문사나 앞뒤 행을 바꾸어도 아무 관계없는 문장들은 이러한 상황에 대한 의문이자, 안정성과 단일성을 강조하는 동일자의 논리에 대응하는 해체적 언어로서, 자본의 상품화 논리를 폭로하는 동시에 그것을 위반하려는 시인의 인식을 보여준다고 할 수 있다.

　이러한 시 쓰기는 제3시집『세상에서 가장 가벼운 오토바이』에 이르러 경계를 벗어난 존재의 정체성 찾기로 이어진다.

　　나는 마우스 위에 오른손을 얹고 있다/ 내 몸의 일부는 적막에 묻혀 있고/ 내 몸의 일부는 바람에 붙어 있고/ 내 몸의 일부는 지워졌

고/ 내 몸의 일부는 그가 떼어갔고/ 내 몸의 일부는 꺼진 모니터 속
에 들어가 있다// 그러나 마우스가 여자의 얼굴 속에 들어가 있어도/
여자의 한쪽 눈과 콧구멍 하나는 얼굴 밖의 세계를 벌름거리고
                                          ─「마우스와 손이 있는 정물」
                              (『세상에서 가장 가벼운 오토바이』) 일부

　이 시에서 몸 역시 컴퓨터─기계와 연결된 사이보그로 제시된다. 마
우스 위에 오른손을 얹고 있는 나는 가상과 실재 사이에 있는 경계선적
존재이자, 실재인 동시에 허구의 산물이다. 몸의 일부는 모니터 안에
들어가 있지만, 일부는 밖의 세계를 향해 벌름거리고 있다. 적막에 묻
혀 있고 바람에 붙어 있고 지워지고 그가 떼어간 몸의 일부들은 이상적
인간이나 여성─자연의 서사가 이미 붕괴되었음을 암시한다. 여기에
개입돼 있는 마우스, 모니터는 인공컴퓨터 안에서 분산되는 자아를 드
러내 보이기 위한 장치로 읽힌다. 마우스에 얹힌 오른쪽 손가락이 마우
스를 누르면, 나는 물리적으로 여기에 있는 동시에 네트를 따라 어디든
갈 수 있게 된다. 그 안에서 이루어지는 행위는 실제 행위로 이어지며,
그것은 개인 한 사람의 행위에 한정되지 않는다. 마우스─손가락의 행
위는 개인의 의지뿐 아니라 컴퓨터 프로그램의 연산이 동시에 작동하
고 개입하여 이루어진다. 이때 주체는 나이기도 컴퓨터 프로그램이기
도 혹은 둘의 결합이기도 하다. 여기서 개인의 신체적/정신적 경계는
불분명해지고, 개인들은 네트의 일부로서 서로 중첩적으로 공존한다.
개인은 네트의 체계 안에 흡수되고, 그 안에서 네트를 따라 분산된다.
　이러한 네트워크의 특성은 다른 사이보그들과 정보를 공유하고 대
화를 나누는 긍정적 기능도 한다. 그러나 그 안에서 주체로서의 자기는
찾을 길이 없게 된다. 그래서인지 시인은 자신을 네트 안으로 완전히

이동시키지 않는다. '모니터 속의 여자'와 "마우스" 그리고 "나"라는 이 질적인 조합을 통해 시인이 강조하는 것은 "적막"이다. 마우스가 여자의 얼굴 속에 들어가 있어도 여자의 한쪽 눈과 콧구멍이 남고, 내가 마우스 위에 손을 얹어도 여자와 마우스가 따뜻해지지 않는다는 것은 여자와 마우스 그리고 내가 정(情)으로 통할 수 없는 존재임을 암시한다. 그 점에서 네트 안에 완전히 흡수되지 못하고 바깥으로도 나아가지 못하는 자아의 모습은 가상과 실재의 경계에서 자신의 정체성을 탐색하는 동시에, 우리 삶 속에 깊숙이 들어와 있는 네트워크의 길을 부정할 수도 긍정할 수도 없는 양가적 갈등을 보여준다고 하겠다.

이러한 갈등은 4시집 『불가능한 종이의 역사』이르러 실존의 한계로서의 삶의 유한성을 말하는 방식으로 전환된다.

> 흙속에 파묻혔던 것들만이 안다. 새순이 올라오는 일./ 고독을 품고 토마토가 다시 거리로 나오는 일.// 퍼드덕거리는 새를 펴면 종이가 된다./ 새 속에는 아무 것도 써 있지 않다// ─중략─// 첫페이지는 비워둔다. 언젠가 결핍이 필요하리라
> ─「불가능한 종이의 역사」(『불가능한 종이의 역사』) 일부

"어쩌자고 길부터 건너놓고 보니 가져가야 할 것들은 모두 맞은편에 있다"는 진술은 삶의 유한자로서 지나온 날들을 되돌아보는 태도를 보여준다. 그것은 발목을 자르는 행위에서 비롯된 것으로 보인다. 발목을 자를 때 느껴지는 아픔은 세계에 묻혀 있던 실존의 감각을 깨어나게 하고, 세계와 분리된 자신의 몸을 자각하게 한다. 아픔이 감각되는 순간, 세계와 나 사이에 틈이 생겨나고 세계는 내게서 저만치 물러난다. 이때 아픔은 육체를 가진 내가 홀로 겪어야 하는 운명이다. 이 경험이 진정

한 소외와 결핍을 경험하게 하고, 현실을 새롭게 인식하도록 촉발하는 계기된다. 그러므로 시인에게 "고독"은 지양해야 할 대상이 아니라 품어내야 할 대상이다. 흙이나 그 흙을 뚫고 올라오는 토마토는 아픔과 소외와 "고독"을 경험한 존재로서 시인이 지향하는 존재들이라 할 수 있다. 간과하지 않아야 할 것은 시에서 "흙"이 생명을 낳고 기르는 순수한 자연−모성의 몸을 말하지 않는다는 점이다. 순수한 기원으로서의 여성−자연의 몸은 어디에도 남아 있지 않다. 시인이 쓰려는 시는 나무를 가공하여 만든 종이이며, 그것은 퍼드덕거리며 날아오르는 새의 기원이다. 새이면서 종이이고, 종이이면서 새인 새와 종이의 결합체로서의 혼종체. 그 안에는 역사와 계급, 성차 등이 새겨져 있지 않다. 「불가능한…」일일지 모르나, 이 몸이 시인이 꿈꾸는 몸이고, 건너야 하는 경계이자 새로운 출발점이다. 전자사막에서 빠져나온 이원의 첫 페이지는 이 경계에서 새롭게 써진다.

테크노 컬쳐 배우로서의 키메라적 시선과 연기(演技): 정진경

정진경 시의 자본의 문화적 환경 속에서 변형되는 주체와 그 주체의 욕망을 문제적으로 드러내는 수사로 사용된다. 시인은 인간의 시각과 몸이 '순수'했던 어떤 원초적 시점 혹은 역사의 끝에 있는 유토피아를 기준으로 어디에도 없는(nowhere) 초월적 위치에서 시각과 몸의 탄생을 그려내는 방식을 거부하고, 온갖 보철물과 기계, 야생동물과 인간, 실재와 가상의 경계가 뒤죽박죽 (오염)되어 있는 사이보그의 시각을 빌려온다. 시의 주체는 그 안에 숨어서 모종의 역할을 연기(performance)의 배우로 기능한다. 연기자로서의 주체는 유기체론적 통합이나 동일성을 노래하지 않는다. 두 개의 눈, 하나의 시선을 가진 키메라 · 사이보그로 연기하는 주체는 인간의 눈으로 자연을 읽어 내거나 자연의 눈으로 자연/인간을 읽어내려는 기존의 시선을 분산시키며 유기체론적 통합이나 동일성의 논리를 깨부순다. 이를 통해 이미지 산업 이면에 놓인 인간의 시각과 몸(욕망)의 문제를 제기한다. 이러한 시 쓰기는 첫 시집 이후 갈수록 본격화되는 양상으로 드러난다.

다음 시는 그의 첫 시집 『알타미라벽화』에 실려 있는 작품이다.

> 내 속의 아나콘다 입을 벌리고, 균열하는 나를 본다 공격할 발톱쯤은 언제나 감추고 있는. 공중파 어디에나 수렁은 널려 있다// 정렬된 간판들이 뱉어내는 불꽃들을 본다 채팅방 아이디를 다 먹어치운 포식증 욕망, 이메일로 전송한 주문서 욕망을 클릭한다.
> ─「아나콘다 다이어트」(『알타미라 벽화』) 일부

이 시의 무대 위에 등장하는 존재는 보아뱀의 일종인 아나콘다이다. 이 뱀과 하나로 결합되어 있는 내가 이메일과 아이디 같은 컴퓨터 네트워크와 연결될 때, 말하는 주체는 서로 다른 종이 결합된 키메라의 은유가 된다. 여기에는 인간의 통일성 혹은 혈종 순수주의에 대한 비판의식이 함의돼 있다. 기존 질서에서 혈종, 또는 피는 한 가족만이 아니라 유기적 집합체를 묶어내는 역할을 해왔다. 순혈주의는 가계의 순수성, 재산권 승계와 같은 혈연관계뿐 아니라 종족, 인종을 묶어주는 단백질의 실과 같은 역할을 해 온 것이다. 해러웨이에 따르면, 이러한 순혈주의는 종의 경계로부터 벗어나는 자들에 대한 거부나 타자들의 주변화로 이어졌다. 그것은 이분법적 표상체계에 그대로 반영된다.(도나 해러웨이, 민경숙 옮김, 『겸손한 목격자』, 갈무리, 2007, 213) '남성, 백인, 문명, 인간'과 '여성, 유색인, 자연, 동물'사이에 견고한 분할선을 긋고

후자를 타자화하여 지배하는 논리와 관습이 그것이다. 내 안의 뱀은 그 경계를 흩트리는 타자—여성적 존재로서, "입"이라는 육체의 기호로 가시화된다. 그 움직임은 폐쇄된 공간의 '열림(벌리다)—닫힘(감추다)'이라는 동사로 축약되는데, 뱀은 이 열림—닫힘의 운동성 속에서 생명력을 얻는다. 이때 입은 삶과 죽음, 안과 밖, 자아와 세계를 연결하는 통로가 된다. 입이 열리는 순간 뱀은 내 안에서 빠져나와 새롭게 살아갈 수 있고, 동시에 나는 죽음의 나락으로 떨어지게 된다.

이 순간 자아는 엄청난 공포와 불안을 느낄 것이다. 그러나 시인은 그 감정을 드러내지 않는다. 뱀의 목소리를 전경화하고 자신의 목소리를 최소한으로 제어한다. 이때 나는 뱀의 형상을 뒤집어쓰고 연기(performance)하는 주체라 할 수 있다. 연기하는 주체는 어떤 역할도 감당할 수 있는 배우이며, 따라서 수렁을 따라 사이버공간 속으로 미끄러져 들어가는 일도 자연스럽다. 사이버공간 안으로 침범한 뱀은 날카로운 발톱으로 "채팅방"을 공격하고 "아이디"를 "다 먹어치운다". 존재의 정보와 신분을 증명하는 언어기호, 즉 아이디를 집어삼킨 뱀은 상징적 언어체계와 융합된 일종의 테크노 뱀파이어로서, 자연과 문화, 현실과 비현실의 경계를 무너뜨리려는 자신의 포식자적 욕망을 채운다. 그리고 그것을 주문한 누군가에게 다시 욕망을 전송한다. 이때 사이버공간은 단일한 의미 체계가 균열되는 공간이자, 타자의 욕망이 작동하는 장소로서, 기성의 질서를 전복하려는 시인의 시적 출발점을 보여준다고 할 수 있다.

인터넷 인증서를 입력하면, 전자도시로 통하는 길이 열리고 전자 문서로 재생되는 여자, 방이 열린다// 아바타 산실로 들어간다 제초제 아트라진을 먹고 양성으로 변종한/ 개구리들이 우글거리는 채팅

방 디지털 구애를 한다 유전물질 교환심리가 사라진 가상공간에서
움튼 사랑, 익명의 탈을 쓴 자아를 제 몸에 수정 한다
　　　　　　　　—「신도시 설계도면」(『잔혹한 연애사』) 일부

　이 시에서 시인은 인터넷 인증서를 입력해야만 열리는 전자도시의
풍경을 보여준다. 아바타 산실인 "방"은 일종의 인공자궁을 상징하며,
그 안에서 움튼 사람들이나 우글거리는 개구리들은 불순한 물질에 의
해 변종된 돌연변이이다. 이 존재들은 아바타처럼 분리되거나 합성되
는 디지털 특성을 지닌다. 이렇게 그려지는 존재들은 순수한 자연이나
유기체적 몸과는 거리가 멀다. 이들은 인공자궁의 자손들이에, 돌아갈
자연이나 도달해야 할 역사의 목적은 없다. 그들의 관계는 "유전물질"
로 표상되는 피의 관계로 결속돼 있지 않기에, 사회적 권력관계로부터
도 자유롭다. 그 점에서 이 시는 성차가 각인된 육체로부터 해방을 추
구한다고 읽을 수도 있을 것이다. 그러나 시인이 그려낸 존재들은 해방
과는 거리가 있다. 아바타의 산실인 방은 후기 자본주에서 요구하는 이
미지와 밀접하게 관련된다. 후기 자본주의는 자신을 스스로를 관리하
고 치장함으로써 특별해진 주체를 호명하며 개인의 욕망을 부추긴다.
이미지는 생존뿐 아니라, 신분과 계급을 판단하는 기준이 되기에, 모두
들 자본의 욕망을 욕망하며 자신을 치장한다. 이때 남녀 모두는 자본의
욕망을 욕망하는 아바타가 된다. 그러나 그것은 개인의 주체적 의지에
따른 적극적 행위라기보다는 사회구조적 강제에 의한 공모에 가깝다.
그 점에서 변종, 수정된 존재들은 자본의 논리에 포획되어 희생된 타자
들이라 할 수 있다.

　흥미로운 것은 전자도시가 제목의 신도시와 겹쳐 보인다는 점이다.
「신도시…」가 자본의 욕망에 의해 재생되는 현실공간을 가리킨다면,

구애와 수정이 실현되는 전자도시는 개인의 내면에 잠복한 자본의 욕
망이 실현되는 곳이다. 그러나 개인의 욕망이 사회적 욕망과 만난다는
점에서, 이 두 공간은 "도시"라는 하나의 공간에 겹쳐진 두 개의 그림자
일 뿐이다. 이렇게 의미가 중첩된 시어 안에는 기성의 질서에 대항하려
는 시인의 불온한 시선이 깔려 있다. 인터넷 공간 안으로 진입한 자아의
눈은 단일한 하나의 상을 반영할 수 없다. 현실과 가상, 기계와 유기체
가 연결된 사이보그·키메라라는 두 개의 눈으로 세계를 본다. 전자도시
와 신도시를 각각의 눈, 하나의 시선으로. 이렇게 바라볼 때, 즉 자아가
사이버공간 안으로 진입하여 그 공간 안의 사람들을 바라볼 때, 자아는
현실적 인간의 시선으로 대상들을 말 할 수 없게 되는 것이다. 이 시선
을 해러웨이 식으로 말하면 '회절(diffract)'적 시각이라 할 수 있다. 전자
도시와 신도시라는 시어가 충돌하면서 빚어내는 일종의 '내파'현상을
통해, 도시 안에 작동하는 욕망의 문제를 비추어내는 동시에, 그 밑그림
을 새롭게 그리려는 것이다. 그것은 (주체)중심이 (타자)주변을 그린 그
림이 아니라, 주변이 중심을 그려내는 새로운 도시의 설계도일 것이다.

> 그 여자 발 하나가 당뇨병 합병증으로 죽은 날, 쇳덩어리 부속은
> 여자 정강이뼈 안에서 파종을 한다 '의족이라는 꽃'그 여자 걸음이
> 깃털처럼 가벼워져 내딛게 되면 창공의 빛으로 환해지는 여자 얼굴,
> 쇳덩어리 부속은 여자가 되는 상상을 한다 뇌가 없는 10% 기계인간
> 유전자가 여자를 잠식하는 꿈을 꾼다 여자 몸에 기계를 접붙이기하
> 는 인공종묘상
> —「그 여자 몸에 피는 기계꽃」(『여우비 간다』) 일부

이 시에서 여자의 죽은 발은 의족으로 대체된다. 그것은 당뇨병 합병
증에서 보듯, 질병에서 비롯된다. 여기서 "병"은 근대 지배담론의 억압

성과 밀접한 관련이 있다. 주지하듯, 근대의 위생담론은 이상적 징후로서의 병을 치유의 대상으로 설정하고, 대상을 격리시킴으로써 개별 주체를 규율하는 억압체계를 가동시켜왔다. 여기에 인간을 정상과 비정상으로 나누고, 비정상적인 대상을 억압해온 근대적 주체의 폭력적 시선이 내장돼 있음은 말할 것도 없을 것이다. 이전의 여성시가 그 억압에서 오는 소멸의 공포를 우울증적이고 병든 몸으로 표출해왔다면, 이 시에서 여자는 어떤 고통이나 불안을 보이지 않는다. 병든 발을 제거하고, 정강이뼈에 쇳덩어리를 이식한 여자는 "걸음이 깃털처럼 가벼워져" 새롭게 생성되는 기쁜 (낯)빛을 보인다. 이렇게 보면, 여자의 몸은 근대의 폭력적 시선을 넘어 자신의 육체를 자유롭게 바꿔가는 긍정적 측면을 보여준다고 할 수 있다. 그러나 시인은 이 몸을 순전히 긍정적으로 그려내지 않는다. "인공종묘상"에서 보듯이, 여자의 몸은 자본의 욕망으로부터 자유롭지 못하다. 죽은 발을 의족으로 대체하려면, 의료기술이 필요하고, 그것은 의료시장과 분리될 수 없다. 자본 시장에서 의료기술이나 의료상품은 권장되고 선전된다. 쇳덩어리 부속이 여자를 잠식해가는 것은 자본의 상품화 논리에 의해 인공적인 몸이 생물학적 몸을 구속하는 전도된 현상을 드러내는 것이라 할 수 있다.

주목해볼 것은 대상을 바라보는 시인의 시선이다. 시인은 "그"라는 지시어를 통해 여자와 자아 사이의 간극을 드러낸다. 그러다 어느 순간 그 여자의 안으로 들어가 쇳덩어리와 한 몸을 이루며 쇳덩어리의 '상상'을 읽는다. 시의 자아가 이렇게 경계를 넘나드는 순간, 대상과 자아의 간극에서 새로운 시선이 탄생한다. 그것은 대상을 자아의 내면으로 환원시키려는 근대 주체의 폭력적인 시선이 아니라, 자아의 주관적 시선을 개입시키지 않음으로써 대상을 보존하는 탈인간적 시선, 즉 두 개의 눈을 가진 사이보그·키메라의 시선이다. 이 눈은 어느 하나가 우월하다는 전제 자체를 상정하지 않는다. "그 여자"를 바라보던 자아가 그 여자 안의 "기계" 유전자를 가질 때, 자아의 시선은 더 이상 유기체를 선호하는 인간의 눈을 가질 수 없게 된다. 이 시선의 윤리 속에서 타자(=여자)는 새로운 존재로 탄생하게 된다. 시인은 이러한 짝눈의 키메라로 연기(performance)하면서 새롭게 변신하는 꿈을 꾼다. 인간의 시선(觀)이 사라진 곳에서 여자를 이야기할 수 있게 되는 꿈. 그것을 시인은 기계를 이식한 여자의 몸으로 연기하면서 보여주고 있는 것이다. 4시집에 이르러 시인은 가상공간의 안과 밖을 드나들고 접속하면서 자신을 확장하고 변형한다.

> 나는/ 반인반회로의 존재로 살아간다// 남성도 여성도 아닌 아바타/ 차이가 없어 차별이 없는 테크놀로지 유토피아/ 이 세상 페미니스트들이 원하는 젠더이다 [……]// 아바타 게르는 편견이 없어 튼튼하다/ 어슬렁거리는 뱀 아수라 유혹과 심리적 아담과 심리적 이브의 밀당이 사이버 공간에도 존재하지만 화인이 강렬하게 찍혀 있는 성이 아니라서 생물학적 강박증 불안은 존재하지 않는다
> ─「사이버 페미니스트 되기」(『사이버 페미니스트』) 일부

이 시에서 아바타를 뒤집어쓴 나는 인간의 정신과 전자회로의 몸을 가진 반인반회로로 등장한다. 반인반회로는 "남성도 여성도 아닌", "차별이 없는" 세계를 꿈꾸는 페미니스트다. 젠더 없는 세계는 차별의 억압으로부터 벗어나려는 페미니즘의 오랜 열망이며, 여성에게는 그만큼 강한 열망의 발원지이다. 그 점에서 반인반회로는 이항대립에 기초하여 남녀 차이를 차별화해온 가부장제 담론에 저항하는 존재라고 할 수 있다. 그것은 '나'가 살아가는 사이버공간을 통해 드러난다. 이 공간은 어슬렁거리는 뱀과 아담과 이브가 공존하는 혼성의 공간이자, 강박

중 불안이 존재하지 않는 해방의 공간이다. 이 안에서 기존의 이분법, 가족, 남성적 권위, 강박적 이성애주의와 같은 이원론적 질서는 사라지고 없다. 물론 이 안에도 아담과 이브의 심리적 밀당, 뱀의 유혹과 같은 창세기적 신화는 존재하지만, 차이가 없어 차별이 없는 공간에서 밀당은 사소한 해프닝에 불과하다. 그런데 주목되는 것은 이 시의 '나'가 시인과 일치하지 않는다는 점이다. 시의 '나'는 "이 세상 페미니스트들이 원하는 젠더" 역할을 대신하는 아바타, 즉 연기자다.

이 연기자가 "차이가 없어"라고 말할 때, 여기에는 페미니스트로서의 자신에 대한 반성적 성찰이 동시에 배어 있다. 차이를 인정하지 않는 페미니스트는 결국 동일자일 뿐이다. 그 행위는 차이를 지향하는 페미니즘의 의미를 왜곡하게 된다. 시인이 사이버공간을 지속적으로 시의 무대에 세우는 것은 이를 통해 페미니즘의 의미를 새롭게 모색하기 위한 것으로 보인다. '차이─차별', '존재한다─존재하지 않는다' 등의 시어가 충돌하면서 빚어내는 언어의 진동은 긍정과 동시에 부정의 의미를 함의하며, 그것은 페미니즘에 대한 시인의 반성적 성찰을 동시에 지시한다. 반인반회로는 서구 로고스의 체현인 인간이 되지 않을 방법으로서, 제4시집 『사이버 페미니스트』를 구성하는 질료이다. 이를 통해 시인이 지향하는 젠더는 차이로서의 젠더, 즉 포스터젠더의 세계로 보인다. 해러웨이에 의하면, 포스터젠더는 결코 젠더 초월을 말하는 것이 아니다. 그것은 보편 여성의 해체와 이분법적 젠더 체계를 내파하는 것. 각자 다른 방식으로, 동일하지 않은 삶을 사는 사람들의 모순과 갈등, 그 경계들 '사이'의 무수히 많은 가능성을 모색하는 것과 관련된다. (김애령, 「사이보그와 그 자매들」, 『한국여성철학』제21호, 한국여성철학회, 2014, 87~88쪽) 그 점에서 인간과 회로의 경계에 선 주체는 새로운 페미니즘으로 건너가려는 시적 도정에 놓여 있는 주체라고 할 수 있을 것이다.

하지만 자본이라는 현실의 조건 속에서 페미니즘이 지향하는 차이와 그 사이를 가로지르는 연대는 결코 쉽지 않다.

> 손가락이 모여 앉은 수다방에서 말들이 트랙을 달린다/ 소리 없이 한 걸음씩 달려가는 말/ 기수가 사라져도 내 말은 영생불사 시간을 갖는다/ 블랙홀이면서 블랙홀 아닌 사이버공간에서 꿈틀거리는 육중한 말의 근육/ ─중략─/ 삭제 자판을 눌러도 스스로 백업하는 말들/ 가면을 쓰고 나레이션을 하는 말들이 복제를 한다// 막장으로 질주하는 말들이 등짝을 후려친다
> ─「디지털 호모나랜스」(『사이버 페미니스트』) 일부

이 시에서 시인은 "디지털 호모나랜스"라는 당대의 새로운 인간상을 수용함으로써 언어를 막다른 경계 지점까지 몰아간다. 이는 근본적으로 언어의 소통 가능성에 대한 불신에서 기인한 것으로 보인다. 소통에 대한 불신은 "가면"이라는 연극적 말로 제시된다. 그것은 "복제"와 같이 지루한 말의 이미지로 드러나는데, 시인은 이 말의 증식을 사이버공간의 특성을 통해 드러낸다. 이때 사이버공간은 삶의 진정성 대신 욕망을 증식시키는 소비사회의 변종 공간이라 할 수 있다. 소비사회에서 이미지와 기호는 현란한 몸바꿈을 통해 텍스트의 언어로 고정되지 않고 무한 증식한다. 끝없이 이야기를 만들어내는 디지털 호모나랜스처럼 소비사회의 이미지와 기호는 끊임없이 기호를 욕망하고 생산하면서 질주하고 있다. 흥미로운 것은 시인이 이 질주의 방식을 독특한 언어기호로 그려 보인다는 점이다. 둥근 형태의 수다"방"은 "트랙"이 가진 둥근 형태와 겹쳐지면서 말이 만들어지는 '입'으로 응축된다. 거기서 나가는 말(言)은 달리는 말(馬)과 중첩되면서 확산된다. 이 응축과 확산을 통

해 말은 반복과 중첩의 주름을 이루면서 끝없이 질주한다. 달리는 말 (言)은 꿈틀거리는 "근육"을 가진 말(馬)이 되고, 이 말은 다시 세상에 증거를 남기는 말(言)이 된다. 이렇게 인간의 언어(言)와 동물의 언어(馬)가 경계 없이 어울리면서 달리는 자리에는 자아의 의지가 개입되지 못한다. 말이 스스로 조합하고 분열하고 백업할 뿐 "기수"는 없다.

이때 기수와 말의 자리바꿈은 소비사회의 그것처럼 지루한 반복일 뿐 생의 활력이나 비극으로 전환되지 않는다. 기수가 사라진 자리에서 말은 스스로 복제하는 주체이자 복제되는 대상이며, 이 말은 영생불사의 시간을 산다. 이 시간 안에는 동일한 말이 반복되면서 질주하는 말의 속도만 있을 뿐, 어떤 새로운 사건이나 새로운 운명을 향한 비전은 없다. 캄캄한 시간의 블랙홀 속으로 빨려 들어갔다가 다시 백업되는 말, 그것은 내부에서 어떤 질적인 변화도 낳지 못하고 복제, 증식하는 언어이자, 지루한 연극이 공연되는 소비사회의 언어와 같다. 시인은 이러한 연극적 언어를 통해 생의 열정이 사라진 현실을 무대 위에 올려놓는다. 이 무대 위에서 공연될 비극은 더 이상 존재하지 않는다. 이러한 인식 속에는 비극의 제스처가 강화될수록 역설적으로 희극적이 되는 현실의 부조리에 대한 짙은 환멸이 배어 있다. 주체(기수)가 퇴장한 무대에서 상연되는 희극은 쪼그라진 육체의 언어로 공연된다. 시인은 언어의 출발점인 '입'의 응축과 '말'의 확산이라는 이중성 속에 현실의 환멸을 교직한다. 쪼그라진 육체(입)의 형상 속에서, 시인은 위조된 연극을 통해 환멸의 시대를 폭로하고 있는 것이다.

......절망의 깊은 심연 앞에 선 존재는 세계를 총체적으로 인식할 수 없다. 분열증적 주체가 표현할 수 있는 발화양식은 자신의 목소리를 이중적으로 내파하는 방법뿐이다. 사이보그―키메라이면서 동시에 인간인 시의 주체들은 인간의 눈으로 자연을 읽어 내거나 자연의 눈으로 자

연/인간을 읽어낼 수 없다. 인간—기계/키메라의 시선으로 세계를 보는 시의 시선과 자아의 의도를 숨긴 이중적 언술은 유기체론적 전체 통합 논리나 동일자적 논리를 해체시킨다.

그 균열된 틈 사이에 떠오르는 '갈아 끼울 수 있고, 무한증식할 수 있으며, 때로는 검게 썩어 없어지는' 육체들. 이 육체의 이미지는 기술과학, 자본주의가 소수자들뿐 아니라 여성이라는 타자를 어떤 식으로 훈육하고 학습시키는지를 보여주고 있다.

갑자기 인터넷 화면이 수천 개로 늘어나면서 어두운 노래가 희미해진다. 나는 로그아웃 버튼을 누른다. 엄숙하고도 우스꽝스럽게. 화면이 안경알이 깨진다. 부서진 렌즈에 굴절된 언어의 상이 맺혀 있다.

제3부 / 역사와 지역의 문학적 발견

그렇지만 듣(/읽)기를 중지하진 않을 것이다.
당신들과 나, 아득한 틈새에서 번져 올라오는 무엇을
느끼고 있으므로, 그 무엇으로 인해
나는 다른 느낌을 가진 다른 존재가 될 것이므로...

조각난 역사

오늘날 한국의 젊은이 대부분은 전쟁이 휩쓸고 간 삶의 비참함을 알지 못한다. 이념의 불도저가 한반도 전체를 롤러로 밀어대듯 왕복하는 전국(戰局)의 상황은 상상하기 어렵고, 그때마다 부역자 혹은 협력자가 달라지며 서로를 고발하고 처형하고 보복 폭력으로 희생되어야 했던 이웃의 경험담을 들은 적도 없다. 가족이 적국의 총알과 포탄에 맞아 죽어가는 장면을 목도한 경험도, 정부라는 실체 없는 유령이 자갈을 물리고 목을 옥죄어오는 경험도 없다.

모래알처럼 뿔뿔이 흩어진 현대적 삶에서, 청년을 포함한 모든 개인은 자신과 자신이 속한 공동체의 역사에 대해 묻지 않고, 왜 물어야 하는지조차 생각하지 않는다. 대적할 대상이 보이지 않는 유령처럼, 혹은 그 실체가 너무도 광대하여 형체의 크기와 폭을 가늠할 수 없는 거대한 그림자처럼 변해버린 상황에서, 여전히 인간은 타자와 관계를 맺는 사회적 존재이며, "내가 타자를 영접하고 대접할 때 진정한 의미의 주체성이 성립된다"거나 "우리가 상호 책임져야 하는 존재"(레비나스, 강영안 옮김, 『시간과 타자』)라는 레비나스의 말은 아마 미친 자의 독백쯤으로 취급될 것이다.

그러나 타인이 있어야 타인의 시선에 비치는 나도 존재할 수 있다고 할 때, 내가 있어야 나의 시선에 비친 너―타자도 존재한다고 할 때, 우리가 '함께' 살아가기 위해서 모두를 억압하는 것에 맞서 갈등을 겪어야 하는 것은 이 땅에 발을 디디고 사는 이상 우리의 사회적 책임이다. 이 윤리적 책임을 위해서 어떤 물음이 필요하다면, 우리는 무엇을 물어야 하고, 어떻게 물어야 할 것인가. 시가 그 물음을 토대로 새로운 변화의 가능성을 타진하고 있다면, 시는 평화가 아닌 전쟁에 대해, 안정이 아닌 불안에 대해, 그 두려움과 고통에 대해 물어야 하지 않을까.

못에 찔리다

시간을 거슬러 1960년대 중반으로 되돌아가본다. 김종철이란 시인이 태어난 시기이면서, 내가 태어난 이 시기. 4.19혁명과 5.16 군사정변이라는 광기의 시간이 지나고, 제1차 5개년 경제시스템이 가동되면서 근대 산업화, 자본화가 본격적으로 시작되던 때, 갓 태어난 나는 바깥의 현실이 얼마나 불안하고 고통스러운 곳인지 알지 못했을 것이다. 당시, 나와 가까운 곳에서 '시인'으로 태어난 김종철은 현실을 어떻게 감각했을까. 『김종철 시 전집』을 읽으면서 나는, 내가 엄마의 품속에 있었던 시절, 현실과 마주한 시인의 목소리를 겹쳐 듣는다.

그런데, 이 목소리…. 화자의 목소리는 그리 불안하거나 고통스럽게 들리지는 않는다.

사시사철 눈 오는 겨울의 은은한 베틀 소리가 들리는/ 아내의 나라
에는/ 집집마다 아직 태어나지 않은 마을의 하늘과 아이들이 / 쉬고
있다/ 마른 가지의 난동(暖冬)의 빨간 열매가 수실로 뜨이는/ 눈 나린
이 겨울날/ 나무들은 신의 아내들이 짠 은빛의 털옷을 입고/ 저마다
깊은 내부의 겨울바다로 한없이 잦아들고/ 아내가 뜨는 바늘귀의 고
요의 가봉/ 털실을 잣는 아내의 손은/ 천사에게 주문받는 아이들의 전
생애의 옷을 짜고 있다/ 설레이는 신의 겨울,/ 그 길고 먼 복도를 지내
나와/ 사시사철 눈 오는 겨울의 은은한 베틀 소리가 들리는/ 아내의
나라,/ 아내가 소요하는 회잉(懷孕)의 고요 안에/ 아직 풀지 않은 올의
하늘을 안고/ 눈부신 장미의 아이들이 노래하고 있다/ 아직 우리가 눈
뜨지 않고 지내며/ 어머니의 나라에서 누워 듣던 우레가/ 지금 새로
우리를 설레게 하고 있다/ 눈이 와서 나무들마저 의식(儀式)의 옷을
입고/ 축복받는 날/ 아이들이 지껄이는 미래의 낱말들이/ 살아서 부활
하는 직조(織造)의 방에 누워/ 내 동상(凍傷)의 귀는 영원한 꿈의 재
단,/ 이 겨울날 조요로운 아내의 재봉일 일을 엿듣고 있다
　　　　　　　　　　　　　　　　ー「재봉」(『서울의 유서』)전문

　　1968년, 시인이 ≪한국일보≫신춘문예에 응모했던 이 시에서, 화자
가 노래하는 공간은 "어머니의 나라에서 누워 듣던 우레가 지금 새로 우
리를 설레게 하는", "아내의 나라"이자, 20대의 젊은 김종철이 느낀 현
실이다. 4.19와 5.16이라는 "그 길고 먼 복도를 지내 나"온 직후, 시인은
미래에 대한 어떤 희망을 가졌던 것 같다. 물론 "아직"이라는 부사어에
서 보듯이 어떤 성급한 희망이나 미래에 대한 낙관을 하고 있지는 않다.
"아직 풀지 않은 올의 하늘을 안고 눈부신 장미의 아이들이 노래하고 있
다"에서처럼 여전히 해결되지 않은 문제들이 남아 있음을 암시한다.
　　그러나 풀지 않은 "올"이 그렇게 어두워 보이지는 않는다. "신", "천
사", "눈부신 장미", "눈" 등의 구절은 '잦아들고', '짜고', '설레이'고, '고

요하고', '노래하고' 등의 서술어와 만나 시의 분위기를 밝게 이끌어 간다. '눈, 빨간 열매, 은빛의 털옷' 등의 시각적 이미지와 은은한 베틀소리 등의 청각적 이미지는 맑고 순수한 근원적 세계를 환기시키는 동시에 "미래의 낱말들이/ 살아서 부활하는 직조(織造)의 방"으로 제시된다. 이때 방은 희망찬 내일의 설계가 가능한 어떤 믿음을 담고 있는 시인의 내면을 상징적으로 드러내 보인다.

그러나 국가의 권력이 집중된 '서울'로 간 시인에게 그곳은 긍정적으로 다가오지 않았던 것 같다.

> 서울은 폐를 앓고 있다/ 도착증의 언어들은/ 곳곳에서 서울의 구강을 물들이고/ 완성되지 못한 소시민의/ 벌판들이 시름시름 앓아누웠다/ 눈물과 비탄의 금속성들은/ 더욱 두꺼워가고/ 병든 시간의 잎들 위에/ 가난한 집들이 서고 허물어지고/ 오오, 집집마다 믿음의 우물물은/ 바짝바짝 메마르고/ 우리는 죽음의 열쇠를 지니고 다녔다/[...] / 절망의 삽과 곡괭이에 묻힌/ 우리들의 시대정신의 피/ 몇 장의 지폐로 바뀐 소시민들의 운명들은/ 탄식의 밤을 너무나 많이 실어왔다// 오오, 벌거숭이 거리에/ 병든 개들은 어슬렁거리고// 새벽 두 시에 달아난 개인의 밤과/ 십 년간 돌아오지 않은 오디세우스의 바다가/ 고서점의 활자 속에 비끄러매이고/ 우리들 일생의 도둑들은 목마른 자유를 다투어 훔쳐갔다
> ―「서울의 유서」(『서울의 유서』)에서

첫 시집 『서울의 유서』 표제작인 이 시는 1970년대 초반의 암울한 시대 상황을 그대로 드러내 준다. 박정희 유신체제가 재집권에 성공하여 제3차 경제개발 정책을 추진하고, '조국 근대화'의 구호가 사회를 관통했던 당시, 근대의 환상에 도취된 사람들은 장밋빛 미래를 낙관하며 매끈한 표면의 화려한 도시로 모여들기 시작했다. 물론 그 이면에는 독재

의 절대적 권력과 자본의 힘이 작동하고 있었지만, 어둠의 내면을 위장한 사회의 표면에는 미래를 예고하는 화려한 청사진이 걸려 있었기에, 나날의 삶을 사는 사람들은 정치적 저항으로 얻게 될 불확실한 미래보다는 일상의 삶에 충실하거나, "양심의 밑둥을 찍어 넘기고" 확실한 미래의 행복을 쫓아 갔다. 이러한 집단적 환상은 공동체의 가치와 이념에 호소함으로써 모든 개체를 지배적 동일성의 체계로 포획하는 한편, 개체 안에 내장된 욕망을 부추김으로써 결국 모두를 파괴의 지점으로 이끌어간다.

시인은 현실의 집단적 환상 아래 웅크리고 있는 죽음을 응시하고, 그것을 "서울은 폐를 앓고 있다"와 같이 질병의 언어로 표현하고 있다. 폐를 앓고 있는 서울은 개체를 둘러싼 세계 육체 내부의 폐허를 드러내는 징표이다. "몇 장의 지폐에" 양심의 밑둥을 찍어 넘기는 소시민, 병든 개들이 어슬렁거리는 서울은 "주리고 목마른 자유를/ 우리들의 일생의 도둑들은 다투어 훔쳐갔다"에서 보듯, 자유를 상실한 곳이며, 그 억압성은 「서울의 유서」라는 제목과 함께 극대화되어 드러나고 있다. '도착증의 언어', '완성되지 못한 소시민', '바짝 메마른 우물물', '새벽까지 기침이 잦아진 서울은' 등의 심상을 담아낸 "유서"는 당대의 억압적 현실에 대한 심적 기류를 언어로 표현한 결과일 것이다.

이렇게 육체의 병적 징후들로 상징되는 자본의 부정성을 넘어서려는 시인의 열망은 때 묻지 않은 시공간을 찾아 새로운 가능성을 탐색하고 있다.

> 바람에 날아다니는 바다를 본 적이 있으신지/ 낡은 그물코 한 올로 몸 가린 섬을 본 적 있으신지/ 이 섬에 가려면 황톳길 삼십 리 지나 한 달에 한두 번 달리는 바깥세상의 철길을 뛰어넘고 다시 소금

밭 둑길 따라 나문재 듬성듬성 박혀 있는 시오리를 지나면 갯마을의
고샅이 보일 겁니다/ 이 섬으로 가려면 바다를 찾지 마셔요 물 없이
떠도는 섬, 같은 바다에 두 번 다시 발을 담그지 않는 섬, 아무도 이
섬을 보지 못하고 돌아온 것은 당신이 찾는 바다 때문입니다/ 당신
의 삶이 자맥질한 썩은 눈물과 토사는 이 섬을 서쪽으로 서쪽으로
더 멀리 떨어뜨려 놓을 겁니다
　　　　　　―「섬에 가려면―오이도(烏耳島)·1」(『오이도』)에서

　이 작품은 70년 말, 혹은 80년대 초반의 시대 상황에서 써진 것으로
보인다. 유신 독재에 대한 항거와 그로 인한 젊은이들의 죽음, 신군부
의 탄압과 언론통제 등으로 수많은 학살과 처벌이 있었던 시기, 당대
시인들은 이 나라의 주인이 '민중'임을 내세우며, 독재정권에 극렬히
맞섰다. 불의의 시대를 살아가는 시인으로서, 불의에 대해 저항하는 것
은 너무도 당연한 일. 그러나 시의 자아는 그 저항의 대열에서 비껴나
있다. 제목의 「오이도」는 실제로 존재하는 섬과는 거리가 있다. "바람
에 날아다니는 바다", "낡은 그물코 안 올로 몸 가린 섬", "소금밭 둑길
따라 나문재 듬성듬성 박혀 있는 시오리를 지나면 갯마을의 고샅"이 있
는 이 섬은 군부독재와 자본 권력이 장악한 현실의 철길을 뛰어넘어야
도달할 수 있는 때 묻지 않은 자연이자, 아무도 "보지 못"한 시인의 내
면 공간이다.
　"당신의 삶이 자맥질한 썩은 눈물과 토사는 이 섬을 서쪽으로 서쪽으
로 더 멀리 떨어뜨려 놓을 겁니다"고 할 때, 서쪽은 불교에서 말하는 서
방정토의 세계, 즉 삶의 호흡을 중지시켜야 도달하는 (의식적)죽음의
영토이다. 시인은 이 절대적이고 초월적인 신화적 공간을 통해 근대의
폭력적이고 왜곡된 현실을 넘어 새로운 가능성을 탐색하고 있다. 십 톤
짜리 멍텅구리배같이 떠도는 이 섬은 고정된 궤도를 이탈하여 새로운

생의 지도를 그릴 수 있는 공간이며, 소금이 환기하는 흰빛과 둑이나 나문재 나물이 환기하는 푸른 빛의 이미지는 이 섬을 신비로운 공간으로 확장시키는 데 기여하고 있다.

그러나 썩지 않은, 깨끗한 백지상태의 자연과의 동일시를 통해 파탄된 현실을 넘어서려는 서정은 안타깝게도 외부의 부정을 통해 스스로의 동일성을 확인하려는 배타적 자기 보존의 논리와 닿아 있다는 혐의에서 자유로울 수 없는 것처럼 보인다. 때 묻지 않는 섬은 '더러운' 현실의 제거함으로써 스스로 깨끗한 아름다움의 성채에 갇히고자 하는 자기 초월적 욕망을 대변하는 상징물로 외화되며, 이때 시인의 역사적 시각은 현실을 지배하는 권력의 광기와 자본이라는 괴물을 넘어 푸르른 고향으로 표상되는 새로운 세계를 향해 나아가려는 오디세이의 시선과도 닿아 있다. 다르게 말하면, 섬을 향한 시의 시선은 순수한 정신을 추구하는 이성의 눈으로 환유되는 것이다.

세계를 균열시키는 '못'

이러한 시인의 시적 지향은 90년대에 이르러 자기반성적 성찰의 표지인 '못'과 함께 새롭게 변주된다.

오늘도 못질을 합니다/ 흔들리지 않게 삐걱거리지 않게/ 세상의 무릎에 강한 못을 박습니다/ 부드럽고 어린 떡잎의 세상에도/ 작은 못을 다닥다닥 박습니다/ 그러나 익숙지 않은 당신들은/ 서로 빗나가기만 합니다/ [...] / 그때마다 굽어진 우리의 머리 위로/ 낯선 유성이 길게 흐르는 것이 보였습니다.
　　　　　　　　　　　　　　　－「못에 대하여 2」(『오늘이 그날이다』)에서

위 시에서 자아는 "세상의 무릎에" 못을 박고 있다. "흔들리지 않게, 삐걱거리지 않게" 못을 박는 행위는 당대의 분열과 균열을 봉합하기 위한 장치로도 읽힌다. 이는 당시 사회가 그만큼 흔들리고 삐걱거렸음을 짐작하게 한다. 그도 그럴 것이 80년대 중반 이후 우리 사회는 대격변이 일어났다고 해도 과언이 아니었던 시기였기 때문이다. 80년대 중반 이후 격렬했던 사회민주화운동과 80년대 말에 급속히 전개된 세계적 규모의 사회문화적 변동은 지금까지 지탱해왔던 이념의 상실과 동시에 한국문단을 재편하는 계기가 되었고, 당시 젊은 시인과 작가들은 이 세계와의 관련성을 부정하거나, 해체해나가면서 나름의 응전을 시도했다. 시인은 이러한 혼란의 균열과 흔들림을 가중시키기보다는 그 균열을 봉합하기 위해 못을 든 것일지도 모른다. 부드럽고 어린 떡잎으로 환치된 젊은이들의 육체에 "작은 못을 다닥다닥 박는" 행위는 당대의 불협화음을 봉합하려는 행위로도 읽을 수 있다.

그러나 '못'의 상징적 의미를 떠올릴 때, 이 행위는 봉합의 의미로만 읽히지 않는다. 뾰족한 못이 세계의 파고들 때 생겨나는 상처와 고통은 존재의 실존적 감각을 깨어나게 하고, 무엇보다 세계와 분리된 자신의 '몸'을 자각하게 한다. 아픔을 감각하는 순간 세계와 자아 사이에 틈이 생겨나고 세계는 내게서 저만치 물러난다. 이때 경험되는 육체의 고통은 인간이 홀로 겪어야 하는 운명이자 사건이며, 세계로부터의 소외를 경험하는 동시에 실존을 자각하는 계기가 된다. 시의 '못'은 고통을 경험하게 하는 도구이자, 자기 존재와 삶의 의미를 선명하게 환기해주는 매개로 상정된 것일 수 있다.

이렇게 보면, 시인의 행위는 자아의 감각을 깨워내는 행위이며, 희망의 유성을 보기 위한 행위로도 읽을 수 있을 것이다. 시인은 시대의 구호를 외치거나 큰 소리로 말하는 것을 원치 않았다. 말이 말을 만들어내고 그 말들의 잔치 속에서 말의 본질은 사라진다. "길이 아니면 가지 말고/ 한눈팔지 말고/ 한 귀로 흘리지 말고/ 침묵하라", "오늘 우리의 손 바닥 위에/ 이만큼, 요만큼, 저만큼 하며/ 기도하고 사랑하고 노래하는 것이/ 부끄럽고 부끄럽다"(「오늘이 그날이다 · 1」)는 언어를 통해 자기 반성과 성찰의 태도를 보여주고 있다.

이러한 자세는 그의 종교적 태도와도 무관하지 않아 보인다.

> 못을 뽑습니다/ 휘어진 못을 뽑는 것은/ 여간 어렵지 않습니다/ 오늘도 성당에서/ 아내와 함께 고백성사를 하였습니다/ 못 자국이 유난히 많은 남편의 가슴을/ 아내는 못 본 체 하였습니다/ 나는 더욱 부끄러웠습니다/ 아직도 뽑아내지 않은 못 하나가/ 정말 어쩔 수 없이 숨겨 둔 못대가리 하나가 / 쏘옥 고개를 내밀었기 때문입니다
> —「고백성사—못에 관한 명상 1」(『못에 관한 명상』) 전문

김종철은 중학교 2학년 때 아우구스티노라는 이름으로 가톨릭 영세를 받았다. 그래서인지 그의 시는 종교적 인식이 반영된 시들이 많이 쓰인다. 그러나 문학과 종교는 밀접한 관계를 가졌을 뿐 완전히 일치하는 것은 아니다. 문학은 암시적이지만, 종교는 명령과 실천을 요구하는 생활의 일부이고, 종교는 신앙을 통한 영혼의 구제를 갈망하는 세계인데 반해 문학은 미적 체험을 내용으로 한 표현예술의 세계이기 때문이다. 다만 문학과 종교는 서로 자율적 독립체로서 서로 영향을 준다고 볼 수 있다. 실제로 5시집 『등신불 시편』에서는 "꿈속에서 누군가/성불 하라고 한다/ 성불하는 법을 일러주며/ 성불하라고 한다"(「성불하는 법 —등신불 시편 2」)와 같이 불교적 사유를 담아낸 시편들도 보인다. 이러한 측면에서 김종철의 이 시는 기독교적 인식과 상상력을 차용하여 자기 성찰을 담아낸 시라고 할 수 있다.

예수는 일신의 영광을 버리고 인류를 위해 진리를 전파하고 인간을 죄의 구렁에서 건져낸 존재이다. 못은 인류의 죄를 대신한 예수의 고행과 상처를 의미한다. 이 시에서 성당에 간 화자는 자신의 상처와 죄의식을 "고백성사"를 통해서 씻어내려고 한다. 그러나 "휘어진 못을 뽑는 것은 여간 어렵지 않습니다"는 구절이나 "정말 어쩔 수 없이 숨겨 둔 못대가리 하나가 쏘옥 고개를 내밀었"다는 표현에서 보듯이, 아직 떨쳐내지 못한 죄의식 혹은 상처가 남아 있음을 보여준다. 그런데 이 오랜 죄의식은 어디서 연원하는 것일까.

> 그날 유서를 쓰고/ 손톱과 발톱, 머리털까지 자르고/ 유장하게 묵상을 하고/ 흰 봉투에 담아두었습니다//신새벽 총신을 손질하고/ 빈 수통에 물을 가득 채우고/ 군화 끈을 단단히 고쳐 매고/ 당신의 정글 속으로 들어갔습니다// 매복을 한지 삼십오 년/ 그날이 오늘입니다/ 아직도 낯선 전장터에 떠도는 그 사내를/ 꿈길에서 마주칠 때마다/ 죽지 않은 그를 위해/ 오늘은 내가 또 유서를 준비합니다
> —「유서를 쓰며」(『못의 귀향』)에서

시인은 기억해낸다. 악몽의 내용을. 그것은 베트남전에 참전했던 경험의 기억이다. 아직 죽음이 무엇인지 몰랐던 젊은 김종철은 이 전쟁에 참전하여 자신의 죽음을 학습했을 것이다. 죽음의 공습을 체험한 시인이 살아남아 죽음을 증언하는 것은 인생에서 겪기 힘든 통렬한 비극이다. 그 기억은 시인의 무의식에 가라앉아 오래도록 괴롭혔을 것이다. 시에 등장하는 "아직도 낯선 전장터에 떠도는" 그 사내는 자기 자신이다. '유서를 쓰고 손톱과 발톱, 머리털까지 잘라 담았던 흰 봉투에' 담고, '신새벽 총신을 손질하고, 군화 끈을 단단히 고쳐 매고/ 당신의 정글 속으로 들어'간 그는 객관화된 자기 자신이며, "선연한 눈매를 가진 수

진마을의 랑"이나 "숨겨진 아들"과 같은 구절에서는 전쟁의 비정함과 동시에 어떤 애틋한 사랑까지 복잡한 심정을 보여준다. 그를 위해 오늘은 내가 또 유서를 준비한다는 구절에서는 전쟁에서 살아남은 자의 비애와 고통이 고스란히 드러나고 있다.

그러나 전쟁의 역사적 경험을 재현하는 데 있어, 이 시가 그의 '가장' 좋은 시라고 말하기는 어렵다. 역사적 트라우마를 경험한 자의 끔찍한 기억이 국지적 사건이 아닌, 인간의 수난사로 승화시키기 위해서는 당시 상황을 좀 더 핍진하게 묘사하거나 발화자의 위치를 바꾸어볼 필요가 있다. 그 전쟁에 참전한 자가 가해자인 동시에 피해자였음을 상기할 때, '나'라는 근대적 주체에 짓밟히는 타자의 육체, 혹은 그 목소리로 교직함으로써 당시의 참상을 짐작하게 하거나 죽음과 파멸의 이미지를 좀 더 생생하게 그려내는 것이다. 그러나 그것은 사건의 원체험에서 자유롭지 못한 시인에게 과도한 요구일 수 있다.

어떻든 그는 1960년대, 국가의 이익 논리에 따른 세계의 폭력과 개인의 희생에 대한 경험 기억을 이끌어내어, 잊지 않고 기억해야 할, 또는 증언해야 할 사실을 기록하고 자기반성적 성찰을 시도하고 있다. 문학이 모두가 함구해온 것을 발언하면서, (자기)반성적 물음을 끊임없이 제기하는 것이라면, 그의 이 시는 우리가 함구한 사건을 증언하고 있다는 것만으로도 주목할 만한 가치가 있을지 모른다. 시인이 오늘 다시 죽음의 유서를 쓰며 삶과 죽음의 경계에 자신을 세우는 것은은 끔찍한 죽음 ─과거를 삶─현재 안에 이끌어냄으로써 망각된 역사의 비극적 사건을 (독자와 함께) 반성적으로 성찰해보는 작업과 맞물려 있기 때문이다.

> 돌을 던지지 않았습니다/ 화염병도 던지지 않았습니다./ 굳세게
> 어깨동무를 하고/ 흔한 민중가 한 가락 못 불러봤습니다// 그러나 젊

어서/ 주체할 수 없이 너무 푸르고 슬퍼서/ 막걸리 퍼마시고/ 고성방
가하고 방뇨한 죄로/ 하룻밤 구치소에 갇힌 적은 있습니다
　　　　　　　　　ー「실패한 못의 혁명」(『못의 귀향』) 전문

　　자본주의 문화와 정치적 이념이 교직되어 대중을 통제하는 시대에
당대의 사회정치적 문화적 이데올로기를 반성적으로 사유하는 작업은
지난할 수밖에 없다. 간명한 시이지만, 위 작품에서 우리는 실패한 혁
명에 대한 시인의 사유를 엿볼 수 있다. 시인은 권력적 지배에 항거하
여 돌을 던지거나, 화염병을 던지거나, 민중가를 부른 적이 없다. 다만
젊은 혈기에, 현실이 주체할 수 없이 슬퍼서 막걸리 퍼마시고 고성방가
하고, 방뇨하여 갇힌 적이 있을 뿐이다. 여기에 내장된 시인의 감정은
무엇인가. 그것은 더 적극적으로 투쟁하지 못했던 젊은 날에 대한 반성
일 수도 있고, 그 혁명적 행위들이 결국 실패하고 말았다는 데서 오는
비애일 수도 있다. 그러나 그것을 문면에 드러내지는 않는다. 이것은
시인의 중요한 에토스일 수 있다. 가령 이런 경우를 생각해 볼 수 있을
것이다. 현실 참여시들이 보여주었던 투쟁의 직접 언술과 과장, 혹은
최근 시들이 보이는 과도한 분열의식. 어쩌면 오늘의 현실에서 가장 필
요한 것은 다시 원점으로 돌아가 시와 시인됨의 근거가 무엇인지에 대
해 깊이 숙고하는 자세일지도 모른다. 그런 점에서 스스로를 되돌아보
며, 여과된 비애를 드러내는 시는 소중해 보인다.
　　시인이 실패한 못의 혁명을 말할 때, 우리는 그 혁명이 말하는 여과
된 비애에 대해 생각해 보아야 한다. 시인이 회상하는 70-80년대, 군
사독재정권에 대한 저항, 피를 부르는 혁명적 언어들. 그러나 투쟁의
주체가 자리를 양도하고 각자의 자리로 돌아가면서 그 주권은 또 다른
권력자에게로 넘어갔다. 어쩌면 시인은 자기로부터의 혁명이 동반되

지 않은 혁명은 실패한다는 사실을 말하고 싶었을지도 모른다. 장난감 나라의 아이가 장난감 병정의 위치를 바꾸어 새로운 왕국에서 건설하려는 일처럼, 권력의 지배에 항거하는 일이 또 다른 독선적 권위를 가지려는 노력에 닿아 있다면, 그 혁명은 실패한 혁명이 되고 만다. 그리고 이제 우리는 더 이상 관계가 불가능할 만큼 파편화되었다.

상처의 흔적으로서의 '못'

> 한 달 한 번씩 군인 받지 않는 날/ '황국신민서사'외우고/ 일본 병사 무덤에/ 풀 뜯고 향 꽂고 합장해주었다// 전쟁터 나가면 환송하고/ 돌아오면 환영했던/ 천황폐하의 위안부/ 소방대 훈련과 가마니에/ 창 찌르기 연습 날에는/ 검은 모자 검은 몸뻬를 입혔다// 쿄우에이 위안소 일정이 정해졌다/ 일요일 사단 사령부 본부/ 화요일 공병부대/ 수요일 휴업일, 성병 검진/ 목요일 위생부대/ 금요일 산포부대/ 토요일 수송부대/ 의무로서 죽음을 기다리는 병사들
>   —「못은 자루를 뚫고 나온다」(『절두산 부활의 집』)에서

이 시에서 떠오르는 '위안부'. 누구를 위한 위안인지 모를 이 용어는 우리 근대사의 상처이자 민족의 존엄성 박탈을 상징하는 기호이면서, 제국주의와 남성의 시각에 이중적으로 짓밟힌 여성의 아픈 기호이다. 시인은 이 아픔을 자신이 참전한 전쟁의 기억과 겹쳐 그려내고 있다. 시에 등장하는 병사는 일본 병사이기도 하고, 당대에 끌려간 조선의 병사이기도 하며, 베트남전에 참전한 한국 병사이기도 할 것이다. 그러나 이 병사들의 폭력적 행위나 그들에 의한 여성들의 고통 감각은 드러나지 않는다. 천황폐하의 위안부는 오히려 군인들이 "전쟁터 나가면 환송

하고/ 돌아오면 환영"하며, 그들의 무덤에 풀 뜯고 향 꽂고 합장까지 하고 있다. 그렇다면 시인은 당시의 기억을 긍정적으로 보는 것일까.

그렇지는 않다. 시의 제목 「못은 자루를 뚫고 나온다」에서 보듯, 못은 자루로 환치된 육체를 뚫고 삐어져 나오는 부끄러운 기억이고 아픈 상처다. 세계의 지배적 흐름에 순응해야 했던, 자기 스스로 죽음의 전장으로 밀어 넣어야 했던 자의 뼈아픈 상처. 그 치욕스런 상처의 흔적. 그 못이 시의 자루를 뚫고 비어져 나올 때, 그것은 "모두 병들었는데 아무도 아프지" 않은(이성복, 「그날」) 우리에게, '왜 상처가 남아 있는가', 물어도 대답할 수 없는 나에게, 고스란히 질문으로 날아와 박힌다. 과연 나는 행복한가? 우리는 자유로운가? 그 행복과 자유는 누구의 무엇을 담보한 것인가? 시인들이여, 우리는 왜 읽고 쓰는가….

시월 항쟁과 시적 가능성

시월 항쟁과 문학적 과제

역사가는 과거의 사실로 이야기를 만드는 사람이라는 말이 있다. 이는 역사적 사실에 역사가의 특정한 의미부여 작용이 개입될 수 있음을 함의하는 위험한 말이다. 왜 위험한가. 대상에 특정한 의미를 부여하는 역사가의 인식이란 결국 자신을 둘러싼 외부(권력)와의 영향 관계 속에서 형성될 수밖에 없기 때문이다. 특히 독재권력 하에서 사(史/死)적 기록이란 검열에 의해 삭제되거나 왜곡될 위험에 노출될 수밖에 없다. 시월도 마찬가지여서, 그 사건을 기록하는 언어도 보는 사람에 따라 부마민주화항쟁이나 부마사태와 같이 사뭇 다른 의미로 써진다. 이렇게 볼 때 시월문학은 그 진실에 이르는 가장 나은 도정이라고 자부하기 어렵다. 이 점에서 '역사는 있었던 사실을 이야기하고 문학은 있을 수 있는 일을 말한다'는 아리스토텔레스의 오랜 명제는 시월에 대한 문학의 제약성을 의미하는 것으로 받아들여도 될 것 같다. 그러나 그렇다하더라도 진실은 결코 부인될 수 없다. 있었던 사실로서의 진실이 바로 그것이다. 1979년 10월 16일부터 20일 사이에 일어난 부마항쟁은 우리 내부의 분열을 상징하는 비극적인 사건이자, 독재에 항거한 민중들의 투쟁의 산물이다.

그런데 아쉽게도 이 항쟁에 대한 문학적 접근은 찾아보기가 어렵다. 이는 내가 과문(寡聞)한 탓도 있지만, 시월의 문화운동이 최근에야 활성화된 것도 한 요인이라 생각한다. 물론 사건에 대한 진상조사와 논의는 1980년대 중반 이후, 민주화가 진전됨에 따라 조심스럽지만 진지하게 이루어져 왔다. 그러나 그 논의들은 이듬해 일어난 5·18에 비해 소략하며, 사건 발발의 원인에 대해서도 이견[1]이 분분하다. 그것은 달리 말하면, 시월에 대한 새로운 관점과 시각 교정을 요구하는 공개적 논의들이 이제야 본격화되었다는 뜻이며, 시월문학에 대한 접근이 소략한 이유와도 연결된다. 그 점에서 10.16에 대한 관심은 역사적 사건에 대한 관점 교정과 동시에 문학적 가능성을 확대하는 이중적 과제가 요청된다고 하겠다. 여기서 문학의 가능성이란 사건을 경험한 당대인의 기억 경험을 생생하게 되살리는 일이며, 동시에 상상력에 의한 의미 증식을 뜻한다. 다시 말해, 민중의 희생과 죽음을 덮어버린 모든 시간과 시도들, 그리고 권력의 공모에 저항하면서 그날의 진실을 새로운 에너지로 만드는 것이 곧 시월문학에 주어진 과제인 것이다.

---

1) 혹자는 "김영삼 없이 부마항쟁의 발발을 설명할 수 없다"(전재호, 「유신체제와 부마항쟁」, 『항도부산』27호, 부산광역시사편찬위원회, 2011 73쪽.)고 하고, 혹자는 "김영삼이라는 개별정치인 또는 신민당이라는 제도권 야당에 대한 지지는 아니었다"(김선미, 「1970년대 후반 부산지역 학생운동과 부마항쟁 – 부산대 시위를 중심으로」, 『한국민족문화』67호, 한국민족문화, 2018, 3쪽 참조)고 말하기도 한다.

역사적 진실과 시적 증언

시월문학, 특히 지역문학의 차원에서 부마항쟁을 검토하려면 우선 3.15에서 이어진 민중혁명의 전체성 속에서 부산, 마산이 차지하는 정치적·문화적 위상을 살필 필요가 있다. 시월항쟁은 이 땅의 민주주의를 요구하는 지역민의 열망이자, "김재규의 박정희 살해에 원인을 제공함으로써 유신체제에 조종을 울린 거대한 사건"[2]으로서, 그 첫머리에 1960년 3월과 4월이 놓여 있기 때문이다. 3.15 마산의거는 한국 현대사에서 민주항쟁의 시작을 알리는 거대한 웅보였다. 그 바탕에 해방 이후 줄곧 외세에 의존해온 독재 권력과 매판자본을 타도하고 민주주의를 실현하며 자주 국가를 건설하려는 민중의 열망이 깔려 있었음은 말할 것도 없다. 이 열망이 점화시킨 4.19는 절대군주와 같은 독재자가 민중의 힘에 이끌려 스스로 하야하기에 이르는 그야말로 혁명이었다. 비록 민주(民主)의 온전한 실현은 5.16 군사쿠데타에 의해 실패하고 말았지만, 그 아래에 잠재된 열망은 폭압적 유신체제의 견고한 벽을 뚫고, 19년 후 부마항쟁이란 이름으로 다시금 터져 나왔다. 물론 미세사적 관점에서 그 심층을 따진다면, 70년대 말 오일쇼크와 중화학공업의 위기 등 경기침체에 따른 민중들의 정치적 불신이나, 이 사건에 앞장선 학생들의 경쟁의식이 작용하고 있다[3]지만, 그 근원에 생명의 자유와 민주주

---

2) 유영국, 「부마항쟁과 유신체제의 붕괴」, (민주화운동기념사업회 엮음) 『한국민주화운동사』 2호, 돌베개, 2009, 354~356쪽.

3) "부산대와 경남대 학생들은 단순히 순수한 민주화에 대한 열망만을 가지고 처음 학내 시위를 폭발시킨 것은 아니었다. 그 안에는 학생들의 자기 학교에 대한 자존심과 경쟁의식, 그리고 한국 학생 특유의 역사에 대한 봉사의식 등이 표현되어 있다. 두 대학은 모두 소위 '유신대학'으로써 수년간 유신성립 이후 제대로 된 시위를 해본 경험이 없었고, 거기에 대한 심한 자괴감을 가지고 있었다."(조정관, 「한국 민주화에 있어서 부마항쟁의 역할」, 『21세기정치학회보』 제19집 2호, 21세기정치학회, 2009, 87쪽.)

의에 대한 열망이 가장 크게 작동하고 있었음은 분명하다.

사정이 이러하다면, 이런 질문도 가능할 것이다. 왜 하필 부산·마산인가? 그 힘의 근원이 어디에 있을까? 그것은 부산 마산의 지리적 특성과도 무관하지 않다. 부산 마산은 바다와 인접해 있어 고대로부터 외세의 침탈에서 자유롭지 못했다. 특히 이 일대는 일본과 가장 근접한 지역이기에, 대륙 침탈을 꿈꾸는 일본의 거점으로 주목받았고, 일제 치하에서는 각종 경제 수탈을 경험할 수밖에 없었다. 따라서 경남 일대는 일찍부터 민족적 거부감과 항일의식이 싹튼 지역이며, 저항문학 역시 바로이 식민지 근대의 모순에 대한 자각에서부터 시작되었다고 볼 수 있다. 그러니까 부마, 곧 시월항쟁의 정신은 이 뿌리가 살아서 이어져온 결과라고 해도 과언이 아니다. 그것이 1979년의 민주역량과 어떻게 연관되고, 실제로 어떤 양상으로 실현되었는가 하는 것은 별도의 접근이 필요하지만, 억압의 자각에 뿌리를 댄 시월의 역사적 위상은 그 점에서도 변함없이 받아들여져야 한다. 다만 우려스러운 것은 그 받듦이 시월항쟁을 기념 대상으로 퇴행시키는 결과를 초래할 수 있다는 것이다.

시월의 문학적 과제도 이 맥락 속에 놓여 있다. 시월, 부마항쟁은 문화적으로 이행되어야 할 기억이지만, 그것은 리얼리티에 토대한 이행이어야 한다. 증언은 그래서 매우 중요하다. 증언의 역사가 없다면, 기억의 이행에 있어 왜곡과 축소, 도구화의 위험이 커진다. 기념만으로는 부족하다. 기념비를 세우고 기념일을 지정하고 기록물보관소를 만드는 일은 경우에 따라 의도된 기억에 그치거나 망각의 정치에 의해 조정될 위험이 많다. 군사정권이 사월혁명을 역사적 사건으로 축소하기 위해 기념일을 정하고 그것을 기념함으로써 민중의 경험을 조정해온 것처럼 말이다. 시월항쟁에 대한 정치적, 문화적 기억은 지역민의 삶 속에서 살아있는 기억으로 의미로 생성되어야 하며, 그 진실은 그 시대

증인들의 증언에 의해 소통되고 이행되어야 한다. 이 요구 앞에 설 때, 문학은 고민할 수밖에 없다. 비극적 사건의 진상을 알리고 증언을 되살리고 역사적 가치를 부여하는 작업은 무거운 윤리적 책임이며, 특히 시의 경우 그 사건을 어떻게 '시적으로' 표현할 것인가 하는 문제와 맞물려 있기 때문이다. 그 점에서 부산민주항쟁 10주년 기념자료집 ≪부산민주항쟁기념사업회≫(1989)에 실려 있는 임수생의 서시는 주목해볼 필요가 있다.

> 1. 1979년 10월 16일/ 마침내 불꽃은 치솟았다./ 우리들의 불꽃은 바람에 펄럭이는 깃발 되어/ 거리와 골목/ 교정과 광장에서/ 민중의 손에 들려/ 노동자와 농어민/ 도시 빈민과 진보적 지식인/ 학생들의 손에서 거대한 불꽃으로 불기둥 되어/ 하늘을 찌르며 타올랐다./ 광복동과 남포동, 국제 시장과 충무동/ 미 문화원 근처/ 부산 극장 주위는/ 시위대의 물결로 가득 넘쳤고/ 혁명의 함성은 천지를 진동시키며 해안을 뒤덮었다./(중략)./ 총칼이 번뜩이며 불을 토했다./ 장갑차가 시위대를 깔고 뭉갰다./ 꽃들은/ 깃발을 들고 물결치며 행진하던 꽃들은/ 짓밟히며 땅 위에 피를 쏟았다./ 피는 보도를 물들이며/ 강물 되어 끝없이 끝없이 흘러내리고 있었다.// [중략]// 2. [중략]/민중이여/ 깨어 있는 대중이여/ 군의 부당한 정치 개입을 타도하자./ 민중의 가슴을 향해 총구를 겨눈/ 맨손의 민중/ 맨손의 형제 가슴에 총탄을 퍼부은/ 군의 횡포는/ 민중사를 핏빛으로 장식할 뿐/ 민주주의를 저 멀리로 후퇴시킨다.
>
> —임수생, 「거대한 불꽃 부마 민주항쟁」 일부

이 시는 시인이 실제로 경험한 사실의 재현이라고 볼 수 있다. 부산에서 태어나 자란 임수생은 4.19때도 부산에서 항쟁의 대열에 참가했고, 10.16에도 대열에 섰던 시인이다. 여기서 그는 당시의 현장성을 좀 더 실감 있게 전달하기 위하여 장을 나누고, 여러 가지 시적 장치를 도입하고 있다. 먼저, 1장에서는 부마항쟁의 과정과 그 결과를 속도감 있게 써 내려간다. "1979년 10월 16일"이라는 구체적인 날짜와 "광복동과 남포동, 국제 시장과 충무동/ 미 문화원 근처/ 부산 극장 주위"와 같은 공간적 지명, "노동자와 농어민/ 도시 빈민과 진보적 지식인/ 학생들"이라는 표지는 이 사건이 언제 어디서 어떤 사람들이 참여했는지를 선명하게 보여준다. 다양한 이데올로기적 정치적 언어들이 부산이라는 공간에서 충돌한 이 사건은, 달리 말하면 경제개발의 이름으로 민간인을 추방하고 밀어버리는 군부권력과 이에 대항하는 소수−민중들 사이에 일어난 충돌이었다고 할 수 있다. 여기서 보이는 "총칼이 번뜩이며 불을 토"하고 "장갑차가 시위대를 깔고 뭉"개는 장면은 피로 얼룩진 전쟁터의 이미지로 환기된다. 강물처럼 흘러내리는 "피"의 생생한 물질성은 야만적 권력의 파괴적인 욕망을 폭로하는 데 기여한다. 피에 덧씌워진 '좌파' 또는 '폭도'라는 국가의 호명은 어떠한 불일치도 허용치 않는 유신의 동일성 논리에 항거하는 '불경한 자'들에 대한 처벌의 선고였지만, 여기에 맞선 저항의 함성은 이 전장을 뚫고 나아가 끝내는 권력이 자신의 "심복의 손에 의해 무참히 붕괴"되도록 하는 힘으로 작용했다. 2장에서는 부마항쟁이 지닌 혁명 정신의 참뜻을 되새기면서 그 혁명의 "불꽃"이 "민족 통일/ 자주와 평화를 위한/ 꺼지지 않는 영원한 불꽃이어야 한다"고 강한 어조로 노래하고 있다. 이러한 장치들은 말할 것도 없이 수사적 목표가 아니라 수용적 관심을 이끌어내기 위한 것이다. 여기서 강조되는 자주(自主)정신은 어떤 특정 정치인을 지지하는 데서 생겨나지 않는다. 특정 정치인 또는 당대 제도권 야당을 지지하는 일은 시인이 강조하듯, 자주의 의미를 훼손시키는 일이며, 종래에 "민주주의를 저 멀리로 후퇴시"키는 일이 된다.

시민이 주권을 행사하는 것, 민주로 가는 길은 결코 쉬운 일이 아니다. 그것은 주체와 객체, 정상과 비정상, '동일자 나'와 '다른 너'를 가르고 구분하는 이분법적 인식을 깨뜨리는 투쟁에서 시작되며, 동시에 나 스스로의 혁명을 동반한다. 이 혁명은 국가와 지역, 세대와 계급 그리고 일상적 생활세계에 이르기까지 모든 영역에서 실제로 실천되어야 한다. 그 점에서 현실적 자의식을 붕괴시킴으로써 과거의 진실을 증언하는 기억투쟁은 계속되어야 한다. 10.16의 광기를 망각할 때, 우리가 다시 10.16을 경험할 수 있다는 점에서 특히 그렇다. 그러나 아쉽게도 그날을 증언하는 시는 여전히 부족해 보인다. 이러한 사정에서 지난 2014년에 발간된 우무석의 시집 『10월의 구름들』(불후미디어)과 2018년, ≪객토≫ 동인이 펴낸 동인지 『봄이 온다』를 발견하게 된 것은 행운이다. 이들의 시는 부산에서 일어난 항쟁이 마산으로 확산된 현장을 보여준다. 우무석은 그 현장에 섰던 자신의 경험 기억을 통해 그날의 장면을 생생하게 길어 올린다.

> 무장한 전경들이 검은 제방처럼 길 막고 섰습니다// (중략)// 가까이에 구경꾼인 양 사복형사들 예닐곱 시위대 속으로 바람처럼 섞여 들어 우왁스런 손으로 바바리코트 앞자락 틀어쥐자 마침 곁자리께 나와 남학생 두엇이 함께 여학생의 팔과 코트 뒷자락 잡아끌고 당기며 실랑이 벌였지만 격파된 쪽은 우리였기에 뿔뿔이 허물어지며 골목길로 도망갈 때 얼핏 보았습니다, 바바리코트 여학생 머리채 잡혀 개처럼 질질 끌려가는 것을,
>
> ─우무석, 「바바리코트의 여학생」 일부

이 시에서 여학생은 35여 년의 세월 동안 은폐되어 있던 진실의 흔적으로 출현한다. 1979년으로부터 35년에 이르는 시간의 마모를 견뎌온

전장의 흔적이 시인의 기억을 통해 고스란히 현재로 되돌아온 것이다. 시인은 시간의 흐름 속에서도 결코 망각되거나 소거될 수 없는 그 지점으로 되돌아가, 자기 안에 각인된 여학생의 희생을 기억하고, 그것을 발화한다. "무학초등학교 건너편 만미당(萬味堂) 빵집"과 그 앞에 "무장한 전경들이 검은 제방처럼" 막고 선 장면은 낯선 시간의 출현을 알리는 시적 사건으로 쓰인다. 사복형사들 손에 "바바리코트 여학생 머리채 잡혀 개처럼 질질 끌려가는" 이 장면은 야만적 권력의 광기를 보여주는 동시에 어떤 기시감을 불러일으킨다. 개처럼 질질 끌려가는 여학생은 앞서 임수생이 보여준 부산에서 피 흘리던 꽃잎 이미지와 겹친다. 그것은 그 이듬해 광주에서 '불에 그슬린 시체─신체'의 이미지(황지우, 「飛火하는 불새」, 『새들도 세상을 뜨는구나』)와도 겹쳐진다. 이때 부산과 마산, 광주라는 공간적 변화는 그 사이의 시간차가 무의미한 것과 같이 아무런 변별성을 보여주지 않는다. 그것은 국가─권력의 폭력이 이 땅 곳곳에 편재했다는 사실과 다르지 않다. 그러나 이 시에서 시인을 더욱 고통스럽게 하는 것은 권력의 폭력에 격파당했다는 패배감이 아니라, 그로부터 살아남은 자가 견뎌야 하는 부채의식이다. 그것은 인용문 밖에서 "그날 현장에서 결사항전의 정신으로 구출하지 못했던 사내답지 못한 죄"에서도 드러나며, 다른 시 「의거학생 고 강융기 군 추도비」에서 "총탄에 피 흘리며 쓰러진 선배 강융기(姜隆紀)/ 그 산청 촌놈의 이름도 기억하지 못한 채"에서도 확인된다. 어쩌면 이 부채감이 오래도록 시인을 지배하면서 그 비극을 '증언'하게 했는지도 모른다. 죽은 자의 이름으로 환기되는 시적 증언은 망각으로부터 그것을 지켜내고자 하는 열망에 다름 아니다. 그것을 지켜내야 하는 이유는 "낯익은 불행의 회오리/ 그 시간은 지나갔지만 동시에 그대로 있"(「카오스 발생론」)기 때문이다.

지금도 국가의 율법은 죽은 자를 매장함으로써, 산 자와 죽은 자가 각기 자신의 자리로 돌아갈 것을 명령하고 있다. 죽은 자에 대한 애도와 매장은 주검의 불길한 냄새를 청소함으로써, 국가의 안녕과 치안을 유지하는 (허위의)장치로 기획된다. 그러나 인간의 윤리는 죽음에 대한 예의, 곧 타자에 대한 애도의 절차를 요구한다. 그것은 죽음의 의미를 되새기고 그것을 충분한 슬픔으로 연소하는 과정일 터이다. 허나 국가는 법의 이름을 동원하여 이 모든 권리를 박탈한다. 시인이 죽은 자의 이름을 호명하는 일은 그 이름이 곧 자신의 이름일 수도 있다는, 그 고통스러운 흔적을 다시금 각인하는 일이며, 동시에 고독한 증언이고 저항이 된다. 죽음을 매장하고 망각하는 것이 아니라, 그 죽음과 희생을 기억함으로써 그 흔적을 서둘러 지워버리는 권력의 푸닥거리에 초혼의 형식으로 맞서는 것이다. 다르게 말하면, 그것은 죽은 자를 현재 안으로 불러들이는 호소이자 부름이며, 이 현재가 곧 미래의 잠재성을 생성하는 시월 시의 최전선이라 할 수 있을 것이다.

　≪객토≫ 동인들은 말할 것도 없이 시월의 다음 세대이다. 이들은 1987년 6월을 경험했거나 2017년 '촛불항쟁'을 경험한 세대라고 할 수 있다. 그럼에도 불구하고 이 시인들에게 1979년 마산 항쟁은 여전히 기억되고 증언된다.

　　경남대학교에서 남성동에서 북마산에서 불종거리에서 오동동에서 하나 된 우리 피를 두려워하지 않았다 아니 두려운 줄 몰랐다//
　　독재의 압박 강하게 눌러올수록 자유를 위해 튀어오를 반탄력 가진 용수철 같은 여기 마산 민주 시민들
　　　　　　　　　　　　　　　－이규석, 「봄은 그냥 오는 것이 아니다」

　　분노를 넘어 절망의 시간을 지나/ 끝내 희망을 찾으려는 숭고함

의 함성// 독재 타도, 유신 철폐// 죽음조차 두렵지 않은 거대한 물결
들/ 그 물결들 모이고 고여/ 끝내 우리는 지켜 내었다// 여기 이 자리/
자유 민주의 성지에/ 다시 서는 것은/ 그날의 함성이/ 아직도/ 끝나
지 않았기 때문이다

　　　　　　　　　　　　　　　　　　　　　－이상호, 「아직도」

　　이규석의 "경남대학교에서 남성동에서 북마산에서 불종거리에서 오
동동에서 하나 된 우리 피를 두려워하지 않았다 아니 두려운 줄을 몰랐
다"는 언술에서 항쟁이 일어난 구체적 현장이 생생하게 드러난다. 이는
물론 시인의 상상력에서 길어 올린 것이지만, 그 상상은 증인들의 증언
이 없이는 불가능하다. 세계를 향해 나아가는 존재로서 '세계－내－존
재'의 상상을 말한 하이데거의 말을 빌리면, 상상은 자신이 이해하는
범주에서 벗어나지 않는다. '세계－내－존재', 곧 현존재(Dasein)는 상
상을 통해 자신이 원하는 장소에 미리 가 있을 수 있지만, 그 상상은 자
신이 이해하는 범주 아래에서만 가능하다. 그 점에서 피를 두려워하지
않는 그 장소에 가 있는 시의 화자는 "마산 민주 시민들"의 증언에 의해
시인이 상상한 또 다른 자아이며, 이 자아의 "강하게 눌러올수록 자유
를 위해 튀어오를 반탄력"을 가진 정신은 마산 시민들의 증언에 의해
면면되어온 정신이라 할 수 있을 것이다. 이 반탄력은 (시에서는 구체
적으로 등장하지 않지만,) 3.15정신과도 무관하지 않다. 앞서 언급했듯
이, 3.15 마산의거는 4.19라는 전국적 투쟁을 촉발시킨 시발점이었다.
1979년의 부마항쟁, 1980년의 광주항쟁 그리고 1987년의 6월 항쟁도
이 3.15에서 연원한다. 그러니까 이상호의 시에서처럼 마산은 "자유 민
주의 성지"라고 해도 과언이 아닌 것이다. 시인이 "독재 타도, 유신 철
폐// 죽음조차 두렵지 않은 거대한 물결들/ 그 물결들 모이고 고여/ 끝

내" 지켜낸 그 정신이 「아직도」 끝나지 않았다고 진술할 때, 그것은 자유를 향한 투쟁의 기억을 새롭게 재각인하는 시적 이행과도 맞물린다. 3월과 4월을 뚫고 지나온 자유의 물결은 5월 군사쿠데타가 앗아갔지만, 79년 10월에 다시 분출된 민주주의의 물결은 결코 고갈되지 않고 언제든 다시 파도를 이룰 것임을 인용시는 예언하고 있는 것이다.

사실 그 힘이 지난 2017년, 이른 바 "민주주의의 촛불 꽃"을 피워 내기도 했다. 거기서 우리는 '지루한 장마가 그치고 따가운 햇볕을 견딘 자리에 새싹이 자라는'(허영옥, 「장마」) 어떤 희망을 엿보기도 했다. 그러나 우리는 이미 알고 있다. 1980년대 말, 현실 사회주의가 몰락한 이후, 그때도 우리는 희망의 빛을 보았지만, 그것이 자본과 결탁하여 우리에게 통제와 억압의 그물망을 던져왔다는 사실을. 촛불 꽃의 그늘진 이면에 끔찍한 실업과 노동의 비명도 함께 자리하고 있음을. 자본으로 변종된 독재는 생존 경쟁―경제 논리를 통해 자기 동일성의 체제를 공고히 하는 한편, 자기 밖으로 밀려난 자들의 주권을 박탈하고 추방시킨다. 추방된 자들은 이 현실 어디엔가 실재하지만, 우리의 눈에는 잘 보이지 않는다. 계급과 성, 인종으로 분할된 이방인들, 이 세상에서 한 번도 호명되지 않은/못한 존재들, 이름 없는 자들…, 그들은 지배적 시스템 내부에서 추방되어 부유하는 유령처럼 떠돈다. 어쩌면 진정한 민주주의는 "손이 부르트는 부산 신발공장에서/ 똑같은 일상을 찍어내는 마산 전자부품공장에서// 중략// 더는 참을 수 없었던 부산의 봉기/ 더는 보고 있을 수 없었던 마산의 항쟁"(노민영, 「긴급조치시대 멸망의 물결」)처럼, 현재의 곳곳에 소외되고 억압된 존재들과 소통하고, 그 고통을 함께 앓아낼 때에만 가능성이 열릴지도 모른다.

시월의 시가 기억하려는 것도 바로 그 억압에 있다. 시월의 시는 (억압에 의해 은폐된)역사적 진실에 육박해가려는 시이며, 과거를 기억함으로써 현재와 미래를 엮어가려는 투쟁의 시이다. 기억투쟁으로서의 시 쓰기는 희생을 담보한 항쟁을 기념하거나 예찬하는 데 복무하지 않는다. 기념과 찬양은 경우에 따라 기억을 제도화할 가능성이 많다. 고통의 역사를 이미 지나간 역사의 기념비로 사물화할 수 있는 까닭이다. 시월의 시는 권력에 맞선 대항 기억이자 희망의 노래다. 다시 말해, 사회 약자로서의 소수―민중을 억압하고 죽음의 영토로 내모는 권력에 대한 저항이자, 민주를 향한 민중의 열망이다. 그 정신이 시인들만의 행사시 또는 경우의 시(Occasional poem)로 남지 않게 하는 것도 시인들의 몫일 터. 시월의 시는 더 많은 증언과 재현을 필요로 한다. 그러나 표성배가 2018년에 그린 10.18의 마산은 1979년, 뜨거운 함성으로 끓어올랐던 그날의 마산답지 않게 암울하다.

> 가만히 한 쪽 발을 합포만에 담그는 갈기가 찢어진 한 마리 말/ 공단은 여전히 기계소리, 바다 위에는 배들의 그림자. 사람들은 다 어디로 갔나 함성은 파도소리처럼 멀어져 간다/ 이제 이름조차 잃어버린 마산
>
> ―표성배, 「마산 10.18 그리고」

이 시에서 시인은 함성이 사라진 마산을 그려낸다. 합포만에 한쪽 발을 담근 한 마리 말(馬)은 말(言)을 변용한 79년의 함성을 의미하며, 그 소리는 이제 "파도소리처럼 멀어져" 있다. 이는 시간의 흐름에 따른 망각과도 관련되지만, 시인이 "공단은 여전히 기계소리, 바다 위에는 배들의 그림자. 사람들은 다 어디로 갔나"라고 말할 때, 이 멀어짐―망각은 단지 시간의 흐름만을 가리키지 않는다. 여전히 들리는 기계소리와 바다 위의 그림자, 사람들이 보이지 않는 마산의 풍경은 모든 생명이

자본의 질서를 유지하는 기계로 전락한 이 시대의 풍경과 겹쳐진다. "이름조차 잃어버린 마산"은 1979년 마산을 관통한 국가폭력에 의해 죽음의 영토로 변해버린 그때 그 순간의 풍경과 다르지 않다. 1979년 마산은 개발논리를 앞세운 국가권력의 전횡을 폭로하고 매판 자본의 공허함과 유신체제의 야만적 폭력성을 가시화한 사건이었다. 그러나 이제 마산은 폭력에 대응할 힘을 잃고 있다. 유신의 파시즘으로 분출되었던 권력의 광기는, 신자유주의 자본 시스템이라는 변종으로 무한증식하면서 공동체의 삶과 토대를 잠식하고 있는 것이다. 이때 마산이란 지명은 단지 마산에 한정되지 않는다. 이름조차 잃어버린 마산이 곧 인간성 상실이라는 문제와 맞물린다면, 시의 마산은 이 땅 어느 곳에도 적용되며, 따라서 마산이란 지명과 10월 18일이란 날짜의 확실성은 곧바로 현실의 중력을 잃어버린다. 기계소리와 그림자만 남아있는 이 폐허의 공간은 자본-(도시)문명의 공간에서 소외된, 또는 추방된 (그림)자들의 공간이기에, 현실적 좌표를 가질 수 없고, 따라서 인간의 눈에는 보이지 않는다.

이 눈, 즉 자본-국가-이성(Logos, 문자언어)-합리성의 논리에 훈육된, 동일자 나 중심의 인간관(觀)이 살아 있는 한, 진정한 민주는 가능하지 않다. 우리의 삶터는 여전히 소수자-민중을 추방하고 배제하는 '권리를 가진 자'와 권리를 박탈당한 채 '헐벗은 삶으로 내던져진 자'들이 충돌하는 전장에 불과하다. 물론 79년, 시월의 함성은 군사정권을 역사의 뒤안길로 물러가게 했고, 민주주의의 폭을 넓혀놓았다. 10.26의 계기를 만들어 절대군주처럼 군림하던 통치자의 권력을 제어하고, 민의를 수렴하고 대변하도록 제도와 형식의 보완이 부분적으로 이루어졌다고도 볼 수도 있다. 그러나 그것이야말로 지엽 말단의 일일 터. 우리 안에 지속적으로 새겨지는 힘, 곧 자본이 권력이고 신분이자 계급이며, 자유로 인식되는 한, 그것이 위계서열적 권위와도 맞물려 있는 한, 유신의 뿌리는 종식되었다고 말하기 어렵다. 그 점에서 박덕선이 애타게 찾고 있는 흔적은 더 안타깝게 읽힌다. "투쟁은 낡아서 기억하는 이 가물하고 / 촛불은 서울까지 달려가 역사의 레일을 굴려가지만/ 마산만 바다 끝에서 담금질하며 노도로 밀고 오르던 정열/ 기억 속에서도 기억을 잃어버린/ 한때 뜨거웠던 역사여!// 그대 기억하는가/ 마산에서 불었던 바람의 씨앗을!/ 촛불의 심지가 발 담그고, 저 남해를 팔팔 끓이던 민주주의여 만세!를". (「혁명의 흔적」) 그러나 과연 기억할까, 누가, 얼마나…?

기억투쟁과 시적 가능성

일찍이 김수영은 삼월에서 사월로 가는 길목의 시점에서 민주주의를 위한 싸움에는 전선이 없음을 말한 바 있다. "우리들의 전선은 눈에 보이지 않는다/ 그것이 우리들의 싸움을 이다지도 어려운 것으로 만든다/ 우리들의 전선은 지도책 속에는 없다/ 그것은 우리들의 집안 안인 경우고 있고/ 우리들의 직장인 경우도 있고/ 우리들의 동리인 경우도 있지만…/ 보이지 않는다"(「하……그림자가 없다」). 김수영의 진술처럼 진실을 은폐하려는 세력은 도처에 편재해 있고, 그 형상 또한 분명하지 않으며, 활동 또한 교묘하다. 이들은 자주 혁명을 말하면서 혁명의 정신을 앗아가고 민주주의를 외치면서 민주주의를 말살하고 통일을 말하면서 통일을 가로막는다. 그 세력이 어디에 있는지는 알 수 없다. 다만 그 (정치)권력이 권위(의식)과 한 덩어리고, 자본의 이데올로기와 공모하면서 번식해왔다면, 자본을 추구하는 '나' 역시 언제든 권력과 공모할 가능성을 안게 된다. 이 사실을 망각할 때, 우리는 다시 10.16을 경험해야 할지도 모른다. 시월 시의 서슬은 바로 이 문맥 속에서 시퍼렇게 살아 있다. 시월을 재현하는 시는 더 많이 필요하고, 증언과 재현, 성찰과 토론의 과정을 거쳐 쉼 없이 이행되어야 한다.

그 점에서 망각의 강요에 저항하며 독재정권과 지배권력의 유, 무형의 폭력에 저항하는 시 쓰기를 시도해온 부산·마산의 시인들은 기억을 통해 역사적 진실에 육박하려는 투쟁을 감행해왔다고 할 수 있다. 그 투쟁은 역사적 진실을 추구하는 시인들의 윤리의식과 사명감에서 비롯된 것일 터, 부조리한 현실에 침묵하고 망각에 익숙한 이들에게 현실을 직시하도록 촉구하는 결연한 의지로도 읽힌다. 사실 시인들의 이러한 노력이 시월항쟁의 진상조사를 추동시키고, 민주화의 진전을 이루어 내는 힘으로도 작동하였을 터이다. 그러나 다각적인 재현으로 다시 쓰는 시적 이행과 그 성과들을 검토하여 의미를 새롭게 부여하는 작업은 여전히 과제로 남아 있다. 시월항쟁에 대한 증언과 이에 토대한 경험 기억은 문학적 진실을 통해 좀 더 다양한 방식으로 다채롭게 표현되어야 할 것이다. 상상에 의한 문학적 진실은 현재적 맥락 속에 과거를 불러들이는 작업과 맞물려 이행되며, 그것은 곧 미래의 잠재성을 생성하는 일과 연결돼 있기 때문이다. 이 잠재성을 참조할 때만, '하나의 촛불이 거대한 횃불을 이루어'(최상해, 「대한민국」)내는, 진정한 의미의 민주적 풍경이 펼쳐질 것이다.

5.18 사건과 시적 재현

-황지우의 시

사건과 시

같은 사건은 두 번 반복되지 않는다. 복제가 불가능한, 모든 사건은 조금씩 불행한 얼굴을 하고 있다. 하지만 그 얼굴을 우리는 모두 기억하지 않는다/못한다. 어제의 사건이 오늘의 사건에 묻히듯, 급작스럽게 일어난 사건은 그만큼이나 갑작스럽게 소멸하고, 이후 일상은 지리멸렬로 채워진다. 그렇다고 모든 사건이 쉽게 잊히는 것은 아니다. 삶의 근간이 흔들리고, 심장이 쪼개질 것 같은, 어떤 사건은 육체에 각인되어 오래도록 남아 있다. 그것은 불현듯이, 이유 없는 복통처럼 심장을 뒤틀고 영혼을 아프게 자극해온다. 상식적인 공통감각이 뒤틀리고 세계와 자아 사이의 결속이 끊어진다.

시적 사건은 바로 이 틈 사이에서 번져 올라오는 무의미의 검은 어둠을 목격하는 순간 촉발된다. 일찍이 들뢰즈는 이 순간을 리좀(Rhizome)의 시간으로 지칭한 바 있다. 현재를 덮치는 과거의 기억, 불현듯 촉발되는 사유, 현기증 나게 빠른 시간과 같이 불가항력적 순간에 경험하는 변이의 시간….(들뢰즈와 가타리, 『천개의 고원』, 새물결, 2001, pp. 494~499) 시는 이 순간에 마주한 어둠을 다른 무엇으로 대체하거나 덮어 버리지 않는다. 그러므로 한 시인이 마주한 어둠—사건이 무엇인가를 추적하는 일은, 역설적으로 그 이후를 가늠해보는 일이 된다. 그렇다면 과연 무엇이, 과연 어떻게?

5.18의 기억

황지우는 우리 현대사의 비극적 내전, 5.18을 경험한 시인이다. 주지하듯, 5.18은 우리의 왜곡된 근대와 독재의 파시즘적 횡포가 적나라하게 노출된 사건이었다. 근대의 기반인 이성은 개별의 차이를 하나의 전체 안으로 끌어들이는 동일성의 사유를 기초로 한다. 자아와 대상을 구분하고 그 사이에 분할선을 그음으로써 차이를 차별하고, 처벌하는 근대적 이분법은 자아와 대상 사이의 위계서열화 구도를 강화시키는 기능을 한다. 우리의 근대는 이 논리에 따라 개발 신화를 써왔다. 일제 강점기와 6.25 이후에 일어난 혼란은 내부 균열을 서둘러 봉합하고 이념적 가치를 동질적 체계 속으로 편입시키려는 전체 통합의 논리에 기대어 있으며, 개발독재에서 군부독재에 이르기까지 모든 독재 권력은 이 논리를 중심으로 근대적 기획을 추진해왔다. 이 과정에서 지배 권력은 자신을 반대하는 개별자의 목소리를 억압하고, 그 신체에 매질을 가함으로써 자신의 지배를 폭력적으로 관철시키려 했다.

1980년 5월, 황지우는 자신의 고향 광주에서 지배 권력의 폭력을 경험함과 동시에, '끔찍한 근대'의 맨얼굴을 목격하게 된다. 이후, 1990년대에 이르기까지 그의 시 쓰기는 끔찍한 근대로부터 벗어나려는 도정이었다고 해도 과언이 아니다. 그는 광주의 원체험을 바탕으로 현실에 대한 반성적 사유와 시 쓰기의 방법론을 함께 모색해왔다. 흔히 해체로 불리는 시적 실험은 자신의 육체에 각인된 현실의 폭압성을 노출하는 일종의 전략으로서, 1980년대 이후 우리 시의 새로운 흐름을 여는 데도 중요한 역할을 해왔다.

시체 위에 기입된 야만의 증언

황지우의 첫 시집 『새들도 세상을 뜨는구나』와 두 번째 시집 『겨울 ―나무로부터 봄―나무에로』에서 자아의 이미지는 부서진 육체나 시체의 이미지로 환기된다. 그것은 1980년대 광주를 관통한 권력의 폭력과 무관하지 않다. 당대 국가권력은 어떤 불일치도 허용하지 않는 동일성의 질서에 따라 자신에게 대항하는 자를 폭도로 규정하여 처벌을 선고했고, 이때 광주는 시민주권을 빼앗을 '권리를 가진 자'와 권리를 박탈당한 채 '죽음으로 떠밀려지는 자'들이 충돌하는 전장이자, 인권이 유린되는 일종의 아우슈비츠였다. 주목되는 것은 이 시집들에서 3.15에서 이어진 4.19의 현장도 그려지고 있다는 점이다. "국민학교 2학년 어린 아이의 작은 보폭으로 철없이 따라"(「1960년 4월 19일 · 20일 · 21일, 광주」)나섰던 어린 황지우에게 4.19의 기억은 성장 후 5.18의 현장에 가담하게 된 배경으로 보인다. 이 경험을 토대로 5.18의 현장에 뛰어든 시인에게 육체는 1980년대를 증언하는 도구이자, 저항의 불꽃이 점화되는 장소이다. 그것은 상징질서가 그어놓은 금지선을 탈주하려는 분열의 언어로 발화된다.

나는 그 불 속에서 울부짖었다/ 살려달라고/ 살고 싶다고/ 한번만 용서해달라고/ 불속에서 죽지 못하고 나는 울었다// […]// 冥府에 날개를 부딪치며 나를/ 호명하는 소리/가 들렸다 나는/ 무너지겠다고/ 약속했다/ 잿더미로 떨어지면서// 잿더미 속에서// 다시는 살(肉)로 태어나지 말자고/ 다시는 태어나지 말자고/ 부서지는 질그릇으로// 날개를 접으며 나는,/ 새벽바다를 향해// 날고 싶은 아침 나라로/ 머리를 눕혔다/ 日出을 몇 시간 앞둔 높은 窓을 향해

　　　　　　─「飛火하는 불새」(『새들도 세상을 뜨는구나』) 일부

　위 시에서 자아의 이미지는 명부에 날개를 부딪치는 새의 이미지로 제시된다. 여기서 명부는 권력적 언어를 표상하며, 새는 그 권력에 의해 죽음으로 내몰리는 사회적 약자로서의 타자의 이미지로 떠오른다. 삶과 죽음, 파괴와 생성을 동시에 상징하는 불은 여기서 율법의 이름으로 유죄를 선고하는 권력의 처벌방식을 가시화하는 장치로 사용된다. 불 속에 던져진 자아의 육체는 죽음의 위기 속에서 살려달라고 "용서해달라고" 빈다. 이때 자아에게는 스스로를 되돌아볼 객관적 거리나 반성할 자의식이 존재할 수 없다. 불 속에서 명료한 의식은 붕괴되고 이성적 판단은 중지된다. 죽음에 내몰린 주체의 절박한 상황은 "나를/ 호명하는 소리"에서 극대화되며, 이러한 절체절명의 위기 속에서 자아는 무너지겠다고 약속한다. 이 약속은 자아의 내면을 잿더미로 만든다. 잿더미는 분노와 비탄 그리고 절망으로 자욱한 폐허의 심리 상태를 의미한다. 이 폐허와 같은 자아를 시인은 "부서지는 질그릇"으로 표현하고 있다. 시인은 이 죽음과 같은 폐허의 시간 속에서 "다시는 살(肉)로 태어나지 말자"고 다짐한다. 그런데 문제는 자신의 주체됨을 감각하는 살이 완전히 사라질 경우 삶의 가능성도 사라진다는 점이다. 그것은 저항의 가능성도 사라짐을 의미한다. 이렇게 될 경우, 자신을 처벌하는 권력의 불길에 자신을 제물로 바치게 될 우려를 낳게 된다.

　주목할 것은 잿더미 속에 아직 불씨가 남아있다는 점이다. 시의 제목

「飛火…」에서 확인되듯이, 시인은 날아오르는飛 새에 불덩어리火를 겹쳐놓는다. 새와 불이라는 이 이질적 계열이 결합되어 만들어진 '날아오르는 불덩어리'는 시인의 내면에 남은 불덩어리이자, 단일한 하나의 의미를 강조하는 권력언어冥府에 대항하려는 시인의 욕망의 덩어리로 읽을 수 있다. 이 불덩어리는 타자를 위협하고 굴복하게 함으로써 타자를 자신의 영토 안으로 끌어들이려는 주체의 호명을 거부하고, 그 동일성의 자장을 빠져나가려는 탈주의 의지로 뜨겁게 타오른다. 들뢰즈의 말을 빌리면, 탈주란 기존의 세계에서 빠져나가는 탈출이 아니라, 다른 몸, 다른 시간으로 옮겨가는 변이의 과정이다.

시에서 날아오르는 불덩어리는 상승과 하강의 팽팽한 긴장 속에서 새로운 시간 탄생에 관계한다. 날아오르는 새가 허공을 향해 상승한다면, 떨어져 내리는 잿더미(불씨)는 어둠 속으로 하강하는 이미지로 환기되는데, 이 불덩어리가 바다에 떨어질 때 그것은 새로운 시간을 향한 카오스적 어둠으로 바뀌게 된다. 시에서 그것은 새벽이라는 리좀적 시간과 맞물려 있다. 창을 향해 머리를 눕힌 자아는 빛과 어둠, 삶과 죽음이 공존하는 시간 사이의 간극에 머무름으로써 지금과는 다른 새로운 시간日出을 꿈꾸는 태도를 보여준다. 폐허의 잿더미에서 날아오르는 불덩어리로 변용된 시의 몸은 동일자의 지배적 시간 흐름을 무無화시키고, 그 틈 사이에 새로운 시간을 새겨 넣으려는 작업으로서의 시 쓰기와 동일한 의미를 갖는다.

그러나 새로운 시간에 대한 시인의 열망은 쉽게 실현되기 어렵다. 이 시가 써진 1980년대는 여전히 암울하고 국가권력의 치안질서에 따라 치워진 광주의 시체는 아직 자신의 죽음으로 돌아가지 못하고 있다.

그 길은 모든 시간을 길이로 나타낼 수 있다는 듯이/ 直線이다./

그리고 그 길은, 그 길이/ 마지막 가두방송마저 끊긴 그 막막한 심야
라는 듯이,/ 칠흑의 아스팔트다./ 아, 그 길은 숨죽인 침묵으로 등화
관제한 제일번지의, 혹은/ 이미 마음은 죽고 아직 몸은 살아 남은 사
람들이/ 바로 그 밑바닥이었다는 듯이, 혹은/ 그 身熱과 오열의 밑 모
를 심연이라는 듯이,/ 목숨의 횡경막을 표시하는 黃色線이 중앙으로
나있다/ 바로 그 황색선 옆 백색 ↑표 위에/백색 ×표가 그으져 있고
/ 횡단보도에는 信號燈이 산산조각되어 흩어져 있다
        —「혼적 Ⅲ · 1980(5.18×5.27cm)」
            (『새들도 세상을 뜨는 구나』일부

　"그 길"에는 조국 근대화라는 미명 하에 모든 삶을 죽음으로 몰아가는
군부독재의 억압성이 내장되어 있다. 등화관제로 표현된 군부독재는 근
대성을 키치로 과거의 흔적을 지워가기 시작했다. 주지하듯, 새로움을
뜻하는 근대적 시간성은 과거를 되돌아보지 않는다. 어떤 목표를 두고
그 목표 지점을 향해 직선적으로 나아가면서 과거의 흔적은 아스팔트로
덮어 버린다. 사람들의 기억 속에서 광주의 비극은 빠르게 망각된다. 시
인은 이 막막한 길 위에서 지나간 "흔적"을 더듬는다. 길 위에 그어진
"↑표 위에 /백색 ×표"는 과거와 현재, 주체와 타자를 구분하고 그 사이
에 분할선을 그음으로써 자기 밖의 것들을 삭제, 추방하는 권력의 힘을
상징적으로 드러낸 기호들이다. "산산조각되어 흩어져"있는 신호등은
"(5.18×5.27cm)"와 같이 괄호로 처리된 사람들의 눈빛과 겹쳐진다. 그
러나 이 현실에 대응할 힘은 없다. "가두방송마저 끊긴" 길 위에서 연대
는 불가능하고, 사람들은 이 어둠을 "숨죽인 침묵"으로 견뎌야 한다. 칠
흑의 아스팔트가 환기하는 어둠은 막막한 심야의 절망으로 깊어진다.
　그런데 시인을 더 고통스럽게 하는 것은 이 폭압에 굴복해야 하는 현
실이 아니라, 5.18로부터 살아남은 자가 감수해야 하는 어떤 죄의식이

나 부채감으로 보인다. "마음은 죽고 아직 몸만 살아남은" 그에게 현실은 죽음보다 더 깊은 심연의 밑바닥으로 인식되며, 그 밑바닥에 자리한 부채감과 죄의식, 자기 환멸은 신열과 오열이라는 육체의 징후로 표출된다. 신열과 오열을 경험하는 몸은 내적 균열을 암시하는 징후적인 몸이다. 이때 육체는 이성이 붕괴되는, 즉 지각이 불가능하게 되어가는 과정 중에 있다. 이 순간, 육체의 시간은 삶 / 죽음, 지배 / 저항, 배제 / 귀환의 충돌과 동시에 둘 사이의 분할선(/)이 끊어지는 시간이 된다. 다시 말해, 마지막 가두방송마저 끊긴 심야, 목숨의 횡경막에 금이 간 시간은 산 자의 시간인 동시에 죽은 자의 시간이며, 이 시간 속에서 죽음과 대면하는 자아는 죽은 자와 감응을 이룬다. 이 과정에서 죽음의 언어를 각인한 시인의 몸은 죽은 자의 언어를 대신 발화하는 증언의 텍스트가 된다.

그런데 주목되는 것은 죽은 자의 언어인 침묵은 억압적 지배 질서를 완전히 뚫고 나가기 어렵다는 점이다. 죽음으로 환기되는 시적 증언은, 망각으로부터 그것을 지켜내고자 하는 시인의 열망을 반영한다. 그것은 죽음 흔적을 은폐하려는 권력에 대한 정치적 저항과 맞물려 있다. 그 저항이 죽은 자를 망각의 콘크리트로 덮어 버리려는 자와 그 억압의 관 뚜껑을 열고 망각에 저항하는 시체들의 싸움과 관련된다면, 콘크리트로 은폐된 진실은 죽은 자들이 현실의 평면을 뚫고 돌출하는 어떤 충돌의 순간을 통해서 실현될 수 있을 것이다. 하지만 시인은 균열의 여백을 침묵으로 채움으로써 역설적으로 광주의 비극을 증언하고 있을 뿐 죽은 자의 목소리를 들려주는 데까지 나아가지는 않는다. 그것은 이 시기 다수 시인들이 그러했듯이, 시인 역시 집단 이데올로기(이념)로 무장한 정치적 신념에 집중하여, 죽음의 문턱에서 개별자가 경험하는 무無의 깊은 심연에까지는 도달하지 못했기 때문으로 보인다.

내 등짝에 들어 있는 부서진 각목들/ 내 흉부에 들어온 무수한 정권들,/ 불붙은 곤봉, 뜨거운 워카발, 바께스 통,/ 욕설, 침, 피, 멍,/ 그 불빛, 불빛/ 역광 뒤에 있는 정체불명의, 꼭지가 완전히 돌아버린,/ 미친, 재앙의 날들, 들리더냐/ 김홍식, 너! 김진기, 너! 이민국이 너, 너!/ 벌거벗은 채 벽에 붙어 내가 너희를 부르던 날./ 그날의 아픔은 묘사되지 않는다

　　　　　　 —「밤 병원」(『겨울—나무로부터 봄—나무에로』) 일부

　병원은 명료한 이성, 합리성의 기율로 정상과 비정상을 구분하고 그 사이에 분할선을 그음으로써 비정상적인 것들을 격리시키거나 타자화시키는 국가권력의 폭압성을 상징적으로 드러내는 기호이다. 국가의 율법은 비정상적인 것, 죽음의 불길한 냄새를 청소함으로써 치안을 유지하기 위한 장치로 기획된다.「밤 병원」은 이러한 국가 기획의 폭력성을 폭로하는 동시에, 망각에 저항하려는 또 하나의 전장으로 환기된다. 이 전장에서 시 쓰기는 카프카의 환자처럼 고통의 언어를 통해 그날의 상처를 드러낸다. 병 깊은 환자의 고통은 띄엄띄엄 끊어지면서 이어지는 쉼표(,)를 통해 드러난다. 호흡 중단을 암시하는 이 기호는 시인의 의식이 균열되어가는 징후로 읽힌다. 시인은 이 균열의 틈새에 과거의 기억을 불러올린다. 기억이 만들어내는 균열은 일상의 동질적 시간을 해체시키고, 망각된 과거를 현재 속에 불러올리는 기능을 한다. 과거라는 타자가 나의 시간 속으로 스며들어 현재의 삶을 붕괴시키는 것이다. 이 과정에서 떠오르는 것은 권력의 폭력에 맨몸으로 노출되었던 광주의 그날이다.

　벌거벗은 맨몸에 각목을 내리치고 곤봉을 휘두르는, 권력의 광기와 야만성이 여지없이 노출되는 이 장면은 인권이 유린되는 일종의 아우슈비츠로서, 폐쇄된 공간인 병원과 겹쳐진다. 여기에 출현하는 워카발,

바께스통 등의 생생한 물질성은 약자를 짓밟는 권력의 파괴적인 욕망을 폭로하고 있다. 시인은 그 권력의 정체가 "무수한 (군사)정권"임을 분명히 한다. 그러나 벽에 붙어 "김홍식, 너! 김진기, 너! 이민국이 너, 너!"라고 부르는 이름이 누구인지는 밝히지 않는다. 다만 이 음성에 실린 분노의 정서나 문맥을 보아, 이 이름들이 권력에 공모하여 폭력을 행사한 존재의 이름임을 짐작하게 한다. 권력에 공모한 이 야만의 얼굴은 시인의 육체에 욕설, 침과 같은 오물을 새겨 넣고 있으며, 폭력이 자행되는 육체의 이미지는 피와 멍으로 가시화된다. 이때 피와 멍은 외부의 폭력에 의한 내부의 파열을 동시에 보여준다. 이렇게 참혹하게 훼손된 몸은 억압적 권력이 작동하는 방식을 폭로하는 동시에, 그 권력에 저항하는 거점이 된다.

그러나 여기서 이 육체 역시 억압적 질서의 표면을 뚫고 낯선 시간을 경험하는 것으로까지 진전되지는 않는다. 들뢰즈에 의하면 현재에 과거를 불러들이는 작업은 그 기억들과 더불어 어떻게 현재를 살아갈 것인가 하는 물음과 맞물려 있고, 그 가능성은 내 존재의 임상적 죽음으로부터 거듭 다시 태어날 수 있는 변이의 차원을 경험할 때 열린다. 그러나 여기서는 시간의 변화만 있을 뿐 육체는 변이의 차원을 경험하지 못한다. 침과 욕설로 더러워진 육체는 역설적으로 이 육체를 순수한 것으로 보존하려는 인식의 표현으로도 읽힌다. 이때 몸은 주체와 타자 사이의 분할선을 긋고 스스로를 순수한 것으로 보존하려는 권력적 동일성의 상징물로 환기된다. 이렇게 도래한 과거는 미래를 위한 시간이 아니라 과거의 연장에 불과한 것이 되고 만다.

하지만 다음 시는 조금 다르다. 시인은 자아를 타자의 육체 안으로 들이밀어 죽은 자가 스스로 말하게 하는 새로운 전쟁을 시도한다.

위메, 강욱이, 배가, 이상하네, 배가,// 음, 으으음흠, 내 배를, 훅!
지나갔어/ 뜨거운, 숙명, 어떤, 일생이, 무쟈게 큰, 어떤 큰 죄악이,/
돌이킬 수 없는 방향으로, 나를 통과,/ 통과, 관통했네, 강욱이,/ 중략
// 저 빛 터지는 창으로, 내가,/ 완전연소된 삶으로, 막 빠져나가려 하
네./ 내 몸은 지금, 연기, 냉갈 같네
　　　　　―「윤상원」(『겨울―나무로부터 봄―나무에로』) 일부

　　이 시에서 화자는 시인이 아니라, 시의 제목 윤상원이다. 윤상원은
1980년 당시 시민군으로 활약했던 실제 인물이자, 광주를 "관통"한 국
가권력의 폭압성을 상징적으로 드러내는 이름이다. 시인은 이 윤상원
의 육체에 자신의 내면을 겹쳐놓음으로써 자기 안에 자리한 죽음의 언
어를 출현시킨다. 주목되는 것은 시의 화자, 즉 윤상원이 죽음과 대면하
기 직전에 놓여 있다는 점이다. 죽음 '직전'의 순간은 삶과 죽음이 교차
하는 시간이자, 빛과 어둠이 서로 맞닿는 경계의 시간이다. 들뢰즈 식으
로 말하면 이 시간은 삶과 죽음, 자아와 타자, 기억과 망각이 서로 부딪
치며 자리를 바꾸는 리좀적 시간이라고 할 수 있다. 이 시간은 외부에서
날아오는 그 무엇에 육체가 관통당하는 사건을 계기로 만들어진다. 나
의 육체가 관통당하는 순간, 세계는 어둠이 되어 내게서 저만치 멀어지
고, 관통의 고통은 육체를 가진 내가 홀로 겪어야 하는 "뜨거운 숙명"이
자 사건이 된다. 이 순간 삶에 대한 감각은 최대치에 이른다. 이러한 팽
창의 시간 속에서 삶은 죽음과 맞부딪치고, 어떤 틈이 열린다.
　　시인은 이 직전의 순간에 자아를 밀어 넣어 생의 절정과 동시에 소멸
을 경험하는 자의 목소리를 들려준다. "완전연소", "연기", "냉갈"이라
는 미래적 사건을 함축하는 현재는, 이 육체가 곧 시체가 될 "숙명"으로
예견된다. 이 예감은 시체―신체 되기, 또는 지각불가능하게 되기의 과
정으로도 이해할 수 있다. 배를 뚫고 지나간 뜨거움의 감각이, 연기, 냉

갈처럼 차가운 감각으로 전이되는 감각의 변이는 살아 있는 육체가 죽어가는 과정을 보여준다. 그것은 "무쟈게 큰, 어떤 큰 죄악"이나 잦은 쉼표로도 드러난다. 나의 육체를 관통하는 죄악의 속도는 (끔찍한)모더니티의 속도와 그 힘(권력)의 광포함을 환기하며, 쉼표를 통한 호흡의 중단은 육체가 파열되는 순간의 고통을 시각적으로 보여준다. 그것은 죄악으로 환치된 군부의 폭압에 의해, 죽음의 세계로 추방된 자가 고통을 호소하는 기호이자, 스스로의 존재를 드러내려는 존재증명의 징표이다.

이렇게 산 자도 죽은 자도 아닌, 그 역도 될 수 있는 순간의 시간성 속에서 발화되는 언어는 폭력적 권력의 균열점을 찾아내어 지배담론을 해체하려는 시적 전략으로서, 그날의 진실을 생생하게 증언하는 동시에 그것을 지켜내려는 시인의 열망을 반영한다. 그것은 시의 자아가 허공에 머묾으로써 실현된다. 여기서 허공은 현실로부터 벗어난 절대적 공간으로서의 초월적 공간이 아니라, "지난겨울 눈밭에서 보았던 새벽"이나 "예감의 빛"과 같이 어둠과 빛, 과거와 현재, 삶과 죽음이 뒤섞인 어떤 가능성의 지대로서 시인의 내면적 무의식과 관련된다. 이 지대에서 연기, 냉갈이 되어가는 육체가 이성을 뿌옇게 흐리는 죽음의 차가운 에너지를 뿜어낼 때, 그것은 자신의 명령에 따르지 않는 "죄"인들을 죽음의 영토로 추방하는 국가의 치안질서에 균열을 일으키는 힘이 된다. 그리하여 광주의 죽음은 기념비적 형태로 고착되지 않고, 은폐된 진실의 흔적으로 출현하게 된다.

사물화된 육체의 광증과 착란의 언어

1990년대에 이르러 황지우 시는 많은 변화를 보인다. 이는 냉전체제의 상징인 "고르바초프가 사라"(「等雨量線 2」)진 현실적 변화와 무관하지 않아 보인다. 많은 논자들이 지적하듯, 80년대 말 이후 급속히 전개된 세계적 규모의 사회문화적 변동의 추이는 타자의 가치를 중시하는 탈중심 담론과 맞물려 근대 이성의 허구성을 해체하는 방향으로 이어졌다. 이는 정치적 이념의 탈각과 동시에, 동일자 나(I)에서 타자 중심으로의 이동을 의미한다. 그런데 문제는 탈중심적 인식이 후기 자본주의와 연루되어 모든 존재를 하나의 회로 안으로 포획하기 시작했다는 점이다. 자본과 연루된 국가 시스템은 경제―경쟁의 대열에서 이탈된 자들을 배제함으로써 그들의 신체로부터 현실성을 휘발시킨다. 그리하여 그 내부로부터 밀려난 자들은 현실적 삶의 두께와 부피를 잃은 채 비가시적인 존재로 변해가고 있다. 이때 개인의 육체는 독재의 파시즘적 광기에 노출되었던 전대의 육체와 별반 다르지 않다.

황지우의 제3시집 『게눈 속의 연꽃』과 제4시집 『어느 날 나는 흐린 酒店에 앉아 있을 거다』는 이러한 현실의 조건 속에서 자기반성과 성찰을 동반한 새로운 저항을 보여준다. 그것은 자본의 욕망에 포획된 자신을 발견하면서부터 시작된다. 자본의 욕망과 착종된 자아의 육체는 생명력을 잃어버린 사물―신체의 이미지로 드러나며, 거기서 느끼는 환멸과 절멸에의 공포는 유사광증과 착란의 언어로 표출된다. 이 틈새에서 시의 자아들은 현실의 시간을 거슬러 광주로 향하거나 죽음의 지대를 경험한다. 그것은 코드화된 삶의 회로에서 출구를 찾으려는 행위와 닿아 있다.

> 흔적으로만 발을 따라가기가 이리 힘들구나/ 도주한 범인 찾듯이 / 오늘도 두 번 버스를 갈아타고 택시로/ 망월동으로 해서 도청으로 해서/ 걸어서 카톨릭회관 지나 광주은행 앞/ 지하도 입구에 서 있으나/ 그대 발자국, 거기서 끊겨 있다 […]/ 알루미늄 지팡이로 더듬으

면서 계단을 오르고 있는/ 맹인, 그 앞에 예불하듯 두 손 벌리고 엎드린/ 거지, 종말이 가까이 왔다고 핸드 마이크로 외치고/ 있는 종교외 판원, 무슨 컴퓨터 학원 찌라시를 나누/ 어 주는 아주머니, 기타 회사원, 장사치, 대학생, 불량배,/ 토지 사기꾼, 사회사업가, 차기 국회의원 지망생, 카페 주인, 그대는 분명, 이들 가운데 있으리라/ 이제 그대를 점찍어내는 것은 나의 본능이다// […]// 이제는 그대 흔적을 찾지 않고/ 그대가 올 곳으로 내가 먼저 가 기다리겠다/ […]/기다리는 사람의 속은 시간에 의해 버석버석 녹슬기도 하지만/ 시간과 관계없이 제 속을 치는 구리 물고기

—「처마 끝 먼 서천」(『게 눈 속의 연꽃』) 일부

이 시에서 "망월동"은 광주의 5월이 묻혀 있는 죽음의 상징으로 떠오른다. 자아는 그 흔적을 찾아 광주의 거리를 헤맨다. 그러나 그 흔적은 광주은행 앞 "지하도 입구에"서 끊겨 있다. 이때 지하도 입구는 5월의 기억과 정치적 이념이 사라진 공백으로서의 90년대적 상황을 보여준다. 거대 이념에 맞서 싸우던 광주의 거리는 이제 "회사원, 장사치, 대학생, 불량배,/ 토지 사기꾼, 사회사업가, 차기 국회의원 지망생, 카페 주인" 등과 같이 비속한 존재들로 채워져 있다. 무작위로 호명된 이 이름들은 뒤죽박죽 얽혀버린 세계의 무질서함을 반영하는 동시에, 자본에 포획된 존재의 비순수성을 환기한다. 외판, 장사, 사업 등에서 보듯, 자본의 획득에 골몰하는 사람들은 곧 자본 권력과 공모한 사람들이며, 이때 이 존재들은 1980년대 독재 권력에 짓밟힌 광주의 시체-신체의 이미지와 겹쳐진다. 물론 자본 권력은 독재 권력과 같이 강제성을 띠지는 않는다. 자본의 선택 유무는 개인의 자유에 맡긴다. 그러나 선택하지 않을 경우, 생존을 위협받기에 자본과 공모할 수밖에 없다. 그 점에서 자본과의 공모는 순전히 자의에 의한 선택이라기보다는 이데올로기적 자

본 / 국가의 요구에 따른 강제에 가깝다. 그러나(삭제) 이 요구에 부응할 경우 사람들은 자기 본래적 가치를 잃어버리고 자본의 질서를 유지하는 하나의 도구로 전락하고 만다. 이러한 현상은 단지 광주라는 지역에 한정되지 않는다. 광주는 서울이나 그 어디든 될 수 있는 것이다.

주목할 것은 이렇게 상업주의가 편재하는 지대에서 시인이 "그대"를 지속적으로 찾고 있다는 점이다. 이때 "그대"는 수많은 사람들 중 한 명으로서, 자신을 되비추는 거울로 기능한다. 거울로서의 그대는 이데올로기적 상업자본, 곧 국가권력에 공모한 '나'와 동일한 의미를 갖는다. 시인은 수많은 '나'들 속에서 권력의 공모자―시체가 되어 가는 자신의 공포와 불안을 착란의 언어로 풀어낸다. 끊임없이 혼자 읊조리는 독백의 어조는 불안한 주체의 혼란을 보여주며, 불안 속에서 흔들리는 자의식의 균열은 통사적 구조의 우연성과 불안정을 통해 드러난다. 그리하여 시인의 내면에서 다시 한번 최전선에 놓인 육체는 자아를 벗어나 다른 무엇이 되고자 한다. 그것은 원각사 처마 끝에 있는 "구리 물고기"이다. 「처마 끝 …」은 세속과 신화, 삶과 죽음이 교차하는 경계이며, 이 지대에 선 구리 물고기는 생명과 비생명, 유기체와 비유기체가 결합된 일종의 차이체體이다. 구리와 물고기라는 이질적 계열이 결합된 이 존재는 유有와 무無가 하나로 엮여 끊임없이 이어지는 비非 인칭의 도道, 또는 들뢰즈의 지각 불가능하게―되기의 사유와 닿아 있다.

시인은 구리 물고기에 자아를 겹쳐놓음으로써 '먼 서천'을 향해 나아가고자 한다. 그곳은 죽음의 세계이자 어둠의 세계이다. 이 세계로 진입하는 순간 자아는 죽음―무의 세계로 사라지게 될 것이다. 그러나 시인은 그 세계로 자아를 온전히 밀어 넣지 않는다. "먼"이라는 지시어와 "제 속을 치는"이라는 울림을 부여하여 빛과 어둠의 간극에 머무른다. 그곳은 자본의 지배적 흐름을 강도 영0＝零의 상태로 되돌려 놓음으로써 코드화된 삶의 회로에서 벗어날 수 있는 탈주의 길이기도 하다. 시간과 상관없이 제 속을 치는 구리 물고기의 텅 빈 속은 (녹슨)죽음의 공간인 동시에 (치는)생성의 공간으로서, "시간에 의해 버석버석 녹슬기도 하지만/ 시간과 관계없이 제 속을 치는" 이중적 장력을 내포한다. 이때 제 속을 치는 소리는 관습화된 세계의 감각을 균열시키고 시간에 녹슨 "사람들"의 귀를 울린다. 이 울림은 자본에 잠식된 신체의 영토를 벗어날 출구를 찾는 행위와 동일한 의미를 갖는다.

이제 광주는 역사적 시간의 광포함을 넘어 희생된 몸이 부활하는 화엄세계로 환기된다.

> 사람의 대가리가 뽀개진 수박덩이처럼 뒹굴고/ 사람이 없어졌으므로/ 부처가 없어졌네/ 사람이 없어졌으로 부처도/ 터져나온 내장은 저렇게 순대로/ 몸뚱어리는 어디론가 가버리고 다만/ 대가리만 남아 푸욱 삶아져/ 저렇게 눈감고 소쿠리에 距禪하고 있는 거이네//
> […]// 저 도청 앞 분수대에/ 유리 줄기 나무 높이 올라오르리라/ 그 투명 가지가지마다/ 지금까지 참았던 눈물 힘껏 빨아올려/ 유리나무 상공에 물방을 뿌린 듯/ 수만은 시 보배 꽃, 빛 되리라
> ─「화엄광주」(『게 눈 속의 연꽃』) 일부

이 시에서 광주의 시체는 다시 등장한다. 1980년에 매장된 시체가 10여 년이 흐른 1990년대의 현재로 되돌아온 것이다. 이는 90년대의 현실이 80년대의 현실과 크게 다르지 않다는 시인의 인식을 반영한다. 이념의 공백 지대에 올라앉은 자본 권력은 자신의 요구에 따르지 않는 자들을 소외시키고 몰아내는 추방의 논리를 폭력적으로 관철시킨다. 자본으로부터 배제된 자들이 거주할 곳은 죽음의 영토뿐이며, 실제로 죽음에 이른 자들은 국가의 율법에 따라 서둘러 매장된다. 자본─국가

의 율법은 죽은 자를 서둘러 매장함으로써 산 자와 죽은 자가 각자의 자리로 돌아갈 것을 명령한다. 산 자는 이 명령에 따라 자신의 일터로 돌아감으로써 자본의 질서를 유지하는 도구로 살아간다. 이때 산 자는 독재─자본 권력에 의해 죽음의 영토로 내몰린 1980년대의 몸과 다를 바 없다.

시인은 이러한 죽음의 시공간에 광주의 시체를 불러올린다. "공용 터미널", "광주 공원", "광천동" 등 폭압이 자행된 구체적 장소를 열거하면서 도처에서 벌어진 폭압의 역사적 진실을 보여주는 시인은 시의 가운데 시체의 사진을 삽입함으로써 끔찍한 실물성을 가감 없이 드러낸다. 여기에 등장하는 몸뚱이와 대가리가 분리된 육체들, 내장이 터져 나온 시체의 모습은 권력의 광기가 남겨 놓은 참혹한 흔적들이다. 순댓국집 앞의 돼지머리와 동일시되는 부처는 광포한 폭압에 의해 모든 진실과 자비가 사라진 폐허로 그려진다. 이 폐허를 응시하는 시인의 시선은 죽음─시체의 흔적을 서둘러 지우고 망각을 요구하는 국가─공동체의 명령을 거부하고, 자본권력과 공모한 모든 시도들에 저항하려는 에너지를 내장하고 있다.

그것은 도청 앞 분수대에서 솟아오르는 물의 에너지와 겹쳐져 발화發花/發話된다. 물은 중심적이고 위계적인 원형 이데아나 불변의 관념을 추구하지 않는다. 모든 것에 스며들어 모든 것과 연결되는 물은 새로운 변화를 이끌어 내는 하나의 잠재태로서, 시의 제목 「화엄광주」의 의미와 닿아 있다. 불교적 용어인 화엄(華嚴)세계는 자아의 관(觀)을 내려놓아야 가 닿을 수 있는 존재론적 도(道)와도 맥이 닿아 있다. 존재의 시발점을 빈 중심에 두는 도(道)는 현실로부터 초월을 말하는 것이 아니라, 현실의 문제를 인식하고 적극적인 투쟁을 통해 얻어지는 자유의 의미가 내장돼 있으며, 그 길(道)은 자아의 관(觀)을 뺌으로써, 이데올로기적 가치 규범과 체계를 깨부숨으로써 도달할 수 있다. 이 에너지를 담지한 물은 시에서 두 개의 이질적인 속성이 하나로 결합된 유리나무로 환치되어 드러난다.

유리나무는 이질적 속성을 연결하는 물의 은유이자, 일의적 권력 언어에 대항하는 해체의 언어이다. 투명유리로 환치된 물은 국가의 폭압에 의해 사라진 사람들의 투명한 육체와 동일한 의미를 갖는다. 솟구치는 물은 그들의 (눈)물줄기로서 오랜 시간 억눌려 있던 그만큼의 힘으로 솟아오른다. "힘껏 빨아올려" 상공에 뿌려지는 물방울이 투명한 빛으로 흩뿌려질 때, 광주는 희생된 타자들이 저마다의 크기와 빛깔로 부활하는 화엄세계가 되며, 그 물방울이 수많은 개체 안으로 다시 스며들 때, 빛과 어둠, 산 자와 죽은 자가 소통의 물길을 트는 미학적 제의의 공간이 된다. 이렇게 죽음을 길어 올리는 시인에게 광주는 기념의 제단이 아니라 기억해야 할 장소이며, 마침내 도달해야 할 화엄세계이다. 투명유리-(눈)물은 이러한 세계를 염원하는 시인의 눈물이자 비非인칭적 타자들의 눈물로서, 자본에 잠식된 현재의 평면을 뚫고, 이질적 차이들이 환하게 살아나는 시적 비전으로 솟아오른다.

하지만 팽배한 상업주의와 가상적 시공간이 폭발적으로 증식한 1990년대 중반 이후, 시의 육체는 현실과의 긴장을 상실한 채 폐쇄된 일상의 어두운 시간 속으로 가라앉는다.

> 소파에 앉으면 거실이 飜譯劇무대 같다./ 중앙에 가짜 가죽 소파 하나, 그 뒤엔 오전 9시를 가리키고 있는/ 괘종시계가 걸려 있고, 세잔풍(風), 정물화 한 점, TV세트/ 창(窓)을 향한 신운목 한 그루, 그리고 폼으로 갖다 놓고 읽지도 않은/ 카를 마르크스 자본론(모스크바, 프로그레스 출판사) 양장본 3권이 가로로 쓰러져 있는 서투른 서가

(書架)와 끊임없이 부글거리는 수족관;/ 그렇지만 이 무대에서 상연
될 만한 비극은 없다/ 다만 한 사나이가 아침에 일어나 세수하고 밥
먹고 소파에 앉았다./ 젊었을 적 사진으로는 못 알아보게 뚱뚱해
진,//[…] 아침마다 그에게 녹즙을 갖다주고, 입가에 묻은 초록색을
닦아주자/ 나는 그녀를 보면서 방그레 웃었다./ 나는, 아내가 그를
일으켜주고 목욕시켜주고 나에게 밥도 떠먹여주고/ 똥도 받아주고,
했으면 좋겠다

　　　　　　　　　　　　　　　　　　　　　　－「살찐 소파에 대한 일기」
　　　　　　　　　　　　（『어느 날 나는 흐린 주점에 앉아 있을 거다』) 일부

　　이 시에서 거실은 일상의 소품들로 채워진 생의 무감함을 드러내는
무대가 된다. 이 무대에 가장 먼저 등장하는 소품은 "가짜 가죽 소파"이
며, 그 옆으로 "괘종시계", "세잔풍(風), 정물화 한 점", "TV세트", "창
(窓)을 향한 신운목 한 그루", "폼으로 갖다 놓고 읽지도 않은/ 카를 마
르크스 자본론(모스크바, 프로그레스 출판사) 양장본 3권"이 배치되어
있다. 이는 사적 공간인 거실이 상품과 소비를 통해 일상에 스며드는
자본에 의해 지배되고 있음을 보여준다. 이렇게 현실의 안팎이 모두 자
본화된 세계에서 자아는 어떤 새로움도 느낄 수 없다. 무대의 한 가운
데에 "끊임없이 부글거리는 수족관"이 놓여 있지만, 이 부글거림은 생
의 활력으로 전환되지 않는다. 소파에 앉아 사물을 마주하고 있는 자아
는 젊고 건강한 몸을 상품의 조건으로 삼는 자본주의 현실에서 용도 폐
기된 사물의 이미지와 겹쳐진다. 시인은 이 몸을 "젊었을 적 사진으로
는 못 알아보게 뚱뚱"해진 육체로 표현한다. 이 뚱뚱한 육체는 아침에
일어나 이빨 닦고 세수하고 밥 먹기를 반복하는 일상 속에서 "너무 많
이 남아도는 나의 시간들이 누에똥처럼 떨어지는" 잉여의 시간을 경험
하며 무기력하게 늘어진다. 자본의 현실에 잠식되어 늘어진 몸은 역사

와 현실의 어떤 고통도 감각할 수 없다. 이때 육체는 생명력을 잃어버린 하나의 사물로서, 1980년대 광주를 관통한 끔찍한 모더니티의 변종이라 하겠다.

주목할 것은 여기서도 생기 없이 늘어진 육체가 그 상태로 고정돼 있지 않다는 점이다. 어떤 "비극"도 경험할 수 없는 이 육체는 긴장된 의식의 이완을 통해 그 내부에 어떤 공백을 열어 놓는다. 이 공백은 들뢰즈식으로 말하면, 지각이 불가능한 무無의식의 지대로 환기된다. 무의 지대는 의미화의 언어가 사라지는 지대이자, 그 무엇으로도 -되기(생성)가 가능한 지점이다. 여기서 자아가 되고자 하는 것은 어린아이다. "아 내가 그를 일으켜주고 목욕시켜주고 나에게 밥도 떠먹여주고 똥도 받아주고, 했으면 좋겠다"는 구절에서, 자아는 어린아이로 퇴행한 모습을 보인다. 이때 육체는 뚱뚱하게 살찐 육체에서 빠르게 쪼그라든 조로(早老)의 육체로 환기된다. 이러한 신체 변환은 관습화된 배치, 코드화된 감각을 벗어난 또 하나의 낯설고 이질적인 육체성을 보여준다. '뚱뚱한 살가죽'에서 '쪼그라든 살가죽'은 자본주의 (노동)상품으로 교환이 불가능하며, 오로지 먹음 / 배설만 가능한 것으로 드러난다. 이때 입 / 항문은 인간의 동물성을 연상시키는 동시에, 입구 / 출구라는 어두운 구멍의 이미지를 낳는다. 이 몸에서 흘러나오는 분열과 착란의 언어는 '문명의 발전－성장－진보' 이념의 배치를 거부하고, 그 이념의 기율로 구축된 지배적 시스템을 교란하기 위한 일종의 시적 장치로서, 동일성의 영토와 의미화의 자장을 넘어서는 새로운 미학적 정치성을 보여준다.

이러한 정치성은 지배 언어의 권력장을 파괴하는 광인의 언어로도 표출된다.

(이때 음향; 24편 도트식 EPSON 프린터, 인쇄 시작./ 전기톱이 지

나가는 것 같은 날카롭고 기분 나쁜 소리가 그것과 섞인다. 두 손으로 머리를 감싸면서/ 그는 "그만, 그만, 그마아안!"외치면서 안기부를 비난한다. 마치 전기의자에 앉아 있는 것처럼 그의 온몸이 경련한다./ 잠시 후, 소파에 축 늘어진 채) 중략/ 옥상물탱크에 올라가 어머니를 부르며 울고 있는 산부인과 의사 김박사. 독살당할까봐 밥을 안 먹는 부인, 아무데서나 성기를 내놓는 청년. 신을 만난 자, 자살기도자, 몽상가, 알코올 중독자, 사기꾼, 저능아; 이 현기증 나는 나선형 심연에 메아리를 만들면서 들여 넣는/ 나의 노래는 과연 유효한다? (그가 일어선다.) 노래는 아직도 화석에서 꽃 조개를 꺼낼 수 있는가?/ (요령소리)

－「석고 두개골」

(『어느 날 나는 흐린 주점에 앉아 있을 거다』) 일부

「석고 두개골」은 인간의 머리(이성)을 대신하는 컴퓨터 프린터라는 기계와 겹쳐진다. 기계－ 머리라는 이질적 계열이 뒤섞인 이 낯선 두뇌는 탈코드화된 신체－언어의 낯선 형상을 보여준다. 여기서 석고 두개골은 ""그만, 그마아안!"외치면서 안기부를 비난한다"에서 보듯, 정치적 이념이 붕괴된 지점을 의미한다. 프린터는 기계기술과 연루된 자본주의적 욕망을 상징적으로 드러낸 것이라 할 수 있다. 시에서 이성의 붕괴는 인쇄를 시작하는 프린터기의 소리에 의해 시작된다. 날카롭고 기분 나쁜 소리는 주체의 이성을 붕괴시키는 동시에 몸의 경련을 일으킨다. "이때 음향"은 자아를 무(無)의 심연에 이르게 하는 거대한 재앙이 된다. 그것은 현기증이라는 육체의 징후로 감각된다. 이 순간 발생하는 의식의 공백은 그 틈새에 신을 만난 자, 자살 기도자, 몽상가, 알코올 중독자, 사기꾼 등 현실로부터 배제, 추방된 온갖 광인들을 대면하게 한다. 그 사이로 들려오는 "(요령소리)"는 죽음의 예감으로 심화되며, 이 순간 나의 노래는 "나선형 심연에 메아리를 만들면서 들여 넣는" 일과 같이 폐

쇄된 공간에서 혼잣말로 읊조리는 광인의 그것과 닮아 있다.

이렇게 광인−죽음의 소리에 지배받을 때 자아는 현실의 영토로 돌아올 수 없게 된다. 그럼에도 시인은 자아를 이 죽음의 지대로 던져 넣는다. 이는 죽음의 징후로 뒤덮인 현실에 대응하려는 동시에, 그 광기로 얼룩진 현실의 상흔을 보여주기 위한 장치라 할 수 있다. 광중의 언어는 인간Man의 주체됨을 확증하는 코기토적 언어가 아니라, 정상적 인간을 벗어난 비인(非人)의 언어이며, 그것은 이성에 토대한 자본의 질주를 무(無)화시키려는 탈주의 열망과 맞물려 있다. 그래서 언어는 동일성의 영토로 귀속되지 않는 비통사적 구조로 해체된다. 아무런 인과 고리 없이 나열된 사물들이나 앞뒤 문장을 바꾸어도 아무 관련 없는 문맥들은 자본의 동일화 회로에서 벗어나려는 출구를 찾는 행위와 닿아 있다. 주목되는 것은 시인이 "나의 노래는 과연 유효한가"라는 독백을 통해 자본의 광기로부터 벗어날 방법과 시의 존재 가능성에 대한 물음을 동시에 제기하고 있다는 점이다. 시의 언어가 뿜어내는 광중의 에너지는 자본, 국가의 언어로 회수되지 않는 광인의 이미지를 환기함으로써 현실의 환부를 드러내 보이는 역할을 한다. 그러나 시인이 암시하듯이, 이 부정의 에너지가 자기 환멸과 유희의 언어로만 터져 나올 경우, 자본주의 세계의 근원적 어둠을 직시하기보다는 자족적 미학을 구축하는 데 그칠 우려가 있다. 그 점에서 이 시는 현실의 환부를 드러냄으로써 시대 현실에 대응하는 동시에 시 쓰기 방식에 대한 반성적 모색을 함께 보여준다고 할 수 있겠다.

사건 이후의 시

황지우의 시는 군부독재를 거쳐 자본주의 독재로 이어져 온 현대사의 동일자적 사유를 뚫고 나아가려는 시적 모험의 소산이라 할 수 있다. 물론 초기의 시편에는 자기 동일성적 사유의 흔적이 발견된다. 그것은 자주 과거의 비극적 역사를 현재화함으로써 새로운 변화를 이끌어 내는 데는 일정한 한계를 노정하고 있다. 그러나 과거의 역사적 상처 속으로 자신을 깊숙이 들이밀어 그날의 아픔과 진실을 증언하는 시는 여전히 소중하다. 시의 육체는 공동체의 안전이라는 허구를 방패로 개인을 위협하고 죽음의 영토로 추방해온 이데올로기적 국가─공동체의 은폐된 구멍을 가시화하는 장치이며, 이는 우리가 경험한 내전의 비극과 동시에 인류 공동체의 윤리를 다시금 생각하게 한다.

90년대 이후 시편은 오늘날 우리의 모습과도 겹쳐 있기에, 더 눈길이 머문다. 시에 등장하는 사물─시체는 국가의 치안 질서나 상업적 권력에 의해 죽음의 영토로 떠밀려지는 자의 기호이자, 시인 자신의 상흔이다. 시인은 그 상처의 흔적을 질병이나 광기의 징후로 드러내고, 고통스럽게 죽어가는 자의 호소를 기억해냄으로써 그들의 불가능한 목소리를 대신 발화하고 있다. 이 목소리가 들려주는 절망과 고통, 자기반성의 음성은 자본의 지금─이곳의 우리 삶뿐 아니라 시의 무게에 대해서도 새롭게 성찰할 기회를 제공해준다.

2000년대 이후, 우리의 삶은 90년대와 근본적으로 다르지 않다. 초국가적 자본과 기술과학이 장악한 영토는 자신의 바깥을 허락하지 않는다. 우리는 모두 이 영토 안에서 그 체제를 떠받치는 도구, 또는 상품으로 존재한다. 이 비루한 삶은 언제까지 지속되어야 하는가. 어쩌면 견디기 힘든 이 일상도 거대 사건의 반대가 아닐지도 모른다. 그러나 진정으로 중요한 것은 삶의 문맥을 바꾸는 사건. 사건 이후의 삶일 터이다. 따라서 일상이라는 삶의 체계에 미세한 균열을 내는 시는 중지될 수 없다. 사건은 그것을 기억하는 사람이 있는 한, 소멸되지 않을 것이

므로. 그 기억을 통해 인간의 무늬(人文)는 다양한 색깔과 향기를 품고
무한히 뻗어갈 것이므로….

발표지 목록

제1부 / 재난의 지대에서

「빈 자리에서 울리는」, 『경남작가』38호, 2020.

「쇠락의 징후, 재앙의 언어들」, 『시와사상』봄호, 2020.

「시선의 몰락과 시의 촉각성」, 『시와사상』여름호, 2018.

「시간의 산책자들」, 『시와사상』봄호, 2021.

「시차의 공터」, 『오늘의 문예비평』120호, 2021.

「욕망의 디자인」, 『시와사상』봄호, 2018.

「시인의 코나투스」, 『부산시인』여름호, 2019.

「삶의 빈틈, 존재의 틈새」, 『부산시인』가을호, 2019.

「기억의 물결, 시의 파동」, 『부산시인』여름호, 2019.

「재난에 직면한 시의 언어」, 『부산시인』가을호, 2020.

「움푹한 세계, 불룩한 이야기」, 『경남작가』37호, 2020.

제2부 / 페미니즘, 젠더, 그리고 목소리

「페미니즘 시의 전개와 동향」,『현대시학』7·8월호, 2017.

「감각, 느낌 그리고 관계」,『한국문학논총』86집, 2020.(원제목,「90년대 이후 여성시에 나타난 육체의 감각화 방식의 변화」)

「앨리스의 노래」, (신현림 시집,『반지하 앨리스』)『문학과지성사』, 2017.

「'빈 몸'의 시학」,『시와사상』여름호, 2017.

「식인食人의 윤리와 정치」,『인문사회과학연구』21권3호, 2020.(원제목,「현대 여성시에 나타난 식인의 윤리와 정치」)

「사이보그-키메라의 목소리」,『인문사회과학연구』21권1호, 2020.(원제목,「2000년대 이후 여성시로 본 사이보그 페미니즘」)

제3부 / 지역과 역사의 문학적 발견

「조각난 역사」, 부산문인협회 주재, 2018 <작고 문인 재조명> 자료집

「시월 항쟁과 시적 가능성」,『경남작가』37호, 2020.

「5.18 사건과 시적 재현-황지우」,『한국문학이론과비평학회』88집, 2020. (원제목,「황지우 시에 재현된 육체의 기억과 리좀적 글쓰기」)

김순아

부경대학교 국어국문학과 박사과정을 졸업하고, 같은 대학교 및 동서대학교에서 학생들을 가르쳐왔다. 2001년 ≪한국문인≫에 시, 2017년 ≪시와사상≫에 평론으로 등단했다. 저서로, 시집『슬픈 늑대』외 2, 에세이『인문학 데이트』외 3, 연구서『현대 여성주의 시로 본 '몸'의 미학』이 있다.

현대시로 읽는 식인食人의 정치학

초판 1쇄 인쇄일	2021년 8월 10일
초판 1쇄 발행일	2021년 8월 18일

지은이	김순아
펴낸이	한선희
편집/디자인	우정민 우민지
마케팅	정찬용 정구형
영업관리	정진이 김보선
책임편집	김보선
인쇄처	으뜸사
펴낸곳	국학자료원 새미(주)
	등록일 2005 03 15 제25100-2005-000008호.
	경기도 고양시 일산동구 중앙로 1261번길 79 하이베라스 405호
	Tel 442-4623 Fax 6499-3082
	www.kookhak.co.kr
	kookhak2001@hanmail.net

ISBN	979-11-6797-001-5 *93800
가격	21,000원